KYLE (SFOA)

GOLD TEAM – STAHLHARTE BESCHÜTZER

BUCH DREI

RILEY EDWARDS

OPERATION ALPHA

Herausgegeben von: Aces Press, LLC
ISBN Taschenbuch: 978-1-64384-736-8
Besuchen Sie Riley im Netz!
www.rileyedwardsromance.com
facebook.com/Novelist.Riley.Edwards
instagram.com/rileyedwardsromance
youtube.com/channel
tiktok.com/@rileyedwardsromance
twitter.com/rileyedwardsrom
E-Mail: riley@rileysrebels.com

WILLKOMMEN

Liebe Leserinnen und Leser,

willkommen in der Fan-Fiction-Welt von *Special Forces: Operation Alpha*!

Falls Sie diese Welt zum ersten Mal betreten, sollten Sie wissen, dass die Autorin in ihrer Erzählung einen oder mehrere meiner Charaktere verwendet. Manchmal spielt die Figur dabei eine wichtige Rolle in der Geschichte, und zuweilen wird sie nur kurz erwähnt. Das ist völlig legal und erlaubt, da der Roman von Aces Press, LLC veröffentlicht wird.

Dieses Buch ist vollständig das Werk der Autorin. Zwar habe ich beim Brainstorming geholfen und Ideen eingebracht, wenn es darum ging, welche meiner Figuren in der Erzählung erwähnt werden würden, aber ich hatte weder Einfluss auf den Schreibprozess noch auf die Bearbeitung der Geschichte.

Ich bin stolz und begeistert, dass meine Figuren so viel Anklang finden und viele Autorinnen und Autoren ihnen in ihren eigenen Erzählungen Platz schaffen. Vielen Dank, dass Sie sie und mich unterstützen!

Viel Spaß beim Lesen!

Susan Stoker xoxo

BEVOR SIE DIESES BUCH LESEN

Danke, dass Sie sich für den Kauf von *Kyle (SFOA)* entschieden haben. Ich bin überglücklich, erneut in Susan Stokers *Special Forces: Operation Alpha* Universum mitwirken zu dürfen. Seit vielen Jahren bin ich ein Fan von Susan und habe jedes ihrer Bücher (mehrfach) gelesen. Obwohl ich mein Bestes getan habe, um ihren Originalcharakteren treu zu bleiben (denn sie sind einfach fantastisch), bin ich nicht Susan. Daher habe ich die Figuren so wiedergegeben, wie ich sie als Leserin erlebt habe.

Ich möchte, dass alle Fans der SOP-Reihe das Gefühl haben, alten Freunden zu begegnen, wenn sie ihre geliebten Charaktere darin wiederfinden. Ich hoffe, dass ich ihnen gerecht geworden bin. Aber vergessen Sie bitte nicht, dass ich mir auch einige Freiheiten genommen habe.

In *Kyle (SFOA)* spielen auch einige Charaktere der Reihe *SEALs of Protection: Legacy* mit: Rocco, Ace, Gumby, Phantom, Bubba und Rex. Zudem sind einige Bösewichte und Handlungselemente aus *Ein Beschützer für Piper* in dem Buch vertreten. Sie können *Kyle (SFOA)* durchaus als eigenständigen Roman lesen, aber ich würde Ihnen empfehlen, sich zuerst *Ein Beschützer für Piper* zu Gemüte zu führen.

Und natürlich wird der unbestrittene IT-König und Cyber-Genie John »Tex« Keegan uns auch wieder beehren.

Ich hoffe, Sie genießen die Welt, die ich für Sie erschaffen habe, so sehr, wie ich es geliebt habe, sie zu gestalten.

Für Susan.
Danke, dass du uns, deinen treu ergebenen Lesern, so wunderbare
Charaktere beschert hast.

KAPITEL EINS

»Musst du wirklich gehen?«

Sofort überkam mich ein schlechtes Gewissen. Wenn meine beste Freundin nur den wahren Grund wüsste, warum ich unbedingt dorthin zurückkehren musste. Vielleicht würde sie verstehen, woher dieses brennende Bedürfnis kam, wenn ich es ihr erklärte, aber das würde ich auf keinen Fall tun. Denn dann müsste ich ihr auch von meiner Vergangenheit erzählen, und das kam nicht infrage.

»Ja«, antwortete ich zum dritten Mal und stöhnte auf.

»Anaya«, blaffte Evette und versuchte erneut, mich von meinem Entschluss abzubringen. »Es ist zu gefährlich. Kalee …«

Meine beste Freundin verstummte. Es schmerzte immer noch zu sehr, über Kalees Tod zu sprechen. Sie wurde vor nicht allzu langer Zeit in Timor-Leste ermordet. Und wenn man den Berichten Glauben schenken durfte, wurde ihre Leiche in eine Grube geworfen, zusammen mit all den anderen sinnlos getöteten Opfern. Meine schöne, bezaubernde, gutherzige Freundin wurde einfach in einem Loch im Boden zurückgelassen, um dort zu verrotten. Der Gedanke war so abstoßend, dass ich ihn irgendwie verdrängen musste. Andernfalls wäre ich verrückt geworden.

»Evie. Ich muss gehen. Zum Teil gerade *wegen* Kalee. Sie ist gestorben, weil sie ihren Überzeugungen gefolgt ist. Mit ihrer Arbeit hat sie etwas bewirkt.«

Evette London und Kalee Solberg hatte ich vor Jahren bei einer Veranstaltung zur Bildung benachteiligter Kinder kennengelernt. Die beiden waren seit der Schulzeit befreundet und hatten mich im Handumdrehen in ihren kleinen Kreis aufgenommen. Wegen Kalee war ich dem Friedenskorps beigetreten. Als wir beide nach Timor-Leste geschickt wurden, waren wir so aufgeregt und freuten uns, gemeinsam dort arbeiten zu können.

Jetzt war sie tot.

»Ich habe gelesen, dass ...«

Ich zweifelte nicht daran, dass Evette die Berichte studiert hatte. Sie arbeitete für eine Zeitung und hatte Zugang zu Informationen, bevor die breite Öffentlichkeit sie zu Gesicht bekam.

»Mir wird nichts passieren. Ich werde mit anderen Freiwilligen nach Timor-Leste zurückkehren und einen Leibwächter haben.«

»Einen Leibwächter?«, keuchte Evette. »Anaya!«

Verdammt. Warum hatte ich ihr das erzählt? Evette war von Natur aus ein ängstlicher Mensch. Von uns dreien war sie immer die Vorsichtigste gewesen. Kalee und ich hatten Evie nicht einmal dazu überreden können, in ein Flugzeug zu steigen, um uns in Timor-Leste zu besuchen. Sie kannte sogar die Unfallberichte der Verkehrssicherheitsbehörde auswendig.

»Ich muss los. Mein Flug geht in ein paar Stunden.«

»Aber du bist doch erst vor ein paar Tagen nach Hause gekommen. Ich hatte kaum Gelegenheit, Zeit mit dir zu verbringen.«

Augenblicklich überkam mich wieder ein schlechtes Gewissen. Ich war ihr absichtlich aus dem Weg gegangen. Hätte ich mit ihr gesprochen, hätte ich meine Gefühle nicht vor ihr verbergen können. Sie hätte sie aus mir herausgekitzelt, und dann hätte sie sich noch mehr Sorgen gemacht. Aber ich musste nach Timor-Leste zurückkehren. Selbst wenn meine Freundin mich auf Knien angefleht hätte, nicht zu gehen, hätte sie mich nicht davon abhalten können.

»Ich weiß. Es tut mir leid. Aber ich bleibe nicht lange weg. Wenn ich zurückkomme, gehöre ich ganz dir.«

»Bitte sei vorsichtig.« Als ich hörte, wie ihre Stimme brach, zog sich mein Magen zusammen. »Ich kann dich nicht auch noch verlieren. Wir haben Kalee noch nicht einmal ...« Evette verstummte und hielt einen Moment inne. »Du weißt schon, begraben können. Der arme Mr. Solberg. Ich habe ihn noch nicht einmal besucht.«

Ich war zu seinem Haus gegangen, aber er hatte mir die Tür nicht geöffnet. Durch das Fenster hatte ich ihn in seinem Wohnzimmer auf und ab gehen sehen. Aber er schien so in Trauer versunken zu sein, dass er nicht einmal die Klingel gehört hatte. Also war ich gegangen, ohne ein Wort mit ihm zu wechseln.

»Ich glaube, er muss ihren Tod erst einmal verarbeiten. Gib ihm etwas Zeit.« Es widerstrebte mir, einfach so das Thema zu wechseln, aber ich musste wirklich los. »Hör zu, Evie, ich muss meinen Koffer packen und mich mit den beiden Männern treffen, die mich nach Dili begleiten. Mein Flug geht heute Abend. Ich schreibe dir eine Nachricht aus dem Flugzeug und melde mich regelmäßig.«

»Anaya ...«

»Ich verspreche dir, dass mir nichts passieren wird.«

»Gut. Aber ich will jeden Tag von dir hören, sonst steige ich in ein Flugzeug und suche dich.«

»Abgemacht.« Ich schenkte ihr ein Lächeln. Keine zehn Pferde würden Evie in ein Flugzeug bringen.

»Bis bald. Ich hab dich lieb.«

»Ich dich auch.«

Ich ließ den Blick durch die Wohnung schweifen, in der ich nur wenig Zeit verbrachte. Ich suchte mein Ladegerät und ein Taschenbuch, das ich während des fünfundzwanzigstündigen Fluges lesen wollte. Als ich beides gefunden hatte, stopfte ich die Sachen in meinen Rucksack und schnappte mir meine Reisetasche.

Wenn alles gut ging, würde ich in einer Woche wieder zu Hause sein.

* * *

KAUM HATTE ICH DIE EMPFANGSHALLE DES HOTEL DEL CORONADO betreten, fiel mein Blick auch schon auf Beckett »Ace« Morgan und seine Frau Piper. Der Mann war mit seinem Irokesenschnitt, dem gestutzten Bart und seiner imposanten Erscheinung kaum zu übersehen.

Ich hatte Piper kennengelernt, als sie noch ihren Mädchennamen Johnson trug und ihre beste Freundin Kalee in Timor-Leste besuchte. Das war kurz bevor die Rebellen das Dorf, in dem Kalee und ich lebten, überfielen und die Kinder und Betreuer in einem nahe gelegenen Waisenhaus abschlachteten.

Wieder einmal kochte ich innerlich vor Wut, als ich daran dachte, was diese Barbaren getan hatten. Sie waren durch und durch böse. Noch schlimmer waren die sogenannten »privaten Waisenhäuser« in der Stadt. Das waren nichts anderes als Bordelle. Junge Mädchen wurden dort zur Prostitution gezwungen, in den Sexhandel verkauft oder an alte Männer verheiratet, die sie wie Sklavinnen behandelten.

Es war schrecklich.

»Hallo Anaya«, sagte Piper zur Begrüßung.

Die Rückkehr in die USA hatte ihr sichtlich gutgetan. Sie sah gesund aus. Aber ihre Augen erzählten eine andere Geschichte. In ihnen spiegelte sich noch die Erinnerung an das, was in Timor-Leste geschehen war. Piper hatte sich tagelang mit drei Waisenkindern in einem Kriechkeller versteckt, während über ihren Köpfen andere Kinder und Helfer von den Rebellen getötet wurden.

Ich fragte mich, ob sie dieselben Schreie gehört hatte wie ich. Denn auch ich hatte mich versteckt und gebetet, dass die Rebellen mich nicht finden würden, während sie nur wenige Meter von mir entfernt Menschen folterten und abschlachteten.

»Hallo Piper. Wie geht es den Mädchen?«, fragte ich.

Sie und Ace hatten die Kinder adoptiert, die Piper beschützt hatte. *Gott sei Dank gibt es Menschen wie sie.*

»Langsam gewöhnen sie sich an das Leben hier. Ace eröffnet ihnen die wunderbare Welt der Süßigkeiten. Und ich bleibe dicht hinter ihm und erinnere die Mädchen daran, sich die Zähne zu putzen.«

Ich wusste, dass sie die Strapazen nur herunterspielte, aber sie strahlte mit einem aufrichtigen Lächeln, als sie von den Mädchen sprach.

»Declan und Kyle warten schon auf uns«, verkündete Ace.

»Nochmals vielen Dank, dass du das alles für mich arrangiert hast.«

Declan Crenshaw und Kyle Smith würden mich nach Timor-Leste begleiten. Ich hatte mich bereits einmal mit den beiden getroffen, um die Einzelheiten zu besprechen, wobei vor allem Declan die Fragen gestellt hatte. Ich war froh, dass Kyle nicht viel gesagt hatte, denn jedes Mal, wenn er mit mir gesprochen hatte, hatte er mich mit seiner tiefen Stimme in seinen Bann gezogen. Außerdem schien er Wert darauf zu legen, mit seinem Gesprächspartner Blickkontakt zu halten, und erwartete die gleiche Aufmerksamkeit von seinem Gegenüber. Es war fast beunruhigend, mit welcher Leichtigkeit es ihm gelang, mich mit einem einzigen Blick in seinen Bann zu ziehen.

Er machte mich nervös. Wenn ich ihm gegenübersaß, musste ich mich zusammenreißen, um nicht auf meinem Stuhl hin und her zu rutschen. Ich hatte jedes Mal das Gefühl, ihm all meine Geheimnisse anvertrauen zu müssen, die er mir zweifellos ohnehin von den Augen ablesen konnte. Vor Kyle konnte wohl niemand etwas verbergen, und das machte mir eine Heiden-angst. Ich war eine Meisterin darin, meine Vergangenheit vor anderen zu verschleiern, aber Kyle war ich nicht gewachsen. Also musste ich mich so weit wie möglich von ihm fernhalten. Aber wenn man bedachte, dass er einer meiner Leibwächter sein würde, konnte sich das als problematisch erweisen.

Und dann war da noch das kleine Problem, dass Kyle Smith unglaublich gut aussah. Zu allem Überfluss wirkte er nicht gerade wie der nette Junge von nebenan, sondern eher wie ein knallharter männlicher Krieger. Sowohl seine Haltung als auch sein Auftreten verliehen ihm etwas Bedrohliches, das keinen Zweifel daran ließ, dass man sich besser nicht mit ihm anlegen sollte. Doch wenn er lächelte, war er wie ausgewechselt. Dann trat ein sanfter Ausdruck in seine Augen, der mir auf gewisse Weise noch mehr Angst machte. Zu meinem Leidwesen hatte er bei unserer ersten Begegnung sehr oft gelächelt. Sicher hatte er mich damit beruhigen wollen, aber ohne es zu wissen, hatte er das Gegenteil erreicht.

»Ich kann dich nicht davon abhalten, nach Timor-Leste zurückzukehren, aber ich fühle mich besser, wenn Kyle und Declan bei dir sind«, sagte Ace mit finsterer Miene. Offensichtlich war er mit meiner Entscheidung nicht zufrieden.

»Ich muss …«

»Ich weiß, dass du das musst«, unterbrach er mich, »aber das heißt nicht, dass es weniger gefährlich ist. Und Amisha wird es nicht gefallen, wenn du deine Nase in ihre Angelegenheiten steckst. Sie verdient viel Geld mit den Mädchen.«

Amisha leitete eines der privaten Waisenhäuser. Sie war der eigentliche Grund, warum ich nach Timor-Leste zurückkehrte.

»Das weiß ich«, stieß ich zwischen zusammengebissenen Zähnen hervor, »aber ich kann nicht einfach die Augen davor verschließen. Ich weiß, was ich gesehen habe, und ich könnte nachts nicht schlafen, wenn …«

Piper brachte mich zum Schweigen, indem sie mein Handgelenk packte. »Was du vorhast, ist mutig und beweist, dass du ein großes Herz hast. Aber Ace hat recht. Es ist gefährlich, also sei bitte vorsichtig.«

Piper sah mich traurig an. Ich hatte diesen Blick schon einmal in Sydney gesehen, nachdem sie, Ace und sein Team Timor-Leste mit den Mädchen verlassen hatten. Sie dachte an Kalee.

»Ich verspreche es.«

»Danke«, flüsterte Piper und wandte sich Ace zu.

Er starrte mich immer noch mit steinerner Miene an, aber in seinen Augen lag auch Verständnis. Er war ebenfalls in dem Waisenhaus gewesen und wusste, was dort vor sich ging. Die Frau hatte nicht einmal versucht, ihre Verbrechen zu verbergen, sondern Ace und Piper ganz offen erzählt, dass ihr ältestes Waisenmädchen Kemala schon fast heiratsfähig war. Doch Ace und sein Team hatten das Grauen gesehen, das sich im Nebenzimmer abspielte. Die Mädchen wurden nicht als Bräute verkauft, sondern stundenweise vermietet. Deshalb musste ich dorthin zurück. Wenn ich nicht wenigstens versuchte, diese Kinder zu retten, würde ich nie wieder in den Spiegel schauen können.

Schweigend folgte ich Ace und Piper in einen kleinen Konferenzraum, wo Declan und Kyle bereits nebeneinander an einem runden Tisch saßen.

Beide Männer strahlten eine angespannte Aura aus und schienen sich voll und ganz auf die vor ihnen liegende Aufgabe zu konzentrieren. Kyle wirkte noch bedrohlicher als sonst, und das war auf beängstigende Weise sehr sexy.

Keiner der beiden stand auf, aber Declan gab uns mit einer Geste zu verstehen, dass wir uns setzen sollten. Ich nahm den Platz, der am weitesten von Kyle entfernt war, denn der Mann verursachte ein Kribbeln in meinem Körper, das ich nicht noch verstärken musste, indem ich mich ihm näherte. Auch das war beunruhigend. Eigentlich war er gar nicht mein Typ, aber er weckte ein Verlangen in mir, das ich schon lange nicht mehr verspürt hatte. Mit seinen dunkelblonden Haaren, seiner gebräunten Haut und seinem durchdringenden Blick war er das Gegenteil von den Männern, mit denen ich früher zusammen war.

Eigentlich war ich eher für den unbekümmerten Typ Mann zu haben, der mit einer gewissen Leichtigkeit durchs Leben ging. Kyle war jedoch alles andere als unbeschwert.

»Nochmals vielen Dank, dass Sie sich bereit erklärt haben, mir zu helfen«, brach ich das Schweigen.

Declan sah mich an, und ich bereute sofort, etwas gesagt zu haben. »In Anbetracht der Tatsache, dass wir zusammen nach Timor-Leste reisen werden, können wir uns die Förmlichkeiten wohl sparen.« Er hielt einen Moment inne, bevor er fortfuhr. »Sobald wir landen, befolgst du unsere Anweisungen, und du stellst unsere Entscheidungen nicht infrage. Wenn wir das Gefühl haben, dass die Situation zu gefährlich wird, ziehen wir uns zurück.«

Seine Worte machten mich so wütend, dass meine Augenwinkel zu zucken begannen. »Tut mir leid, aber so funktioniert das für mich nicht.«

»Das muss es auch nicht«, entgegnete Declan. »Unsere Aufgabe ist es, dich zu beschützen, und wenn wir glauben, dass du in Gefahr bist, brechen wir die Mission ab.«

Die Mission abbrechen? *Wie bitte? Von wegen.* Auf keinen Fall würde ich die Reise nach Timor-Leste auf mich nehmen, nur um mir von diesen beiden Typen einen Strich durch die Rechnung machen zu lassen. Wahrscheinlich würde ich einen anderen Weg finden müssen, um mein Ziel zu erreichen. Ich durfte nicht scheitern.

»Dann könnt ihr auch gleich hierbleiben. Ich weiß, dass ich in Gefahr sein werde, denn in Dili wimmelt es von Kriminellen und Rebellen. Du vergisst wohl, dass ich mehr Zeit in Timor-Leste verbracht habe als du – *falls* du überhaupt schon einmal dort warst. Ich kenne mich dort aus und weiß, an wen ich mich wenden muss. Und ich habe einen Auftrag zu erfüllen. Ihr sollt nicht für meine Sicherheit sorgen, sondern mir helfen, die Mädchen da rauszuholen. Wenn ihr dazu nicht in der Lage seid, dann gehe ich eben allein.«

»Etwas Dümmeres könntest du nicht tun«, gab Declan zu bedenken. Mein Blick fiel auf eine leuchtend rote Narbe an seinem Hals und ich fragte mich, wann jemand versucht hatte, ihm die Kehle durchzuschneiden. Es konnte noch nicht lange her sein, denn die Wunde war noch nicht vollständig verheilt.

»Das höre ich nicht zum ersten Mal.« Ich zuckte mit den Schultern.

Ich hatte es satt, mich als dumm bezeichnen zu lassen. Das war noch schlimmer als die herablassenden Bemerkungen von Leuten, die ein paar Dollar an das Rote Kreuz spendeten und glaubten, damit etwas verändern zu können, während sie sich über mich lustig machten und mich als Weltverbesserer verspotteten.

Ich wusste, dass ich die Welt nicht retten konnte, und das war auch nicht mein Ziel. Aber wenn ich auch nur ein Mädchen vor lebenslangem Missbrauch bewahren konnte, dann wäre ich zufrieden. Und falls ich alle Mädchen aus diesem furchtbaren

Waisenhaus würde befreien können, dann würde ich nachts wieder ruhig schlafen können in dem Wissen, dass ich sie nicht im Stich gelassen hatte.

»Du solltest wirklich auf uns hören. Ich habe während der letzten vierundzwanzig Stunden Berichte aus der Region gelesen. Die Unruhen haben einen Höhepunkt erreicht. Die Verteidigungskräfte sind in der Unterzahl. Die Reisewarnungen ...«

»Du hast keine Ahnung, was diese Mädchen durchmachen.« Ungehalten schob ich meinen Stuhl zurück und machte mich bereit aufzuspringen. »Ich bin in Waisenhäusern hier in den USA aufgewachsen. Ich habe Dinge gesehen, die ich nie vergessen werde, aber meine Erfahrungen sind ein Sonntagsspaziergang im Vergleich zu dem, was diese Mädchen erdulden müssen. Die Reisewarnungen sind mir egal. Vielleicht werden meine Bemühungen umsonst sein, aber ich werde es trotzdem versuchen. Mit oder ohne eure Hilfe.«

Declan fixierte mich mit einem eisigen Blick und ich blieb sitzen. »Ich weiß nur zu gut, dass die Jugendämter in diesem Land versagen und die Kinder in ihrer Obhut im Stich lassen«, knurrte er. Offensichtlich hatte ich einen Nerv getroffen, noch dazu einen sehr empfindlichen.

»Wenn du so gut Bescheid weißt, warum führen wir dann dieses Gespräch?«

»Weil ich keine Lust habe, mich auf ein Himmelfahrtskommando zu begeben.«

»Das versteht sich von selbst«, schnaubte ich. »Du hältst mich offenbar für dumm, doch das bin ich nicht. Ich bin durchaus bereit, mir eure Bedenken anzuhören und euren Anweisungen zu folgen. Aber ich lasse mich nicht wie ein kleines Kind behandeln, das nicht in der Lage ist, auf sich selbst aufzupassen.«

»Declan versucht nur, dir zu sagen, dass du mit uns zusammenarbeiten musst, falls wir in eine heikle Situation geraten«, warf Kyle ein. »Denn wenn wir erst mit dir diskutieren müssen, bevor wir eine Entscheidung treffen können, könnte das für uns alle tödlich enden.«

»Warum hat er das nicht gleich gesagt?«

»Weil er Declan ist«, antwortete Kyle, als müsste ich diese Erklärung verstehen.

»Vielleicht war das Ganze doch keine so gute Idee. Ich kann ...«

»Es war eine gute Idee, Anaya.«

Ein Kribbeln überkam mich, als ich meinen Namen aus seinem Mund hörte. Die Reaktion war seltsam und unangemessen, aber ich konnte nichts dagegen tun. Hätte ich an so etwas Absurdes wie Liebe auf den ersten Blick geglaubt, hätte ich gesagt, dass meine Seele gerade ihren Gefährten erkannt hatte. Aber für mich gab es so etwas wie wahre Liebe nicht. Meine Libido hatte sich nur den falschen Moment ausgesucht, um zu erwachen.

»Ich habe Luftaufnahmen von der Gegend«, warf ich ein. »Sobald wir in Dili sind, treffen wir uns mit meinen Kontaktleuten. Sie werden uns helfen, die Mädchen in Sicherheit zu bringen, nachdem wir sie aus dem Waisenhaus befreit haben.«

»Deine Kontaktleute?«, hakte Declan nach. Seine Frage klang wie eine Anschuldigung. Ich konnte mich nicht daran erinnern, dass er bei unserem ersten Treffen vor zwei Tagen auch schon so aggressiv gewesen war.

»Ich habe früher für das National Center of Missing and Exploited Children (NCMEC) gearbeitet, eine Organisation für vermisste und ausgebeutete Kinder. Zu meinen Kollegen gehörten Donny und Camilla Rivera. Inzwischen haben sie das NCMEC verlassen und sind weltweit im Einsatz. Als ich ihnen von dem Waisenhaus erzählte, boten sie ihre Hilfe an und flogen nach Sydney. Dort warten sie jetzt auf uns.«

»Kennst du die Riveras?«, wollte Declan von Ace wissen.

»Nein.« Declan griff nach seinem Handy, wischte ein paarmal über das Display und hielt sich das Gerät ans Ohr. »Ich brauche einen ausführlichen Bericht über Donny und Camilla Rivera«, sagte er. »Sie haben für das NCMEC gearbeitet. Laut Anaya Baker sind sie heute selbstständig.« Declan hielt einen Moment inne, bevor er sagte: »In Ordnung. Danke.«

»Hast du gerade eine Hintergrundrecherche über meine Freunde angeordnet?«

»Ja«, antwortete Declan, ohne zu zögern.

»Was soll das?«

»Was meinst du? Verbirgst du etwas vor uns?« Declan kniff argwöhnisch die Augen zu schmalen Schlitzen zusammen.

»Nein. Aber es gefällt mir nicht. Du hättest mich auch einfach nach den beiden fragen können.«

»Anaya, du hast offenbar immer noch nicht begriffen, wie die Dinge hier laufen«, erwiderte Declan. »Erstens riskiere ich weder das Leben meines Teams noch mein eigenes, indem ich mit Leuten zusammenarbeite, über die ich kaum Informationen habe. Und ich werde diesem Ehepaar ganz sicher nicht einen Haufen junger Mädchen anvertrauen, ohne es vorher gründlich überprüft zu haben. Es ist mir also egal, dass du mit den beiden befreundet bist und glaubst, sie zu kennen.«

»Hast du mich auch überprüft?«, fragte ich und hielt den Atem an, während ich betete, dass sie es nicht getan hatten.

»Ja.«

Ich riss die Augen auf und wurde erneut von Wut gepackt. Wenn sie Nachforschungen über mich angestellt hatten, dann wussten sie alles über mich. Obwohl ich nie etwas verbrochen hatte, konnte ich diese Verletzung meiner Privatsphäre nicht gutheißen, denn eigentlich gab ich nicht gern etwas über meine Kindheit preis. Nicht einmal meine engsten Freunde wussten, was damals mit mir geschehen war.

Ich konnte zwar nicht leugnen, dass ich eine Waise war, aber ich sprach nie darüber.

»Dann weißt du es also«, fauchte ich. »Aber du denkst immer noch, es sei dumm von mir, nach Timor-Leste zurückzukehren.«

»Das habe ich nicht gesagt.«

»Doch, das hast du.«

»Das reicht jetzt«, warf Ace ein. »Ihr brecht bald auf und müsst noch euren Einsatz planen. Streiten bringt uns nicht weiter.«

»Die Situation ist wirklich schrecklich, Declan«, meldete Piper sich zu Wort. »Ace und mir war klar, dass wir unsere Mädchen nicht einfach dort zurücklassen konnten. Amisha hat nie ein Geheimnis daraus gemacht, dass sie die Mädchen verkauft. Sie hat uns sogar erzählt, wie viel Geld wir aufbringen müssten, um eines von ihnen käuflich zu erwerben. Zwölfjährige Mädchen werden dazu ausgebildet, Männer zu befriedigen.«

Declan biss sichtlich die Zähne zusammen und ein finsterer Ausdruck trat in seine Augen. Vielleicht hatte er es nun endlich begriffen.

»Wir werden jetzt gehen«, sagte Ace. »Wir müssen die Mädchen bei Rocco und Caite abholen.« Er erhob sich und half Piper beim Aufstehen. Dann verabschiedeten die beiden sich von uns und verließen den Raum.

Was nun?

Würden Declan und Kyle mir wirklich helfen, oder hatte ich meine Situation nur verschlimmert, indem ich sie um Hilfe gebeten hatte? Als Ace mir erzählt hatte, dass er ein Einsatzteam ehemaliger SEALs kannte, das den Menschenhandel bekämpfte, war ich begeistert gewesen.

Aber jetzt hielt meine Begeisterung sich in Grenzen. Declan machte mir Angst. Außerdem benahm er sich wie ein Arschloch. Und dann war da noch Kyle. Ich wusste nicht, ob ich damit würde umgehen können, wenn er sich ebenfalls wie ein Idiot verhielt. Dennoch vermochte der Mann Gefühle in mir zu wecken, obwohl ich jahrelang gar nichts empfunden hatte.

Alles an dieser Partnerschaft wies darauf hin, dass wir auf eine Katastrophe zusteuerten.

KAPITEL ZWEI

Ich ließ mich in meinen Flugzeugsitz sinken und rieb mir mit beiden Händen übers Gesicht. Die Besprechung heute Morgen war nicht sonderlich erfreulich verlaufen. Declan war ohnehin ziemlich unwirsch, aber im Moment war er richtiggehend gereizt. Die Sache ging ihm an die Nieren. Ich hatte versucht, ihn zu überreden, mit dem Team nach Maryland zurückzukehren und Max mit mir nach Timor-Leste zu schicken, aber er hatte sich geweigert. Und da Declan der Teamleiter war, traf er die Entscheidungen.

Es war zweifelhaft, aber ich hoffte, dass der über zwanzigstündige Flug seine Nerven beruhigen würde.

Anaya verstaute ihr Gepäck und nahm neben mir Platz. »Möchtest du am Fenster sitzen?«, bot ich ihr an.

»Nein danke. Ich lese ein wenig und schlafe dann sicher ein.«

Nicht zum ersten Mal musterte ich die Frau und fragte mich, warum sie eine so starke Reaktion in mir auslöste. Seit ich sie bei unserer ersten Begegnung durch die Türen des Hotel del Coronado hatte treten sehen, konnte ich nicht aufhören, an sie zu denken.

Neben ihrer offensichtlichen Schönheit strahlte sie eine Stärke und Entschlossenheit aus, die ich zutiefst bewunderte. Zuerst dachte ich, die Traurigkeit in ihren Augen rührte von dem Grauen, das sie in Timor-Leste erlebt hatte. Sie hatte dort unter anderem eine Freundin verloren. Aber nachdem ich ihre Akte gelesen hatte, wusste ich, dass mehr dahintersteckte. Als Kind wurde sie von einer Pflegefamilie zur nächsten gereicht und als Teenager landete sie schließlich in verschiedenen Heimen. Das letzte war eine Einrichtung für Jugendliche gewesen, die auf die schiefe Bahn geraten waren.

Aber als sie volljährig wurde, hatte sie begonnen, ihr Leben zu ändern, und eine Hundertachtzig-Grad-Wende hingelegt. Auch das bewunderte ich. Sie hatte sich aus eigener Kraft aus dem Sumpf gezogen, war aufs College gegangen und hatte dann an der Universität von Los Angeles studiert. Sie war älter, als ich gedacht hatte. Auf den ersten Blick sah sie aus wie Anfang zwanzig, aber sie war zweiunddreißig. So alt wie ich.

»Nochmals danke, dass ihr mich begleitet«, sagte Anaya und riss mich aus meinen Gedanken.

»Wie lange warst du in Timor-Leste?«

»Fast ein halbes Jahr. Bis zum Aufstand der Rebellen hatten wir gute Fortschritte gemacht.«

»Du hast im Bereich Wirtschaftsförderung gearbeitet, richtig?«, erkundigte ich mich nach ihrer Arbeit als ehrenamtliche Helferin.

»Ja, das ist ein weites Feld. An manchen Tagen habe ich die Grundlagen des Finanzmanagements vermittelt, an anderen detaillierte Geschäftspläne für Unternehmer erstellt.«

»Hat die Arbeit dir Spaß gemacht?«

»Ja. Die Timoresen sind sehr wissbegierig, Männer wie Frauen. In den abgelegenen Dörfern war es allerdings schwierig, die Menschen von unseren guten Absichten zu überzeugen. Es ist ein schmaler Grat zwischen der Vermittlung von Verbesserungsmöglichkeiten und dem Aufzwingen westlicher Kulturen und sozialer Normen. Die Timoresen haben weder Ambitionen, den amerikanischen Lebensstil zu übernehmen, noch wollen sie, dass ihre Überzeugungen mit Füßen getreten werden. Manchmal ist es nicht so einfach, die richtige Balance zu finden. Um das Leben eines Menschen zu bereichern, muss man ihn nicht grundlegend verändern.«

Ich mochte die Leidenschaft, mit der Anaya über ihre Arbeit

und die Menschen in Timor-Leste sprach. Sie blühte förmlich auf.

»Dem stimme ich zu. Viele in unserer Gesellschaft sind davon überzeugt, dass unsere Lebensweise der aller anderen Völker überlegen ist und dass jedes Land, das nicht so denkt wie wir, unsere Werte übernehmen sollte.«

»Es steht mir nicht zu, jemanden von meiner Denkweise zu überzeugen. Ich bin Lehrerin, das ist alles. Und wenn ich meine Arbeit gut mache, dann werden die Männer und Frauen die erlernten Fähigkeiten nutzen können, um ihre Lebenssituation zu verbessern. Und sie werden die Veränderungen vornehmen, die ihrer Meinung nach ihren Gemeinden von Nutzen sind.«

Ihre Intelligenz beeindruckte mich. Noch faszinierender war die Besonnenheit, mit der sie an die Sache heranging. Ihre Überzeugungen stimmten mit meinen überein. Umso schwerer fiel es mir, die folgenden Worte auszusprechen.

»Problematisch wird es erst, wenn es persönlich wird.«

Anaya zuckte sichtlich zusammen und sie verengte die Augen zu schmalen Schlitzen.

»Das hier ist nicht persönlich«, blaffte sie.

»Was ist es dann? Warum gehst du zurück nach Osttimor?«

Ich war mir ziemlich sicher, ihre Beweggründe zu kennen, aber ich musste mich vergewissern. Persönliche Rachefeldzüge endeten meist in einem Blutbad. Wenn Emotionen das Urteilsvermögen trübten, starben Menschen.

»Weil das, was diese Mädchen durchmachen, falsch ist.«

»Ist das deine Meinung?«, hakte ich nach.

Anaya lief vor Wut hochrot an. »Das gebietet die Menschlichkeit. Wir reden hier nicht von irgendwelchen seltsamen Heiratsbräuchen, sondern von Mädchen, die an Männer verkauft werden. Sie werden vergewaltigt, an Mädchenhändler verscherbelt und zur Prostitution gezwungen. Amisha führt ihr privates Waisenhaus nicht aus Nächstenliebe. Sie betreibt ein Bordell. Ace und Piper haben nicht einmal die Hälfte von dem gesehen, was dort wirklich vor sich geht. Amisha hat sie durch die sauberen Wohnbereiche, die Küche, die Klassenzimmer und die Schlafsäle der Mädchen geführt. Wahrscheinlich hat sie ihnen erzählt, dass sie die Mädchen nur verkauft, weil dann wenigstens ihre Grundbedürfnisse von den *Ehemännern* gedeckt werden und Amisha das Geld für die anderen Waisen verwenden kann. Aber das ist Schwachsinn.«

»Was geht dort wirklich vor sich?«

Ich musste wissen, was Anaya gesehen hatte. Ich hatte den Bericht gelesen, den John »Tex« Keegan über Amisha Alves verfasst hatte. Die Frau war allem Anschein nach ein Stück Scheiße, und bisher stimmten Anayas Aussagen mit dem Bericht überein.

»Neben dem Haupthaus gibt es ein zweites Gebäude. Dort leben fast genauso viele Kinder wie im Waisenhaus. Aber es ist nicht sauber, und es gibt dort auch keine Klassenzimmer. Piper hat mir erzählt, dass sie und Ace bei ihrer Besichtigung keine Kinder über vierzehn gesehen hatten. Ich brachte es nicht über mich, ihr den Grund dafür zu verraten. Sie tat gut daran, ihre Mädchen nicht dort zu lassen, nicht einmal für einen Tag, denn die drei wären verschwunden. Drei saubere, jungfräuliche Kinder aus den Bergen hätten nebenan einen hohen Preis erzielt. Und bevor du fragst, ja, sogar die Vierjährigen.«

Mir drehte sich der Magen um, und das lag nicht daran, dass das Flugzeug an Höhe gewann. Das Ganze war einfach ekelhaft.

»Hast du das Haus von innen gesehen?«

»Nein. Aber ich weiß davon, weil ich in der Stadt in einem Café zufällig einen Mann über Amisha reden hörte. Er war aufgeregt, weil sie neue Mädchen nach nebenan gebracht hatte. Also habe ich angefangen, unauffällig herumzuschnüffeln. Amisha macht keinen Hehl aus ihren Machenschaften.«

»Du sprichst Portugiesisch?«, fragte ich erstaunt.

»Ja, und ein bisschen Tetum.« Anayas Stimme hatte einen eisigen Unterton angenommen, sodass ihre nächsten Worte mich nicht überraschten. »Du scheinst meine Bedenken in Bezug auf Amisha nicht zu teilen.«

»Doch, das tue ich«, antwortete ich knapp. Den Rest meiner Gedanken behielt ich jedoch für mich, da ich mir sehr wohl bewusst war, dass neunundneunzig Prozent der Bevölkerung meine Vorstellung von einer Lösung des Problems nicht gutheißen würden. Denn diese beinhaltete Blutvergießen und Folter.

»Wenn man die Fragen bedenkt, mit denen du mich löcherst, scheinst du anderer Meinung zu sein.«

»Ich will nur deine Beweggründe verstehen.«

»Meine Beweggründe?«

»Ja. Denn wenn du bei unserer Ankunft in Osttimor aus der Reihe tanzt und dich auf einen persönlichen Rachefeldzug begibst, kann ich dich nicht beschützen. Ich weiß, was du durchgemacht hast.« Anaya schnappte hörbar nach Luft, und ich verspürte einen schmerzhaften Stich im Herzen. »Ich erzähle dir das nicht, um dich zu zwingen, mit mir darüber zu reden. Aber ich weiß, dass diese Sache für dich in gewisser Weise *persönlich* ist. Unsere Mission ist es, diese Mädchen in Sicherheit zu bringen *und* dann lebend nach Hause zurückzukehren. Es gibt Dinge, von denen du nichts weißt. Zum Beispiel die Bestechungsgelder, die an die Verteidigungskräfte gezahlt werden. Oder die Tatsache, dass der Justizminister Amishas Dienste in Anspruch nimmt. Wir müssen vorsichtig vorgehen.«

»Was heißt das?«

»Das heißt, dass ich nicht einfach da reinstürmen und der Frau eine Kugel in den Kopf jagen kann, auch wenn ich das liebend gern tun würde. Wir werden erst einmal die Lage sondieren und das Waisenhaus beobachten, um zu sehen, wer dort ein und aus geht. Und dann überlegen wir, wie wir die Mädchen am besten befreien können.«

Die ganze Zeit über beobachtete ich Anaya genau. Ich wartete auf ein Anzeichen von Abscheu, weil ich zugegeben hatte, dass ich diese Frau am liebsten erschossen hätte. Doch ihre Mine blieb ausdruckslos. Sie nickte nur.

»Ich verstehe«, sagte Anaya schließlich.

»Ich denke, du verstehst, dass die Rebellen neben Amisha auch eine Bedrohung darstellen. Wir müssen wachsam bleiben.«

»Ja, auch das ist mir bewusst.« Anaya gab sich tapfer, doch damit überspielte sie nur ihre Traurigkeit.

Ich erwähnte nicht, dass ich wusste, wie sie aus dem Bergdorf entkommen war, in dem sie und Kalee sich aufgehalten hatten. Laut ihrer Aussage hatte sie sich in einem Schrank versteckt, während die Rebellen die Bewohner gefoltert hatten, um Informationen aus ihnen herauszupressen und sie schließlich zu töten. Anaya hatte weitaus mehr Glück gehabt als die meisten Menschen.

Sie hatte großen Mut bewiesen und ihre Angst überwunden. Die meisten Menschen würden nie an den Ort zurückkehren, an dem sie einen solchen Albtraum erlebt hatten. Normalerweise ließ ich mich nicht so leicht beeindrucken, aber Anaya imponierte mir zutiefst. Sie hatte so viele Facetten und ich wollte sie alle kennenlernen. Mit jeder neuen Information wuchs mein Wunsch, mehr über sie zu erfahren. Eigentlich gehörte ich nicht zu den Männern, die mehr über eine Frau wissen wollten, aber ich hatte das überwältigende Bedürfnis herauszufinden, wie Anaya es geschafft hatte, sich aufzuraffen und nach vorn zu blicken. Ich konnte kaum an etwas anderes denken.

»Das weiß ich. Und ich werde nicht zulassen, dass dir etwas passiert, das verspreche ich dir«, gelobte ich. »Aber du musst mir auch versprechen, dass du Declans Befehle genau befolgen wirst. Auch wenn du nicht verstehst, warum er sie erteilt.«

»Ich hasse dieses Wort. Befehl«, brummte sie. Ich musste ein Lachen unterdrücken, als sie ihr Gesicht zu einer Grimasse verzog. Sie war nicht nur hübsch, sondern auch niedlich.

»Da geht es dir wie den meisten Menschen. Aber Declan hat jahrelange Erfahrung und weiß, was er tut. Andernfalls würde ich ihm nicht mein Leben anvertrauen, geschweige denn deines.«

Bei meinen Worten blitzten Anayas Augen auf, aber sie fing sich schnell wieder. »Ich glaube, er mag mich nicht besonders.«

Ich konnte Declans Verhalten nicht erklären, ohne sein Vertrauen zu brechen. Es stand mir nicht zu, ihr zu erzählen, dass Declan als Kind von seiner Zwillingsschwester Violet getrennt wurde und dann bei verschiedenen Pflegefamilien aufgewachsen war.

»Seine Einstellung hat weder etwas mit dir noch mit dem Einsatz zu tun.« Das war gelogen, denn seine schlechte Laune stand in direktem Zusammenhang mit dieser Mission. Aber nicht, weil er den Auftrag, die Mädchen zu retten, nicht guthieß. »Declan ist … unerbittlich. Aber als unser Teamleiter muss er das auch sein. Tag für Tag trifft er schwierige Entscheidungen, die manchmal das Leben von Menschen beeinflussen können. Er nimmt seine Verantwortung nicht auf die leichte Schulter. Dec war früher bei den Marines und hat danach jahrelang für die CIA gearbeitet. Wenn es hart auf hart kommt, wirst du froh sein, Dec an deiner Seite zu haben.«

»Und du? Bist du auch ein Marine?«

Ich musste unwillkürlich lächeln, denn die Formulierung ihrer Frage war interessant. Entweder kannte sie einen Marine oder sie war gut über das Militär informiert, denn sie wusste, dass es so etwas wie einen ehemaligen Marine nicht gab. Einmal ein Marine, immer ein Marine.

»Als Teenager habe ich für kurze Zeit bei einem Marine und seiner Frau gewohnt«, erklärte sie. »Danach … nun, du weißt Bescheid. Du hast den Bericht über mich gelesen. Wie dem auch sei, nachdem ich etwa drei Monate bei ihnen gelebt hatte, wurde er versetzt. Und da sie nur meine Pflegeeltern waren, konnten sie mich nicht mitnehmen. Die beiden waren die einzige Familie, bei der ich mich je sicher gefühlt habe.«

Das beantwortete meine Frage. Doch jetzt überkam mich ein mulmiges Gefühl, denn ich wusste, worauf sich das »danach« bezog. Der Gedanke, dass sie sich nur ein einziges Mal in ihrem jungen Leben sicher gefühlt hatte, machte mich wütend. Aber auch diesmal war ich fasziniert von ihr. Wie konnte jemand die Güte seines Herzens bewahren, nachdem er durch die Hölle gegangen war?

»Ich war bei der Navy«, beantwortete ich ihre Frage, um nicht weiter auf ihre Vergangenheit einzugehen.

»Warst du ein SEAL?«, mutmaßte sie.

Damit lag sie zwar nicht falsch, aber es war interessant, dass es ihre erste Vermutung war.

»Wie kommst du darauf?«

»Du siehst aus wie einer.«

Sie war also von Natur aus aufmerksam oder hatte zumindest gut aufgepasst. Mir gefiel der Gedanke, dass sie mich genau beobachtete. Normalerweise würde mich schon die Frage, ob ich ein SEAL sei, aus der Fassung bringen. Ich hatte in meinem Leben schon viele Groupies getroffen, die in den Kneipen von San Diego und Virginia auf der Lauer lagen und versuchten, ihre Krallen in ein Mitglied der Spezialeinheit zu versenken. Aber diese Frauen, die sich einem buchstäblich an den Hals warfen, bargen für mich keinerlei Reiz. Es gab sie wie Sand am Meer. Und sie waren das genaue Gegenteil von Anaya Baker.

Es fiel mir schwer, mir auszumalen, wie Anaya einem SEAL nachjagte, nur um damit zu prahlen, dass sie einen der Jungs am Haken hatte. Tatsächlich konnte ich mir nicht einmal vorstellen, dass sie überhaupt einem Mann hinterherhechelte. Aber das musste sie auch nicht, denn sie war wunderschön. Wahrscheinlich liefen ihr die Männer in Scharen hinterher und beteten sie an. Nur ein Lächeln von ihr hätte genügt, um einen Mann in ihr Netz zu locken. Und er hätte nicht einmal gemerkt, dass sie es ausgeworfen hatte.

»Ach wirklich?«, fragte ich mit einem Lächeln. »Dann hast du wohl schon mit einigen SEALs zu tun gehabt, um zu wissen, wie sie aussehen?«

Plötzlich überkam mich ein Anflug von Eifersucht, den ich mir nicht ganz erklären konnte.

»Da ich in San Diego lebe, habe ich schon viele gesehen«, erwiderte sie. »Ich bin Konteradmiral Creasy sogar ein paarmal begegnet, als ich noch beim NCMEC gearbeitet habe. Damals wurden zwei Mädchen mit einem Boot vom Strand entführt. Ein Zeuge hatte ausgesagt, das Boot sei in der Nähe der Insel San Clemente gesichtet worden. Da die Insel von der Navy verwaltet wird, haben Zivilisten keinen Zutritt. Deshalb war er persönlich dorthin gefahren und unterbrach das Training der damaligen Rekruten, damit sie sich an der Suche beteiligen konnten.«

Das klang ganz nach Creasy. Er hatte uns vor Kurzem viel Zeit und Mühe erspart, indem er inoffiziell bei der Rettung von Thads Frau Emerson geholfen hatte. Er war freundlich und gutherzig, aber auch knallhart und unerbittlich.

»Wurden sie gefunden?«

»Ja. Leider waren sie beide bereits tot. Ein Taucher fand eines der Mädchen direkt vor der Insel. Das andere wurde an Land gespült. Konteradmiral Creasy hatte beide Opfer nach Coronado gebracht und den Familien geholfen.« Auch das überraschte mich nicht. Creasy hatte schon vielen trauernden Ehepartnern, Eltern, Kindern und Geschwistern beigestanden. Im Grunde hatte er mehr erlebt, als ein Mensch je erleben sollte.

Anaya trauerte offensichtlich um die Opfer. Einerseits tat es mir natürlich leid, dass sie traurig war, andererseits war ich froh, dass sie fähig war, Mitgefühl zu empfinden.

Noch mehr freute ich mich darüber, dass sie ihre Trauer nicht vor mir verbarg. Ich kannte Anaya noch nicht sehr lange, aber bisher hatte sie immer versucht, sich zu verstellen. Es war zum Verrücktwerden. Ich hasste ihre Verschlossenheit so sehr, dass ich ihre Schutzmauern niederreißen und von ihr fordern wollte, mir ihr wahres Ich zu zeigen.

»Du hast meine Frage nicht beantwortet, Matrose«, neckte sie mich und verzog die Lippen zu einem strahlenden Lächeln, das mich fast blendete. Ihre Grübchen kamen zum Vorschein, und sofort durchlief mich wieder dieses warme Kribbeln. Am liebsten hätte ich meinen Finger über die Vertiefungen gleiten lassen, um dann meine Lippen darauf zu pressen, nur um zu sehen, wie sie sich anfühlten.

Ich konnte es mir selbst kaum erklären.

»Wirklich nicht? Ich weiß gar nicht mehr, was du gefragt hast.«

»Versuchst du etwa, mir auszuweichen? Nette Taktik«, erwiderte sie und neigte den Kopf zur Seite. Sie scherzte, aber in ihren Augen lag keine Spur von Humor, während sie mich durchdringend anstarrte. Meine Hände zuckten, und der Drang, sie an mich zu ziehen, überkam mich.

»Dir ausweichen?«, lachte ich. »Ich habe keine Ahnung, wovon du sprichst.«

»Aha. Damit wären wir beim Punkt Widerstand und Verleugnung angelangt. Was steht denn als Nächstes auf dem Plan des Überlebenstrainings? Die Flucht?« Ihr breites Grinsen war ansteckend. Und als ihre Grübchen wieder zum Vorschein kamen, schoss mir das Blut in die Lenden und mein Schwanz zuckte.

Verdammt, diese Grübchen würden mich noch umbringen.

Ich blickte aus dem Fenster. »Eine Flucht aus neuntausend Metern Höhe ohne Fallschirm könnte etwas schwierig werden.«

»Aber du scheinst dir keine Sorgen wegen des Sauerstoffmangels oder einer möglichen Dekompressionskrankheit zu machen. Interessant.«

Unwillkürlich brach ich in schallendes Gelächter aus. »Viel interessanter ist die Tatsache, dass du offensichtlich sehr gut über militärisches Überlebenstraining informiert bist und von der Dekompressionskrankheit nach einem HALO-Sprung gehört hast.«

»Ein was?« Sie legte fragend den Kopf zur Seite, aber ich hatte das Gefühl, dass sie mich nur auf den Arm nahm und genau wusste, wovon ich sprach.

»High Altitude Low Opening. Ein Sprung aus großer Höhe, bei dem der Fallschirm erst in geringer Höhe geöffnet wird.«

»Aha.« Ihr Lachen verriet mir, dass ich mit meiner Vermutung richtiggelegen hatte.

Sie foppte mich auf eine Art und Weise, die zugleich aufreizend, geistreich und absolut bezaubernd war. Es war kaum zu ertragen. Sie brachte mich völlig durcheinander, während das Ziehen in meinen Lenden immer stärker wurde. Das alles verhieß nichts Gutes. Ich musste einen kühlen Kopf bewahren und meine Libido unter Kontrolle bringen. Leider schien mein Schwanz anderer Meinung zu sein, denn er konnte nur noch daran denken, Anaya zu vernaschen.

»Warum hast du das NCMEC verlassen?«, fragte ich in der Hoffnung, dass meine Erektion mit dem Themenwechsel etwas nachlassen würde.

»Ich brauchte eine Veränderung«, antwortete sie beiläufig und zuckte mit den Schultern.

Offensichtlich versuchte sie, die Sache herunterzuspielen, aber ich sah den Schmerz in ihren Augen und wusste, dass mehr dahintersteckte. Ich wünschte, sie würde es mir erzählen. Das sah mir gar nicht ähnlich, denn ich war eigentlich nicht der neugierige Typ. Dabei war ich weder abweisend oder misstrauisch wie Max, noch hatte ich mit einem Trauma zu kämpfen wie Declan, das mich daran hinderte, Beziehungen zu anderen Menschen aufzubauen. Aber ich respektierte die Privatsphäre der anderen.

Zumindest redete ich mir das ein. In Wirklichkeit hielt ich mich aus dem Privatleben der Frauen heraus, weil ich ihnen nicht zu nahe kommen wollte. Ich war immer ehrlich und ließ meine Eroberungen von Anfang an wissen, dass ich nicht mehr als ein flüchtiges Abenteuer suchte. Für mich gab es keinen Grund, eine tiefere Beziehung aufzubauen, da ich kein Interesse daran hatte, eine Familie zu gründen. Also achtete ich darauf, bestimmte Grenzen nicht zu überschreiten.

Aber aus irgendeinem Grund schienen diese Grenzen bei Anaya zu verschwimmen, und ich verspürte den Drang, sie ganz aufzuheben. Woher kam nur dieser Drang, alles über sie wissen zu wollen?

KAPITEL DREI

Kyle war interessant, aber schwer zu durchschauen.

Wir waren seit fast einer Stunde in der Luft und unterhielten uns angeregt. Allerdings hatte er meine Frage nicht beantwortet und ich wusste immer noch nicht, ob er einst ein SEAL gewesen war. Aber ich mochte unser Geplänkel und seine Scherze. Eines war jedoch verwirrend. Er stellte zwar viele Fragen, schien sich aber nicht an meinen vagen Antworten zu stören und hakte nicht nach.

»Du scheinst nicht auf Antworten zu drängen«, platzte ich heraus. »Versteh mich nicht falsch, ich will mich nicht beschweren. Es ist nur eine Feststellung.«

»Du bist schließlich kein Feind, den ich verhören muss«, erwiderte er.

Ich musste zugeben, dass die Vorstellung irgendwie amüsant war.

»Hast du schon viele Feinde verhört?«, fragte ich. Ich genoss den verbalen Schlagabtausch.

»Ja. Ich kann mich nicht einmal mehr erinnern, wie viele es waren.«

Ich konnte mir Kyle sehr gut als Vernehmungsbeamten vorstellen. Mit seinem durchdringenden Blick gab er mir stets das Gefühl, dass er mehr über mich wusste, als er zugeben wollte. Vielleicht hatte er mich deshalb nicht gebeten, meine Antworten näher zu erläutern. Aber ich hätte dankbar sein sollen, denn ich sprach nicht gern über mich. Manchmal war es jedoch ermüdend, mich vor allen zu verschließen. Sogar Evette und Kalee gegenüber war ich zurückhaltend gewesen.

Verdammt, Kalee fehlte mir. Sie war so eine fröhliche und aufgeschlossene Frau gewesen und hatte immer ein Lächeln oder ein Lachen in die Gesichter ihrer Mitmenschen gezaubert. Ich konnte noch immer nicht glauben, dass sie tot war. Selbst nach allem, was mir widerfahren war, war ich schockiert, dass es so viel Böses auf der Welt gab.

»Hey.« Kyle holte mich in die Gegenwart zurück, indem er eine Hand auf meine legte und seine Finger mit meinen verschränkte.

Ich senkte den Blick und betrachtete erstaunt unsere ineinander verschlungenen Finger. Wie lange war es her, dass jemand mich berührt hatte? Zweifellos hatte ich während der letzten Monate ein paar Hände geschüttelt, aber weiter war der körperliche Kontakt nicht gegangen. Ich mochte es nicht, umarmt zu werden, und auch die Kinder im Waisenhaus, die ich mit Kalee besucht hatte, hatten mich kaum berührt. Während ich ihnen nur zugewinkt hatte, hatte Kalee die Kleinen in den Arm genommen, den Mädchen die Haare aus dem Gesicht gestrichen und sie auf die Wange geküsst. Ich hatte nur einen Waschlappen geholt und ihnen geholfen, sich selbst zu waschen.

Meine Güte, ich war durch und durch verkorkst.

Wann hatte ich mir erlaubt, mich von allen anderen so sehr abzuschotten?

»Anaya, geht es dir gut? Ich wollte nicht …« Kyle wollte seine Hand wegziehen, aber ich hielt sie fest. Wenn er mich jetzt losließ, würde ich den Mut verlieren. Aber aus einem mir unerfindlichen Grund wollte ich, dass er mich verstand.

»Ich kann mich nicht erinnern, wann mich das letzte Mal jemand berührt hat«, gestand ich. Als er seine Hand anspannte, blickte ich auf und begegnete seinem Blick. »Man muss kein Genie sein, um zu verstehen, warum ich Schwierigkeiten habe, mich anderen Menschen zu nähern. Ich wusste, dass ich ziemlich kaputt bin, aber ich habe keine Ahnung, wann ich angefangen habe, mich so weit in mein Schneckenhaus zurückzuziehen.«

»Wie weit hast du dich denn zurückgezogen?«, fragte er vorsichtig.

»Bis zu dem Punkt, an dem eine einfache freundliche Geste befremdlich wirkt.«

Meine Güte. Wahrscheinlich klinge ich wie eine Verrückte.

Kyle nickte. »Ich hätte nicht ...«

»Bitte nicht. Das ist mir unangenehm. Ich weiß, dass ich ein bisschen sonderbar bin.« Ich bemühte mich um ein Lächeln, um meine Unsicherheit zu überspielen. »Du hast nichts falsch gemacht. Ich bin die Spinnerin von uns beiden.«

Kyle drückte meine Hand und schüttelte den Kopf. »Du bist weder sonderbar noch verrückt.«

»Das ist wirklich nett von dir, aber wir wissen beide, dass ein normaler Mensch nicht eine geschlagene Minute lang auf seine Hand starren würde, während er versucht, sich daran zu erinnern, wann er das letzte Mal jemanden berührt hat.«

Ja, ich klinge wirklich wie eine Verrückte.

Zeit, das Thema zu wechseln.

»Wie auch immer«, seufzte ich. »Wie lange bist du schon nicht mehr in der Navy?«

»Seit drei Jahren«, antwortete er. Er ließ sich auf den Themenwechsel ein, starrte mich aber weiterhin aufmerksam an. Obwohl er genau wusste, dass ich ihn nur ablenken wollte, ließ er mich gewähren. Großartig. Er sah mich an, als würde ich jeden Moment zusammenbrechen. Am allerwenigsten wollte ich, dass er in mir ein Opfer sah, das er mit Samthandschuhen anfassen musste. Einerseits wollte ich ihn nicht wissen lassen, wie verkorkst ich war, andererseits wünschte ich mir, dass er mich verstand. Es war verwirrend. Ich hatte Mühe, diese widersprüchlichen Gefühle unter Kontrolle zu halten.

»Können wir nicht einfach so tun, als hätte ich nichts gesagt?«

»Worüber?«

»Über meine Hand …« Ich verstummte, als ich sah, wie er seine Lippen zu einem Lächeln verzog. Er spielte mein Spiel mit. Meine Güte. Er war so nett.

»Danke.«

»Würde es dir etwas ausmachen, wenn ich deine Hand noch etwas länger halte?«, fragte er.

»Neeeeein«, antwortete ich gedehnt mit einem fragenden Unterton in der Stimme.

»Danke. Bei Turbulenzen werde ich immer nervös.« Um seine Worte zu unterstreichen, schüttelte er sich sichtlich und zwinkerte mir zu.

Mein Gott. Ich hätte nie gedacht, dass ich einen so großen und starken Mann wie Kyle jemals als süß bezeichnen würde, aber das gespielte Zittern und das Zwinkern waren einfach zum Anbeißen.

»Aber nur, wenn deine Hände nicht schwitzen. Sonst bist du auf dich allein gestellt, Kumpel.«

»Verstanden.« Ich war überrascht, als er in schallendes Gelächter ausbrach.

Plötzlich war er nicht mehr nur süß, sondern verdammt sexy. Wie gebannt starrte ich ihn an, bemerkte das Spiel der Muskeln in seinem Nacken, seine perfekten weißen Zähne und die Art, wie sein durchtrainierter Körper bebte, wenn er lachte. Bei diesem Anblick überlief mich ein erregender Schauer. Ich spürte, wie ich feucht wurde, während ein brennendes Verlangen in mir erwachte.

Ich war dankbar, als er wieder anfing, über dieses und jenes zu plaudern. Es dauerte eine Weile, bis ich mich wieder auf das Gesagte konzentrieren konnte, aber schließlich kamen wir auf die Essgewohnheiten in verschiedenen Kulturen zu sprechen. Wir waren beide viel herumgekommen. Er hatte mehr Länder bereist als ich, aber im Gegensatz zu mir hatte er nie die Zeit gehabt, sie wirklich zu erkunden. Albanien, Liberia und den Kosovo hatten wir beide besucht, während er den Nahen Osten besser kannte als ich und ich mehr in Osteuropa und Asien unterwegs gewesen war.

Er sprach besonnen über andere Kulturen. Obwohl er all diese Länder als Soldat oder Söldner besucht hatte, scherte er die Einheimischen nicht über einen Kamm. Er wählte seine Worte mit Bedacht und machte deutlich, dass er gegen Terroristen und Kriegstreiber kämpfte, während die unschuldige Bevölkerung nur versuchte, ihren täglichen Aufgaben nachzugehen.

Kyle hatte einen ausgeprägten Sinn für Gerechtigkeit und den Wunsch, für diejenigen einzutreten, die sich nicht selbst schützen konnten.

Ich bewunderte sowohl seine Entschlossenheit als auch seine Bescheidenheit. Sein Wunsch, sich für die Schwachen einzusetzen, kam weder aus Mitleid noch aus Herablassung. Kyle hielt sich nicht für etwas Besseres, aber er wusste, dass er im Leben mehr Möglichkeiten gehabt hatte als andere.

Seine Einstellung war nicht nur sexy, sie war unwiderstehlich. Es war eine Schande, dass unsere Wege sich in ein paar Tagen trennen würden und ich ihn nie wiedersehen würde.

»Müde?«, fragte er, nachdem ich zum zweiten Mal hintereinander gegähnt hatte.

»Tut mir leid. Es liegt nicht an dir, sondern am Ruckeln des Flugzeugs, ehrlich«, antwortete ich. »Ich schlafe immer während einer Autofahrt oder eines Fluges. Soll ich mit Declan die Plätze tauschen, damit er dir Gesellschaft leistet, während ich ein Nickerchen mache?«

Obwohl ich es beim Einsteigen nicht erwähnt hatte, kam es mir seltsam vor, dass Declan nicht neben seinem Kameraden saß. Er war nicht einmal in unserer Nähe.

»Schlaf, Anaya. Ruh dich aus. Sobald wir gelandet sind, wirst du wahrscheinlich nicht viel Gelegenheit zum Verschnaufen bekommen.«

»Danke«, flüsterte ich.

»Wofür?«

»Für das nette Gespräch. Während der letzten Stunden habe ich zum ersten Mal seit langer Zeit nicht an Timor-Leste oder die Geschehnisse dort gedacht. Insgeheim habe ich ein schlechtes Gewissen, weil ich es verdrängt habe, aber ich bin dankbar für die Atempause.«

»Mit der Zeit wird es leichter werden«, sagte er. »Der Geist ist ein wundersamer Mechanismus. Er wird heilen.«

Ich nickte und fragte: »Und wird die Seele auch heilen?«

»Ich weiß es nicht«, antwortete er aufrichtig. Ich wusste seine Offenheit zu schätzen.

Schnell wurde mir klar, dass Kyle seine Worte immer mit Bedacht wählte und nie etwas sagte, um ein Problem zu beschönigen. Es war auf ungeahnte Weise erfrischend. Mein ganzes Leben lang war ich den Menschen gegenüber, die mir nahestanden, zurückhaltend gewesen. Ich war nicht ehrlich und wich unangenehmen Fragen aus. Ich war sogar so gut darin, dass ich jedes Gespräch in die von mir gewünschte Richtung lenken konnte.

Ich ließ den Kopf gegen den Sitz sinken, schloss die Augen und dachte an Kalee und die Rebellen. Würde es wirklich leichter werden? Würde mein Geist zur Ruhe kommen und irgendwann aufhören, die Ereignisse jenes Tages Revue passieren zu lassen? Immer wieder musste ich daran denken, was ich alles hätte anders machen können. Was, wenn ich mich nicht versteckt hätte? Was, wenn ich mit Kalee und Piper ins Waisenhaus gegangen wäre? Hätte ich ihnen helfen können? Hätten wir gemeinsam mehr Kinder retten können als die drei kleinen Mädchen, die Piper so selbstlos beschützt hatte?

Ich glaubte nicht, dass meine Seele jemals heilen würde, aber vielleicht würde ich endlich nachts schlafen können, wenn ich einige der Mädchen rettete, die von Amisha missbraucht wurden.

Auf diese Aufgabe musste ich mich konzentrieren und durfte mich nicht von Kyles sinnlichem Lachen oder seinem muskulösen Körper ablenken lassen. Oder mich irgendwelchen Träumen von ihm hingeben. Schon gar nicht durfte ich mich ihm öffnen. Ich würde nie so ehrlich sein können wie er. Außerdem brauchte Kyle bestimmt keine verrückte Frau in seinem Leben, die ihren Ballast bei ihm ablud.

Er war ein guter Mann.

Viel zu gut für jemanden wie mich.

* * *

ICH SCHRECKTE AUS DEM SCHLAF UND STELLTE FEST, DASS MEIN Kopf auf Kyles Schulter ruhte. Schnell führte ich eine Hand zum Mund, in der Hoffnung, nicht gesabbert zu haben.

»Ich habe es schon abgewischt«, sagte er amüsiert.

»Wie bitte?«

»Die Spucke. Ich habe sie abgewischt, bevor sie mein T-Shirt durchnässen konnte.«

»Bitte sag mir, dass das ein Witz ist«, flüsterte ich und schloss die Augen.

»Ja, ich nehme dich nur auf den Arm.« Er lachte. Diesmal spürte ich die Vibration seines Körpers, statt sie nur zu sehen. Es war ein tolles Gefühl.

Ich war wohl nicht ganz bei Sinnen. Besser, ich verdrängte solche Gedanken, bevor ich mich noch mehr blamierte.

Ich öffnete die Augen und betrachtete das Buch, das er in der linken Hand hielt, während seine rechte immer noch mit meiner verschränkt war.

»Liest du mein Buch?«, wollte ich wissen. Die Frage war überflüssig, denn ich konnte einen Teil des Einbands sehen.

»Nachdem dein Kopf auf meine Schulter gefallen war, wollte ich nicht unter den Sitz greifen, um mein Buch aus der Tasche zu holen. Deins steckte in greifbarer Nähe in der Sitztasche, also habe ich es mir geschnappt.«

Oh. Mein. Gott.

»Äh …«

»Ich hätte nicht gedacht, dass du Liebesromane magst. Aber ich wusste auch nicht, dass es solche Geschichten gibt, sonst hätte ich schon längst in einem dieser Bücher geblättert.«

»Äh … wie viel davon hast du denn gelesen?«, fragte ich und fürchtete mich schon vor der Antwort.

Ich hatte keine Ahnung, wie lange ich geschlafen hatte, aber ich musste eine Weile eingenickt sein, denn er hatte ungefähr die Hälfte des Buches verschlungen.

»Genug, um zu sagen, dass diese Susan Stoker meine neue Lieblingsautorin werden könnte.«

Oh mein Gott. Hatte er das wirklich gerade gesagt?

»Ich werde ihr eine E-Mail schreiben und es ihr ausrichten. Ich bin sicher, sie wird sich freuen, dass ein ehemaliger SEAL von ihrer Arbeit schwärmt.«

Seine breiten Schultern bebten erneut, und ich versuchte vergeblich, das Kribbeln in meinem Inneren zu unterdrücken.

»Kennst du sie?«, wollte er wissen. Ich begegnete seinem Blick, als er eine Augenbraue in die Höhe zog.

Wow, er war so sexy.

»Wie bitte? Nein. Das war nur ein Scherz.«

»Hast du den Roman schon gelesen?«

»Äh, ja. Das ist eines meiner Lieblingsbücher.«

»Diese Wasserrettung am Anfang war unglaublich. Der Gerechtigkeitssinn des Helden deckt sich mit meinem. Er schneidet dem Arschloch zuerst den Finger ab und beginnt dann mit dem Verhör.«

Ich dachte an die Szene und musste grinsen. Es war leicht, sich Kyle als Helden in einem Liebesroman vorzustellen. Im wirklichen Leben war er im Grunde auch ein Held. Herrje, was war nur los mit mir? Ich war völlig verrückt geworden. Jetzt verglich ich Kyle auch noch mit den Männern aus den Büchern. In meinen Träumen stellte ich sie mir als meine Partner vor, denn ich hatte gelernt, dass ich im wirklichen Leben nie einen Mann an mich binden konnte. Niemand wollte eine Frau, die so verkorkst war wie ich. Nicht einmal ein guter Kerl wie Kyle.

»Aber ich hätte die Frau nicht in San Francisco zurückgelassen«, fuhr er fort.

»Warum nicht? Sie glaubten nicht, dass sie in Gefahr war«, bemerkte ich.

»Weil sie ihm offensichtlich etwas bedeutet hat.«

»Was hätte er denn tun sollen? Hätte er sie sich wie ein Neandertaler über die Schulter werfen und zurück in die Berge schleppen sollen?«

»Das wäre eine Möglichkeit gewesen«, antwortete er belustigt. Die Vorstellung von Kyle, der mich über seine Schulter warf und in sein Haus in den Bergen trug, um sich für immer mit mir zu vereinen, jagte mir einen erregenden Schauer über den Rücken. »Das Ende war verdammt gruselig. All diese Menschen in Käfigen. Wer denkt sich so etwas nur aus?«

»Susan«, lachte ich. »Ihre Romane sind immer voller überraschender Wendungen. In dieser Geschichte versteckt der Bösewicht sich im Haus der Heldin. Ich hatte es richtig mit der Angst zu tun bekommen, nachdem ich es gelesen hatte, und war froh, dass ich in einer Wohnung lebe. In einem Haus hätte ich wahrscheinlich die Tür zum Dachboden vernagelt.« Ich erschauderte bei dem Gedanken, dass ein Verrückter mir in meinen eigenen vier Wänden auflauern könnte. Dann fiel mir ein, was Kyle gerade gesagt hatte. »Hast du das ganze Buch gelesen?«

Ich betrachtete das Taschenbuch, das in der Mitte aufgeschlagen war.

»Ja.«

»Warum hast du es dann noch nicht geschlossen?«

»Ich habe es nur noch einmal überflogen.« Kyle räusperte sich und wirkte verlegen.

»Du liest doch nicht etwa die Sexszenen noch einmal, oder?«, neckte ich ihn und spürte, wie mir die Hitze in die Wangen stieg. Ich war froh, dass mein Kopf immer noch auf seiner Schulter lag und er mein Gesicht nicht sehen konnte.

»Warum wundert dich das? Sie sind ziemlich heiß.«

Oh mein Gott. Er hatte tatsächlich die erotischen Passagen noch einmal gelesen. Ich hätte gelacht, wäre ich nicht so schockiert gewesen.

»Diese Stellen überspringe ich für gewöhnlich, wenn ich in der Öffentlichkeit lese.«

»Wirklich?«, fragte er gedehnt. »Gibt es dafür einen besonderen Grund?«

»Wie du schon sagtest, sie sind heiß.«

Das stimmte. Susan Stokers Sexszenen waren verdammt erregend, und ich tat besser daran, sie in der Abgeschiedenheit meines Zuhauses zu lesen.

Wir schwiegen eine Weile, dann sagte Kyle: »Vielleicht solltest du noch etwas schlafen.«

»Warum?«, fragte ich, obwohl ich immer noch müde war und sein Vorschlag verlockend klang.

»Entweder du machst ein Nickerchen oder wir müssen das Thema wechseln«, sagte er heiser. Ich hätte schwören können, dass seine Stimme plötzlich etwas tiefer klang.

»Welches Thema meinst du?«

Kyle stöhnte und murmelte: »Sex.«

Er klappte das Buch zu und legte es auf seinen Schoß. Ich warf einen Blick darauf und fragte mich, was er zu verbergen versuchte. Ich vermutete, dass er einen Ständer hatte, und versuchte zu ergründen, welche Gefühle die Tatsache in mir hervorrief, dass mein Lieblingsbuch seinen steifen Schwanz verdeckte. Schnell kam ich zu dem Schluss, dass mir der Gedanke sogar sehr gut gefiel. Ich war wirklich nicht ganz bei Trost.

Hör auf, darüber nachzudenken, Anaya.

»Schlaf ist eine gute Idee«, murmelte ich.

»Träum süß, Anaya.« Seine Stimme klang jetzt nicht mehr nur rau, sondern hatte auch einen lüsternen Unterton angenommen. Ich hatte vielleicht nicht viel Erfahrung mit Männern, aber ich konnte hören, wenn jemand erregt war.

Sicherlich würden meine Träume weniger süß, dafür aber von sinnlichen Fantasien durchzogen sein. Ich wusste zwar nicht aus erster Hand, wie heißer Sex sich anfühlte, aber ich konnte träumen.

Ich schloss die Augen und stellte mir vor, die Heldin des Romans zu sein, den Kyle gelesen hatte. Und Kyle war der Held in den Bergen, mein tödlicher Söldner. Sex mit ihm wäre nicht nur heiß, sondern wild und hemmungslos.

Mir stockte der Atem und ich versteifte mich.

Was war los mit mir? Warum quälte ich mich so? Es war Jahre her, seit ich das letzte Mal mit einem Mann geschlafen hatte. Und jetzt fantasierte ich über einen Mann, den ich gerade erst kennengelernt hatte? Noch dazu über einen Mann, der mich beschützen sollte und sich nicht für mich interessierte. Ich durfte nicht einmal an ihn denken. Aus vielerlei Gründen kam wilder, hemmungsloser Sex mit ihm nicht infrage. Selbst wenn er es mir angeboten hätte, hätte ich nicht mit ihm schlafen können, weil ich es nicht ertragen konnte, von anderen Menschen berührt zu werden.

Warum war ich nur so verkorkst?

Ich musste wieder einen klaren Kopf bekommen, bevor die Sache unangenehm wurde.

KAPITEL VIER

Gott sei Dank waren wir gelandet.

Es war die reinste Folter gewesen, fünfundzwanzig Stunden lang neben Anaya zu sitzen.

Sowohl mein pochender Schwanz als auch meine Nerven hatten sehr gelitten.

Sie war nicht nur charmant und geistreich, sondern auch wunderschön.

Vor allem die letzten zehn Stunden waren schmerzhaft gewesen. Ich brauchte sofort eine kalte Dusche. Ich war mir nicht sicher, aber ich nahm an, dass ein Ständer, der länger als zwei Stunden anhielt, ärztliche Hilfe erforderte. Ein zehnstündiger Halbsteifer hatte wahrscheinlich bleibende Schäden hinterlassen. Das wäre ein Jammer, denn nachdem ich mich unzähligen Fantasien über Anaya hingegeben hatte, ging ich davon aus, dass der Sex mit ihr atemberaubend wäre.

Ich machte dieses verdammte Buch für meinen derzeitigen Zustand verantwortlich. Sobald ich mein Problem gelöst hätte, würde ich dieser Susan Stoker eine E-Mail schreiben und sie dringend bitten, einen Warnhinweis auf den Umschlag drucken zu lassen. Besser wäre ein ganzer Absatz darüber, warum man ihre Romane nicht in der Öffentlichkeit lesen sollte. Schon gar nicht, wenn man neben einer schönen Frau saß, die einen ohnehin verrückt machte.

Vielleicht sollte Susan Stoker sich bei der Vermarktung ihrer Bücher auch an Senioren mit Erektionsproblemen wenden. Scheiß auf die kleine blaue Pille. Damit würde sie einen Haufen Geld verdienen und die großen Pharmakonzerne aus dem Geschäft drängen.

Ich hätte nie zugeben dürfen, dass ich die Sexszenen noch einmal gelesen hatte. Doch ich war ein Idiot und sogar dumm genug gewesen, das Wort »Sex« laut auszusprechen. Anaya hatte wahrscheinlich angenommen, dass ich nicht bemerkt hatte, wie sie rot wurde, aber sie hatte sich geirrt. Zwar hatte ich ihr Gesicht nicht sehen können, aber die Röte an ihrem Dekolleté war unverkennbar gewesen. Das war ein weiteres Problem. Sie hatte große Brüste, die sie nicht so einfach verstecken konnte. Und als ihre Haut darüber sich gerötet hatte, war mir das Wasser im Mund zusammengelaufen, während ich mir vorstellte, ihre Brüste zu kneten und zu schmecken.

Als Anaya dann auch noch zugegeben hatte, dass die Sexszenen sie ebenfalls in Wallung brachten, hatte sie mir den Rest gegeben. Mein Schwanz hatte in meiner Cargohose gezuckt und pochte seitdem ununterbrochen. Ich konnte ehrlich behaupten, dass die Nähe einer Frau mich noch nie so sehr erregt hatte. Schon gar nicht die einer Frau, die ich bis auf ein unschuldiges Händchenhalten noch nie berührt hatte.

Für Anaya hingegen schien die bloße Berührung eine große Sache zu sein. Es beunruhigte mich, dass sie zugegeben hatte, wie verschlossen sie war. Und da ich genau wusste, warum sie sich in ihr Schneckenhaus zurückzog, kam ich mir wie ein dreckiger Mistkerl vor, nur weil ich von ihr fantasiert hatte.

Ich musste damit aufhören. Und zwar umgehend, bevor ich sie noch verschreckte. Wir befanden uns auf einer Mission in Timor-Leste, und diese beinhaltete ganz sicher nicht, dass ich sie flachlegte. Obwohl ich liebend gern herausgefunden hätte, ob die Realität meiner Vorstellung entsprach.

»Wie weit ist es noch bis zum Hotel?«, fragte Anaya, als wir den Taxistand erreichten.

»Zane hat uns in einem Haus untergebracht«, antwortete Dec.

»In einem Haus?«

»Ja. Es ist sicherer als ein Hotel und mit dem Wagen nur fünf Minuten vom Flughafen entfernt.«

»Aber das bedeutet, dass es fast dreißig Minuten bis zu Amishas Waisenhaus sind. Sie wohnt auf der anderen Seite der Stadt.«

Declan drehte sich zu Anaya um. Bevor er ihr die Hölle heißmachen konnte, weil sie seine Entscheidungen infrage stellte, griff ich ein.

»Es gibt mehrere Gründe, warum wir nicht in ihrer Nähe sein wollen. Zum einen fallen wir auf und sie wird dich wahrscheinlich erkennen.«

»Daran habe ich nicht gedacht«, murmelte Anaya.

»Deshalb sind wir hier. Es ist unsere Aufgabe, alles in Betracht zu ziehen, was dir entgehen könnte«, erklärte ich, ohne jedoch zu erwähnen, dass es auch zu unseren Pflichten gehörte, die Frau gegebenenfalls auszuschalten.

»Natürlich.«

Die kurze Taxifahrt zum Haus verbrachten wir zum Glück schweigend. Ich nutzte die Zeit, um meine Nerven zu beruhigen und alle schmutzigen Gedanken an Anaya in die entlegensten Winkel meines Geistes zu verbannen.

Als wir unseren Strandbungalow mit zwei Schlafzimmern erreichten, stellte ich mit Freude fest, dass die Unterkunft gepflegt war. Allerdings war das Gebäude auf zwei Seiten von Bäumen und Büschen umgeben, was die Sicherheit erheblich einschränkte. Das Laub bot einem potenziellen Eindringling ausreichend Deckung.

»Verdammt«, murmelte Declan, als er das Haus in Augenschein nahm. Wahrscheinlich dachte er dasselbe wie ich.

»Wir haben schon in schlimmeren Unterkünften übernachtet«, erinnerte ich ihn.

»Einer von uns muss Wache halten«, sagte er und sprach aus, was ich dachte. »Du übernimmst die erste Schicht, da du und Dornröschen im Flugzeug geschlafen habt.«

Ich ignorierte Declans Stichelei und hoffte, dass ich nicht mit meinem Freund darüber reden musste, die Finger von Anaya zu lassen.

»Oh, tut mir leid, Declan. Hätte ich etwa fünfundzwanzig Stunden wach bleiben und das Flugzeug patrouillieren sollen?«, blaffte Anaya.

Declan kniff die Augen zu schmalen Schlitzen zusammen. Zu meiner Überraschung wich Anaya nicht zurück, sondern straffte die Schultern und drückte den Rücken durch. Der Anblick war verdammt sexy.

»Du scheinst ein Problem mit mir zu haben«, fuhr sie fort. »Statt dich derart passiv-aggressiv zu verhalten, könntest du mir einfach ins Gesicht sagen, was dir an mir nicht gefällt. Es würde die nächste Woche erheblich vereinfachen.«

»Anaya, wenn ich ein Problem mit dir hätte, würde ich es dir sagen, das kannst du mir glauben. Ich bin nicht passiv-aggressiv, sondern schlichtweg aggressiv. Wenn meine Art dich beleidigt, schlage ich vor, dass du dich zusammenreißt. Denn wenn du mir nicht gewachsen bist, bist du für das, was vor uns liegt, auf keinen Fall gerüstet.«

»Ich soll mich zusammenreißen? Du machst Witze, oder?«

»Nicht einmal annähernd.«

Scheiße. Dieser verbale Schlagabtausch wurde immer schlimmer.

»Dec ...«

»Fang gar nicht erst damit an, Kyle. Du weißt, dass ich recht habe. Und du weißt, was auf uns zukommt. Wir können es uns nicht leisten, dass sie in Tränen ausbricht oder, schlimmer noch, erstarrt und in Panik gerät. Sie ist nur hier, weil Zane eingeknickt ist und Emerson recht gegeben hat. Wir brauchen eine Frau, die sich um die Mädchen kümmert.«

Declan hatte recht. Wir hatten versucht, einen Plan auszuarbeiten, laut dem Anaya sicher in den Vereinigten Staaten hätte bleiben sollen. Aber Emerson hatte darauf bestanden, dass wir eine Frau dabeihatten, weil die Mädchen uns sonst nicht folgen würden. Und wenn diese sich weigern würden, mit uns zu kommen, dann würde das einen Aufruhr verursachen, den wir wahrlich nicht gebrauchen konnten. Thad war strikt dagegen gewesen, Emerson auf die Mission zu schicken, solange er uns nicht begleiten konnte. So war uns nichts anderes übrig geblieben, als Anaya mitzunehmen.

Thad und der Rest des Teams wurden in Maryland gebraucht. Die Tatsache, dass Zane Lewis Declan und mir erlaubt hatte, für eine Woche nach Timor-Leste zu reisen, obwohl das Unternehmen bedroht wurde, zeigte, wie sehr er Tex und Ace respektierte.

Mit diesem Einsatz erwiesen wir Ace einen persönlichen Gefallen, während Tex uns mit allen Informationen versorgt hatte, die für einen reibungslosen Ablauf der Mission notwendig waren. Aber in sieben Tagen wurden wir wieder in der Zentrale erwartet. Die Zerschlagung von Omni hatte vorerst oberste Priorität.

»Ich bin zweifellos dankbar, dass Zane und Emerson zugestimmt haben«, warf Anaya trotzig ein. »Wer auch immer die beiden sein mögen. Aber es war nie die Rede davon, dass ich zurückbleibe. Ich weiß, worauf wir uns einlassen, Declan. Ich weiß genau, was diese Mädchen durchmachen.«

»Wirklich? Hast du jemals ein traumatisiertes Opfer gesehen, nachdem es brutal vergewaltigt wurde? Den stumpfen, leblosen Blick in ihren Augen? Die Angst? Den Gestank des Bösen, der an ihrer Haut klebt? Denn ich glaube nicht, dass du weißt, wovon ich rede.«

»Was soll das? Willst du mich verarschen?«, stieß Anaya zwischen zusammengebissenen Zähnen hervor. »Du weißt genau, was ich gesehen habe, schließlich hast du mich überprüft. Das bedeutet, dass du gerade absichtlich grausam bist.«

Declan war zu weit gegangen. Ich musterte ihn und konnte sehen, dass er sich dessen bewusst war. Er hatte nicht nachgedacht und einfach drauflosgeredet, ohne sich vor Augen zu führen, mit wem er sprach. Er hatte es wirklich auf ganzer Linie vermasselt.

»Anaya …«, sagte Dec in sanftem Ton. Aber es war zu spät, sie würde ihm die Hölle heißmachen.

»Kommt gar nicht infrage«, unterbrach sie ihn. »Du kannst nicht einfach zurückrudern. Ich wurde vielleicht nicht brutal vergewaltigt wie eines der Mädchen, aber ich wurde entführt und versteigert. Ich wurde in einem Käfig direkt neben den anderen Opfern gehalten, während ich darauf wartete, dass ich an der Reihe war. Also komm nie wieder auf die Idee, mir zu sagen, dass ich so etwas nicht weiß. Dieser Gestank haftet noch immer an mir, und er wird sich nie abwaschen lassen. Also kannst du dir deinen Schwachsinn über Tränen und Panik so weit in den Arsch schieben, bis du daran erstickst.«

Anaya stürmte aus dem Raum und schlug die Tür hinter sich zu, woraufhin Declan zusammenzuckte. Die Reue stand ihm ins Gesicht geschrieben.

»Das kommt nie wieder vor«, sagte ich und musste mich zusammenreißen, um ihm nicht etwas an den Kopf zu werfen, was ich später bereuen würde.

»Hör auf …«

»Declan, du weißt, wie sehr ich dich respektiere. Ich vertraue dir mein Leben an. Aber was du gerade getan hast, war so verdammt daneben, dass es mir die Sprache verschlagen hat. Ich kann dir nur sagen, dass du dich zusammenreißen und zugeben solltest, dass diese Mission dich aus der Bahn geworfen hat. Solange du es leugnest, quälst du dich nur selbst und wirst immer wieder aus dem Rahmen fallen. Das ist Anaya gegenüber nicht fair. Außerdem wirst du uns durch deine Unachtsamkeit noch in den Tod schicken.

Ich habe nie nach Details gefragt und werde es auch jetzt nicht tun. Aber wir alle wissen, was dir und Violet widerfahren ist. Es ist kein Geheimnis, dass ihr nach dem Tod eurer Eltern getrennt wurdet. Während sie früh adoptiert wurde, bist du in Pflegefamilien und Heimen aufgewachsen. Ich kann mir kaum vorstellen, wie sehr so etwas ein Kind belastet. Aber es ist nicht Anayas Schuld, dass du damit nicht umgehen kannst. Und das war das letzte Mal, dass du deine Probleme an ihr ausgelassen hast.«

Ohne auf eine Erwiderung zu warten, verließ ich den Raum.

Am liebsten wäre ich zu Anaya gegangen, um nach ihr zu sehen, doch das stand mir nicht zu. Nach diesem Vorfall würde sie meine Einmischung ohnehin nicht zu schätzen wissen. Sie würde Zeit brauchen, um sich zu sammeln. Außerdem würde ich mich nur aufregen, wenn ich sie am Boden zerstört vorfände. Und ich musste mich erst einmal beruhigen, andernfalls lief ich Gefahr, meinem Freund und Teamleiter meine Faust ins Gesicht zu rammen.

Ich musste die Umgebung patrouillieren, und die frische, salzige Luft würde meine Wut sicher vertreiben. Anaya war zäh. Sie war stark und widerstandsfähig und brauchte mich nicht. Aber ich wollte von ihr gebraucht werden. Ich musste wirklich einen Weg finden, um diese verrückten Gefühle im Keim zu ersticken.

Mein Handy vibrierte in meiner Tasche und ich zog es heraus. Nachdem ich die Nummer auf dem Display überprüft hatte, nahm ich den Anruf entgegen.

»Smith«, meldete ich mich.

»Kyle?«

»Ja. Ist alles in Ordnung, Violet?«

»Wie geht es ihm?«

Mit diesem Anruf hätte ich rechnen müssen. Violet Cain liebte ihren Zwillingsbruder, und wie ich gehört hatte, machte sie sich schon seit einiger Zeit Sorgen um seine mentale Verfassung. Nach dem Desaster, das ich gerade miterlebt hatte, hatte sie allen Grund dazu.

»Hör mal …«

»Bitte, Kyle. Ich bitte dich nicht, sein Vertrauen zu missbrauchen, aber ich habe die Missionsbeschreibung gelesen. Ich weiß, was ihr vorhabt, und ich habe keinen Zweifel daran, dass dieser Einsatz meinem Bruder zu schaffen macht. Ich muss wissen, wie er damit klarkommt.«

Es überraschte mich nicht, dass sie die Einzelheiten dieser Mission kannte. Nachdem sie Jaxon geheiratet hatte, hatte Zane sie eingestellt. Zum Teil, weil Zane darauf bestand, seine Familie und die seines Teams in der Nähe zu haben, damit er alle im Auge behalten konnte, aber auch, weil ihre CIA-Erfahrung dem Red Team und Z Corps zugutekam. Sie war hochintelligent und eine verdammt fähige Geheimdienstanalystin.

Außerdem konnte sie einen Lügner schon aus der Entfernung riechen. In dieser Hinsicht wurde sie nur von Zane übertroffen.

»Nicht gut.«

»Das habe ich mir gedacht«, seufzte sie.

»Er hat Anaya gerade zur Schnecke gemacht. Hast du eine Ahnung, was mit ihm passiert ist? Wenn ich zwischen den beiden vermitteln soll, wäre es gut, mehr über ihn zu wissen.«

»Nein. Ich habe mich nie näher mit seiner Vergangenheit befasst. Abgesehen von den Informationen, die ich durchgegangen bin, bevor ich seinen Auslandseinsatz bei der CIA genehmigt habe. Aber seine Akte war nicht sonderlich ergiebig.«

Ich konnte mir kaum vorstellen, wie es für Violet gewesen sein musste, ihrem lange verschollenen Bruder gegenüberzusitzen, während sie ihn vor seinem Einsatz als verdeckter Ermittler befragt hatte. Declan hatte sich an sie erinnert. Er hatte gewusst, dass Violet seine Zwillingsschwester war, und hatte sich ebenfalls entschieden zu schweigen.

»Und hast du mehr erfahren, seit Zane ihn angeheuert hat?«

»Möglicherweise hat Zane eine komplette Akte über ihn, aber ich habe nie danach gefragt. Ich habe das Gefühl, dass ich sein Vertrauen missbrauche, wenn ich in seinem Leben herumschnüffle. Mein Bruder wird sich mir öffnen, wenn er dazu bereit ist.«

»Vielleicht ist es an der Zeit …«

»Nein«, warf Violet ein. »Das wäre ein Verrat, den er mir niemals verzeihen würde. Er würde sich aus dem Staub machen, und dann würden wir ihn alle verlieren.«

Verdammt, sie hatte recht. Aber ich war verzweifelt. Es tat weh, den Schmerz in den Augen meines Freundes zu sehen. Außerdem würde Anaya es nicht ertragen, wenn er sie noch einmal angreifen würde. Das hatte sie auf keinen Fall verdient.

Also war ich wieder am Anfang.

»Ich behalte ihn im Auge.«

»Danke, das weiß ich zu schätzen. Zane sagte, er steigt in den nächsten Flieger, falls ihr ihn braucht. Er macht sich auch Sorgen.«

»Wir kommen hier schon klar. Wie laufen die Ermittlungen gegen Omni?«

»Gut. Tex und Garrett sind fündig geworden. Ashaki Maloof hat sich an Emilio Ruiz gewandt und ihn überzeugt, dass sie ihm helfen kann, Omni zu verlassen. Emilio ist immer noch wütend, weil seine Tochter fast entführt wurde. Ich glaube, er fühlt sich verletzlich und will aussteigen, damit seine Familie nicht mehr mit Omni in Verbindung gebracht werden kann.«

Ashaki Maloof war Agentin der CIA. Das Team war sich immer noch nicht ganz sicher, auf welcher Seite sie stand. Es schien, als sei sie mit den Bösewichten ein wenig zu sehr auf Tuchfühlung gegangen. Natürlich war das die Aufgabe einer verdeckten Ermittlerin, aber selbst für das geübte Auge sah es so aus, als sei sie übergelaufen. Zudem war sie einfach für eine Weile verschwunden, ohne sich bei ihrem Vorgesetzten zu melden. Jetzt war sie wieder aufgetaucht und hatte Informationen weitergegeben.

Auch Emilio Ruiz machte uns Sorgen. Er steckte bis zum Hals in Omni-Geschäften. Vielleicht war er verärgert, weil jemand in der Organisation die Entführung seiner Tochter angeordnet hatte, aber der Kerl war alles andere als dumm. Er war der zweitreichste Mann in seinem Heimatland Mexiko und hatte seinen Erfolg sicher nicht irgendwelchen spontanen Entscheidungen zu verdanken, die er aus dem Bauch heraus getroffen hatte.

Dann war da noch Omni. Die Geheimorganisation duldete keine Uneinigkeit in ihren Reihen und bestand aus den reichsten Männern der Welt. Sie hatten die Regierung infiltriert und sorgten hinter den Kulissen für das Wachstum ihrer eigenen Unternehmen und ihrer Macht. Es war zweifelhaft, ob Emilio ernsthaft versuchen würde, Omni zu verlassen. Denn wenn er wirklich aussteigen wollte, würde er sich mehr als nur verwundbar fühlen. Oder er würde gar nichts mehr fühlen, weil er tot wäre.

»Und Tex und Garrett haben die Informationen von Maloof bestätigt? Ruiz ist nicht dumm, er wird wissen, dass er und seine

Familie nicht mehr lange leben werden, wenn er versucht, Omni zu hintergehen.«

»Tex konnte die Informationen verifizieren, aber wir werden nicht blind darauf vertrauen. Außerdem hat Harry Landry Mist gebaut und wir sind auf Gold gestoßen.«

Harry Landry war ein ausgemachter Widerling. Er handelte sowohl mit Drogen als auch mit Frauen. Thads Frau Emerson hatte in der Vergangenheit mit ihm zu tun gehabt, ihn aber leider am Leben gelassen, als sie mit ihm fertig war.

»Was hat er getan?«, fragte ich.

»Er hat eine Lieferung von Mädchen über eine ungesicherte Leitung geordert. Du wirst nie erraten, wo der Transport abfährt.«

»Wenn du Timor-Leste sagst, kann ich dir versichern, dass es eine Falle ist.«

»Nein. Kambodscha. Wundert euch nicht, wenn Zane euch auf dem Heimweg dort einen Zwischenstopp einlegen lässt. Du und Dec seid am nächsten dran.«

»Auf keinen Fall. Anaya ist bei uns.«

»Sie kann zuvor einen Flug zurück in die Staaten nehmen.«

Ganz sicher würde ich Anaya nicht ohne Begleitung nach Hause fliegen lassen, sobald dieser Einsatz vorbei war. Die Rettung der Mädchen würde nicht nur schmerzhafte Erinnerungen in ihr wachrufen, es wäre auch gefährlich für sie, allein zu reisen. Selbst wenn wir Amisha ausschalten würden, gäbe es eine Menge Leute, die nicht sehr glücklich darüber wären, weil sie dann sowohl auf ein regelmäßiges Einkommen als auch auf die Mädchen verzichten mussten.

»Kommt gar nicht infrage. Ich werde sie nicht ohne Schutz fliegen lassen.«

»Kyle …«

»Nein. Du kannst Zane sagen, dass Anaya bei uns bleibt. Keine Diskussion.«

»Ich werde es ihm ausrichten. Aber du kennst Z, er wird aus der Haut fahren.«

Wahrscheinlich würde mein Chef mir die Hölle heißmachen.

»Schon gut. Erwähne es ihm gegenüber nicht. Ich werde es ihm selbst sagen, wenn er anruft.«

»Das wäre mir lieber«, gab sie zu und atmete erleichtert auf.

»Gibt es einen Grund für dein seltsames Verhalten?«

»Seltsam?«

»Ja, wegen dieser Frau. Sie hat sechs Monate in Timor-Leste gelebt und kennt die Gegend. Nach allem, was ich über sie gelesen habe, ist sie es gewohnt, allein durch die Welt zu reisen. Sie scheint nicht die Art von Frau zu sein, um die man sich kümmern muss.«

Anaya war in der Tat alles andere als hilflos und wäre sicher nicht glücklich darüber, dass ich sie so behandelte. Aber ich würde sie nicht aus den Augen lassen, bis ich wusste, dass sie sicher und wohlbehalten in die USA zurückgekehrt war. Zumindest redete ich mir das ein. Es war viel einfacher, als zuzugeben, dass ich einfach nur in ihrer Nähe sein wollte.

»Ist da nicht noch mehr im Busch?«, fragte Violet, als ich nicht sofort antwortete.

»Nein. Alles ist in Ordnung. Ich fühle mich nur nicht wohl dabei, sie allein in ein Flugzeug zu setzen.«

Und ich wollte mich nicht damit auseinandersetzen, warum mein Magen sich bei dem Gedanken verkrampfte, dass ich sie danach vielleicht nie wiedersehen würde.

»Natürlich«, murmelte Violet argwöhnisch. »Und du wirst mich über meinen Bruder auf dem Laufenden halten?«

»Nein, ich werde nicht auf ihn aufpassen und mich bei dir melden, aber ich werde für ihn da sein, wenn er mich braucht.«

»Aber …«

»Ich verstehe, dass du dir Sorgen machst, aber er ist ein großer Junge. Du weißt, er würde an die Decke gehen, wenn er wüsste, dass ich ihn im Auge behalte und dir regelmäßig Bericht erstatte.«

»Also schön. Du hast ja recht«, schnaubte sie.

»Wir melden uns, nachdem wir heute Abend in der Stadt waren.«

Ich beendete das Gespräch und steckte mein Handy in meine Gesäßtasche.

»Meine Schwester?«, ertönte Declans Stimme hinter mir.

Für einen so großen Mann konnte er verdammt leise sein. Es war beängstigend.

»Sie macht sich Sorgen um deinen Geisteszustand«, erklärte ich mit einem Grinsen. »Ich habe ihr versichert, dass du das gleiche Arschloch bist wie immer und das Gemüt eines hungrigen Krokodils an den Tag legst. Die Beschreibung schien sie zufriedenzustellen.«

»Verdammt. Sie ist schwanger. In ihrem Zustand sollte sie sich keine Sorgen um mich machen.« Dec rieb sich mit beiden Händen übers Gesicht.

Und dann tat Dec etwas, was er noch nie getan hatte. Er erzählte mir von seiner Vergangenheit. »Als ich ungefähr sieben Jahre alt war, lebte ich in einer Pflegefamilie. Schon als Kind konnte ich spüren, dass dort etwas Schreckliches vor sich ging. Ich wusste es einfach. Ich teilte mir ein Zimmer mit einem Jungen, der etwas älter war als ich. Im Zimmer nebenan lebten vier Mädchen. Jedes Wochenende fuhr mein Pflegevater von Freitagnachmittag bis Sonntagabend weg und nahm eines der Mädchen mit. Niemand sprach darüber. Niemand fragte, wohin sie gingen oder nach welchen Kriterien er die Mädchen jedes Mal auswählte. Alles ging seinen gewohnten Gang. Doch eines Tages wollte der andere Junge von einem der Mädchen wissen, wohin sie jedes Mal verschwanden. Natalie weigerte sich zu antworten. Selbst mit meinen sieben Jahren konnte ich spüren, wie verängstigt sie war.

Nachdem ich fast ein halbes Jahr dort gelebt hatte, kam ich eines Tages von der Schule nach Hause und fand sie in meinem Zimmer. Sie hatte sich erhängt. Damals habe ich zum ersten Mal eine Leiche gesehen.« Declan hielt inne und schüttelte angewidert den Kopf. »Ich werde nie vergessen, wie sie von der Decke hing. Dann wimmelte es überall von Polizisten. Auch der Gerichtsmediziner war da. Keines der anderen Mädchen wollte reden, bis eine Woche später die Polizei mit jemandem vom Jugendamt wiederkam. Natalie war schwanger. Sie war dreizehn, als sie sich das Leben nahm. An jenem Tag wurden wir Kinder abgeholt und die Petersons wurden verhaftet.«

Declan hielt inne und stieß einen langen, gequälten Atemzug aus. »Anaya erinnert mich an Natalie. Sie hat die gleiche Haarfarbe und die gleichen sanften Augen, die mehr gesehen haben, als sie sollten. Außerdem war Anaya dreizehn, als sie entführt und verschleppt wurde. All das weckt Erinnerungen, die ich längst begraben hatte.«

»Meinst du nicht, es sei besser, sich damit auseinanderzusetzen und anzufangen, das alles zu verarbeiten?«

»Das kommt gar nicht infrage. Wenn man an der Oberfläche kratzt, weckt man alle möglichen Geister.«

»Und Violet? Wirst du dich ihr jemals öffnen?«

»Auf keinen Fall. Sie wurde von einer liebevollen Familie adoptiert und sollte sich nicht mit meiner Vergangenheit herumschlagen müssen. Und sie hat Jaxon, mit dem sie glücklich ist und mit dem sie mir einen Stall voller Nichten und Neffen schenken wird.«

»Aber ...«

»Hör auf, Kyle. Sie muss das alles nicht wissen. Ich habe den ganzen Scheiß nicht durchgemacht, um meine Schwester damit zu belasten. Ich werde mit Anaya reden und meine Probleme für mich behalten.«

Plötzlich verspürte ich einen Anflug von Eifersucht. Ich hatte keinen Anspruch auf Anaya, aber Declan hatte diesen Ausdruck in den Augen, wenn er von ihr sprach. Er bewunderte sie.

»Wenn du jemanden brauchst, mit dem du über all das reden willst, bin ich für dich da«, versicherte ich ihm.

»Das weiß ich zu schätzen. Aber mir geht es gut.«

Nein, es ging ihm nicht gut. Er war ein gebrochener Mann und weigerte sich, um Hilfe zu bitten.

Nachdem Declan ins Haus gegangen war, stand ich noch eine Weile am Strand und starrte aufs Wasser hinaus. Declans Kindheit war die Hölle gewesen, und ich vermutete, dass seine Zeit bei der CIA nicht viel besser gewesen war. Ein Teil meiner Wut auf ihn ließ nach, und ich hoffte inständig, dass er mit jemandem reden würde, anstatt alles in sich hineinzufressen.

Declan Crenshaw war eine tickende Zeitbombe, die nur

darauf wartete zu explodieren. Und ich wollte Anaya vor der Druckwelle schützen.

KAPITEL FÜNF

Ich schmollte und tadelte mich gleichzeitig, weil ich die Beherrschung verloren hatte.

Ich hatte zu viel verraten.

Ich hasste es, die Vergangenheit wiederaufleben zu lassen. Jedes Mal wenn ich an diese Zeit zurückdachte, lief es mir eiskalt den Rücken hinunter. Ich erinnerte mich an jedes Detail, bis hin zu dem Gefühl, das die Gitterstäbe auf meiner Haut hinterlassen hatten, als ich versucht hatte, mich in dem kleinen Metallkäfig hinzulegen. Ich wusste noch genau, wie der Raum ausgesehen und wie sich das Schluchzen der Mädchen angehört hatte. Und ich wusste noch, wie viel der Mann für mich bezahlt hatte.

Stolze fünfundachtzigtausend Dollar war mein Leben wert gewesen. Da ich erst dreizehn und unberührt war, war mein Preis höher als der der anderen Mädchen. Man sagte mir, ich sei etwas Besonderes – ein Schatz.

In Wirklichkeit war ich ein Niemand. Und niemand vermisste ein verschwundenes Pflegekind.

Ein Klopfen an der Tür ließ mich aufschrecken. Ich hatte mich bewusst vor den anderen versteckt, weil ich Kyle nicht gegenübertreten wollte. Langsam ging ich zur Tür und öffnete erst, als ich die Fassung wiedergewonnen hatte.

Zu meinem Entsetzen stand Declan vor der Tür.

»Darf ich reinkommen?«

Ich hatte wahrlich keine Lust auf eine zweite Runde verbales Sparring mit dem Mann, denn er brachte mich zur Weißglut. Dennoch trat ich zur Seite und ließ ihn herein.

Er ließ den Blick durch das schlichte Zimmer schweifen. Die Einrichtung war hässlich und langweilig. Die untere Hälfte der Wände war mit einer Holzverkleidung versehen, während die obere weiß gestrichen war. Sowohl die Zierleisten als auch die Türen des Kleiderschranks waren glänzend schwarz lackiert. Zu allem Übel lag auf dem Bett eine himmelblaue und weiße Decke.

»Interessante Einrichtung«, bemerkte Declan.

»Bist du deshalb hier? Um über den dekorativen Geschmack des Eigentümers zu diskutieren?«

Er runzelte die Stirn und seufzte. »Das habe ich wohl verdient.«

Ich erwiderte nichts. Eigentlich hatte er einen Tritt in die Eier verdient, weil er sich mir gegenüber wie ein Arschloch verhalten hatte, aber das behielt ich für mich. In den kommenden Tagen würde ich mit ihm zusammenarbeiten müssen und ich wollte die Spannungen zwischen uns nicht noch weiter anheizen. Mit der Androhung körperlicher Gewalt würde ich nur Öl ins Feuer gießen.

»Ich muss mich bei dir entschuldigen.«

Offenbar sah ich überrascht aus, denn Declan seufzte erneut. »Ich war ein Idiot und habe mich von meinen persönlichen Problemen überwältigen lassen.«

Er hielt inne und sah sich noch einmal im Raum um.

Als er meinem Blick wieder begegnete, lag ein verletzlicher, gequälter Ausdruck in seinen Augen.

»Meine Eltern sind gestorben, als ich noch ein Kind war. Da wir keine Verwandten hatten, die uns hätten aufnehmen können, wurden meine Schwester und ich getrennt und in Pflegefamilien untergebracht. Wahrscheinlich dachte das Jugendamt, dass wir als Einzelkinder bessere Chancen hätten, adoptiert zu werden. Außerdem gab es keine staatlichen Waisenhäuser, in denen Jungen und Mädchen zusammenleben konnten. Violet wurde schnell adoptiert. Ich nicht.«

Heilige Scheiße.

»Das tut mir leid, Declan. Wie alt warst du, als deine Eltern gestorben sind?«

»Drei, genau wie du.«

Unwillkürlich zuckte ich zusammen und schloss die Augen. Erinnerungen, die so lange zurücklagen, waren sehr vage, aber sie waren da. Ich konnte zwar bestimmte Ereignisse aus meinem Gedächtnis abrufen, aber ich war nicht sicher, ob es sich dabei um echte Erinnerungen handelte.

»Verdammt«, flüsterte ich.

»Ich weiß, dass ich mein Verhalten damit nicht wiedergutmachen kann, aber ich schulde dir trotzdem eine Erklärung. Als wir uns zum ersten Mal begegneten, war ich noch überzeugt, dass mir diese Mission nicht unter die Haut gehen würde. Aber je mehr wir über das Waisenhaus erfuhren, desto mehr kam meine Vergangenheit wieder hoch. Ich erinnerte mich plötzlich an Dinge, die ich schon vor langer Zeit begraben hatte.«

»Ich verstehe«, sagte ich.

»Das bezweifle ich nicht. Was vorhin passiert ist, wird nicht wieder vorkommen«, versprach er.

Ich bezweifelte nicht, dass er es ernst meinte, aber mit Traumata war das so eine Sache. Sie hatten die Angewohnheit, im ungünstigsten Moment an die Oberfläche zu kommen. Selbst scheinbar unbedeutende Ereignisse konnten Erinnerungen wachrufen, und dann musste man kämpfen, um sie zurückzudrängen.

»Wenn es zu viel für dich ist …«

»Nein. Ich habe alles unter Kontrolle. Ich kann dir garantieren, dass wir in der Lage sind, dich zu beschützen, falls du dir Sorgen um deine Sicherheit machst.«

»Ich mache mir keine Sorgen um mich. Ich mache mir eher Gedanken um dich und um die Erinnerungen, die das Waisenhaus in dir wecken wird.«

Er schenkte mir ein trauriges Lächeln.

»Ich weiß deine Sorge zu schätzen, vor allem nachdem ich so ein Idiot war. Aber ich komme klar. Wie geht es dir?«

»Mir geht es gut, solange ich nicht darüber nachdenke«,

antwortete ich aufrichtig. »Es ist lange her. Ich möchte glauben, dass ich darüber hinweg bin.«

»Das gilt für uns beide.« Er stieß ein humorloses Lachen aus. »Aber wir wissen auch, dass das Gift direkt unter der Oberfläche brodelt und nach außen drängt, während es an uns nagt. Die Zeit löscht die Erinnerungen nicht aus.« Er hatte recht. Weder die Zeit noch sonst irgendetwas konnte die Schrecken der Vergangenheit mildern. »Ich bin froh, dass du rechtzeitig gerettet wurdest.«

»Tut mir leid, wenn ich störe, aber wir müssen über heute Abend reden«, ertönte Kyles Stimme an der Tür.

Declan drehte sich zu seinem Kameraden um und nickte zustimmend. »Du störst nicht. Wir waren ohnehin fertig.«

Ich war froh, dass Kyle aufgetaucht war. Statt mir den Kopf über die Vergangenheit zu zerbrechen oder mich irgendwelchen idiotischen Tagträumen über Kyle hinzugeben, musste ich mich darauf konzentrieren, die Mädchen vor Amisha zu retten.

Ich folgte den Männern ins Wohnzimmer, das dem Schlafzimmer dekorativ in nichts nachstand. Mir wurde schwindelig, als ich die vielen verschiedenen Muster sah. Statt weißer Wände über der Holzvertäfelung war dieser Raum rosa gestrichen. Das knallige Pink passte zu keiner der anderen Farben und ließ das braune Sofa noch schäbiger wirken, als es ohnehin war.

Auf dem Couchtisch lag eine Karte, und ich kniete mich daneben, um sie mir genauer anzusehen. Kyle setzte sich auf eines der Sofas und Declan ihm gegenüber.

»Wir sind hier«, sagte Kyle und zeigte auf einen Punkt auf der Karte. »Um Amishas Haus zu erkunden, werden wir jedes Mal eine andere Route in die Stadt nehmen und uns auch auf verschiedenen Wegen wieder zurückziehen. Heute Abend fahren wir direkt durch das Stadtzentrum und dann im Zickzack zurück.«

Declan griff nach einer der Luftaufnahmen, die ich ihnen gegeben hatte, und betrachtete sie.

»Tex hat bestätigt, dass das Gebäude gegenüber dem Waisenhaus leer steht. Allerdings müssen wir damit rechnen, dass dort Obdachlose herumlungern. Aber ich denke nach wie vor, dass wir Amishas Haus von dort aus am besten beobachten können. Es sei denn, du hast eine bessere Idee.«

Ich blickte von der Karte auf und bemerkte, dass Declan mich ansah.

»Du meinst mich?«

»Du hast doch gesagt, dass du dich eine Zeit lang in der Stadt aufgehalten hast. Wir kennen uns dort nicht aus. Hast du einen Vorschlag?«

»Ja, aber er ist riskant«, antwortete ich.

»Schieß los«, ermutigte Kyle mich.

»Hier gibt es ein Apartmentgebäude.« Ich zeigte auf die Karte. »Vom Dach aus hat man einen besseren Blick auf die Vorderseite des Waisenhauses. Außerdem ist die Gefahr geringer, dass uns dort jemand bemerkt, denn du hast recht, was die Obdachlosen betrifft. Sie würden uns zwar keinen Ärger machen, wenn wir dort herumschleichen, aber am nächsten Tag würden sie uns zweifellos verraten. Das Wohngebäude ist die bessere Option.«

»Warst du schon einmal auf dem Dach?«, fragte Kyle.

»Ja. Es gibt einen Zugang im zweiten Stock. Wenn wir das Waisenhaus von dem Wohngebäude aus auskundschaften, schlage ich vor, dass wir uns aufteilen, um …«

»Auf keinen Fall«, fiel Kyle mir ins Wort. »Wir bleiben zusammen.«

»Lass mich ausreden, bevor du meinen Vorschlag ablehnst. Wenn uns jemand zusammen sieht, sind wir erledigt. Aber es gibt vier Treppenhäuser in diesem Gebäude. Wenn wir uns aufteilen und jeder ein anderes benutzt, können wir uns unauffällig im zweiten Stock treffen. Wir erregen weniger Aufmerksamkeit, wenn jemand nur einen von uns sieht.«

»Sie hat recht«, sagte Declan. »Wir nehmen das Wohngebäude. Was kannst du uns sonst noch sagen?«

Kyle sah nicht gerade erfreut aus, als ich ihnen alles erzählte, was ich von dem dreistöckigen Gebäude noch wusste. Amishas Haus lag nicht gerade im Armenviertel, aber auch nicht in der besten Gegend der Stadt. Die Wohnungen waren bewohnbar, aber nicht sehr elegant. Es fehlte an Sicherheitsvorkehrungen, was uns sehr entgegenkam.

»Ich gehe zuerst nach oben, untersuche den zweiten Stock und das Dach«, wandte Declan sich an Kyle. »Wenn ich fertig bin, schickst du Anaya nach oben und gehst zum Treppenhaus auf der Südseite.«

Mit einem knappen Nicken stimmte Kyle zu. Plötzlich stieg ein flatterndes Gefühl in mir auf. Declan hatte meinem Vorschlag ohne Zögern zugestimmt, und obwohl Kyle immer noch Bedenken hatte, getrennt aufs Dach zu gehen, hatte auch er die Vorteile eines höheren Aussichtspunktes erkannt und nachgegeben. Beide Männer schienen mich mit einem Ausdruck des Respekts zu betrachten. Je länger sie mich anstarrten, desto klarer wurde mir, dass dieses wundersame Flattern in mir ein Anflug von Glück sein könnte. Nachdem Declan und Kyle mir zugehört hatten, änderten sie sofort ihren Plan. Das gab mir das Gefühl, nützlich zu sein und geschätzt zu werden. Aber am glücklichsten machte mich die Wärme in Kyles Blick.

»Heute Abend werden wir das Waisenhaus lediglich auskundschaften«, erinnerte Declan mich.

»In Ordnung.«

»Im Ernst, Anaya, egal was wir sehen, wir greifen nicht ein. Bevor wir etwas unternehmen, müssen wir herausfinden, wer involviert ist und ob Amisha einem Zeitplan folgt.«

»Ich verstehe.«

»Warum habe ich dann das Gefühl, dass ich mir Sorgen machen muss?«, hakte Declan nach.

»Ich sagte, dass ich es verstehe. Aber das heißt nicht, dass es mir gefällt. Je mehr Zeit die Mädchen dort verbringen müssen, desto mehr werden sie verletzt.«

Das Glücksgefühl, das ich gerade noch empfunden hatte, war mit einem Mal verschwunden, und zurück blieben nur Schmerz und Ekel.

»Ich weiß«, sagte Declan in sanftem Ton. »Aber wenn du sie retten willst, musst du am Leben bleiben. Und wenn wir überstürzt handeln, bevor wir alle nötigen Informationen haben ...«

Declan verstummte und ließ den Satz unvollendet. Aber ich wusste auch so, was er sagen wollte.

»Ich verstehe.«

»Gut. Sind wir uns einig, Kyle?«

»Ja«, antwortete dieser knapp.

»Sehr gut. Dann hole ich mir jetzt einen Snack und gehe duschen. In einer Stunde brechen wir auf.« Mit diesen Worten stand Declan auf.

»Wie kommen wir in die Stadt?«, wollte ich wissen. »Wir sind mit dem Taxi hierhergefahren.«

Declan verzog die Lippen zu einem breiten Grinsen und schüttelte amüsiert den Kopf. »Wir leihen uns einen Wagen.«

Als Declan den Raum verließ, wandte ich mich Kyle zu. »Meint er damit etwa, dass wir ein Fahrzeug stehlen?«

»Es ist kein Diebstahl, wenn wir es zurückbringen.«

»Äh …« Ich wusste nicht, was ich sagen sollte.

Kyle lachte leise. »Keine Sorge, wir wissen, was wir tun.«

»Das hoffe ich«, murmelte ich.

Ich war mir zwar nicht sicher, ob es wirklich eine gute Idee war, ein Fahrzeug zu stehlen, aber ich hatte keine andere Wahl, als mich dem Plan zu fügen. Und wenn Kyle sagte, dass sie alles im Griff hatten, dann vertraute ich ihm.

»Hast du Hunger? Wir werden heute Nacht lange unterwegs sein. Wenn du etwas essen willst, solltest du es jetzt tun.«

Essen? Sollte das ein Scherz sein? Ich stand ohnehin bereits unter Strom, und wenn ich an Amisha und ihr Horrorhaus dachte, wurde mir schlecht. Das Letzte, was ich jetzt brauchte, war eine Mahlzeit.

»Ich habe keinen Hunger.«

Er musterte mich lange und schien noch etwas sagen zu wollen, behielt es aber für sich.

»Hast du dich mit Dec ausgesprochen?«, fragte er stattdessen.

»Ja. Er hat sich entschuldigt und mir sein Verhalten erklärt.«

Kyle runzelte die Stirn und wirkte sichtlich schockiert. »Gut.«

»Überrascht dich das?«

63

»Ja. Declan ist ein wandelndes Mysterium. Er spricht nicht über seine Vergangenheit und entschuldigt sich nur selten. Aber ich bin froh, dass er dir gegenüber offener war. Du hast es nicht verdient, von ihm derart angeblafft zu werden.«

Wieder schien Kyle sich auf die Zunge zu beißen und nicht alles auszusprechen, was er sagen wollte. Ich wünschte, er würde mir verraten, was er dachte, aber ich würde ihn nicht drängen. Und er hatte recht, ich hatte es nicht verdient, dass Declan mich derart anfauchte. Aber da ich nun verstand, warum er sich so verhalten hatte, konnte ich ihm keinen Vorwurf mehr machen. Jeder Mensch ging anders mit seinen Emotionen um. Declan ließ seine Wut an seinen Mitmenschen aus, und ich schottete mich ab, sobald meine Gefühle mich übermannten.

Weder der eine noch der andere Ansatz war richtig oder gesund, aber wir mussten tun, was nötig war, um unsere Dämonen in Schach zu halten.

* * *

DECLAN HATTE TATSÄCHLICH EINEN WAGEN KURZGESCHLOSSEN, und zu meiner Überraschung brachte der Schrotthaufen uns quer durch die Stadt. Allerdings war noch nicht ersichtlich, ob wir das Ding später wieder zum Laufen bringen würden.

Declan hatte das Gebäude bereits betreten, während Kyle und ich in der Nähe des Eingangs standen, durch den ich in den zweiten Stock gelangen würde. Plötzlich bewegte sich etwas auf dem Weg neben uns.

Bevor ich begriff, was geschah, drückte Kyle mich gegen die Hauswand, um mich mit seinem Körper abzuschirmen. Ich erstarrte und wurde von Panik gepackt. Das Gefühl war so überwältigend, dass ich es einfach nicht unterdrücken konnte. Aber ich war auch nicht in der Lage, mich zu bewegen, um zu fliehen.

Ich war wie gelähmt.

»Atme, Anaya«, flüsterte Kyle.

Ich hatte nicht bemerkt, dass ich die Luft angehalten hatte. Aber als ich ausatmete, brannte meine Lunge.

»So ist es gut«, flüsterte er. »Entspann dich. Ich werde dir nicht wehtun.«

Ich konnte kaum verstehen, was er sagte. Er hatte seinen Oberkörper an mich gepresst und seine Hände zu beiden Seiten meines Körpers an die Wand gelegt. Ich war gefangen. Selbst wenn ich stark genug gewesen wäre, hätte ich mich nicht gegen ihn wehren können, weil meine Muskeln einfach nicht gehorchen wollten.

»Du bist in Sicherheit, Anaya. Atme, sonst wirst du ohnmächtig. Ich werde dir nichts tun«, flüsterte er mir zu. Er hatte seinen Mund dicht an mein Ohr gelegt und war mir so nahe, dass ich seinen minzigen Atem an meiner Haut spüren konnte. Viel zu nahe.

Ich wollte ausatmen, doch wieder überkam mich Panik. Kyle hatte mich in eine Ecke gedrängt und ich war nicht darauf vorbereitet gewesen.

»Sieh mich an«, sagte er schroff.

Ich konnte mich nicht bewegen und war wie erstarrt. Scheiße. Obwohl ich Declan versichert hatte, der Situation gewachsen zu sein, war ich nervlich ein Wrack.

Kyle schob eine Hand unter mein Kinn und zwang mich, seinem Blick zu begegnen. Mir stockte der Atem. In seinen Augen lag ein so besorgter und verständnisvoller Ausdruck, dass ich aus ganz anderen Gründen die Flucht ergreifen wollte. Er wusste es. Wir konnten es nicht wie im Flugzeug überspielen und das Thema wechseln. Es war offensichtlich, dass ich ein psychisches Wrack war. Egal wie nett er im Moment zu mir war, er würde es nie vergessen können.

»Du hast es fast geschafft. Schau mich einfach weiter an. Ich werde dir nicht wehtun.«

Ich spürte einen Stich in meinem Herzen, als ich die Aufrichtigkeit in seinen haselnussbraunen Augen sah. Er tat sein Bestes, um mich zu beruhigen, während ich vor Scham am liebsten im Boden versunken wäre. Ich war zweiunddreißig und er behandelte mich wie ein fünfjähriges Mädchen. Meine Erniedrigung kannte keine Grenzen.

Ich hörte schlurfende Schritte, als ein Mann auf Tetum etwas darüber murmelte, wie schändlich Sex in der Öffentlichkeit sei.

Kyle verlagerte sein Gewicht, sodass der Passant mich nicht sehen konnte. Ich war so angespannt, dass meine Muskeln schmerzten. Einerseits musste ich mich zusammenreißen, um nicht wegzulaufen, andererseits kämpfte ich gegen den Drang an, Kyle noch näher zu mir zu ziehen. Es war lächerlich. Ich war fast außer mir vor Angst, aber gleichzeitig wollte ich Kyles Körper an meinem spüren. Ich hatte endgültig den Verstand verloren.

»Fast geschafft, Anaya. Du machst das großartig. Schau mir einfach weiter in die Augen.«

Ich machte das großartig? Ich war kurz davor zu hyperventilieren. Hätte Kyle mich nicht beruhigt, wäre ich zusammengebrochen. Wenn statt Kyle Declan mich gegen die Wand gedrückt hätte, hätte ich die Beherrschung verloren und um mich geschlagen.

Schließlich wich er ein Stück zurück, drückte seine Hüfte aber weiter gegen meine, um mich zu stabilisieren. Sofort vermisste ich die Wärme seiner Brust an meiner. Ich hatte wirklich den Verstand verloren. Meine Beine fühlten sich an wie Wackelpudding und in meinem Kopf drehte sich alles. Ich hatte immer noch Angst, aber da war noch ein anderes Gefühl, das ich weder benennen konnte noch wollte.

Inmitten einer ausgewachsenen Panikattacke hatte ich tatsächlich das Gefühl von Kyles großem, starkem Körper an meinem genossen. Ich durfte gar nicht darüber nachdenken, andernfalls hätte ich wahrscheinlich erkannt, dass ich in einer Nervenheilanstalt besser aufgehoben wäre. Aber ich mochte meine Freiheit und wollte mich nicht einsperren lassen, auch wenn das bedeutete, dass ich mich unter Menschen mischte, die nichts von meinem Geisteszustand wussten.

Ich spürte, wie Kyles Handy in seiner Hosentasche vibrierte. Er fischte es heraus und nahm den Anruf an, ohne den Blickkontakt zu unterbrechen.

»Ja?« Kyle hielt kurz inne, bevor er sagte: »Gib uns fünf Minuten, dann schicke ich sie nach oben.« Wieder entstand eine

KYLE (SFOA)

Pause. »Wir brauchen noch einen Moment. Hier ist gerade jemand vorbeigegangen. Sobald ich sicher bin, dass die Luft rein ist, kommt sie hoch.«

Er steckte sein Handy wieder in die Tasche. Ich war dankbar, dass er Declan nichts von meinem Zusammenbruch erzählt hatte. Es war schlimm genug, dass Kyle ihn miterlebt hatte.

»Lass dir Zeit, Anaya. Atme tief durch, Schatz. Niemand wird dir wehtun.«

Schatz?

Ich konzentrierte mich auf seine Augen. Im schwachen Licht des Vollmonds konnte ich einen dunkelgrünen Ring um seine hellgrünen Iriden erkennen. Seine Pupillen waren geweitet, und ich fragte mich, wie anders seine Augen wohl aussehen würden, wenn ich mehr von ihrer Farbe sehen könnte.

Mein Atem wurde ruhiger und ich war nicht mehr so wackelig auf den Beinen. Aber verwirrt war ich immer noch.

»Danke«, murmelte ich.

»Es tut mir so leid, dass ich dich erschreckt habe. Ich hatte keine Zeit zum Nachdenken, ich habe einfach reagiert. Ich würde dir niemals wehtun.«

»Ich weiß.« Tief in meinem Inneren war ich davon überzeugt, dass Kyle mir nie absichtlich Angst einjagen würde. »Es tut mir leid, dass ich so ein nervliches Wrack bin.«

»Nicht doch, Anaya. Ich habe dich erschreckt und bin dir zu nahe gekommen. Deine Reaktion ist völlig natürlich. Du kennst mich kaum und ich bin doppelt so groß wie du.«

Ich nickte nur, denn ich wollte ihm nicht erklären, dass ich die Nerven verloren und wahrscheinlich die Operation vermasselt hätte, wenn ein anderer mich gegen die Wand gepresst hätte. Vor allem wollte ich nicht, dass er sich zurückzog. Ich genoss es, seinen Atem an meinem Hals und seinen Körper an meinem zu spüren. Es war so viel besser, als nur seine Hand zu halten.

Da ich das nie zugegeben hätte, murmelte ich: »Ich habe mich schon wieder im Griff.«

»Immer mit der Ruhe. Wir haben Zeit.«

Er war so geduldig und ich war dankbar dafür, aber eigent-

67

lich wollte ich ihn anschreien, dass er sich wieder an mich schmiegen sollte.

»Wirklich, es geht mir gut. Können wir diesen kleinen Ausrutscher für uns behalten?«

»Ich muss Declan wissen lassen, dass er vorsichtig sein soll.« Als ich das Gesicht abwenden wollte, legte Kyle eine warme Hand an meinen Kiefer und strich mit dem Daumen über meine Wange. Die Berührung war so federleicht, dass ich am liebsten den Kopf geneigt und mich an ihn geschmiegt hätte. Ich wusste, dass er mich nur dazu bringen wollte, mich auf ihn zu konzentrieren, aber jetzt konzentrierte ich mich auf ganz andere Dinge.

»Ich würde es ihm nicht sagen, wenn es nicht unsere Sicherheit gefährden könnte«, fuhr er fort. »Aber du kannst dir sicher sein, dass Declan es verstehen wird. Ihr beide habt euch vielleicht nicht auf Anhieb gemocht, aber er ist ein guter Kerl. Er wird dich nicht verurteilen und er würde dir nie wehtun.«

Verdammt. Er hatte recht. In jeder Hinsicht. Im Grunde wusste ich, dass Declan mir nie wehtun würde, aber wenn er mich jemals so berühren würde, wie Kyle es gerade getan hatte, wusste ich nicht, wie ich reagieren würde. Declan war nicht Kyle. Ich gab mich keinen erotischen Fantasien über ihn hin und hatte auch nicht das Bedürfnis, ihm nahe zu sein. Aber um die Sicherheit der Mission zu gewährleisten, musste Declan davon erfahren.

»Es ist mir peinlich«, gab ich zu. »Ich bin eine erwachsene Frau, die ein Problem mit körperlicher Nähe hat …«

»Hör auf. Das ist nicht wahr. Ich habe im Flugzeug deine Hand gehalten und ich berühre dich jetzt. Du magst es einfach nicht, wenn man dir Angst macht und dich grob anfasst. Ich würde sagen, das ist ganz normal.«

Er wollte mich wieder beruhigen, aber ich hatte keine Zeit, ihm zu erklären, wie verkorkst ich wirklich war.

Nach einem Moment des Schweigens fragte er: »Kann ich mich jetzt zurückziehen?«

Da ich wusste, dass dies meine einzige Chance war, ihm so nahe zu sein, hätte ich fast Nein gesagt. Ich wollte diesen Moment auskosten und ihn mir einprägen, um mich für den

Rest meines Lebens daran zu erinnern. Nie wieder wollte ich vergessen, wie es sich anfühlte, Kyles Hand an meinem Gesicht und seine Hüfte an meiner zu spüren, während er mir tief in die Augen blickte.

Aber jetzt, da keine Gefahr mehr bestand und ich mich wieder beruhigt hatte, wollte er sich wohl so schnell wie möglich von mir lösen. Ich konnte es ihm nicht verübeln.

»Ja«, antwortete ich schließlich.

Er trat langsam einen Schritt zurück und ließ seine Hand über meinen Arm gleiten. Auch diese Berührung prägte ich mir ein. Dann ergriff er meine Hand und drückte sie.

»Ich meine es ernst, Anaya, das hast du toll gemacht.«

Ich wusste, dass er log. Aber ich nickte ihm zu, dann führte er mich zur Tür und öffnete sie. Wir betraten das Treppenhaus und er bedeutete mir, nach oben zu gehen.

»Wir sehen uns in ein paar Minuten«, sagte er.

Ich straffte die Schultern, ordnete meine Gedanken und ging die Treppe hinauf.

»Komm schon, Anaya, du schaffst das«, murmelte ich vor mich hin, als ich den ersten Stock erreichte.

Ich musste mich zusammenreißen, bevor ich alles vermasselte und diese Mädchen ein Leben im Elend führen mussten.

KAPITEL SECHS

Sämtliche Nervenenden in meinem Körper kribbelten. Ich war mir nicht sicher, ob es an dem Gefühl von Anayas Körper an meinem lag oder an ihrer Reaktion auf meine Nähe.

Um ehrlich zu sein, war es wahrscheinlich beides, und das machte mich zu einem Arschloch. Es hatte sich richtig angefühlt, sie in meinen Armen zu halten. Aber als sie erstarrt war und dann zu zittern begonnen hatte, hatte ich nur noch Abscheu für das empfunden, was ihr zugestoßen war.

Ich hatte die Polizeiberichte gelesen. Sie wurde in einen Käfig gesperrt. Das allein hätte ausgereicht, um jemanden dauerhaft zu traumatisieren. Aber als man sie schließlich herausgelassen hatte, wurde sie an eine Wand gekettet und hatte sich nicht mehr bewegen können.

Als ich jemanden näher kommen hörte, hatte ich Anaya instinktiv abschirmen und unsere Identität so gut wie möglich vor dem Mann verbergen wollen. Dabei hatte ich jedoch nicht daran gedacht, welche Auswirkungen meine Berührung auf ihre mentale Verfassung haben würde.

Trotz allem hatte ich den Moment wahrgenommen, in dem die Angst von ihr abgefallen war und sie mich mit einem Ausdruck von Vertrauen betrachtet hatte. Ich hatte mich zurückziehen müssen, denn ihre Nähe hatte in mir eine Reaktion ausgelöst, die ich nicht mehr hatte verbergen können, solange ich sie mit der Hüfte gegen die Wand gedrückt hatte. Je länger sie mich mit diesem sanften, vertrauensvollen Blick angestarrt hatte, desto schwieriger wurde es, meinen Schwanz im Zaum zu halten. Sie hatte keine Ahnung, was sie mit mir anstellte und wie stark mein Bedürfnis war, sie zu küssen.

»Das ist der vierte Mann innerhalb einer Stunde«, brummte Anaya und riss mich aus meinen Gedanken.

Sie hatte recht, vier schmierige Kerle hatten in der letzten Stunde das Haus betreten. Das bedeutete, dass wir schon seit einer vollen Stunde auf dem Dach waren und ich immer noch daran dachte, wie Anaya sich in meinen Armen angefühlt hatte. Ich musste mich auf die Arbeit konzentrieren, doch das schien mir fast unmöglich.

Declan machte mit einem Teleobjektiv Fotos, die er an Garrett, unseren Geheimdienstspezialisten, schicken würde, damit er die Bilder der Männer durch ein Gesichtserkennungsprogramm laufen lassen konnte. Falls Garrett jemanden nicht identifizieren konnte, würde Tex sicher fündig werden. Anaya und ich beobachteten die Umgebung mit einem Nachtsichtfernglas. Obwohl die Landschaft in Grün getaucht war, spendete der Vollmond genügend Licht, um alles so hell wie am Tag erscheinen zu lassen. Wir konnten jedes Detail klar und deutlich erkennen.

»Es ist mir zuwider, aber je mehr Männer wir identifizieren können, desto besser. Es scheint, als würde Amisha alle fünfzehn Minuten einen Kunden hereinlassen«, bemerkte Dec.

»Um die Privatsphäre der Männer zu gewährleisten?«, fragte Anaya.

»Das vermute ich zumindest.«

»Aber bisher ist noch niemand herausgekommen.«

Ihre Worte hingen in der Luft, und keiner von uns wollte den Grund für ihre Beobachtung aussprechen. Wahrscheinlich wurden die Mädchen stundenweise oder sogar halbstündlich vermietet. Wir konnten es nicht mit Sicherheit wissen, aber der erste Mann hatte das Haus zur vollen Stunde betreten. Der nächste war fünfzehn Minuten später eingetroffen und so weiter. Aber niemand hatte bisher das Gebäude verlassen.

Wir würden es bald herausfinden, denn in Kürze würde die nächste volle Stunde anbrechen.

Ein weiterer Wagen fuhr vor und ich beobachtete den Fahrer. Er blieb in seinem Fahrzeug sitzen und schien auf die Uhr zu blicken, bevor er sich zurücklehnte und wartete.

»Die Haustür wird geöffnet«, flüsterte Anaya.

Ein Mann trat auf die Veranda hinaus und blickte in beide Richtungen, bevor er zu seinem Wagen ging.

»Glaubt ihr, er weiß, dass jemand in seinem Fahrzeug sitzt und wartet?«, fragte sie.

»Keine Ahnung, aber es ist wahrscheinlich. Das kranke Arschloch würde keine Minute seiner Zeit verpassen wollen.«

Anaya erwiderte nichts, aber es gab auch nicht viel zu sagen. Ich hatte recht. Die Männer wollten sich im Haus sicher nicht über den Weg laufen, aber sie wussten zweifelsohne, dass sie ihre widerlichen Neigungen vor den anderen Kunden nicht verbergen konnten.

»Das war der Kerl, der vorhin zuerst reingegangen ist. Fünfundfünfzig Minuten«, murmelte Declan. »Verdammtes Schwein.«

Wieder kehrte Stille ein, während wir weiter beobachteten.

* * *

AUF DER RÜCKFAHRT DURCH DIE STADT DREHTE SICH MIR DER Magen um. Ausnahmsweise hatte das nichts mit Declans halsbrecherischer Fahrweise zu tun.

Während der letzten fünf Stunden hatten wir zwölf Männer beobachtet, die Amishas Haus betreten und wieder verlassen hatten.

Zwölf Männer, die eine Kugel in den Kopf verdient hätten.

Um Mitternacht war der letzte Mann eingetreten, und wir waren lange genug geblieben, um ihn auch beim Verlassen zu beobachten. Scheinbar hatte Amisha vier Stunden pro Nacht geöffnet.

Wir hatten noch mindestens drei weitere Nächte vor uns, in

denen wir uns das kranke Schauspiel ansehen mussten, um weitere Informationen zu sammeln.

»Vielleicht können wir morgen …«

»Geduld«, unterbrach Dec mich knurrend. »Ich will den Scheiß genauso wenig sehen wie du. Ich will nicht einmal daran denken, was in diesem Haus vor sich geht. Du darfst dich nicht von deinen Gefühlen überwältigen lassen, Kyle. Wir müssen mit Bedacht vorgehen und herausfinden, wie und wo das Schmiergeld den Besitzer wechselt. Es ist unmöglich, dass Amisha das Geschäft mit den Mädchen für alle sichtbar betreiben kann, ohne jemanden zu bestechen. Und ich wette, dass nicht nur die Verteidigungskräfte die Hand aufhalten.«

Verdammt, er hatte recht. Aber es gefiel mir ganz und gar nicht.

Ich wischte mir den Schweiß von der Stirn und drehte mich zu Anaya um, die schweigend auf dem Rücksitz saß. Sie wirkte aufgebracht und schockiert.

»Geht es dir gut?«, fragte ich.

»Nicht wirklich.«

Ihre Ehrlichkeit überraschte mich. Ich hatte angenommen, sie würde die Tapfere spielen und mir weismachen, dass alles in Ordnung sei.

»Du hast dich heute Abend großartig geschlagen.«

»Es war schrecklich. Ich habe jede Sekunde gehasst und kann nicht aufhören, daran zu denken, wie …«

»Hör auf damit. Wenn du dir den Kopf darüber zerbrichst, wird es dich innerlich zerreißen. Dank dir werden wir diese Mädchen in ein paar Tagen retten können.«

»Tage, Kyle. Tage. Es ist furchtbar!« Sie hatte ihre zierlichen Hände zu Fäusten geballt.

Declan bog von der Hauptstraße ab und schaltete die Scheinwerfer aus.

»Ich lasse euch beide hier raus und bringe den Wagen zurück.«

Er kam vor der Einfahrt zum Stehen und wartete, bis Anaya und ich ausgestiegen waren. Ich zog meine Waffe aus dem Holster und ließ den Blick über die Umgebung schweifen.

»Bleib direkt neben mir, während ich das Haus überprüfe.«

Sie gehorchte ohne Widerspruch und blieb dicht an meiner Seite. Verdammt, das tat gut. Nicht nur ihr Vertrauen, sondern auch das Gefühl ihres Körpers neben meinem. Alle paar Schritte streifte sie mit ihren Brüsten meinen Arm, und jedes Mal fand mein Schwanz Gefallen an ihrer Berührung. Noch nie hatte mich das Vertrauen einer Frau so erregt. Und zu wissen, dass Anaya mir ihres schenkte, weckte in mir das Bedürfnis, sie zu beschützen und zu umsorgen. Ich hatte diese Regungen schon bei meinen Teamkameraden beobachtet, aber noch nie am eigenen Leib erfahren.

Als wir schließlich ins Wohnzimmer zurückkehrten, kam Declan gerade durch die Haustür. Aber ich hatte meine rasenden Gedanken noch immer nicht unter Kontrolle. Ich fantasierte von Anaya in meinem Bett. Unter mir. Auf mir. Gemütlich liegend neben mir.

»Die Umgebung ist sauber«, sagte Declan.

»Ich werde duschen gehen«, verkündete Anaya und ging den Flur hinunter.

Ich unterdrückte ein Stöhnen, als ich mir ausmalte, wie Anaya nackt unter der Dusche stand und warmes Wasser über ihre Haut rann. Wie sie ihren Körper einseifte und den Schmutz des Tages abwusch. Wie sie die Hände über den Kopf hob und sich die Haare wusch. Die Vorstellung war so sexy. Ich wollte, nein, ich musste wissen, wie süß ihre Brustwarzen schmeckten. Mein Gott, ich könnte stundenlang ihre Brüste liebkosen. Und wenn ich mich schließlich bis zu ihren Schenkeln vorgearbeitet hätte, würde sie bereits um mehr betteln.

»Was war vorhin draußen los?«, wollte Declan wissen.

Vor fünf Sekunden hätte ich noch behauptet, dass nichts mich von meinen sinnlichen Fantasien hätte abbringen können, doch Declan holte mich in die Gegenwart zurück. Jeder Gedanke an Anaya, die von einer Welle der Ekstase davongetragen wurde, während ich sie mit meinem Mund verwöhnte, verflog schlagartig.

Scheiße, ich war ein Idiot.

Obwohl ich sie darauf vorbereitet hatte, dass ich mit Dec

über ihren Nervenzusammenbruch würde sprechen müssen, hatte ich das Gefühl, sie zu verraten. Nachdem ich ihm alles erzählt hatte, starrte Dec mich mit versteinerter Miene an und stieß einen Fluch aus.

»Sie hat sich nicht gewehrt«, sagte ich. »Sie hat nicht geschrien, aber sie hat so heftig gezittert, dass es mich nicht gewundert hätte, wenn sie mit den Zähnen geklappert hätte. Wenn einer von uns sie noch einmal anfassen muss, müssen wir sehr vorsichtig sein.«

»Ich habe gesehen, wie du im Flugzeug ihre Hand gehalten hast«, bemerkte Dec. Statt eines vorwurfsvollen Untertons schwang Neugier in seiner Stimme mit.

»Da wusste ich noch nicht, dass sie ein Problem mit Nähe hat. Als ich sah, wie sie sich in ihr Schneckenhaus zurückzog, griff ich instinktiv nach ihrer Hand. Dann erzählte sie mir, dass sie sich nicht erinnern könne, wann zuletzt jemand ihre Hand gehalten habe. Aber sie zog ihre nicht zurück.«

»Es freut mich, dass sie sich in deiner Gegenwart einigermaßen wohlzufühlen scheint. Ich werde Abstand halten.«

»Ich glaube nicht, dass sie das will. Sie hat sogar versucht, mich davon abzuhalten, es dir zu erzählen. Aber du solltest es wissen, falls wir in eine Situation geraten, in der einer von uns sie anfassen muss.«

Dec nickte. »Keine Sorge, ich verstehe es, Mann. Wenn du nie Güte im Leben erfährst, zerbricht etwas in dir. Dann ist selbst die kleinste Berührung schwer zu ertragen. Wenn man bedenkt, was sie durchmachen musste, kann ich es ihr nicht verübeln, dass sie sich abschottet.«

Scheinbar war Dec bereit, sich etwas mehr zu öffnen, also hakte ich nach. »Hast du ein Problem damit, wenn dich jemand berührt?«

»Verdammt, ja.«

Ich hatte Declan und seine Schwester nur ein paarmal zusammen gesehen, aber wenn ich genau darüber nachdachte, hatten sie sich nie umarmt.

»Verdammt, Bruder, wir berühren dich ständig. Warum hast du nie etwas gesagt?«

»Ihr berührt mich nicht. Ihr klopft mir auf die Schulter oder schüttelt mir die Hand.«

»Besteht da einen Unterschied?«

»Ein großer.« Dec sah nicht so aus, als wollte er näher darauf eingehen, und ich wollte ihn nicht noch mehr drängen. »Du musst behutsam mit ihr umgehen«, fügte er hinzu.

»Was willst du damit sagen?«

»Langsam und behutsam, Kyle, sonst verschließt sie sich vor dir.«

Verdammt, dieses Gespräch wollte ich wahrlich nicht führen. Ich hatte schon genügend wirre Gedanken im Kopf, da musste ich mir nicht auch noch von Declan einen Floh ins Ohr setzen lassen. Vielmehr musste ich damit aufhören, mir ständig schmutzige Fantasien über eine Frau auszumalen, die in ihrem Leben schon so viel durchgemacht hatte. Wenn sie schon vor Panik erstarrte, wenn ich sie gegen eine Wand drückte, würde sie den Verstand verlieren, wenn sie wüsste, wie sehr ich mich nach ihr verzehrte. Ich wünschte mir, sie würde sich mir öffnen und mir einen Blick in ihr Innerstes gewähren. Ich wollte jedes Geheimnis erfahren, das sie tief in sich vergraben hatte. Aber wenn ich ihr sagte, dass ich sie insgeheim über die Schulter werfen und davontragen wollte, um sie nie wieder loszulassen, würde sie wahrscheinlich hysterisch werden.

Ich konnte sie nicht haben, nicht so, wie ich es wollte und brauchte. Also würde sie nie von mir erfahren, wie beeindruckt ich von ihrer Stärke und ihrem Mut war, wie schön und sexy sie in meinen Augen war und wie heftig mein Schwanz pochte, wenn ich daran dachte, sie unter der Dusche zu vernaschen.

Deshalb stellte ich mich dumm und fragte: »Wovon zum Teufel redest du?«

Da Declan nicht auf den Kopf gefallen war, hatte er bereits geahnt, was in mir vorging. Doch er hatte mich nicht darauf angesprochen.

»Also gut. Wie ich sehe, bist du noch nicht bereit. Aber es gelingt dir kaum, deine Gefühle zu verbergen. Ich werde jetzt eine Runde schlafen. In ein paar Stunden übernehme ich die nächste Wache.«

Declan ging den Flur hinunter und ließ mich mit meinen Gedanken allein. Ich wollte von meinem Freund nicht hören, dass ich langsam und behutsam vorgehen sollte. Es wäre mir lieber gewesen, er hätte mir stattdessen Verstand eingeprügelt. Er hätte mich zur Schnecke machen und mich daran erinnern sollen, dass ich Anaya nicht haben konnte und mich in ein paar Tagen ohnehin für immer von ihr verabschieden musste.

Ein paar Minuten später kam Anaya in Jogginghose und T-Shirt ins Wohnzimmer. Ich fragte mich, wie sie bei dieser Hitze im Haus eine Hose zum Schlafen anziehen konnte. Aber das behielt ich für mich. Sobald ich darüber nachdachte, was sie im Bett trug, würde ich nur wieder davon träumen, mich zu ihr zu legen und ihr besagte Hose auszuziehen.

»Kann ich dir irgendwie helfen?«, fragte sie.

»Nein«, antwortete ich schroff und sie zuckte sichtlich zusammen. Sofort hatte ich ein schlechtes Gewissen. Ich hatte sie nicht anblaffen wollen, aber ich wünschte mir, sie würde ins Bett gehen, damit ich etwas Abstand von ihr gewinnen konnte. »Ich werde die Bilder, die Dec heute Abend gemacht hat, hochladen und an Garrett schicken. Hoffentlich wissen wir morgen früh mehr«, erklärte ich mit sanfterer Stimme.

»Wer ist Garrett?«

»Ein Kollege. Leider ist er nicht in der Lage, eines unserer Teams bei einem Einsatz zu begleiten, da er als Soldat bei einer Bombenexplosion verletzt wurde. Deshalb ist er ausschließlich für die Informationsbeschaffung zuständig. Alles, was mit Computern zu tun hat, läuft über ihn.«

»Und heute geht es ihm gut? Ist seine Verletzung verheilt?«

Ihre Sorge um meinen Kameraden war rührend. Das machte es mir nicht gerade leichter, sie mir aus dem Kopf zu schlagen. Am liebsten hätte ich sie in die Arme gezogen. Was hatte diese Frau nur an sich, was mich so verrückt machte? Warum konnte ich nicht aufhören, von ihr zu fantasieren, wenn sie in der Nähe war? Was war nur los mit mir?

»Ja, es geht ihm gut. Es ist lange her.«

»Das freut mich.« Sie lächelte. »Wenn ich dir wirklich nicht helfen kann, gehe ich ins Bett.«

Und warum bescherte ihr Lächeln mir ein so gutes Gefühl?

»Ich bin mir sicher. Geh schlafen.«

»Gute Nacht.«

»Gute Nacht, Anaya.«

Nach fast zwei Stunden hatte ich die Bilder sortiert und hochgeladen, einen Lagebericht geschrieben und alles an Garrett geschickt. Währenddessen spukte Anaya mir weiterhin im Kopf herum. Ich bewunderte ihre Entschlossenheit, eine Gruppe von Mädchen zu retten, die sie noch nie in ihrem Leben gesehen hatte. Die meisten Menschen hätten die Situation zwar beklagt, aber sie wären nach Hause zurückgekehrt und hätten nichts unternommen. Aber Anaya stellte sich ihren Ängsten. Ich konnte nicht verstehen, warum sie von sich dachte, sie sei verkorkst.

Garrett antwortete mir sofort. In seiner E-Mail teilte er mir mit, dass er die Bilder durch das Programm laufen lasse und sich in ein paar Stunden wieder melden würde. Sehr gut. Je schneller wir wussten, womit wir es zu tun hatten, desto besser. Keiner von uns wollte mit der Rettung der Mädchen noch lange warten, aber wir mussten vorsichtig vorgehen.

Langsam fielen mir die Lider zu und ich dachte daran, ein Nickerchen zu machen. Ich wollte gerade zu Declan gehen, um mich zu vergewissern, dass er wach war, um Wache zu halten, als ich einen markerschütternden Schrei hörte.

Ehe ich michs versah, stand ich in Anayas Zimmer. Ich wollte sie wachrütteln und streckte meine Hände nach ihr aus, hielt mich aber in letzter Sekunde zurück. Meine Handflächen waren nur Millimeter von ihren Armen entfernt. Ich konnte ihre Angst förmlich spüren.

»Anaya. Wach auf.« Als sie erneut einen Schrei ausstieß, packte ich ihre Arme und schüttelte sie. »Anaya«, sagte ich schroff. »Wach auf.«

Sie riss erschrocken die Augen auf, und ich zog sofort meine Hände zurück.

»Was ist los?«, fragte sie verschlafen.

»Du hattest einen Albtraum.«

Sie blinzelte und runzelte die Stirn. In jeder anderen Situation wäre dieser Gesichtsausdruck zum Anbeißen gewesen. Aber da ich wusste, dass sie in ihren Träumen etwas so Schreckliches gesehen hatte, dass sie sich im Schlaf gewälzt und geschrien hatte, kochte ich vor Wut.

»Mist. Wirklich?«

»Alles in Ordnung hier drin?«, fragte Declan und blieb in der Tür stehen.

»Ja«, antwortete ich.

»Ich halte jetzt Wache«, sagte er. Dann hörte ich, wie die Tür ins Schloss fiel.

»Schläfst du immer mit Licht?«, fragte ich.

»Nein. Aber ich bin wohl beim Lesen eingeschlafen.« Ich warf einen Blick auf das Bett, auf dem das Taschenbuch lag.

Denk nicht darüber nach, ermahnte ich mich.

Ich betrachtete Anayas Gesicht und sah, dass sie schweißgebadet war. »Du glühst ja förmlich.«

Ich wollte die Bettdecke zurückziehen, aber sie klammerte sich daran fest.

»Das ist nicht nötig.«

»Schatz, dir läuft der Schweiß übers Gesicht. Unter dieser Decke trägst du eine Trainingshose und ein T-Shirt.«

»Nein, tue ich nicht«, murmelte sie.

Ich warf einen Blick auf den Boden. Dort lagen ihre Kleider.

Großer Gott, unter der Decke war sie nackt oder zumindest sehr leicht bekleidet. Verdammte *Scheiße*. Dies war nicht der richtige Zeitpunkt, um von ihrem verschwitzten, halb nackten Körper zu träumen, aber ich war machtlos gegen die Bilder, die sich mir aufdrängten.

Ich war wirklich ein Arschloch.

»Lass mich zumindest die Decke wegziehen. Du hast ja noch das Laken.«

Erleichterung überkam mich, als mein Blick auf einen Träger ihres BHs fiel. Immerhin war sie nicht vollkommen nackt.

Und machte mich dieser Gedanke nicht zu einem noch größeren Arschloch? Sie war gerade aus einem Albtraum erwacht, und alles, woran ich denken konnte, war ihre spärliche Kleidung.

Zieh deine Gedanken aus der Gosse und konzentriere dich.

Anaya schob die dicke Bettdecke von sich, zog sich aber das Laken bis zum Hals.

»Willst du über deinen Traum reden?«

»Nein.«

»In Ordnung. Dann lasse ich dich jetzt weiterschlafen.«

Blitzartig löste sie eine Hand vom Laken und packte mein Handgelenk. »Bleibst du noch eine Weile bei mir?«

Ich hatte den Eindruck, dass es sie Überwindung gekostet hatte, die Frage zu stellen.

»Natürlich.«

Sie rutschte ein Stück zur Seite und ich setzte mich auf die Bettkante.

Was sollte ich jetzt tun? Sollte ich so sitzen bleiben? Oder mich neben sie legen? Letzteres schien aus vielerlei Gründen eine schlechte Idee zu sein. Allen voran die Tatsache, dass ich mir nichts sehnlicher wünschte, als mit ihr in diesem Bett zu liegen. Nur nicht unter diesen Umständen.

Anaya rollte sich auf die Seite, um mich anzusehen. Dann schüttelte sie den Kopf.

»Es tut mir leid, das ist lächerlich. Du bist sicher erschöpft und musst nicht …«

Im Bruchteil einer Sekunde traf ich eine Entscheidung, von der ich hoffte, dass sie mir nicht zum Verhängnis werden würde. Aber ich brachte es einfach nicht über mich zu gehen. Ich fühlte mich auf unerklärliche Weise mit ihr verbunden, und diese Verbindung schien mit jeder Minute stärker zu werden. Ich spielte ein gefährliches Spiel, das wahrscheinlich katastrophale Folgen haben würde. Das Verrückte daran war allerdings, dass ich bereit war, den Preis dafür zu zahlen, solange ich nur in ihrer Nähe sein konnte.

»Rutsch noch ein Stück rüber.«

Als sie auf die andere Seite des Doppelbettes rückte, zog ich meine Stiefel aus, schnallte mein Holster mit der Waffe ab, platzierte beides auf dem Nachttisch und legte mich neben sie.

Wir waren einander zugewandt, ließen aber viel Platz

zwischen uns. Wahrscheinlich brauchte ich den Abstand dringender als sie.

»Ist das so okay für dich?«

»Ja«, seufzte sie. »Glaub mir, normalerweise bin ich nicht so weinerlich.«

»Der heutige Abend war für uns alle schwer. Für dich sogar noch mehr.«

»Und für Declan.«

Wieder regte sich ein Gefühl der Eifersucht in mir, als sie meinen Freund erwähnte. Aber ich unterdrückte die Emotion und stimmte ihr zu. »Ja, für Dec auch.«

»Ich hatte schon lange keinen Albtraum mehr«, sagte sie. »Nicht einmal nach allem, was ich im Dorf erlebt hatte. Als die Rebellen kamen und alles zerstörten, konnte ich die Menschen weinen und um ihr Leben betteln hören. Aber ich hatte danach keinen einzigen Albtraum.«

Anayas Blick fiel auf meine Hand zwischen uns. Ich drehte sie mit der Handfläche nach oben und spreizte einladend meine Finger, doch ich machte keine Anstalten, sie zu berühren.

Zu meinem großen Erstaunen begann sie, mit ihrem Finger die Linien meiner Hand nachzuzeichnen. Die Berührung war federleicht, löste in mir aber eine starke Reaktion aus.

»Das lag daran, dass ich an die Mädchen dachte«, flüsterte sie.

Ich warf einen Blick auf das Buch, das jetzt neben ihrer Hüfte lag. Da kam mir ein Gedanke.

»In diesem Buch wird die Frau eingesperrt in ...«

»Ich bin nicht so verrückt, dass ich beim Lesen eines Buches einen Nervenzusammenbruch erleide. Der Unterschied zwischen Realität und Fiktion ist mir durchaus bewusst. Schließlich habe ich fast fünf Jahre lang mit vermissten und ausgebeuteten Kindern gearbeitet.«

»Was triggert dich dann?«

»Normalerweise nichts. Nun, das ist nicht ganz richtig. Immerhin hast du gesehen, wie ich reagiert habe, als du mich an die Wand gedrückt hast. Es ist mir unangenehm, wenn ich mich in irgendeiner Weise bedrängt oder eingeengt fühle. Dann breche ich jedes Mal zusammen. Heute Abend war es der Anblick dieser Männer, die in das Haus gingen, und zu wissen, was mit diesen Mädchen passiert.«

Ich nickte verständnisvoll. Ich würde zwar nie nachvollziehen können, was in Anaya vorging, aber ich hatte schon viele Frauen aus den Fängen von Menschenhändlern gerettet. Sowohl junge als auch ältere. Einigen dieser Mistkerle war das Alter völlig egal. Ältere Frauen waren genauso gefährdet wie junge Mädchen.

»Erzähl mir etwas über dich«, forderte sie mich im Flüsterton auf.

Ich versuchte, mich auf eine unbeschwerte Anekdote in meinem Leben zu entsinnen, und musste weit in die Vergangenheit zurückgehen, bevor mir etwas einfiel, das nicht mit Tod und Zerstörung zu tun hatte.

»Ich bin in einer Kleinstadt namens Pine Bluffs im Osten von Wyoming aufgewachsen. Sie hatte gerade einmal eintausendzweihundert Einwohner.«

»Eintausendzweihundert?«, fragte sie erstaunt.

»Ja, es gab eine Grundschule und zwei weiterführende Schulen. Du kannst mir glauben, wenn ich dir sage, dass ich jedes Kind in der Stadt kannte. Und meine Eltern kannten alle Väter und Mütter meiner Klassenkameraden. Natürlich gab es dort nicht viel zu tun. Weit und breit war nichts als Felder und frische Luft. Also haben wir uns die Zeit mit irgendwelchen Dummheiten vertrieben. Wir waren ständig unterwegs.« Ich lächelte und erinnerte mich daran, wie viel Spaß wir hatten. »Pine Bluffs liegt an der Grenze zu Nebraska. Als Kind bin ich oft mit meinen Freunden in den Nachbarstaat geradelt. Wir hielten uns für die Größten, weil wir uns ohne unsere Eltern so weit vorgewagt hatten. Einmal machten wir uns sogar auf in Richtung Süden, nach Colorado.«

»Wie alt wart ihr damals?«

»Zehn, vielleicht elf.«

»Ach du meine Güte«, sagte Anaya mit einem Lächeln.

»Ja, die Grenze zu Colorado war etwas weiter entfernt, fast zwanzig Kilometer. Aber wir waren überzeugt, dass wir es schaffen würden. Wir stiegen alle auf unsere Räder und fuhren die alte Landstraße 164 entlang. Nach fast zwei Stunden hatten wir das Schild nach Colorado immer noch nicht gesehen und wurden langsam nervös. Weit und breit nichts als Einöde. Wir befanden uns auf einer alten Schotterstraße und waren seit etwa dreißig Minuten weder einem Fahrzeug noch einem Haus begegnet.«

»Was habt ihr dann gemacht?«

»Wir fuhren weiter, bis wir endlich einen alten Wohnwagen entdeckten. Zum Glück war jemand zu Hause. Der alte Mann erklärte uns, dass wir vor etwa acht Kilometern die Grenze zu Colorado überquert hatten.«

»Oh nein. Im Ernst?«

»Ja.« Bei der Erinnerung musste ich lächeln. »Auf der Landstraße gab es kein Schild, um die Reisenden in Colorado willkommen zu heißen. Aber nachdem mein Vater uns abgeholt hatte, weil wir auf keinen Fall zurückradeln wollten, war Wyoming auch nicht mehr so einladend.«

»Habt ihr eine Menge Ärger bekommen?«

»Mein Vater hat mein Fahrrad einen ganzen Monat lang weggeschlossen. Als kleiner Junge bedeutete mein Fahrrad mir die Welt, und ein Monat war eine Ewigkeit. Heute lacht er darüber, aber damals war er stinksauer. Wir wären alle damit durchgekommen, wenn wir nach Hause hätten fahren können, aber wir waren viel zu müde.«

»Hatte denn niemand bemerkt, dass ihr weg wart?«

»Es war Sommer. Damals gingen wir schon früh morgens aus dem Haus, andernfalls hätten wir irgendwelche Hausarbeiten erledigen müssen. Und vor Sonnenuntergang kamen wir nie zurück. In Pine Bluffs scheint die Zeit stehen geblieben zu sein. Dort hat niemand ein Problem damit, seine Kinder draußen herumtollen zu lassen. Es ist eine andere Welt.«

»Das muss schön gewesen sein.« Der traurige Unterton in ihrer Stimme versetzte mir einen schmerzhaften Stich im Herzen. »Leben deine Eltern noch dort?«

»Nein. Sie haben die Ranch verkauft und sind nach Cheyenne gezogen. Mein Vater hat – wie er es nennt – einen

Seniorenjob beim Landwirtschaftsamt angenommen und meine Mutter war schon immer Hausfrau.«

Anaya gähnte und schenkte mir ein Lächeln. »Das klingt, als hättest du deine Kindheit an dem perfekten Ort verbracht.«

»Das habe ich. Und jetzt schließe die Augen und versuche, etwas zu schlafen.«

»Bleibst du noch bei mir?«

Ihre unschuldige Bitte ließ mein Herz höherschlagen. Sie brachte mir noch mehr Vertrauen entgegen. Je mehr sie mir schenkte, desto mehr wollte ich ihr beweisen, dass sie bei mir sicher war. Ich wollte ihr etwas zurückgeben. Dabei dachte ich nicht an Sex, sondern daran, die Mauern einzureißen, die sie um sich errichtet hatte. Ich wollte ihr zeigen, wie schön das Leben sein konnte. Anaya hatte in ihrer Vergangenheit zweifellos nicht viele glückliche Momente erlebt. Und durch ihre Verschlossenheit hatte sie so viel verpasst. Es war eine Schande. Ich wollte sie am liebsten dazu zwingen, sich zu öffnen, denn sie hatte einem Mann und der ganzen Welt viel zu geben.

»Gern, wenn du willst.«

»Danke«, flüsterte sie und schloss die Augen.

Schon nach kurzer Zeit schlief sie ein, aber ich konnte meine Gedanken nicht abschalten. Immer wieder musste ich daran denken, wie unterschiedlich unsere Kindheit verlaufen war. Ich war bei June und Ward Cleaver in einer verschlafenen Kleinstadt aufgewachsen, während Anaya bei Pflegeeltern und in Heimen gelebt hatte, in denen hinter jeder Ecke ein Monster gelauert hatte. Es war schrecklich.

Anaya Baker war etwas Besonderes, denn sie hatte sich aus eigener Kraft aus dieser Hölle befreit.

KAPITEL SIEBEN

Erschrocken riss ich die Augen auf.

Ich musste ein paarmal blinzeln, doch dann erkannte ich Kyle, der neben mir im Bett lag.

Ich wusste sofort, warum er hier war. Es war lange her, seit ich das letzte Mal einen Albtraum gehabt hatte. Die Zeit heilte alle Wunden. Und dank jahrelanger Therapie wachte ich nachts nicht mehr schweißgebadet auf. Aber der Traum letzte Nacht war unglaublich real gewesen. Allerdings war ich darin nicht in einem Käfig im Keller eingesperrt oder an die Wand gekettet gewesen, sondern in Amishas Haus, während die Männer dort ein und aus gingen. Selbst nachdem Kyle mich geweckt hatte, waren die Schreie der Mädchen in meinen Ohren widergehallt.

Ich betrachtete Kyles Gesicht. Im Schlaf sah er ganz anders aus als sonst. Seine Gesichtszüge waren entspannt, wodurch er viel weniger bedrohlich wirkte. Eine Haarsträhne war ihm in die Stirn gefallen. Sie war zu dunkel, um blond zu sein, und zu hell, um als braun zu gelten. Ich war mir nicht ganz sicher, welche Farbe es war, aber ich wusste, dass ich ihm die Strähne aus dem Gesicht streichen wollte, um herauszufinden, ob sein Haar wirklich so weich war, wie es aussah. Aber ich hielt mich zurück. Die Geste wäre unpassend und zu aufdringlich gewesen. Kyle war zweifellos ein gut aussehender Mann und die Strähne ließ ihn fast niedlich wirken. Soweit das für einen knallharten ehemaligen SEAL wie ihn möglich war. Er hatte zwar noch nicht zugegeben, Mitglied einer Spezialeinheit gewesen zu sein, aber seine Haltung und sein Auftreten verrieten ihn.

Ich lächelte, als ich unsere Hände betrachtete. Wie gestern Abend waren wir einander zugewandt und seine Hand lag nach wie vor an der gleichen Stelle. Inzwischen waren unsere Finger nicht mehr ineinander verschlungen, aber meine Hand ruhte auf seiner. Bei dem Anblick durchströmte mich ein seltsames Glücksgefühl. Aber das Wissen, dass ich mich in wenigen Tagen von ihm verabschieden musste, machte mich traurig. Ich wünschte, ich wäre nicht so komplexbeladen und könnte mir einfach nehmen, was ich wollte. Zu gern hätte ich meine Hand ausgestreckt und Kyle berührt, aber ich brachte es nicht über mich. Wie so vieles in meinem Leben bereute ich mein Zögern. Eine weitere verpasste Gelegenheit zog an mir vorbei, weil ich zu ängstlich war, um das zu bitten, was ich wollte.

Ich sehnte mich danach, ihn zu küssen. Seit er mich am Abend zuvor gegen die Wand gedrückt hatte, stellte ich mir immer wieder vor, wie es wäre, seine Lippen an meinen zu spüren. Allerdings glaubte ich nicht, dass Kyle es begrüßen würde, wenn ich ihn berührte. Seine Zurückweisung würde wehtun, aber es war ohnehin verrückt, sich derartigen Fantasien hinzugeben.

»Ist alles in Ordnung?«, fragte Kyle.

Seine raue, verschlafene Stimme jagte mir einen erregenden Schauer über den Rücken. Oder war es kühler geworden und ein Luftzug hatte mich frösteln lassen? Nein, die Luft war nach wie vor warm und stickig, was bedeutete, dass sein sinnlicher Tonfall meine Reaktion hervorgerufen hatte.

»Ja.« Ich hatte so konzentriert auf unsere Hände gestarrt, dass ich gar nicht bemerkt hatte, dass er aufgewacht war. »Es tut mir leid, wenn ich dich geweckt habe.«

»Du hast mich nicht geweckt. Ich bin schon eine Weile wach.«

Oh mein Gott. Hatte er etwa bemerkt, wie ich ihn gemustert hatte?

»Wirklich?«, fragte ich und begegnete seinem Blick.

Ich wollte meine Hand wegziehen, aber er umschloss meine Finger mit seinen. Als er mich durchdringend anstarrte, wurde mir klar, dass das Mondlicht mich letzte Nacht getäuscht hatte. Seine Augen waren gar nicht so grün, wie ich dachte, denn bei Tage konnte ich die dunkelbraunen Sprenkel in seinen Iriden erkennen. Sie waren einzigartig, beeindruckend und verdammt sexy.

»Hattest du noch einen Albtraum?«

»Nein.«

Scham überkam mich, als ich mich daran erinnerte, dass er nicht neben mir lag, um sich mit mir zu vergnügen, sondern um mich zu trösten. Nachdem er mich gestern Abend geweckt hatte, war ich ganz durcheinander gewesen. Aber um ehrlich zu sein, hatte ich meine Verwirrung als Ausrede vorgeschoben, um ihn dazu zu bewegen, bei mir zu bleiben. Ich hatte deshalb nicht einmal ein schlechtes Gewissen. Und das rief weitere unangenehme Gefühle in mir hervor.

»Wo warst du gerade?«, murmelte Kyle.

»Wie bitte?«

»Du siehst aus, als seist du mit deinen Gedanken gerade in unangenehme Gefilde abgeschweift.«

Meine Güte, ihm entging wirklich nichts.

»Willst du immer noch leugnen, dass du ein SEAL warst?«, murmelte ich.

»Was hat das mit deinen Gedanken zu tun?«, fragte er lachend.

»Du scheinst ziemlich aufmerksam zu sein.«

»Und nur weil ich aufmerksam bin, heißt das, dass ich ein SEAL war?«

»Ganz genau.«

Kyle verzog die Lippen zu einem breiten Lächeln, das mein Herz höherschlagen ließ. Nachdem er meiner Libido bereits neues Leben eingehaucht hatte, reagierten auch andere Teile meines Körpers auf sein sexy Grinsen. Es war zu schade, dass er mich nicht aus anderen Gründen anlächelte.

Ich war mir fast sicher, dass er meine Gedanken lesen

konnte, denn er schüttelte belustigt den Kopf und fragte: »Hast du Hunger?«

»Du weichst mir schon wieder aus«, murmelte ich, bevor ich seine Frage beantwortete. »Ja, ich könnte ein Pferd verschlingen.«

»Gut. Du hast gestern Abend nichts gegessen. Ich werde jetzt gehen, damit du aufstehen und dich anziehen kannst.«

Ich errötete, als ich daran dachte, dass ich nichts weiter als einen BH und ein Höschen trug. Da ich mir ein Haus mit zwei Männern teilte, hatte ich eigentlich in Jogginghose und T-Shirt schlafen wollen. Aber schon nach zehn Minuten hatte ich geschwitzt wie in einer Sauna, also hatte ich mich ausgezogen. Wie durch ein Wunder war ich zugedeckt gewesen, als Kyle ins Zimmer kam.

Ich nickte zustimmend, aber Kyle rührte sich nicht. Er starrte mich an und seine Pupillen weiteten sich. Er sah aus, als sei er in Gedanken versunken. Schließlich riss er sich aus seiner Benommenheit und ließ meine Hand los, bevor er sich auf den Rücken drehte und aufsetzte.

Wieder bescherte er mir eine Gänsehaut, als er einen letzten Blick auf mich warf und dann den Raum verließ.

Sobald die Tür hinter Kyle ins Schloss gefallen war, sprang ich aus dem Bett und durchwühlte meine Tasche nach Shorts und einem T-Shirt. Ich schnappte mir meine Zahnbürste, eilte aus dem Zimmer und huschte durch den Flur ins Badezimmer.

Schnell erledigte ich meine morgendliche Routine. Ich redete mir ein, dass ich mich nur beeilte, weil ich Hunger hatte. Doch in Wahrheit konnte ich es kaum erwarten, Kyle wiederzusehen.

Ich wusste, wie lächerlich das war. In sechs Tagen würden sich unsere Wege trennen, und er würde mich vergessen. Aber ich konnte das unerklärliche Flattern in meinem Magen nicht ignorieren. Ich hatte keine Ahnung, wie es sich anfühlte, verliebt zu sein, und ich hatte noch nie für einen Mann geschwärmt. Aber zur Abwechslung wollte ich mich wie eine normale Frau fühlen.

Ich würde niemals zulassen, dass er meine Schutzmauern

durchbrach, aber ich wollte die Schmetterlinge genießen, die er in mir auslöste.

Ich betrat die kleine Küche. Declan und Kyle lehnten mit ihren Kaffeetassen an der Anrichte und waren in ein Gespräch vertieft. Beide starrten mich durchdringend an, als ich hereinkam.

»Soll ich später wiederkommen? Ich will euch nicht stören.«

»Nicht doch«, erwiderte Declan. »Wir haben gerade über deine Freunde Donny und Camilla Rivera gesprochen. Wann werden sie landen?«

»Heute Abend. Sie übernachten in einem Hotel in der Nähe des Flughafens«, antwortete ich. »Ich will nicht sarkastisch klingen, aber ich nehme an, dass sie eure Hintergrundrecherche bestanden haben?«

Declan verzog die Lippen zu einem Lächeln. Die Geste veränderte ihn schlagartig. Er wirkte nicht mehr so bedrohlich und abweisend.

»Ja, das haben sie. Sie scheinen überall auf der Welt Gutes zu tun. Haben sie schon einen Plan, wohin sie die Mädchen bringen wollen?«

»Das kommt ganz drauf an. Im Normalfall lassen sie die geretteten Kinder in ihren Heimatländern. Doch sie wissen noch nicht, ob es sicher sein wird. Donny und Camilla waren zuvor schon in Timor-Leste und haben Kontakte zu Waisenhäusern in Tutuala. Das ist ein kleines Dorf etwa zweihundertfünfzig Kilometer östlich von Dili. Wenn es dort genügend Platz gibt, planen sie, die Mädchen dorthin zu bringen.«

»Und wenn es dort keinen Platz gibt?«, erkundigte sich Kyle.

»Dann schmuggeln sie die Mädchen nach Süden nach Westtimor, dem indonesischen Teil der Insel.«

Declan und Kyle schienen beide mit dem Plan einverstanden zu sein.

»Wie schnell werden sie es wissen?«, fragte Kyle.

»Sie werden es morgen erfahren, wenn sie Kontakt zu ihren Bekannten aufnehmen.« Kyle und Declan warfen einander einen vielsagenden Blick zu. »Stimmt etwas nicht?«

»Declan hat Frühstück gemacht. Schnapp dir einen Teller, dann unterhalten wir uns beim Essen«, sagte Kyle, nahm einen Teller mit Rührei und Toast von der Anrichte und ging mit Declan ins Wohnzimmer.

Plötzlich war ich gar nicht mehr so hungrig. Aber ich löffelte etwas von den Eiern auf einen Teller und folgte den Männern nach nebenan.

Ich hatte mich kaum an den Tisch gesetzt, als Declan das Wort ergriff. »Garrett hat uns Informationen über die Männer geschickt, die wir gestern Abend beobachtet haben.«

»Okay«, sagte ich vorsichtig. Ich stellte mein Frühstück vor mir auf den Tisch. Bei dem Geruch drehte sich mir der Magen um.

»Wie erwartet sind die meisten von ihnen reiche Geschäftsleute. Unter den Männern sind auch ein Politiker und ein Professor«, antwortete Declan.

»Ich kann an deinem Tonfall hören, dass da noch mehr ist.«

»Einer der Kerle ist Amerikaner und hat Verbindungen zu einem großen Mädchenhändlerring. Das an sich ist beunruhigend. Aber wenn man bedenkt, dass diese Gruppe angeblich einen Kauf in Kambodscha tätigen will, liegt die Vermutung nahe, dass dieser Mann auch in anderen Ländern Asiens Mädchen beschaffen will.«

Ich war dankbar, dass ich meine Eier nicht angerührt hatte, denn mir stieg die Galle in den Rachen.

»Amisha wird sie verkaufen, nicht wahr? Die Mädchen werden einfach verschwinden und dann werden wir sie nie wiederfinden.«

»Davon gehen wir aus«, bestätigte Kyle.

»Unser Team in Maryland hatte Glück, als es auf den bevorstehenden Kauf in Kambodscha gestoßen ist. Die Jungs arbeiten daran, weitere Informationen zu sammeln.« Declan hielt inne und warf einen Blick auf Kyle, der nicht sonderlich erfreut aussah. »Wir müssen die Rettung der Mädchen vielleicht vorziehen.«

»Einverstanden«, platzte ich heraus.

»Dadurch wird die Mission allerdings noch riskanter«,

warnte Declan. »Eigentlich wollten wir das Haus zuerst noch eine Weile beschatten, aber wenn Preston Lockhart hier ist, um einen Kauf zu tätigen, können wir nicht länger warten. Das bedeutet auch, dass die Riveras sich schon heute Abend bereithalten müssen. Alles wird sehr schnell gehen. Wir übergeben ihnen die Mädchen und verschwinden dann von hier.«

»Wir? Du meinst, wir alle? Ich kann doch bleiben und Donny und Camilla helfen.«

»Auf keinen Fall«, blaffte Kyle. »Wenn du hierbleibst, ist das viel zu gefährlich. Du kommst mit uns.«

»Aber ich kann …«

»Anaya, du fällst hier auf wie ein bunter Hund. Die Rebellen greifen weiterhin Dörfer an, und wir werden eine Menge mächtige Leute verärgern, wenn wir Amisha ausschalten. Ich lasse dich nicht zurück.«

»Camilla wird Hilfe brauchen«, drängte ich.

»Dann muss sie sich eben etwas einfallen lassen.«

»Kyle …«

»Ich will nicht überheblich klingen, aber wir haben den Auftrag, die Mädchen zu retten und dich zu beschützen. Doch das wird nicht möglich sein, wenn du in Timor-Leste bist und ich in Kambodscha.«

»Ich verstehe nicht ganz. Soll ich euch etwa nach Kambodscha begleiten?«

»Ja«, brummte Kyle.

»Er weigert sich, dich allein in ein Flugzeug zurück in die Staaten zu setzen«, erklärte Declan. Auch er klang gereizt.

»Habe ich etwas verpasst? Warum kann ich nicht allein nach Hause fliegen?«

»Da musst du schon das überfürsorgliche Arschloch hier fragen«, antwortete Declan und zeigte mit einem Nicken auf Kyle.

»Ich bin nicht überfürsorglich, sondern handle überlegt.«

Als Declans Handy ein summendes Geräusch von sich gab, verstummten wir. Er warf einen Blick auf das Display und verkündete: »Es ist Zane.« Dann drückte er ein paar Tasten und sagte: »Du bist auf Lautsprecher und Anaya Baker ist bei uns.«

»Hast du dir die Informationen durchgelesen, die Garrett euch geschickt hat?«, ertönte eine tiefe Stimme am anderen Ende der Leitung.

»Zweimal«, bestätigte Declan. »Wir haben gerade mit Anaya darüber gesprochen, dass wir den Zeitplan vorziehen.«

Was in aller Welt war hier los? Ich war heilfroh, dass die Mädchen heute Abend aus dem Haus gerettet werden würden, aber ich war davon ausgegangen, dass wir genügend Zeit hätten, um Donny und Camilla dabei zu helfen, die Mädchen in ihre neue Unterkunft zu bringen.

»Werden deine Freunde bereit sein, die Mädchen morgen in Empfang zu nehmen?«

Kyle und Declan sahen mich erwartungsvoll an, also nahm ich an, dass Zane mit mir sprach.

»Das werde ich erst wissen, nachdem ich heute Abend bei ihrer Ankunft mit ihnen gesprochen habe. Aber ich gehe davon aus, dass sie bereit sind. Sie machen das nicht zum ersten Mal und wissen, dass die Mädchen schleunigst in Sicherheit gebracht werden müssen«, antwortete ich.

»Wir müssen die Riveras sofort kontaktieren. Inzwischen wissen wir von einem weiteren Anruf, also werdet ihr in Kambodscha gebraucht. Das bedeutet, dass ihr dreißig Stunden habt, um die Lage zu sondieren und alles vorzubereiten. Ich will, dass ihr diese Mission so schnell wie möglich abschließt, damit ihr weiterziehen könnt.«

»Anaya Baker wird uns begleiten«, sagte Declan.

»Wie bitte?«, bellte Zane. »Setzt sie in ein Flugzeug zurück in die Staaten.«

»Kyle will …«, begann Declan.

»Zum Teufel noch mal«, fiel Zane ihm ins Wort. »Was will Kyle?«

»Er denkt, dass sie bei uns sicherer ist.«

»Das wundert mich nicht.«

»Ich muss ihm zustimmen, Chef. Hast du sie schon einmal gesehen? Sie sticht heraus wie ein Leuchtfeuer. Wenn jemand sie sieht, wird sie …«

»Ja, ich habe sie gesehen. Deshalb weiß ich genau, was Kyle

denkt. Seine Beweggründe haben nichts mit ihrer Sicherheit zu tun, sondern nur mit seinem ...«

»Sei still, Z«, forderte Kyle.

Ich sah abwechselnd zwischen den beiden Männern und dem Handy hin und her und versuchte zu verstehen, was vor sich ging. Allerdings begriff ich nicht, warum sie Donny und Camilla nicht beschützen würden, nachdem wir die Mädchen gerettet hatten.

»Ein einziges Mal. Mehr will ich gar nicht. Ich wünsche mir, dass einmal ein Einsatz reibungslos verläuft, ohne dass einer meiner Männer wegen einer Frau den Verstand verliert. Ist das zu viel verlangt?« Zane stieß lautstark den Atem aus. »Declan, es ist dein Team, deine Mission und deine Entscheidung. Du trägst die Verantwortung, mein Freund. Wenn du Romeo zustimmst, dann wird Anaya euch begleiten. Wenn nicht, dann halte Kyle fest und setze Hot Lips Houlihan in ein Flugzeug.«

Declan warf Kyle einen vielsagenden Blick zu, bevor er antwortete: »Sie bleibt bei uns.«

»Verdammt, ich hoffe, du weißt, was du tust. In Kambodscha sind fünfzehn Frauen, die ihr in Sicherheit bringen müsst. Das wird kein Zuckerschlecken. Und wenn Anaya bei euch ist, könnt ihr sie nicht vor dem Elend abschirmen.«

»Ich schaffe das schon«, sagte ich und betete, dass ich entschlossener klang, als ich mich fühlte.

Ich konnte immer noch nicht glauben, dass ich zugestimmt hatte, Kyle und Declan zu begleiten, obwohl ich eigentlich in Timor-Leste bleiben und Camilla und Donny helfen wollte. Aber es gefiel mir nicht, wenn die anderen über mich redeten, als sei ich eine schwache Frau, die nicht auf sich selbst aufpassen konnte. Ganz zu schweigen davon, dass mir der Vergleich mit Hot Lips Houlihan aus der Serie M.A.S.H. übel aufstieß.

»Anaya«, seufzte Zane. »Ich habe den Bericht über dich ...«

»Das glaube ich gern. Jeder scheint etwas über mich gelesen zu haben. Allerdings hast du wohl den Teil übersprungen, in dem ich mich aus eigener Kraft davon befreit habe. Ich bin kein dreizehnjähriges Mädchen mehr, das in irgendeinem Keller eingesperrt ist. Ich habe diese Tortur nicht nur überlebt, sondern das alles hinter mir gelassen. Seitdem widme ich mein Leben der Hilfe für andere und habe unzählige Male gesehen, was diese Mädchen durchmachen. Ihr müsst mich vor nichts abschirmen.«

»Ich hoffe, du hast recht, denn es wird hässlich werden.«

»Das ist es immer«, erwiderte ich.

KAPITEL ACHT

Anaya war nervös. Das Zittern in ihrer Stimme verriet sie.

Ich bezweifelte, dass Zane es überhört hatte. Ihm entging nur selten etwas.

Zum Glück wechselte Declan das Thema und fragte: »Ist Harry noch in Connecticut?«

»Ja. Offenbar stecken Harry Landry und Ruiz in irgendwelchen Verhandlungen. Aber unseren Informationen zufolge will Ruiz aussteigen.«

Ich beobachtete Anaya, die sich konzentriert auf die Unterlippe biss. Dabei kam mir der Gedanke, dass ich mit Zane noch ein Hühnchen wegen der Hot-Lips-Houlihan-Bemerkung zu rupfen hatte.

»Was ist los, Anaya?«, fragte ich.

»Nichts.«

»Warum starrst du dann ins Leere?«

»Ich versuche, mich zu erinnern, woher ich diesen Namen kenne.«

»Welchen Namen?«, fragte Zane.

»Harry Landry.« In ihren Augen blitzte plötzlich ein wissender Ausdruck auf und sie nickte. »Ich kenne jemanden mit diesem Namen, aber es kann sich nicht um denselben Mann handeln. Ganz sicher ist es nur ein Zufall.«

»Woher kennst du ihn?«, wollte Zane wissen.

»Der Harry, den ich kenne, hat eine beträchtliche Summe für ein Projekt des NCMEC gespendet, als ich noch für die Organisation gearbeitet habe.«

»Ich kann mich nicht daran erinnern, dass Landry je Geld an das Zentrum für vermisste und ausgebeutete Kinder überwiesen hat«, bemerkte Declan. »Wir haben alle von ihm persönlich getätigten Spenden überprüft.«

»Die Spende kam von seiner Firma, doch Mr. Landry nahm an der Spendengala teil«, erklärte sie. »Aber das ist sicher nicht derselbe Mann. Der Harry Landry, den ich kenne, hat über eine Million Dollar gespendet, um ein Cyberprogramm zur Bekämpfung von Sextortion zu finanzieren.«

Declan warf mir einen argwöhnischen Blick zu und runzelte die Stirn. Zweifellos dachte er dasselbe wie ich. Harry Landry war ein gerissener Mistkerl, und mit einer Spende an das NCMEC würde er geschickt von sich ablenken können. Eine meisterliche Täuschung.

»Was ist Sextortion?«, fragte Zane.

»Die Ausbeutung von Kindern im Internet. Einige dieser Arschlöcher wissen nicht, wie man das Dark Web benutzt, also tummeln sie sich immer noch in Chatrooms. Sie versuchen, sich über Spiele, die sozialen Medien, WhatsApp-Chats und sogar über Online-Gruppen, die vermeintliche Tutorials ins Netz stellen, Zugang zu verschaffen. Dabei geht es nicht immer darum, reale Treffen zu arrangieren. Manche Täter geben sich mit Fotos zufrieden oder nehmen an Sexting oder sexuellen Online-Rollenspielen teil. Einige der Opfer sind erst acht Jahre alt.«

»Werden die Spender über das Programm auf dem Laufenden gehalten? Wissen sie zum Beispiel, ob Fortschritte gemacht werden? Erhalten sie sonst irgendwelche Informationen?«, wollte Zane wissen.

»Ja, aber nichts Spezifisches. Doch um sie zu ermutigen, mehr zu spenden, wird vierteljährlich ein Newsletter verschickt. Er geht nicht im Detail auf die verwendeten Programme ein, aber er liefert einen allgemeinen Überblick darüber, wofür das Geld eingesetzt wird und was für die Zukunft geplant ist.«

»Verdammt«, knurrte Zane. »Erinnerst du dich an die Firma, in deren Namen Landry gespendet hat?«

»Corella«, antwortete sie.

»Bist du sicher?«

»Ja, ganz sicher. Ich weiß es so genau, weil ich den Namen lustig fand. Im Jahr zuvor war ich in Australien, wo ein Corella-Vogel mich mit seinem dauernden Gekrächze vor meinem Hotelzimmer fast um den Verstand gebracht hat.«

»Würdest du den Mann auf einem Bild erkennen?«

»Ich denke schon. Es ist zwar einige Jahre her, aber ich kann mir Gesichter gut merken, und ich habe mich an jenem Abend mit ihm unterhalten. Allerdings kann es sich unmöglich um ein und dieselbe Person halten. Harry Landry will dazu beitragen, die Ausbeutung von Kindern zu stoppen. Und der Mann, hinter dem ihr her seid, verkauft sie offensichtlich.«

»Ich schicke dir ein Foto, damit du es dir ansehen kannst, Anaya. Wenn Corella Industries wirklich Harry Landry gehört, ist unser Problem gerade noch größer geworden. Ich melde mich wieder.«

Das war eine Untertreibung. Corella stellte Smart Chips her und machte das meiste Geld mit Regierungsaufträgen. Gott weiß, welche Informationen das Unternehmen stehlen könnte.

Nachdem Zane das Gespräch beendet hatte, wurde Declan neben mir unruhig. Wir hatten nicht geahnt, dass Landry mit Corella in Verbindung stand. Wie zum Teufel hatten wir das übersehen können?

»Ich verstehe nicht, was hier vor sich geht«, begann Anaya. »Es kann sich wirklich nicht um denselben Mann handeln.«

»Es ist derselbe Mann«, seufzte ich.

»Aber …«

»Was ich dir jetzt erzähle, musst du unter allen Umständen für dich behalten. Zu niemandem ein Wort, niemals. Aber damit du verstehst, was hier vor sich geht und wie weit die Machenschaften dieser Leute reichen, musst du ein paar Dinge wissen«, sagte Declan in einem für ihn untypischen behutsamen Tonfall. Ich war schockiert, dass er Anaya überhaupt etwas darüber sagen wollte.

»In Ordnung. Ich werde es niemandem verraten. Aber ich bitte dich, meinetwegen nichts zu beschönigen. Du klingst, als würdest du mit einem Kleinkind sprechen.«

»Harry Landry hat ein Netzwerk von ehemaligen Agenten der CIA, des FBI und anderer Behörden aufgebaut. Diese Gruppe nannte er *Die Firma*. Er überzeugte diese Leute davon, dass *Die Firma* eine geheime Abteilung der CIA sei, die verdeckte Operationen durchführt. Das konnte natürlich niemand überprüfen, weil es eine inoffizielle Organisation war. Für ihn war es eine Fassade, um mit von der Regierung ausgebildeten Agenten Operationen im militärischen Stil durchzuführen. Die Agenten glaubten, für die Guten zu arbeiten, und eliminierten Drogenschmuggler, Menschenhändler und alle möglichen Schurken, an die die Regierung offiziell nicht herankam. In Wirklichkeit beseitigten sie jedoch Landrys Konkurrenz. Der Kerl ist Mitglied einer viel größeren Gruppe namens Omni. Dabei handelt es sich um eine Art Geheimbund, der Regierungen infiltriert und seinen Einfluss nutzt, um sich zu bereichern. Diese Leute sind die ultimativen Lobbyisten, die spezielle Interessen vertreten. Sie sind weltweit tätig und haben ihre Finger in unzähligen Finanzsektoren.«

»Nun, das ist wirklich beängstigend, aber ...«

»Da ist noch mehr«, fuhr Declan fort. »Landry ist einer der größten Menschenhändler der Welt. Er kontrolliert die Mehrheit der Frauen, die aus den USA verschleppt werden. Er ist schlau, gerissen und hat seine Fühler überall ausgestreckt. Seine Spende an NCMEC ergibt Sinn. Durch den vierteljährlichen Newsletter könnte er sich über den Fortschritt des Programms auf dem Laufenden halten und wäre immer einen Schritt voraus. Außerdem hätte er einen Einblick in zukünftige Projekte.«

Declans Handy vibrierte. Er griff danach, tippte auf den Bildschirm und drehte ihn Anaya zu.

Sie wurde blass und sah aus, als müsste sie sich jeden Moment übergeben.

»Ich nehme an, das ist der Harry, den du kennst?«, fragte ich.

Anaya nickte und schloss die Augen. »Ich habe mit ihm

getanzt«, flüsterte sie. »Er hat mich mit seinen schmutzigen Händen angefasst. Dabei hat er mir vorgesäuselt, wie glücklich er sei, weil die finanzielle Spende seines Unternehmens dazu beitragen würde, das Leid von Kindern zu lindern.«

»Kriminelle sind hervorragende Betrüger«, erinnerte Dec sie. »Kranke Arschlöcher wie Landry sind aalglatt und lügen wie gedruckt.«

»Isst du das noch?« Ich zeigte auf Anayas Teller. Sie hatte ihr Frühstück nicht angerührt.

»Meine Güte, nein. Ich bekomme keinen Bissen hinunter.«

»Du musst etwas essen«, sagte Dec zu ihr. »Wir haben noch einen langen Tag vor uns.«

»Ich esse später.« Anaya schlug sich eine Hand vor den Mund, um ein Gähnen zu unterdrücken. »Vielleicht sollte ich zuerst einen Kaffee trinken, um wach zu werden.«

Anaya stand auf, nahm ihren Teller und ging in die Küche. Sobald sie außer Hörweite war, wandte Dec sich mir zu.

»Bist du dir sicher, was sie betrifft?«

Ich dachte über seine Frage nach und kam zu dem Schluss, dass ich sie verneinen musste. Ich war mir überhaupt nicht mehr sicher. Eine Flut von widersprüchlichen Gefühlen tobte in mir. Ich wollte, dass Anaya in die USA zurückkehrte, so weit weg von diesem Chaos wie möglich. Vor allem weg von Preston Lockhart und Harry Landry. Ich wollte sie nicht einmal in der Nähe des Waisenhauses und der Schrecken, die sich dort abspielten, wissen.

Aber ich wollte sie auch nicht aus den Augen verlieren, wobei es mir nicht nur um ihre Sicherheit ging. Ich sehnte mich danach, noch weitere Nächte neben ihr zu verbringen, und wünschte mir, dass sie sich bei mir wohlfühlte. Ich wollte sie wissen lassen, dass sie mir vertrauen konnte und ich ihr niemals wehtun würde. Letztendlich wollte ich einfach mehr und konnte mir nicht erklären warum.

»Ja. Ich bin mir sicher.«

Dec runzelte die Stirn. »Dir muss klar sein, dass das ein harter Kampf für dich werden wird.«

»Du verstehst das völlig falsch.«

»Von wegen. Ich erlebe das nicht zum ersten Mal, mein Freund. Brooks hat in diesem Anbau des UN-Gebäudes einen Blick auf Tatiana geworfen, und es war um ihn geschehen. Und es war nicht verwunderlich, dass Thaddeus so aus dem Häuschen war, sobald Em bei uns war. Ich kann den gleichen Ausdruck in deinen Augen erkennen. Deshalb will ich dich warnen, denn es ist alles andere als klug. Omni bedroht gerade das ganze Unternehmen und zugleich müssen wir uns um diese Frauen kümmern. Wenn du Anaya mitnimmst, bringst du sie in Gefahr. Und mit all ihren Problemen … Bruder, ich glaube nicht, dass du das auf dich nehmen willst. Am Ende könnte sie dir das Herz brechen.«

»Also schön, Dec. Angenommen du hast recht, hältst du mich wirklich für ein oberflächliches Arschloch, das jemandem wegen seiner Probleme den Rücken zukehrt?«

»So habe ich das nicht …«

»Es klang aber ganz danach. Deiner Meinung nach ist sie es offenbar nicht wert, dass man sich um sie bemüht, weil sie immer noch darunter leidet, was ihr widerfahren ist. Aber ich sage dir eins. Der Mann, der es schafft, Anayas Mauern zu durchbrechen, wird verdammt glücklich sein. Diese Frau ist unglaublich stark. Wenn sie den richtigen Mann findet, wird sie ihn in ihr Herz lassen und er wird im Paradies gelandet sein.«

Insgeheim wünschte ich mir, ich könnte dieser Mann sein. Aber Dec hatte recht. Wir hatten zu viel um die Ohren, der Zeitpunkt war denkbar ungünstig und ich hatte Anaya nichts zu bieten. In meinem Beruf wusste ich nie, wo ich am nächsten Tag sein würde. Ich war ständig unterwegs und hatte nicht einmal einen festen Wohnsitz.

Anaya hatte Stabilität und Frieden verdient. Mit meinem Lebensstil würde ich ihr weder das eine noch das andere bieten können. Ich war nicht der Typ Mann, der sich niederlassen und Vater werden wollte. Mit meinem Dasein als Nomade war ich vollauf zufrieden. Ich musste mir nie den Kopf darüber zerbrechen, wen oder was ich zurückließ, wenn ich von einem Ort zum nächsten reise. Aber zum ersten Mal in meinem Leben wünschte ich mir, ich könnte dieser Mann sein. Für Anaya.

Es war lächerlich zu glauben, sie und ich könnten zusammen sein. Meine Gefühle für diese Frau, die ich gerade erst kennengelernt hatte, hatten vorübergehend mein Urteilsvermögen getrübt. Anaya hatte mir zu verstehen gegeben, dass sie nicht bei mir bleiben wollte. Selbst wenn ich sie nicht gehen lassen *wollte*, musste ich ihren Wunsch respektieren. Der Knoten in meinem Magen zog sich zusammen und mir kam die Galle hoch.

Ich musste mich von ihr verabschieden.

»Ich will nur diesen Auftrag hinter mich bringen, damit sie in Sicherheit ist. Das ist alles«, sagte ich.

Dec nickte kurz und musterte mich mit einem argwöhnischen Ausdruck in den Augen, bevor er aufstand. »Wenn du es sagst. Ich werde noch einmal die Umgebung patrouillieren. Sobald wir wieder von Zane hören, können wir den Rest des Tages planen.«

Ich lehnte mich auf der Couch zurück und presste die Handballen gegen die Stirn, um den Druck etwas zu lindern.

Was zum Teufel war nur in mich gefahren? Ich hatte Anaya zu etwas zwingen wollen, was sie nicht tun wollte. Sie war durchaus in der Lage, auf sich selbst aufzupassen. Und wenn wir sie nach Kambodscha mitnehmen würden, wäre sie in noch größerer Gefahr.

»Alles in Ordnung?«, fragte Anaya.

Ich öffnete die Augen. Sie hatte sich auf der gegenüberliegenden Seite des Zimmers an die Wand gelehnt.

Kluge Frau. Es war besser, wenn sie sich von mir fernhielt.

»Sicher. Was ist los?«

»Ich habe mit Camilla gesprochen.« Anaya hielt ihr Handy in die Höhe, damit ich es sehen konnte. »Sie und Donny nehmen einen früheren Flug. Und es gibt gute Neuigkeiten. Ein Waisenhaus in Tutuala hat Platz für zehn Mädchen. Falls es mehr als zehn sind, werden sie sie nach Westtimor bringen. Auf jeden Fall sind die beiden bereit.«

»Wo wirst du als Nächstes eingesetzt werden, wenn das hier vorbei ist?«

»Eingesetzt?«

»Vom Friedenskorps? Wo wirst du danach arbeiten?«

Gespannt hielt ich den Atem an und hoffte, sie würde mir sagen, dass sie endgültig in die USA zurückkehren wolle. Momentan konnte ich nicht mit ihr zusammen sein, aber vielleicht würden wir in Zukunft die Möglichkeit haben, einander näherzukommen. Wenn wir Omni erst einmal ausgeschaltet hatten, könnte ich mich vielleicht mit ihr treffen und herausfinden, ob meine verrückten Gefühle für sie nicht nur ein Hirngespinst waren.

»Oh. Ich bin mir noch nicht sicher. Ich denke, ich werde nach Südamerika reisen. Vielleicht nach Guyana oder Peru. Die ehrenamtlichen Helfer, die aus Timor-Leste abgezogen wurden, werden überall dorthin geschickt, wo sie gebraucht werden.«

Bei der Erwähnung von Guyana zog sich mir der Magen zusammen. Erst kürzlich waren wir dort im Einsatz. Ich hatte mit eigenen Augen gesehen, was eine korrupte Regierung einem Volk antun konnte. Das Land war wunderschön und hätte florieren sollen. Stattdessen wurde es von Habgier und Kriminellen heimgesucht.

»Wie lange wirst du weg sein?«

»Für gewöhnlich dauert jeder Einsatz zwei Jahre. Aber ich weiß nicht, was das Friedenskorps in einem Fall wie diesem tun wird. Warum?«

Zwei Jahre? Verdammt. Ich hätte mich nicht einmal mit dem Gedanken an eine Beziehung mit Anaya auseinandersetzen sollen. Declan hatte recht, mich zu warnen. Er hatte mich vor Kummer bewahren wollen, doch jetzt brach es mir das Herz zu hören, dass sie zwei Jahre lang weg sein würde. Die Hoffnung auf eine mögliche Zukunft mit ihr hatte sich im Handumdrehen in Rauch aufgelöst.

»Willst du bei den Riveras bleiben und beim Transport der Mädchen helfen?«

Mir wurde fast übel, als ich die Worte aussprach.

»Ich dachte, das hätten wir geklärt.« Sie runzelte fragend die Stirn.

Ja, Schatz, ich bin auch verwirrt.

»Nein. *Ich* habe es geklärt und habe mir deine Meinung nicht einmal angehört.«

Sie musterte mich immer noch und ein gequälter Ausdruck huschte über ihr Gesicht. Im nächsten Moment straffte sie jedoch die Schultern und stieß sich von der Wand ab.

»Dann möchte ich bleiben.«

Verdammt, das tat weh – mehr als ich gedacht hatte. Mir wurde klar, dass meine Gefühle nicht auf Gegenseitigkeit beruhten. Sie hatte kein Interesse daran, bei uns – und bei mir – zu bleiben.

»Dann solltest du hierbleiben und den beiden helfen.« Der Gedanke, sie zurückzulassen, versetzte mir einen schmerzhaften Stich in der Brust. »Aber du musst vorsichtig sein. Es ist gefährlich hier. Die Rebellen sind nach wie vor ein Problem. Wenn wir heute Nacht die Mädchen holen, musst du dich verstecken. Wir dürfen nicht riskieren, dass dich jemand sieht.«

»Schon heute Nacht.« Für den Bruchteil einer Sekunde blitzte Enttäuschung in ihren Augen auf, doch sie fing sich schnell wieder. »Dann hat sich an dem Plan nichts geändert?«

»Sieht so aus. Wir warten noch auf Zanes Rückruf.«

»Oh.« Sie hielt einen Moment inne. »Das ist gut. Wir müssen die Mädchen so schnell wie möglich da rausholen.«

Declan kam zurück ins Haus und steckte sein Handy in seine Tasche.

»Das war Tex«, verkündete er. »Preston Lockhart ist auf dem Weg nach Kambodscha. Wir müssen die Mädchen heute Abend befreien. Anaya, lasse Donny und Camilla wissen, dass sie sich bereithalten sollen. Wir stürmen das Haus, nachdem der letzte Mann es verlassen hat. Wir laden die Mädchen ein und verschwinden. Garrett hat drei Tickets für den ersten Flug um fünf Uhr aus Dili gebucht. Uns wird nicht viel Zeit bleiben.«

»Ruf Garrett an und sag ihm, dass er eines der Tickets stornieren kann. Anaya wird hierbleiben«, sagte ich und bemühte mich um einen ruhigen Tonfall, obwohl mein Herz wild in meiner Brust hämmerte.

Es fühlte sich falsch an, sie zurückzulassen. Jede Faser meines Körpers schrie danach, sie nicht gehen zu lassen. Aber es spielte keine Rolle, wie sehr ich sie wollte. Sie würde niemals mir gehören. Wie sagte man so schön? Das richtige Mädchen zur falschen Zeit. Im Grunde wusste ich, dass es den richtigen Zeitpunkt für mich gar nicht gab. Anaya hatte mich das nur für einen Moment vergessen lassen.

Dank ihr hatte ich die Tatsache verdrängt, dass ich eigentlich keine Verpflichtungen in Form einer eigenen Familie wollte. Es wäre furchtbar, eine so wunderbare Frau an mich zu binden, nur damit sie mich später hasste, wenn sie mein wahres Ich sah.

Wir führten unterschiedliche Leben und verfolgten nicht die gleichen Ziele. Nicht einmal annähernd. Ich kannte mich selbst gut genug, um zu wissen, dass ich niemals damit einverstanden wäre, wenn meine Frau um die Welt reiste und sich in Gefahr begab. Nicht ohne mich an ihrer Seite.

Aber verdammt, es war ein schreckliches Gefühl, Anaya gehen zu lassen.

KAPITEL NEUN

Warum zum Teufel fühlte ich mich, als hätte mir jemand einen Tritt in die Magengrube verpasst?

Zumindest hatte ich meinen Willen bekommen. Oder etwa nicht? Camilla und Donny würden Hilfe brauchen, um die Mädchen sicher auf die Ostseite der Insel zu bringen. Und ich würde mich selbst davon überzeugen können, dass sie gut untergebracht wurden. Schließlich war ich nach Timor-Leste zurückgekehrt, um die Mädchen aus Amishas Gewalt zu befreien. Doch statt mich zu freuen, benahm ich mich wie ein dummer, verliebter Teenager. Dabei wusste ich gar nicht, wie sich so etwas anfühlte, weil ich noch nie für einen Jungen geschwärmt hatte.

Meine Güte, ich war so dumm gewesen. Warum hatte ich mir überhaupt erlaubt, von Kyle zu träumen? Ich war viel zu unerfahren und wusste, dass er kein Interesse an mir hatte. Er war einfach nur nett zu mir gewesen und ich hatte die Situation völlig falsch eingeschätzt und geglaubt, dass er die gleiche Verbundenheit spürte wie ich.

Für gewöhnlich ließ ich mich nicht so gehen. Aber Kyle hatte mich mit seiner vertrauenserweckenden Art dazu gebracht, die Mauern, die ich um mich errichtet hatte, fallen zu lassen. Eine Beziehung zwischen uns würde jedoch nie funktionieren. Ich war einfach viel zu verkorkst.

Kyle konnte jede Frau haben, und ich nahm an, dass er kein Kind von Traurigkeit war. Ich würde einen Mann wie ihn unmöglich zufriedenstellen können. Im Moment war ich mir nicht einmal sicher, ob ich jemals wieder Sex haben würde. Ich hatte mich so sehr in mein Schneckenhaus zurückgezogen und jeglichen Körperkontakt gemieden, dass ich mich wahrscheinlich nie wieder aus diesem Loch würde befreien können.

Vor einer Woche hatte ich mich noch bereitwillig mit diesem Gedanken abgefunden. Im Grunde hatte ich in meinem Leben ohnehin keine Zeit für eine Beziehung und Sex, aber jetzt wünschte ich mir, normal zu sein. Wie wäre es wohl, mit Kyle zu schlafen? Seine muskulöse Brust an meiner zu spüren, diesmal ohne Kleidung. Seinen warmen Körper an meinem.

Ich drehte mich auf die Seite und schob das Kissen unter meinem Kopf zurecht. Eigentlich hatte ich noch ein Nickerchen machen wollen, denn heute Abend musste ich ausgeschlafen sein. Es war gut möglich, dass ich in den nächsten vierundzwanzig Stunden keine Gelegenheit mehr haben würde zu schlafen. Aber Kyle ging mir einfach nicht aus dem Kopf. Ich konnte nicht aufhören, daran zu denken, wie leichtfertig er eingewilligt hatte, sich von mir zu trennen.

Ich nahm mein Buch zur Hand und schlug die erste Seite auf. Für eine Weile wollte ich mich in Susan Stokers fiktiver Welt verlieren, in der es immer ein Happy End gab.

Warum konnte ich nicht so stark wie eine ihrer Heldinnen sein? Dann wäre ich in der Lage, all die Hürden des Lebens zu überwinden. Und warum konnte ich nicht selbst einen entschlossenen, besitzergreifenden Helden finden, der mich für immer festhalten würde?

Weil das nicht das echte Leben ist, du Idiotin. Solche Männer gibt es in Wirklichkeit nicht.

Doch wenn es sie gäbe, wäre Kyle einer von ihnen.

Er hatte gesagt, dass er die richtige Frau über seine Schulter werfen und in sein Haus in den Bergen tragen würde. Aber mich hatte er gehen lassen.

* * *

»HEY. WACH AUF.«

Ich spürte, wie jemand mich schüttelte, und riss die Augen auf.

»Ist es Zeit aufzubrechen?«, murmelte ich, als sich jemand hinter mir auf die Matratze setzte.

»Nein. Du hattest wieder einen Albtraum.«

Verdammt. Kein Wunder, dass der Mann mich so schnell wie möglich loswerden wollte. Ich war verrückt.

»Tut mir leid«, brummte ich.

»Möchtest du, dass ich bleibe?«

Ich hätte ablehnen sollen. Aber dies war meine letzte Chance, etwas Zeit mit ihm zu verbringen, denn in ein paar Stunden würde ich mich für immer von ihm verabschieden müssen. Danach würde ich noch genügend Zeit haben, meine Wunden zu lecken. Mein Herz war bereits im Begriff zu zerbrechen.

»Ja bitte.«

Ich spürte, wie er sich hinter mir aufs Bett legte. Dann schmiegte er seinen warmen Körper an meinen Rücken und schlang einen Arm um meine Taille.

»Ist das so in Ordnung?«

Er hielt mich fest und verschlang seine langen Beine mit meinen. Trotzdem fühlte ich mich nicht eingeengt.

»Ja.«

»Bis wir aufbrechen, haben wir noch ein paar Stunden. Schlaf weiter.«

Ich wollte nicht schlafen. Mir blieb nur noch so wenig Zeit mit Kyle, und ich wollte sie nicht verschwenden. Aber die Erschöpfung übermannte mich schließlich und ich schlief ein.

* * *

ALS WIR DAS HAUS VERLASSEN HATTEN, WAR DIE STIMMUNG angespannt gewesen. Kyles Verhalten mir gegenüber hatte sich verändert. Er war aufgestanden und hatte sich fertig gemacht, bevor er in mein Zimmer zurückgekehrt war, um mich zu wecken. Dabei war er höflich, aber distanziert gewesen. Es war, als hätte jemand einen Schalter umgelegt und sämtliche Anzeichen des Mannes, der meine Hand gehalten oder sich an mich gekuschelt hatte, ausgelöscht.

Als ich Declan und Kyle die Riveras vorgestellt hatte, hatten die beiden Männer sich die Förmlichkeiten gespart und waren direkt zur Sache gekommen. Sie waren den Plan noch einmal durchgegangen, hatten wissen wollen, ob wir noch Fragen hätten, und hatten uns dann befohlen, im Wagen zu bleiben und den Motor laufen zu lassen.

Jetzt saß ich auf dem Beifahrersitz besagten Kastenwagens, der aussah, als hätte er schon bessere Tage gesehen. Ich hatte keine Ahnung, wo Donny und Camilla ihn aufgetrieben hatten, und ich hatte auch nicht danach gefragt.

Vor fünf Minuten waren Kyle und Declan hinter dem Haus verschwunden. Mir lief der Schweiß den Rücken hinunter, und ich wurde von Sekunde zu Sekunde nervöser. Donny saß auf dem Fahrersitz und war die Ruhe selbst. Camilla, die zwischen mir und ihrem Mann eingequetscht war, wippte mit dem Knie auf und ab.

»Beruhige dich, Liebes, es ist bald vorbei«, sagte Donny zu seiner Frau. Die Worte schnürten mir das Herz zusammen. Auch ohne die beiden zu betrachten, wusste ich, dass er beschwichtigend eine Hand auf ihr Bein gelegt hatte. Ich konnte den Blick nicht von dem Haus abwenden, in das Kyle gegangen war.

Alles war unheimlich still, viel zu still für diesen Teil der Stadt. Es kam mir fast so vor, als hätten die Bewohner der Gegend gewusst, dass wir kommen würden, also waren sie zu Hause geblieben und hatten Türen und Fenster verschlossen.

Aus dem Augenwinkel nahm ich eine Bewegung wahr. Jemand stieg aus seinem Wagen, schlug aber die Tür nicht zu, sondern lehnte sie nur behutsam an, ohne sie zu verriegeln. Donny und Camilla hatten sich geduckt, aber da wir den Motor hatten laufen lassen, konnte jeder sich denken, dass jemand im Inneren saß.

Der Mann ging den rissigen Bürgersteig entlang auf Amishas

Haus zu. Mit angehaltenem Atem beobachtete ich, wie er die Einfahrt hinaufschlich und sich dabei mehrfach umsah.

Scheiße. Scheiße. Scheiße.

Ich legte eine Hand an den Türgriff, doch Camilla packte meinen Arm. »Auf keinen Fall, Anaya«, flüsterte sie. »Sie haben gesagt, wir sollen im Wagen bleiben.«

»Ich muss ihn aufhalten. Wenn er an die Tür klopft oder klingelt, sind die Jungs geliefert.«

So leise wie möglich öffnete ich die Tür des Kastenwagens. Die alten Scharniere hätten jedoch dringend etwas Schmieröl nötig gehabt und weckten wahrscheinlich die ganze Nachbarschaft. Ich ging in die Hocke und wartete darauf, dass der Mann sich zu mir umdrehte, doch das tat er nicht. In dem Moment, in dem er einen Fuß auf die Veranda gesetzt hatte, lief ich über einen Hof und kauerte mich hinter einem Strauch auf den Boden.

Verdammt, der Mann war dem Eingang bereits viel zu nahe. Ich sprang aus meinem Versteck, hatte jedoch keine Ahnung, wie ich ihn aufhalten wollte. Ich war etwa ein halbes Dutzend Schritte von ihm entfernt, als er mich bemerkte. Im nächsten Moment wurde die Haustür geöffnet. Eine schwarz gekleidete Gestalt trat auf die Veranda und stürzte sich auf den Kerl. Der Mann in Tarnkleidung hob ein Messer und schnitt dem Eindringling mit einer fließenden Bewegung die Kehle durch.

Ich erstarrte und blieb wie angewurzelt stehen.

Kyle fixierte mich mit einem wütenden Ausdruck in den Augen. Er zog den Arm zurück, wischte die Klinge an seiner Hose ab, klappte das Messer zu und steckte es in seine Tasche, ohne den Blick von mir abzuwenden.

Eine unheimliche Regung huschte über sein Gesicht, bevor er auf den Mann hinunterblickte, der in seinem anderen Arm erschlafft war. Er stieß den leblosen Körper von sich, der daraufhin in den Büschen vor der Veranda landete.

»Geh zurück in den Wagen«, knurrte Kyle.

Declan tauchte hinter ihm auf. Er hatte drei Mädchen im Schlepptau, die ihm nur widerwillig folgten.

Ich ignorierte Kyles Befehl und eilte auf sie zu.

»Wir sind hier, um euch zu helfen. Ihr seid in Sicherheit.«

Alle drei schüttelten den Kopf und wichen zurück.

»Wir sind Amerikaner«, sagte ich auf Tetum. »Wir holen euch hier raus. Ihr seid jetzt in Sicherheit.«

Zwei der Mädchen waren sichtlich erleichtert, doch das dritte blieb skeptisch.

»Komm«, forderte ich sie auf. »Wir müssen uns beeilen. Sie wird euch nie wieder wehtun.«

Ich zog an der Hand des Mädchens, das sich schließlich zaghaft in Bewegung setzte. Camilla war aus dem Wagen gestiegen und wartete hinten auf uns.

»Wie viele sind noch im Haus?«, fragte ich, wobei ich weiterhin Tetum sprach.

»Sechs«, flüsterte eines der Mädchen.

»Und nebenan?«

»Ich weiß es nicht. Ich war schon lange nicht mehr dort.«

Ich eilte zurück zum Haus, um Declan und Kyle zur Hand zu gehen. Auf keinen Fall würden die beiden sechs verängstigte Mädchen ohne meine Hilfe aus dem Haus holen können.

Declan kam mir auf der Veranda entgegen und packte mich.

»Das ist kein schöner Anblick da drin.«

»Ich komme damit klar.«

Er ließ mich los und ich betrat Amishas Haus des Schreckens.

Zuerst stieg mir der Gestank in die Nase. Die Luft war so stickig, dass ich mich fast übergeben hätte. Dann fiel mir auf, dass es kein Wohnzimmer gab, da es in mehrere Räume unterteilt worden war. Ich wollte gar nicht darüber nachdenken, wofür Amisha die zusätzlichen Zimmer gebraucht hatte, sondern wollte alles, was mit diesem Haus zusammenhing, aus meinem Gedächtnis verbannen.

Ich warf einen Blick nach rechts und sah Amishas Leiche neben zwei toten Männern auf dem schmutzigen Boden liegen. Eine riesige Blutlache umgab die drei leblosen Körper. Ich will nicht behaupten, dass ich mich über ihren Tod freute, aber ich empfand ein Gefühl von Richtigkeit. Sie war tot. Kyle und

Declan hatten dafür gesorgt, dass sie nie wieder ein junges Mädchen verletzen würde, und dafür war ich dankbar.

Zu meiner Linken kauerten sechs junge Mädchen am Boden. Kyle stand hinter ihnen und war sichtlich aufgebracht. Es war nicht verwunderlich, dass die Mädchen Angst vor ihm hatten.

Ich ging auf die Gruppe zu und sagte ihnen dasselbe, was ich den anderen gesagt hatte. Schließlich konnte ich sie dazu bewegen, mir aus der Tür zu folgen.

Als die neun Mädchen im Heck des Kastenwagens saßen, nahm Camilla wieder neben ihrem Mann in der Kabine Platz. Ich wollte gerade auf die Ladefläche steigen, als Kyle mich zurückhielt und an sich zog.

Er schlang seine starken Arme um mich und drückte mich so fest, dass ich fast keine Luft bekam. Dann drückte er mir einen Kuss auf die Stirn.

»Pass auf dich auf, Anaya.«

Der raue Unterton in seiner Stimme trieb mir die Tränen in die Augen. Der Moment war gekommen. Ich musste mich für immer von ihm verabschieden.

Warum konnte ich ihm nicht einfach sagen, was ich mir wünschte? Warum brachte ich nicht die Kraft auf, ihn zu fragen, ob ich bei ihm bleiben könne?

»Du auch, Kyle.« Ich stellte mich auf die Zehenspitzen und strich mit meinen Lippen sanft über seine. Eigentlich hatte ich ihn nicht küssen wollen, aber in der letzten Sekunde wurde mir bewusst, dass ich ihn nie wiedersehen würde. Ausnahmsweise nahm ich mir, was ich wollte. Ich streckte die Zunge heraus und leckte über seine Lippen. Als er mir entgegenkam und mit seiner Zunge die meine liebkoste, explodierte ein Feuerwerk in meiner Brust. Ich hatte ihn einmal schmecken dürfen. Mehr würde ich nie von ihm haben. »Danke«, flüsterte ich.

Mit einem zwiegespaltenen und verwirrten Ausdruck in den Augen sah er mich durchdringend an, dann stieß er einen leisen Fluch aus und ließ mich los.

Ich sprang auf die Ladefläche des Lastwagens.

Kyle schloss die Tür und ich hörte, wie die Verriegelung einrastete, während ich noch immer in seine Richtung starrte.

Ich drückte mich von innen dagegen und legte die Hände ans Metall. Im nächsten Moment setzte der Wagen sich mit einem Ruck in Bewegung.

Ich entfernte mich immer weiter von Kyle.

Und mein Herz brach in tausend Stücke.

KAPITEL ZEHN

Dec machte einen großen Bogen um mich.

In dem Moment, in dem ich die Tür hinter Anaya geschlossen hatte, wusste ich, dass ich einen Fehler begangen hatte.

Wahrscheinlich den größten meines Lebens.

Obwohl sie mich geküsst hatte, hatte ich sie gehen lassen.

Seit ich Anaya hatte davonfahren sehen, hatten Dec und ich kaum miteinander gesprochen. Er hatte mich lediglich darüber informiert, dass Tex eine Organisation vor Ort damit beauftragt hatte, sich um die Mädchen zu kümmern, die noch im Waisenhaus waren.

Ich musste mich auf unsere bevorstehende Aufgabe konzentrieren und aufhören, von Anayas süßen Lippen zu träumen. Mit aller Kraft hatte ich gegen den Drang angekämpft, den Kuss zu vertiefen. Am liebsten hätte ich sie über meine Schulter geworfen, um mit ihr das Weite zu suchen. Ich wollte, dass sie mir nie wieder von der Seite wich.

Nun war sie weg, und ich hatte sie gehen lassen. Es war zu ihrem Besten. Und wir mussten uns darauf konzentrieren, Preston Lockhart auszuschalten.

Wir waren seit zehn Stunden in Kambodscha und hatten die Gegend bereits auskundschaftet.

»Es gibt nur drei Wachen«, sagte Declan unnötigerweise.

»Ich schätze, sie fühlen sich sicher, weil das Gebäude so abgelegen ist.«

»Das sehe ich auch so.«

»Preston wird den Kauf persönlich tätigen, also müssen wir mit vier Männern rechnen. Möglicherweise mehr, falls einer der Männer auf dem Gelände nicht der Chef ist.«

»Tex sagte, dass Preston allein reist. Wir schalten ihn aus, bevor er dort ankommt.«

»Einverstanden.«

Declan musterte mich mit einem vielsagenden Blick und ich wappnete mich. »Wir sollten uns über Anaya unterhalten.«

Nein. Ausgeschlossen.

»Es gibt nichts zu bereden«, erwiderte ich.

»Du hast sie nicht …«

»Doch, Declan. Du hattest recht. Ich habe nicht nachgedacht. Es wäre zu gefährlich gewesen, sie mitzunehmen. Dort, wo sie jetzt ist, ist sie sicherer.«

»Schon bald werden wir wieder zu Hause sein. Sie wird ein paar Tage nach uns in die Staaten zurückkehren. Du könntest …«

»Ich könnte was?«, blaffte ich. »Sie anrufen? Sie fragen, ob sie mit mir ausgehen will? Wir werden in Maryland sein, sie wohnt in San Diego. Außerdem wird sie für zwei Jahre in Südamerika im Einsatz sein, während wir Krieg gegen Omni führen.« Vor lauter Frustration hätte ich mir am liebsten die Haare gerauft. »Ich bin für diesen Mist ohnehin nicht geschaffen.«

»Von welchem Mist redest du?«

»Von der Ehe und einer Familie. Verdammt, ich will keine Kinder. Warum sollte ich mich auf eine ernsthafte Beziehung mit einer Frau einlassen, wenn ich mit ihr keine Familie gründen will? Ich habe ihr nichts zu bieten. Es ist besser für sie, wenn sie sich von mir fernhält und auf der anderen Seite der USA bleibt.«

Ein sanfter Ausdruck trat in Declans Augen und er sah mich nachdenklich an.

»Vielleicht solltest du deine Einstellung noch einmal überdenken.«

»Wie bitte?«

»Es gibt nichts Besseres, als neben der Frau aufzuwachen, die man liebt.«

Was zum Teufel ging hier vor sich? Wer war dieser Mann? Und was faselte er von Liebe? Wer hatte etwas von Liebe gesagt?

»Wenn das der Fall ist, warum hast du dann keine Frau in deinem Bett?«

»Ich hatte eine. Sie war so verdammt wundervoll. Ein Lächeln von ihr reichte aus, um mich mein beschissenes Leben vergessen zu lassen.«

»Wie bitte?«, wiederholte ich.

»Ich werde nie zurückbekommen, was sie mir gegeben haben, aber das heißt nicht, dass ich mich nicht an jede verdammte Sekunde erinnere, die wir zusammen verbracht haben. Die Zeit mit ihnen hat sich in meine Seele eingebrannt. Ich weiß genau, wie es sich anfühlt, mit deiner Frau in den Armen aufzuwachen und zu wissen, dass dein einst einsames und trostloses Leben mittlerweile so hell erstrahlt, dass es dich fast blendet.«

Ein eiskalter Schauer lief mir über den Rücken. Ein distanzierter Ausdruck trat in Decs Augen, als sei er weit weg in seinen Erinnerungen versunken.

»Sie?«

»Ich hatte eine Tochter. Ihr Name war Violet. So war so hübsch wie ihre Mutter.«

Mir schwante Schreckliches, als er von seiner Familie in der Vergangenheitsform sprach. Und ich wusste nicht, was ich davon halten sollte, dass er seine Tochter nach seiner Schwester benannt hatte.

»Mein Gott, Dec. Ich weiß nicht, was ich sagen soll.«

Schnell fügten die Puzzleteile sich zusammen. Plötzlich ergab vieles, was Declan gesagt hatte, einen Sinn.

»Bruder ...«

»Ich bereue viele Dinge in meinem Leben«, fiel er mir ins

Wort, »aber meine Frau geliebt zu haben ist sicher keines davon.«

Seine Frau?

Declan war sogar verheiratet?

Heilige Scheiße.

»Ich kann dir gar nicht sagen, wie leid es mir tut, dass du sie verloren hast. Aber …«

»Wenn du in einer Woche immer noch an sie denkst, dann denke noch einmal darüber nach und rufe sie an. Mehr sage ich nicht dazu.«

Ich wollte mich nicht mit Dec streiten, vor allem nicht, nachdem er mir gerade sein Herz ausgeschüttet hatte. Also nickte ich ihm zu und sagte: »Es bedeutet mir viel, dass du mir von deiner Frau und deiner Tochter erzählt hast. Ich schwöre, ich werde dieses Wissen mit ins Grab nehmen.«

»Ich weiß.« Im nächsten Moment fing Declan sich wieder und setzte eine neutrale Miene auf. »Ich werde jetzt duschen und versuchen, etwas zu schlafen. Du solltest dasselbe tun. Sobald Tex zurückruft, geht es los.«

Declan verschwand durch die Tür, die unsere beiden Hotelzimmer verband. Ich saß völlig benommen auf dem Bett und konnte es immer noch nicht fassen. Dieser Mann hatte so viel Pech im Leben gehabt. Alles Gute war ihm genommen worden. Ich wusste nicht, wie er es schaffte, sich aufrecht zu halten.

Dec hatte recht, ich sollte eine Runde schlafen, bevor wir aufbrachen. Aber ich konnte mich nicht dazu überwinden, mich auszuruhen. Das letzte Mal hatte ich mit Anaya im Bett gelegen.

Sie hatte mich gewähren lassen, als ich meinen Arm um sie geschlungen und sie festgehalten hatte. Jedes Mal wenn ich die Augen schloss, musste ich daran denken, wie sie mich geküsst hatte. Mein ganzer Körper war in Flammen aufgegangen und es war mir unendlich schwergefallen, mich von ihr zu lösen.

Aber sie hatte gehen wollen.

* * *

118

Ich war schweissgebadet. Unter meiner schusssicheren Weste stauten sich Hitze und Feuchtigkeit, sodass mein durchnässtes T-Shirt an meiner Haut klebte. Die Sonne war noch nicht einmal aufgegangen, doch es herrschten bereits über fünfundzwanzig Grad. In einer weiteren Stunde würden die ersten Sonnenstrahlen am Horizont zu sehen sein, und die Temperatur würde in die Höhe schnellen.

»Hier herrscht eine Luftfeuchtigkeit wie in Florida«, brummte Dec.

»Bruder, ich wäre jetzt lieber in Florida als hier.«

Wir gingen die letzten vierhundert Meter zu der einspurigen Schotterstraße, die zu dem Lager führte, in dem die Mädchen festgehalten wurden. Dort hielten wir an und nahmen die Gegend in Augenschein. Niemand würde hier vorbeikommen, es sei denn, er wollte zu dem Lager.

»Was hältst du davon?«, fragte ich.

»Sieht gut aus«, antwortete Declan. Er sah sich um. »Da drüben liegt ein umgestürzter Baum. Wir müssen nicht einmal einen fällen.«

Gott sei Dank. Das Fällen eines Baumes wäre nicht nur laut gewesen, es hätte auch eine Menge Zeit in Anspruch genommen.

Wir schleppten den Baumstamm quer über die Straße und versperrten den Weg, sodass Preston Lockhart ihn nicht würde umfahren können.

»Jetzt legen wir uns auf die Lauer«, sagte Declan.

Wir versteckten uns im Unterholz entlang der Straße und warteten. Da ich nichts zu tun hatte, um mir die Zeit zu vertreiben, wanderten meine Gedanken zu Anaya.

Ich musste ständig an ihre Albträume denken und fragte mich, ob sie ein Auge zugetan hatte. Würde sie ruhiger schlafen können, nachdem wir die Mädchen gerettet hatten? Während der letzten vierundzwanzig Stunden hatte ich versucht, meine Sorgen zu verdrängen. Aber ich hatte dennoch ein ungutes Gefühl, das mich einfach nicht losließ. Anaya war nicht im Wagen geblieben, sondern ausgestiegen. Was, wenn jemand sie gesehen hatte? Was, wenn jemand ihr gefolgt war? Declan und ich hatten uns vergewissert, dass der Wagen unbehelligt das Gelände verlassen hatte, aber jemand hätte sich später an ihre Fersen heften können.

Amisha und ihre beiden Leibwächter waren tot. Aber wir hatten das zweite Haus nicht betreten. Hatte uns jemand von dort aus beobachtet? Tex hatte bei den timoresischen Behörden angerufen. Als wir aufbrachen, hatten sich mehrere Menschen dem Waisenhaus genähert. Waren diese Mädchen in Sicherheit? Sie waren alle viel jünger und noch nicht alt genug, um auf diese Weise ausgebeutet zu werden. Aber wie viel Zeit würde ihnen noch bleiben? Irgendetwas stimmte nicht.

»Woran denkst du?«, wollte Dec wissen.

»Was hat Tex über die Mädchen im Waisenhaus gesagt?«

»Er sagte, eine von Australiern geführte Wohltätigkeitsorganisation habe die Kinder bereits in ihrer Obhut. Sie sind dabei, sie in Sicherheit zu bringen. Es ist alles in Ordnung.« Ich nickte ihm zu. »Was geht dir sonst noch durch den Kopf?«

»Hast du gesehen, ob jemand den Lastwagen beobachtet hat?«

»Nein. Aber es wäre möglich.«

Das war eine Eigenschaft, die ich an Declan schätzte. Er beschönigte nichts und sagte immer die Wahrheit, auch wenn man sie nicht hören wollte.

»Machst du dir Sorgen um Anaya?«, fragte er. »Ruf sie an, sobald das hier erledigt ist.«

»Ich bin …«

»Verdammt, Kyle, ruf sie einfach an. Wenn wir wieder zu Hause sind, haben wir einiges vor uns. Und das wird deine volle Konzentration erfordern.«

Er hatte recht. Wir befanden uns mit Omni im Krieg, und ich konnte es mir nicht leisten, Gedanken über Anaya nachzuhängen. Ich musste das alles hinter mir lassen. Sie war fort. Höchstwahrscheinlich würde sie sich zuerst vergewissern, dass die Mädchen gut untergebracht waren, bevor sie in die Staaten zurückflog, um dann für zwei verdammte Jahre nach Südamerika zu reisen.

»Ich melde mich später bei ihr.«

Declan horchte auf und legte den Kopf schief. »Hast du das gehört?«

Ich nickte und hob mein Sturmgewehr an. Declan tat es mir gleich. Wir schlichen uns im Unterholz in Richtung Straße weiter und lauschten, als das Geräusch von knirschenden Reifen immer lauter wurde.

Kurze Zeit später kam das Fahrzeug vor dem Baumstamm zum Stehen. Die Fahrertür wurde geöffnet und ein Mann stieg aus. Er ließ den Blick über die Gegend schweifen.

Declan stupste mich an und warf mir einen fragenden Blick zu. Mit einem knappen Nicken gab ich ihm zu verstehen, dass auch ich den Mann als Preston Lockhart identifiziert hatte.

Declan zögerte nicht. Das tat er nie. Zwei Schüsse hallten durch die Luft und der Mann sackte zusammen. Wir setzten uns sofort in Bewegung.

Dec ging zu dem Wagen und ich vergewisserte mich, dass Preston tatsächlich tot war. Ich durchsuchte seine Taschen und nahm seine Brieftasche und sein Handy an mich.

Nachdem wir auch das Fahrzeug gründlich durchsucht hatten, schlichen wir uns zurück in den Wald und machten uns auf den Weg zum Lager.

»Einer erledigt«, sagte Declan in sein Handy, um den Abschuss zu melden. Ohne ein weiteres Wort steckte er es wieder in seine Tasche.

In spätestens zwei Stunden wäre alles vorbei.

Noch zwei Stunden, dann könnte ich Anaya anrufen.

Sie würde mir versichern, dass es ihr gut ginge, und ich würde nach Hause fliegen.

Und dann?

Ich würde mein Leben leben, sie würde ihres führen. Und unsere Wege würden sich nie wieder kreuzen.

Verdammt, bei dem Gedanken wurde mir übel.

KAPITEL ELF

Das Waisenhaus, das Donny und Camilla ausgewählt hatten, war perfekt.

Das kleine Dorf lag an einem idyllischen Berghang und wurde von einer frischen Meeresbrise umweht. Es roch nach Neuanfang. Ich war nicht dumm. Es würde mehr als frische Luft brauchen, um die Mädchen zu heilen, aber es war immerhin ein Anfang. Die Besitzer des Waisenhauses waren freundlich und nahmen die Mädchen, ohne zu zögern, auf.

Ein Mann patrouillierte das Gelände, hielt sich aber am äußeren Rand auf und machte einen großen Bogen um die Mädchen. Alle anderen Betreuer waren sowohl junge als auch ältere Frauen.

Gleich nach unserer Ankunft bekamen die neun Mädchen Gelegenheit zu duschen, erhielten saubere Kleidung und etwas zu essen. Die ganze Zeit über hatten sie sich eng aneinandergekuschelt. Obwohl ausreichend Platz war und sie alle in Einzelbetten hätten übernachten können, schliefen sie nun auf Matten in einer Ecke des Raumes.

Der Anblick brach mir das Herz, aber ich konnte sie verstehen. Auch mir begegneten sie mit Ablehnung. Für sie war ich eine Außenseiterin, eine Fremde. Und es hätte keinen Sinn, wenn ich nun versuchte, mich in ihr Leben zu drängen, sie waren traumatisiert genug. Ich würde ohnehin im Morgengrauen aufbrechen.

Donny und Camilla waren gleich nach unserer Ankunft abgereist. Sie hatten die Nachricht erhalten, dass sie in Dili gebraucht wurden. Ich hatte beschlossen, noch eine Weile zu bleiben, um den Mädchen dabei zu helfen, sich hier einzuleben. Doch jetzt bereute ich meine Entscheidung. Ich wurde hier nicht gebraucht und nun musste mich jemand aus dem Dorf sechs Stunden zurück in die Stadt fahren.

Ich versuchte, es mir in dem kleinen Feldbett bequem zu machen, und drehte mich auf die Seite. Ich starrte ins Dunkel und dachte an Kyle. Hatte er die Mädchen in Kambodscha retten können? Ging es ihm gut? Dachte er auch an mich?

Natürlich nicht.

* * *

»Miss.« Eine Frau rüttelte mich aus dem Schlaf. »Auto ist da.«

Mist. Ich hatte verschlafen.

Aber das überraschte mich nicht, denn ich hatte mich die ganze Nacht unruhig hin und her gewälzt. Jedes Mal wenn ich aufgewacht war, hatte ich nur daran denken können, wie gut es sich angefühlt hatte, in Kyles Armen einzuschlafen. Noch immer konnte ich seine Brust an meinem Rücken und seine starken Arme um mich spüren. Ich konnte mir nicht erklären, warum ich in seiner Nähe nicht in Panik geriet, sondern mich sogar fallen ließ. Letzte Nacht hatte ich lange darüber nachgedacht, aber ich hatte noch keine Antwort gefunden.

Ich setzte mich auf und schwang meine Beine über die Kante des Feldbetts. Eigentlich hatte ich mich von den Mädchen verabschieden wollen, doch nun hatte ich keine Zeit mehr.

Ich stand auf, kämmte mir mit den Fingern durchs Haar, band es zu einem Pferdeschwanz zusammen und schnappte mir meinen Rucksack. Am Flughafen würde ich mir die Zähne putzen und mich umziehen. Wahrscheinlich interessierte es niemanden, wie ich aussah, aber meine Mitreisenden würden sich bestimmt über meinen frischen Atem freuen.

Ich folgte der Frau aus dem Zimmer und trat durch die Eingangstür nach draußen. Vor dem Haus warteten neun Mädchen auf mich. Unwillkürlich musste ich lächeln. Sie waren in Sicherheit und würden heilen.

Die Älteste der Gruppe kam langsam auf mich zu und blieb in einiger Entfernung vor mir stehen. »Danke«, sagte sie auf Englisch. »Du uns gerettet.«

»Alles Gute und passt aufeinander auf.«

Mit einem Nicken kehrte sie zur Gruppe zurück. Zum ersten Mal seit langer Zeit hatte ich das Bedürfnis, jemanden an mich zu ziehen. Am liebsten hätte ich sie umarmt, aber ich hielt mich zurück, weil ich wusste, dass sie sich dabei unwohl gefühlt hätte. Mein Gott, ich hoffte, dass sie eines Tages wieder lernen würde, anderen zu vertrauen, statt sich so zu verschließen, wie ich es getan hatte. Denn ich lebte ein einsames Leben voller Reue.

Nachdem ich mich von den Besitzern und dem Personal verabschiedet hatte, machte ich mich auf den Weg nach Dili. Zurück in mein langweiliges Leben. Allein. Ohne Kyle.

Ich wünschte, ich wüsste, wo er war und was er gerade tat.

* * *

SEIT FÜNFEINHALB STUNDEN FUHREN WIR AUF EINER HOLPRIGEN Straße, die sich erst den Berg hinunter und nun durch die Gebirgsausläufer schlängelte. Mir war übel und mein Hintern schmerzte. Ich hatte das Gefühl, auf einem Sperrholzbrett zu sitzen, das mit Polstern überzogen war. Wahrscheinlich lag ich mit meiner Vermutung sogar richtig, denn der Wagen war wohl noch aus den achtziger Jahren.

Während der letzten halben Stunde hatte der Fahrer mein Unbehagen noch verstärkt, indem er mir immer wieder verstohlene Blicke durch den Rückspiegel zuwarf. Der Mann sah aus wie Mitte dreißig, hatte aber einen struppigen Bart und ungepflegte Haare, also hätte er genauso gut noch ein Teenager sein können. Ich konnte sein Alter nicht schätzen, aber ich wusste, dass etwas nicht stimmte. Sein Verhalten war seltsam.

»Alles in Ordnung? Folgt uns etwa jemand?« Ich drehte mich um und warf einen Blick aus der Heckscheibe, aber es waren keine anderen Fahrzeuge in Sicht.

»Nein, Miss«, antwortete er mit einem starken Akzent.

Mir stellten sich die Nackenhaare auf. Irgendetwas war hier faul. Als der Wagen langsamer wurde, zog ich mein Handy aus dem Rucksack.

»Dann ist es ja gut.« Ich verzog die Lippen zu einem breiten Lächeln, um meine Beklommenheit zu überspielen.

Mir fiel nur eine Nummer ein, an die ich mich wenden konnte, um Hilfe zu holen. Also schrieb ich eine Nachricht: *Ungutes Gefühl. Ist vielleicht unbegründet. Ich bin etwa dreißig Minuten westlich von Dili. Mein Fahrer verhält sich seltsam. Vor einer Minute haben wir zwei Kraftwerke passiert. Keine Straßenschilder.*

Nachdem ich die SMS abgeschickt hatte, sah ich mich um. Was konnte ich Kyle noch mitteilen? *Denk nach, Anaya.*

Kurz darauf tippte ich eine weitere Nachricht: *Ich kann das Meer sehen. Da ist eine große Kirche mit einem roten Dach und einem Schild nach Maritimia.*

Mein Handy vibrierte, als ich eine Antwort erhielt: *Sobald das Auto anhält, lauf. Ich bin unterwegs.*

Er war unterwegs?

Ich: *Vielleicht mache ich mir umsonst Sorgen. Warte noch. Ich habe nur ein komisches Gefühl.*

Kyle: *Ignoriere niemals deine Intuition. Wir sind auf dem Weg zu dir. Lauf, Anaya. Versprich mir, dass du wegläufst.*

Mittlerweile bekam ich es wirklich mit der Angst zu tun. Ich wusste, dass etwas nicht stimmte. Dasselbe ungute Gefühl hatte ich auch an jenem Tag gehabt, an dem die Rebellen das Dorf gestürmt hatten. Noch bevor ich den ersten Schuss gehört hatte, hatte eine innere Stimme mir befohlen, mich zu verstecken. Dieselbe Stimme flüsterte mir auch jetzt zu und ich wurde von Panik gepackt.

Ich: *Ich werde weglaufen.*

Meine Hände zitterten, doch ich setzte ein freundliches Lächeln auf und blickte aus dem Fenster.

»Warum halten wir an?«, fragte ich, als der Fahrer von der Hauptstraße abbog.

»Benzin«, log er.

Weit und breit war keine Tankstelle zu sehen, doch ich lächelte erneut und nickte.

Dann tippte ich eine weitere Nachricht in mein Handy: *Er ist von der Straße abgebogen. Nördlich in Richtung Meer. Dort ist ein großer Jachthafen. Sonst kann ich nichts sehen.*

Mein Herz hämmerte in meiner Brust und Schweißperlen bedeckten meine Stirn.

Kyle: *Sobald er langsamer wird, spring raus und lauf. Ich werde dich finden.*

Als der Wagen seine Fahrt verlangsamte, war ich panisch vor Angst.

Ich: *Fünf Männer. Wir halten an. Ich versuche wegzulaufen. Bitte komm mich holen.*

Kyle: *Ich WERDE dich finden. Lauf, Schatz. LAUF.*

Ich steckte mein Handy zurück in den Rucksack, warf ihn mir über die Schulter und setzte mich in Bewegung. Es war gar nicht so leicht, eine Tür in einem fahrenden Wagen aufzustoßen. Aber ich schaffte es und sprang hinaus.

Mit einem dumpfen Knall schlug ich auf dem Boden auf und der Sauerstoff wurde aus meiner Lunge gepresst. In den Filmen sah das alles viel einfacher aus. Meine Schulter und Hüfte schmerzten, als ich mich auf die Seite rollte und heftig nach Luft schnappte.

Ich versuchte aufzustehen, doch es gelang mir nicht. Bevor ich es schaffte, auf die Füße zu kommen, trat mir jemand mit dem Stiefel in die Rippen. Ich schrie vor Schmerz auf. Kurz darauf folgte ein zweiter Tritt, und ich hätte schwören können, dass ich einen Knochen brechen hörte. Ich wurde gleichzeitig am Arm und am Pferdschwanz gepackt und auf die Beine gezogen. Jemand stieß mich vorwärts, wobei ich den Kopf nach hinten neigte, damit der Kerl mir nicht zu heftig an den Haaren riss.

Außer mir vor Angst schlug ich wild um mich. Ich trat aus und schrie, bis meine Kehle brannte. Ein zweiter Mann kam auf mich zu und holte mit der Faust aus. Im nächsten Moment spürte ich einen stechenden Schmerz, dann folgte Dunkelheit.

* * *

ICH SCHRECKTE AUS DEM SCHLAF.

Angekettet.

Nein, *nein*, nein. Nicht schon wieder.

Panik stieg in mir auf und ich bekam keine Luft.

Ich schwankte hin und her, doch ich war mir nicht sicher, ob ich hyperventilierte oder mich tatsächlich bewegte.

Mit einem Ruck versuchte ich, meine Handgelenke zu befreien, doch sie rührten sich nicht.

Ich war angekettet.

Bitte, Gott, lass Kyle mich finden.

Meine Sicht verschwamm und die Dunkelheit hüllte mich wieder ein.

Ich werde dich finden.

Kyle würde kommen.

KAPITEL ZWÖLF

»Wir sind bald da«, versicherte Declan mir.

Bald?

Anaya war seit siebzehn Stunden verschwunden.

Seit Siebzehn verdammten Stunden ging ich durch die Hölle.

Da es keine Direktflüge nach Dili gab, hatten wir in Australien einen Zwischenstopp eingelegt. Als wir gelandet waren, hatte Tex Anaya bereits aufgespürt. Zumindest glaubte er, sie lokalisiert zu haben. Also warteten wir in Darwin, bis das Boot, auf dem Anaya sich angeblich befand, in australische Gewässer einfuhr.

Wegen eines andauernden Streits um die Besitzverhältnisse des ölreichen Meeresbodens wollte uns die Royal Australian Navy erst zu dem Boot fliegen, nachdem es die Grenze passiert hatte.

Je länger wir warteten, desto länger war Anaya in den Händen von Männern, die ihr Böses wollten.

Bei dem Gedanken drehte sich mir der Magen um.

Sie stand wahrscheinlich Todesängste aus.

Declan warf einen Blick auf sein Handy und wischte über das Display. »Du bist auf Lautsprecher.« Decs Worte hallte in dem kleinen Hangar wider, in dem wir warteten.

Verdammt. Anaya war entführt worden und wir mussten warten, bis wir uns auf die Jagd nach diesen Männern begeben konnten. Statt Anaya zu suchen und diese Schweine auszuschalten, saßen wir hier fest.

»Macht euch bereit«, sagte Garrett am anderen Ende der Leitung. »Das Boot hat die Grenze überfahren und ist vor Anker gegangen.«

»Gott sei Dank«, murmelte ich und machte mich bereit, an Bord des Seahawk zu gehen, mit dem wir zu dem Boot fliegen würden.

»Kyle«, ertönte Zanes schroffe Stimme. »Du musst bei klarem Verstand bleiben.«

Die Worte meines Chefs machten mich wütend. Ich war nicht bei klarem Verstand und würde es auch nicht sein. Stattdessen war ich bereit, alles zu vernichten, was sich mir in den Weg stellte.

»Verstanden«, erwiderte ich nur, woraufhin Zane ein Seufzen ausstieß.

»Bleib am Leben und bring deine Frau nach Hause.«

Meine Frau. Ich konnte die Wahrheit nicht mehr von mir weisen. Sie gehörte zu mir. Von nun an würde ich keine Chancen mehr vertun, aber es könnte längst zu spät sein. Und das alles nur, weil ich ein Idiot war. Es war meine Schuld.

Zane beendete das Gespräch, als zwei Piloten der australischen Marine in Fliegeroveralls auf uns zukamen. Declan und ich folgten ihnen zur Startbahn.

»Seid ihr schon einmal mit einem MH-60 Romeo geflogen?«, fragte die Pilotin.

»Ja, Ma'am«, antwortete Declan knapp.

Die Frau musterte mich und hob das Kinn an. »Jemand sollte ihm besser einen Energydrink besorgen. Er sieht aus, als müsste er sich gleich übergeben.«

»Es geht ihm gut«, sagte Dec und klopfte mir auf die Schulter, um mich zu ermahnen, den Mund zu halten.

Ich brauchte keinen verdammten Drink und ich würde mich nicht übergeben. Aber wenn sie sich nicht beeilten, würde ich den verdammten Hubschrauber kapern.

»Wir haben die üblichen Checks bereits durchgeführt. Falls

ihr die Maschine nicht noch selbst überprüfen wollt, können wir starten«, warf der andere Pilot ein.

»Das ist nicht nötig. Wir können sofort abheben«, antwortete Dec.

Die Piloten kletterten auf gegenüberliegenden Seiten ins Cockpit, Dec und ich stiegen durch die Seitentür ein.

Wir setzten unsere Kopfhörer auf und nahmen Platz.

»Es wird alles gut gehen.« Declans finstere Miene verriet mir, dass ihm die Sache ebenfalls an die Nieren ging.

Wir hätten Anaya nicht zurücklassen dürfen. Ich hatte meine persönlichen Gefühle über meine Intuition gestellt. Tief im Inneren hatte ich gewusst, dass sie in größerer Gefahr schwebte, wenn sie in Timor-Leste blieb.

Jetzt war sie an Bord eines verdammten Bootes und wurde von mehreren Männern festgehalten. Nur der Himmel wusste, was sie ihr angetan hatten oder ihr immer noch antaten.

Eine rasende Wut durchströmte mich, bis ich vor Mordlust kaum mehr klar sehen konnte.

Die Rotoren begannen, sich zu drehen, und einen Moment später hob der Seahawk ab.

»Es sollte ein ruhiger Flug werden. Ankunftszeit in vierzig Minuten«, verkündete die Pilotin.

»Wie heißt ihr?«, fragte ich über Funk.

»Taylor«, antwortete die Frau.

»Lee«, meldete sich der Mann.

»Danke, dass ihr uns mitnehmt.«

»Wir werden die Flugzeit, wenn möglich, verkürzen«, sagte Taylor.

»Das wäre hilfreich.«

Je länger ich angeschnallt auf dem Rücksitz des Hubschraubers saß, desto unruhiger wurde ich. In jeder verstreichenden Minute schwebte Anaya in Gefahr und stand Todesängste aus.

Declan und ich hatten uns einen groben Plan zurechtgelegt, aber ohne zu wissen, wie viele Entführer sich auf dem Boot befanden, konnten wir nicht mit Sicherheit wissen, wie wir vorgehen würden. Meine Nerven lagen deshalb blank, denn für gewöhnlich planten wir alles bis ins kleinste Detail. Bei jedem

Einsatz hatten wir eine klare Strategie und mindestens einen Ausweichplan. Das hatte uns all die Jahre am Leben erhalten.

Nun hatte ich das Gefühl, dass wir uns auf unser Glück verlassen mussten, und das gefiel mir ganz und gar nicht. Im Grunde stürzten wir uns ins Unbekannte und folgten einem halb ausgegorenen Evakuierungsplan. Dabei wäre es gut möglich, dass Anaya nicht einmal auf dem Boot war.

Und falls sie es war, war sie vielleicht nicht mehr am Leben.

Wir verließen uns auf Berichte, auf die Tex und Garrett gestoßen waren. Demnach war eine Frau entführt und in der Nähe des Maritimia-Museums und eines kleinen Ladens auf einen Jetski getragen worden. Glücklicherweise hatte eine Gruppe von Schulkindern dem Museum zu dem Zeitpunkt einen Besuch abgestattet und der Lehrer hatte die Entführung gemeldet.

Anayas Nachrichten hatten uns zwar einen Anhaltspunkt gegeben, wo wir mit der Suche nach ihr beginnen konnten, aber seitdem war eine Menge Zeit vergangen und sie hätte überall sein können. Zudem hätten wir an Land gesucht und nicht in der Timorsee.

Wieder einmal beeindruckten Tex' Fähigkeiten mich zutiefst. Der ehemalige SEAL war ein Meister der Informationsbeschaffung, selbst wenn er am anderen Ende der Welt in seinem Wohnzimmer saß. Ich war noch nie so dankbar, dass er auf unserer Seite war.

»Wir sehen euer Boot auf drei Uhr«, meldete Lee über Funk. »Wir werden es umkreisen. Macht euch bereit, euch abzuseilen.«

Dec und ich schnallten uns ab und bewegten uns vorsichtig auf die Seitentür zu. Der Wind rauschte in die Kabine und die salzige Luft wehte mir ins Gesicht, doch nichts vermochte meinen überhitzten Körper zu kühlen. Declan klopfte mir auf die Schulter und ich sah ihn an.

»Wir schaffen das, Kyle. Wir bringen deine Frau nach Hause.«

Ein Muskel in meinem Kiefer zuckte und das Herz schlug mir bis zum Hals. Sie musste auf diesem Boot sein. Verdammt, sie musste einfach dort sein. Dies war unsere einzige Chance, sie zu retten. Es würde Stunden dauern, bis wir zurück an Land wären, und dann wäre sie für immer verloren.

»Ich habe ihr gesagt, dass ich sie finden würde«, brachte ich mit rauer Stimme hervor.

»Du hast sie gefunden. Sie ist direkt unter uns.« Dec deutete auf das Wasser. »Das wird ein Kinderspiel, mein Freund. Wir haben das schon tausendmal gemacht. Starke über schwache Hand, Fuß einhaken, drehen und los.«

Er musste mich nicht daran erinnern, wie man sich aus einem Hubschrauber abseilt. Ich hatte so viel Übung darin, ich könnte die Aufgabe im Schlaf erledigen. Aber ich hatte mich dabei noch nie in einer Situation befunden, in der die Frau, zu der ich eine unerklärliche und überwältigende Bindung spürte, entführt worden war.

»Wirf das Seil«, wies Taylor an. »Wir haben die Koordinaten für eure Evakuierung durchgegeben. Die voraussichtliche Ankunftszeit beträgt sechzig Minuten. Passt auf euch auf, Jungs.«

»Springt, wenn ihr bereit seid. Ich halte den Heli ruhig«, meldete Lee sich über Funk. Inzwischen konnte ich ihn kaum noch verstehen, denn wir hatten uns auf den Boden gesetzt und unsere Beine baumelten aus der Seitentür heraus.

Dec nickte. Wir zogen unsere Headsets ab, verstauten sie im Hubschrauber und zogen Handschuhe an.

Ich überprüfte noch einmal meine Ausrüstung und vergewisserte mich, dass alles gesichert war. Dann griff ich nach dem dicken Seil. Ohne zu zögern, stieß ich mich ab, hakte meinen Fuß ein und ließ mich am Seil hinuntergleiten. Sekunden später schlug ich mit den Füßen voran auf dem Wasser auf und blickte nach oben. Dec hatte sich nicht an die Vorschriften gehalten und war bereits halb am Seil hinuntergeklettert. Mit einem Platschen schlug er auf dem Wasser auf. Eine Sekunde später tauchte sein Kopf auf und er schüttelte sich das Wasser aus dem Gesicht.

»Bringen wir es hinter uns«, knurrte ich.

Halte durch, Schatz. Ich bin gleich bei dir.

KAPITEL DREIZEHN

»Wer sind diese Kerle?«

Ich schüttelte den Kopf und wappnete mich für den nächsten Schlag. Die Hand traf meine Wange und der Knall hallte durch den kleinen Raum. Ich machte mir nicht einmal mehr die Mühe, den Kopf zu heben. »Es wird dir die Sache erleichtern, wenn du mir sagst, wer diese Männer sind.« Der üble Atem des Mannes stieg mir in die Nase. Aber er versuchte schon so lange, etwas aus mir herauszubekommen, dass ich mich inzwischen an den Gestank gewöhnt hatte.

»Ich weiß, wer sie sind, aber ich will es von dir hören«, schrie er.

Er war Amerikaner, das wusste ich. Sein Akzent ließ mich vermuten, dass er von der Ostküste kam, vielleicht aus Philadelphia oder New Jersey. Er hatte tiefschwarzes Haar und einen olivfarbenen Teint, was darauf hindeutete, dass er italienischer Abstammung war. Im Moment spielte das zwar keine Rolle, aber für den Fall, dass ich hier lebend herauskommen würde, prägte ich mir alles ein.

»Wohin sind sie gegangen?«, versuchte er es erneut.

Bevor ich ihm zu verstehen geben konnte, dass er von mir nichts erfahren würde, trat der Mann zurück und neigte den Kopf zur Seite.

»Ich habe die Schnauze voll von diesem Scheiß. Wenn ich zurückkomme und du immer noch nicht redest, bringe ich dich um.«

Der Mann trat durch die Tür und schlug sie hinter sich zu. Und ich baumelte in der Mitte des Raumes von der Decke. Meine Hände waren an ein Rohr über meinem Kopf gekettet und meine Zehenspitzen berührten kaum den Boden. Längst hatte ich mich mit dieser Position abgefunden. Ich spürte meine Hände nicht mehr, und inzwischen hatte die Taubheit auch meine Arme und Schultern erfasst.

Ich leckte mir das Blut von den Lippen. Mir blieb nichts anderes übrig, als auf die Rückkehr des Mannes zu warten. Wenigstens würde ich in dem Wissen sterben, dass er mich nicht hatte brechen können. Eine Träne kullerte über meine Wange und brannte auf meiner geschundenen Haut.

Nie hätte ich gedacht, dass ich so sterben würde. Es gab so vieles, was ich bereute, aber jetzt würde ich nichts davon wiedergutmachen können. Ich war noch nie verliebt gewesen oder hatte einem Mann erlaubt, mich zu lieben. Noch nie war ich Hand in Hand mit jemandem bei Sonnenuntergang am Strand spazieren gegangen. Mein ganzes Leben lang hatte ich vor allem Angst gehabt. Dann kam Kyle. Am meisten bereute ich, ihn verlassen zu haben. Ich hätte ihn lieben können. Ich hätte stärker sein und ihm ehrlich sagen sollen, dass ich bei ihm bleiben wollte. Ich hätte mich nicht von ihm zurückweisen lassen dürfen.

Aber ich war ein Feigling.

Was für eine verdammte Verschwendung.

Nachdem ich aus den Klauen der Mädchenhändler gerettet worden war, hatte ich eine zweite Chance erhalten, doch ich hatte sie vertan. Nun hatte ich keine Zeit mehr und würde nie wieder Gelegenheit haben, mein Glück zu finden.

So verdammt dumm.

Über mir ertönte ein lauter Knall. Kurz darauf ein zweiter. Ich erstarrte und spitzte die Ohren. Wieder vernahm ich einen dumpfen Schlag, aber ich hörte immer noch keine Stimmen.

Kämpften die Männer? Ich war aufgewacht, als man mich zum Boot getragen hatte, und der Kapitän hatte nicht glücklich ausgesehen. Er und der Italiener hatten miteinander gestritten, doch Letzterer hatte schließlich gewonnen, woraufhin wir abgelegt hatten.

Die Tür wurde aufgestoßen und jemand richtete ein schwarzes Gewehr auf mich. Ich schloss die Augen, denn ich wollte nicht sehen, wie der Mann abdrückte. Da ich wusste, dass ich sterben würde, rief ich mir schnell ein Bild von Kyle ins Gedächtnis. Ich wollte, dass sein Lächeln das Letzte war, was ich sah.

»Verdammt«, vernahm ich plötzlich seine Stimme. Ich riss die Augen auf. Wie durch ein Wunder stand er vor mir. Ich blinzelte ein paarmal, um die Fata Morgana zu vertreiben, aber jedes Mal, wenn ich die Augen wieder öffnete, war Kyle da. »Halte durch, Schatz. Ich hole dich da runter.«

Er hob seine Hände und kurz darauf sackte ich zusammen. Kyle fing mich auf, bevor ich auf dem Boden aufschlagen konnte. Vor Schmerzen schrie ich auf.

»Wo bist du verletzt?«

»Überall«, krächzte ich.

Hätte ich ihn nicht angesehen, hätte ich es nicht bemerkt. In seinem Gesicht spiegelte sich eine unbändige Wut und ich zuckte unwillkürlich zusammen.

»Ich würde dir nie wehtun, Anaya. Das schwöre ich.«

»Ich weiß.«

»Du musst mir vertrauen, denn ich muss dich jetzt hochheben.« Er wartete, bis ich nickte, dann hob er mich in seine Arme. Ein Schmerz durchzuckte mich und ich unterdrückte ein Schluchzen.

Kyle eilte eine schmale Treppe hinauf. Ich schloss die Augen, als die Sonne mich blendete und ich von dem Drang übermannt wurde, mich zu übergeben. Mein Schädel hämmerte, meine Rippen brannten und ich konnte meine Arme nicht spüren. Aber ich war am Leben.

Kyle hatte mich gefunden.

»Runter von dem Boot!«, schrie Declan.

»Das wird verdammt wehtun«, warnte Kyle, als er loslief. »Halt dich fest, Schatz.«

Im nächsten Moment waren wir in der Luft. Mir rutschte der Magen in die Kniekehlen, kurz bevor wir auf dem Wasser aufprallten. Mein Mund und meine Nase füllten sich mit Wasser und ich begann, in Kyles Armen zu zappeln. Das Salz brannte wie Feuer in den Schürfwunden. Der Schmerz war so heftig, dass ich schon glaubte, ich würde ohnmächtig werden.

Als ich erwartete, das Meer würde unser nasses Grab werden, durchbrachen wir die Wasseroberfläche und ich schnappte nach Luft.

»Kannst du schwimmen?«

»Ich glaube nicht. Ich kann meine Arme immer noch nicht spüren.«

»Bleib einfach ruhig auf dem Rücken liegen. Kämpfe nicht gegen mich an.« Kyle drehte sich auf die Seite und zog mich neben sich her, während er mit einem Arm durchs Wasser pflügte.

»Das Boot ist verdrahtet. Beeil dich!«, schrie Declan.

Wir waren keine fünf Meter weit gekommen, als das Boot explodierte. Noch nie zuvor hatte ich einen so lauten Knall gehört. Ich spürte die Druckwelle am ganzen Körper, als die Wogen um uns herum kräftiger wurden und Trümmer durch die vom Rauch vernebelte Luft flogen.

»Halt die Luft an.«

Ich atmete so tief ich konnte ein und schloss die Augen, bevor Kyle mich unter Wasser zog und mit den Füßen paddelte. Angestrengt versuchte ich, es ihm gleichzutun, um uns schneller voranzutreiben, aber je mehr Energie ich aufwendete, desto schneller ging mir die Luft aus.

Ich durfte Kyle nicht gefährden, sondern musste weiter-kämpfen. Meine Lunge brannte, meine Oberschenkel streikten fast und mein Gesicht stand in Flammen. Aber ich strampelte so schnell ich konnte. Ich wollte nicht sterben.

Ich wollte noch eine dritte Chance, um diesmal alles richtig zu machen.

Ich wollte leben.

Schließlich zog Kyle mich an die Oberfläche und schwamm neben mir, um meinen Kopf über Wasser zu halten.

»Ich habe dich, Anaya. Dreh dich auf den Rücken und lass dich treiben.«

»Du hast mich gefunden«, murmelte ich. »Du hast mich gerettet.«

»Ich habe dir doch gesagt, dass ich dich finden würde, Schatz. Versuche einfach, dich zu entspannen.« Dann drehte er den Kopf und schrie: »Declan!«

Declan schwamm zu uns und trat ebenfalls Wasser. »Halte sie fest, während ich eine Schwimmweste hole.«

Ich versteifte mich, als Kyle mich an Declan übergab.

»Anaya«, rief Declan. »Sieh mich an und atme.« Ich hörte Kyle fluchen, dann redete Declan wieder auf mich ein. »Du bist in Sicherheit. Niemand wird dir wehtun.«

Ich musste mich zusammenreißen. »Ich weiß. Es tut mir leid. Ich glaube dir, dass du mir nicht wehtun würdest.«

»Du musst dich nicht entschuldigen.«

Kyle stülpte mir eine Schwimmweste über den Kopf und befestigte die Gurte um meine Taille, bevor er am Griff zog und sie aufblies. Langsam ließ Declan mich los, um sich zu vergewissern, dass ich auf dem Wasser trieb. Als ich nicht unterging, zog er seinen Rucksack ab und wühlte darin herum, bis er schließlich seine eigene Rettungsweste herausfischte.

»Immer bereit«, murmelte ich dankbar.

»Immer«, bestätigte Declan und lächelte.

Kyle trieb neben mir im Wasser und zog eine Grimasse, als er mein Gesicht musterte.

»Sieht es schlimm aus?«, fragte ich.

»Diese verdammten Arschlöcher.«

Das war nicht unbedingt die Antwort, die ich hatte hören wollen, aber sie verriet mir so ziemlich alles, was ich wissen musste.

»Meine Rippen sind am schlimmsten«, sagte ich. »Es tut weh, wenn ich tief einatme.«

»Bist du sonst noch irgendwo verletzt?«

Ich hob meine aufgescheuerten Handgelenke aus dem Wasser. »Hier und in meinem Gesicht.« Kyle nickte und strich mir eine Haarsträhne aus der Stirn. »Danke, dass ihr mich gerettet habt.«

»Es tut mir so verdammt leid, dass es so lange gedauert hat.«

»Ihr seid gerade noch rechtzeitig gekommen. Er war kurz davor, mich umzubringen.«

»Wer?«

»Ich kenne seinen Namen nicht. Er war groß, hatte schwarze Haare und sah aus wie ein Italiener.«

Kyle kniff die Augen zu schmalen Schlitzen zusammen und biss die Zähne aufeinander. »Er wird dir nie wieder wehtun.«

»Wohl kaum. Immerhin ist das Boot explodiert«, erinnerte ich ihn.

»Er war schon vor der Explosion tot.«

Ein Trümmerteil trieb an uns vorbei und Kyle schob es beiseite, während er seine Schwimmweste aufblies.

»Ich kann nicht glauben, dass das gerade passiert ist.« Beide Männer betrachteten mich stirnrunzelnd. »Das Boot ist tatsächlich explodiert.«

Plötzlich begann ich, wie von Sinnen leise zu lachen. Ich war am Leben. Die Jungs hatten mich rechtzeitig gerettet. Mein Lachen wurde immer lauter, bis ich am ganzen Körper bebte. Dabei fühlte ich mich, als würde mir jemand in die Seite stechen, aber ich konnte einfach nicht aufhören.

»Schatz?«

»Oh mein Gott!«, krächzte ich, als das Lachen sich in ein Schluchzen verwandelte. »Das Boot …«

»Anaya, sieh mich an«, befahl Kyle leise und Declan murmelte nur: »Scheiße.«

»Er wollte mich umbringen.« Ich versuchte, die Tränen zurückzuhalten, aber all die Emotionen, die ich während der Tortur aufgestaut hatte, brachen aus mir heraus. »Ich schwöre, dass ich nichts verraten habe.«

»Was hast du nicht verraten?«, wollte Kyle wissen und strich mir über den Kopf.

»Der Mann. Er wollte wissen, wer ihr seid, und fragte immer

wieder, wer die Mädchen aus dem Haus geholt hat. Er sagte, es würde leichter für mich sein, wenn ich reden würde. Aber ich wäre lieber gestorben, als euch beide zu verraten.«

»Er hat dich geschlagen, weil du unsere Namen nicht preisgeben wolltest?«, knurrte Declan.

»Er sagte … er sagte, er wüsste es, aber er wollte es von mir hören. Ich schwöre, ich habe ihm nichts erzählt.«

Als ich spürte, wie Kyle vor Wut bebte, verstummte ich.

Declan stieß eine lange Reihe von Schimpfwörtern aus. Wenn ich nicht gerade dem Tod von der Schippe gesprungen und auf offenem Meer getrieben wäre, wäre ich von seiner Kreativität beeindruckt gewesen.

»Du hättest es ihm sagen sollen«, sagte Kyle schroff.

»Wie bitte?«

War er wütend auf mich?

»Er hat dich geschlagen. Du hättest ihm unsere Namen verraten sollen.«

»Das würde ich nie tun. Lieber würde ich sterben, als euch beide in Gefahr zu bringen.«

Kyle wandte sein Gesicht ab, und ich folgte seinem Blick, als er Declan anstarrte. Letzterer sah genauso ungehalten aus. Die beiden schienen schweigend miteinander zu kommunizieren, doch ich wollte gar nicht wissen, worum es ging. Stattdessen fragte ich: »Was jetzt?«

»Jetzt warten wir«, antwortete Kyle.

»Warten?«

»Das Rettungsboot ist unterwegs.«

»Wie lange wird es dauern, bis es hier ist?«

»Etwa dreißig Minuten.«

»Dreißig Minuten?«

Panik stieg in mir auf. Was, wenn das Boot uns nicht würde finden können? Würden wir hier draußen sterben?

»Wir hatten gehofft, auf dem Boot warten zu können, bis das Rettungsteam eintrifft. Aber das Arschloch, das die Bombe gezündet hat, hat diesen Plan zunichtegemacht«, erklärte Declan.

»Alles wird gut. Wir schaffen das, Schatz.« Ich wusste, dass

Kyle mich nur beruhigen wollte, aber ich stellte mir vor, wie eine Schar Haie unter uns kreiste. Ich hatte nicht eine Entführung überlebt, Prügel eingesteckt und eine Bootsexplosion überstanden, nur um jetzt als Mittagessen für ein paar hungrige Fische zu enden.

»Wir müssen uns nur treiben lassen. Genau wie in deinem Buch.« Kyle schenkte mir ein Lächeln.

»In meinem Buch?«

»Ja. Du erinnerst dich doch daran, wie die Frau am Anfang gerettet wird und sie dann alle im Meer landen. Wir müssen nur warten, genau wie sie.«

Ich wusste genau, auf welche Stelle er sich bezog. Als ich sie gelesen hatte, war die Vorstellung, von einem so starken und fürsorglichen Mann gerettet zu werden und dann mit ihm im Wasser zu treiben, noch romantisch gewesen. Doch jetzt, da ich es selbst erlebte, war es gar nicht mehr so …

»Schatz«, riss Kyle mich aus meinen Gedanken. »Ich verspreche dir, dass alles gut wird.«

»Okay.«

Kyle hatte mir versprochen, dass er mich finden würde, und er hatte sein Versprechen gehalten. Wenn er mir nun versicherte, dass alles gut werden würde, dann glaubte ich ihm. Mit jeder Faser meines Körpers.

Irgendwann begann die Rettungsweste, gegen meinen Nacken zu drücken, und ich versuchte, sie zurechtzurücken. Als Kyle bemerkte, wie ich daran zupfte, sagte er: »Es tut mir leid, dir das sagen zu müssen, aber wir werden noch eine Weile hier sein. Auch wenn es wehtut, solltest du versuchen, es dir bequem zu machen.«

»Und du bist kein SEAL, hm?« Ich musste grinsen, denn das war eindeutig ein Motivationsspruch der Navy SEALs.

»Ich habe nie gesagt, dass ich keiner war«, erwiderte Kyle lachend.

»Aber du hast meine Vermutung auch nie bestätigt.«

»Ich dachte nicht, dass das nötig ist. Immerhin weißt du es bereits.«

»Richtig. Aber du hast es genossen, mich dafür arbeiten lassen.«

Declan ließ mich aufschrecken, als er in schallendes Gelächter ausbrach. Ich wandte mich zu ihm um. »Was ist so lustig?«

»Nichts«, antwortete Declan.

»Warum lachst du dann?«

»Weil der Gedanke, dass Kyle dich für irgendetwas arbeiten lassen würde, lustig ist.«

»Wie bitte?«

»Nichts, Anaya«, sagte Kyle.

Ich wandte mich ihm zu in der Hoffnung, er würde mir erklären, was Declan gemeint hatte. Doch als ich seinem Blick begegnete, brachte ich keinen Ton hervor.

Er betrachtete mich mit einem so sanften Ausdruck in den Augen, dass es mir die Sprache verschlug.

»Du solltest dich ausruhen, Schatz. Schließ die Augen und entspann dich.«

»Aber ...«

»Ich mache das schon. Ruh du dich aus.«

Ein weiteres Versprechen. Und wieder wusste ich, dass er es halten würde.

»In Ordnung.«

Ich schloss die Augen und fühlte mich gleich viel besser. Nachdem ich ein paarmal tief durchgeatmet hatte, versuchte ich, mich zu entspannen. Kyle war direkt neben mir und stützte meinen Rücken mit einer Hand, obwohl es gar nicht nötig gewesen wäre. Er beschützte mich und gewährleistete meine Sicherheit.

Ich ließ die Gedanken wieder zu meinem Buch wandern. Vielleicht hatte Susan Stoker recht. Es war wirklich ein einmaliges Erlebnis, mit einem großen, knallharten ehemaligen Navy SEAL mitten im Ozean zu treiben. Das Gefühl, sich voller Vertrauen in seine Hände begeben zu können, war unvergleichlich. Als Kyle begann, mir mit der Hand über den Rücken zu streichen, wurde mir klar, dass das echte Leben viel besser war als jedes Buch.

Kein Bedauern mehr, schwor ich mir.

Ich würde mich nicht mehr verstecken.

Gerade hatte ich eine dritte Chance erhalten. Diesmal würde ich mich nicht von meiner Angst überwältigen lassen, sondern mir nehmen, was ich wollte.

KAPITEL VIERZEHN

Anaya hatte geduscht und stand vor dem Fenster ihres Hotelzimmers und betrachtete die Lichter der Stadt, als ich eintrat.

»Kann ich jetzt deine Rippen verbinden?«, fragte ich und sie zuckte erschrocken zusammen.

Verdammt, ich wünschte, ich könnte auf das Boot zurückkehren und diese Arschlöcher von Neuem töten.

»Ja.«

Sie drehte sich zu mir um. Beim Anblick ihres Gesichts musste ich all meine Selbstbeherrschung zusammennehmen, um mir meine Wut nicht anmerken zu lassen.

Der Mistkerl hatte sie windelweich geprügelt. Von ihrer linken Schläfe bis hinunter zum Kinn war ihr Gesicht gerötet, geschwollen und zerkratzt.

»Es könnte schlimmer sein«, murmelte sie. »Zumindest hat er mir keinen Fausthieb verpasst.«

Sie musste damit aufhören. Jedes Mal wenn sie versuchte, das Geschehene herunterzuspielen, geriet ich erneut in Rage.

»Er hat mich nur mit der flachen Hand geschlagen. Mit der Faust hätte er mir die Knochen gebrochen. In ein paar Tagen wird mein Gesicht verheilt sein«, erklärte sie.

Mein Gott.

Und was war mit ihrer Seele? Würde sie ebenfalls heilen?

Würde Anaya dieses Trauma jemals überwinden können? Ich wusste immer noch nicht genau, was in den Stunden ihrer Gefangenschaft passiert war. Als ich sie gefunden hatte, war sie mit den Händen an ein Rohr über ihrem Kopf gefesselt gewesen. Solange ich lebe, würde ich den Anblick ihres geschundenen Körpers nicht vergessen können. Blut war ihr vom Gesicht getropft, ihre Handgelenke waren wund gescheuert, ihre nackten Füße hatten kaum den Boden berührt und ihre Kleidung war zerrissen.

»Kyle?«, fragte Anaya und holte mich wieder in die Gegenwart zurück.

»Du musst das T-Shirt hochziehen, damit ich dich verbinden kann. Ist das in Ordnung?«

»Ja«, seufzte sie.

»Ich werde dir nicht …«

»Ich weiß«, unterbrach sie mich. »Du musst mir das nicht immer wieder sagen. Ich vertraue dir, Kyle.«

Anaya ging langsam auf mich zu und blieb ein paar Meter vor mir stehen. »Ich glaube, es sieht schlimmer aus, als es ist.«

Sie raffte den Saum des T-Shirts, das ich ihr geliehen hatte, und zog es bis unterhalb ihrer Brüste hoch. Ich hatte ihr auch Boxershorts gegeben, die sie an der Taille gerollt hatte. Unwillkürlich schnappte ich nach Luft.

»Ich habe dir doch gesagt, dass es schlimmer aussieht, als es sich anfühlt.«

Ich musterte die violetten und grünen Blutergüsse an ihrem Bauch und meine Hand begann, vor Wut zu zittern. Ich hatte es wirklich vermasselt. Das alles war meine Schuld.

»Nie wieder wird jemand Hand an dich legen. Das schwöre ich bei meinem Leben.«

Anaya schloss die Augen und sog hörbar die Luft ein.

»Es tut mir so leid, Schatz.«

Noch einmal ließ ich den Blick über ihren geschundenen Körper schweifen. Ich konnte nicht glauben, dass diese schöne, starke Frau sich hatte verprügeln lassen, um mich zu schützen. Sie hätte dem Kerl einfach Declans und meinen Namen nennen können. Sie hätte ihm etwas über Z Corps und den Einsatz in

Kambodscha verraten können. Doch sie hatte bereitwillig einen Schlag nach dem anderen eingesteckt. Ich kannte Männer, die doppelt so groß waren wie sie und unter weniger Druck zusammengebrochen wären. Es war unglaublich.

Meine Frau war stark. Meine Frau. Nie wieder würde ich den Fehler begehen, es zu leugnen.

Meine Hände zitterten so sehr, dass ich zwei Versuche brauchte, um die Verbandsrolle auszupacken. Dann legte ich die elastische Kompresse unterhalb ihrer Rippen an und begann, sie vorsichtig damit zu umwickeln.

»Bitte hör auf«, schnaubte Anaya.

Ich erstarrte augenblicklich, denn ich wollte ihr nicht wehtun.

»Das meine ich nicht«, sagte sie und atmete tief durch.

»Was meinst du nicht?«

»Den Verband. Aber du tust gerade so, als könnte ich jeden Moment einen Nervenzusammenbruch erleiden, weil du mich berührst. Ich bin nicht aus Glas.«

»Anaya ...«

»Bitte nicht, Kyle. Behandle mich nicht wie ein zerbrechliches Opfer. Wickle meine verdammten Rippen ein, ohne ständig Angst davor zu haben, mich zu berühren.«

»Ich will dir nicht wehtun.«

»Blödsinn«, blaffte sie und trat zurück, wobei der Verband auf den Boden fiel.

Ein Ausdruck stählerner Entschlossenheit zeichnete sich in ihrem Gesicht ab. »Weißt du, woran ich gedacht habe, als dieses Arschloch mich geschlagen hat?«

Ich versteifte mich, denn ich war mir nicht sicher, ob ich es hören wollte. Noch nicht. Ich war noch zu aufgewühlt, zu wütend und zu überwältigt von all den Gefühlen, die mich durchströmten.

»Mir ging immer wieder durch den Kopf, wie sehr ich es bereue, mich aus Angst vor allem und jedem in mein Schneckenhaus zurückgezogen zu haben. Ich hatte eine zweite Chance bekommen, aber ich hatte sie vergeudet. Die ganze Zeit habe ich Mut vorgetäuscht und bin um die Welt gereist, aber in Wirklichkeit habe ich mich emotional von meinen Mitmenschen distanziert. Es ist schwer, dauerhafte Freundschaften zu schließen, wenn man ständig unterwegs ist. Mein Leben war eine einzige Lüge, denn ich habe nur so getan, als hätte ich es im Griff.«

Ihre Augen füllten sich mit Tränen, und ich spürte einen schmerzhaften Stich im Herzen. Anaya Baker war kein Opfer. Wahrscheinlich war sie es nicht einmal, als sie mit dreizehn Jahren an einen Mädchenhändlerring verkauft wurde.

Anaya war stark und loyal.

»Dann habe ich an dich gedacht.«

»An mich?« Wahrscheinlich hatte Anaya geglaubt, dem Tod ins Auge zu sehen, und in den vermeintlich letzten Momenten ihres Lebens hatte sie an mich gedacht. Ich war schockiert.

»Ja, an dich. Vor meinem Tod wollte ich dein Lächeln vor Augen haben. Immer wieder habe ich mich selbst getadelt, weil ich nicht stärker gewesen war. Andernfalls hätte ich dir die Wahrheit gesagt.«

Plötzlich war ich aus einem ganz anderen Grund nervös. Ich hatte mich geirrt. Die ganze Zeit über hatte ich geglaubt, meine Gefühle seien einseitig gewesen. Ich war so mit meinen Emotionen beschäftigt gewesen, dass ich die Anzeichen völlig übersehen hatte. Die Erkenntnis traf mich wie ein Schlag in die Magengrube.

»Von welcher Wahrheit sprichst du?«

»Von der Tatsache, dass ich bei dir bleiben wollte. Ich hatte gehofft, *du* würdest es auch wollen. Wenn ich nicht so verkorkst wäre, hättest du mich vielleicht nicht so schnell loswerden wollen. Wenn ich nicht so …«

»Wie bitte?«, platzte ich innbrünstig heraus. »Was soll das, Anaya? Glaubst du wirklich, dass ich dich loswerden wollte?«

»Nun ja. Zuerst sprichst du davon, dass ich dich begleiten soll, und im nächsten Moment servierst du mich ab. Ich mache dir keinen Vorwurf, denn ich weiß, dass ich nicht einfach bin. Auch das bedaure ich. Wenn ich nicht so verkorkst wäre, könnte ich vielleicht einen Mann wie dich haben. Stattdessen habe ich mich die letzten achtzehn Jahre wie eine Verrückte verhalten, als würde ich ein blinkendes Warnschild mit der Aufschrift ›Komm mir nicht zu nahe‹ über mir hochhalten. Weißt du, wann ich das letzte Mal Sex hatte?«

Mein Magen krampfte sich zusammen. Eigentlich wollte ich die Antwort gar nicht wissen, aber sie fuhr dennoch fort. »Als ich zwanzig war. Inzwischen bin ich zweiunddreißig, Kyle. Du kannst es dir selbst ausrechnen. Weißt du, mit wie vielen Männern ich geschlafen habe? Mit zwei. Welche unverheiratete, ungebundene Frau in meinem Alter hat so wenig Erfahrung?« Sie hielt inne, senkte den Blick zu Boden und schüttelte den Kopf. »Ich habe es begriffen, ganz ehrlich. Aber bitte behandle mich nicht, als liefe ich Gefahr, einen Nervenzusammenbruch zu erleiden, wenn du mich berührst.«

»Was hast du begriffen?«, knurrte ich. Ich hatte Schwierigkeiten, meinen Zorn zu zügeln, denn auch ich empfand Bedauern und Verwirrung.

»Was meinst du?«

»Ich meine, was *glaubst* du verstanden zu haben?«

»Mal sehen. Ich habe mich wie eine Gestörte aufgeführt, als …«

»Hör auf damit, dich als gestört zu bezeichnen, Anaya.«

»Wenn es doch stimmt …« Sie hielt einen Moment inne, bevor sie weitersprach. »Als du im Flugzeug meine Hand genommen hast, habe ich dir gestanden, dass ich seit Jahren niemanden mehr berührt habe. Dann habe ich dich gefragt, ob ich deine Hand weiter halten darf. Und als du mich vor dem Wohnhaus an die Wand gedrückt hast, hat mich die Panik übermannt. Außerdem musstest du mich bereits zweimal wecken, weil ich einen Albtraum hatte. Ich verstehe also, warum du nichts mit mir zu tun haben willst. Kein Mann will sich mit einer Verrückten einlassen. Ich bedaure es, nicht normal zu sein. Denn wäre ich nicht so gestört, hättest du mich vielleicht nicht von dir gestoßen.«

Ihre Worte ergaben keinen Sinn. Alles, was sie sagte, war so weit von dem entfernt, was ich für sie empfand. Ich wusste gar nicht, wo ich anfangen sollte, und hätte sie am liebsten so lange geschüttelt, bis auch die letzten ihrer Selbstzweifel verblasst wären.

»Ich sollte wohl ein paar Dinge klarstellen, Anaya. Und dann gehen wir schlafen, damit du dich ausruhen kannst.« Ich hielt inne und versuchte, mich zu beruhigen. Doch ich musste nur daran denken, wie Anaya sich selbst erniedrigt hatte, und schon wurde ich wieder wütend. »Nenne dich nie wieder gestört oder verrückt, sonst zeige ich dir eine Seite von mir, die du lieber nicht sehen willst. Du bist so verdammt stark. Dein Mut und deine Güte erfüllen mich mit Ehrfurcht. Wen interessiert es, wann du das letzte Mal Sex hattest? Das sagt rein gar nichts über dich aus.«

»Und ich möchte, dass du mir jetzt ganz genau zuhörst. Ich habe dich nicht gehen lassen, weil ich dich loswerden wollte. Du bist nicht die Einzige, die etwas bereut. Es ist meine Schuld, dass du entführt wurdest. Hätte ich auf mein Bauchgefühl gehört und dich mitgenommen, wäre das alles nicht passiert. Aber stattdessen habe ich mich wie ein Weichei verhalten, weil ich zu viel Angst hatte, mir selbst einzugestehen, dass ich etwas für dich empfinde. Ich war schwach und dumm. Zuerst habe ich von dir verlangt, uns nach Kambodscha zu begleiten. Doch dann habe ich eingesehen, dass ich mich wie ein überfürsorgliches Arschloch benommen habe, und habe einen Rückzieher gemacht. Aber von jetzt an höre ich nur noch auf meine Instinkte. Wenn meine innere Stimme mir zuflüstert, dass ich dich festhalten soll, dann werde ich genau das tun. Du kannst versuchen, mich wegzustoßen, aber ich kann dir versichern, dass deine Bemühungen vergeblich sein werden.«

Anaya stand einen halben Meter von mir entfernt und zitterte am ganzen Leib. *Viel zu weit weg.* Ich ging auf sie zu, hob langsam die Hände und umfasste ihr Gesicht. Sie konnte sich auch gleich daran gewöhnen, denn ich hatte vor, sie noch häufiger zu berühren.

Ich wartete, bis sie sich etwas entspannt hatte, und sagte: »Ich werde dir helfen, das durchzustehen. Gemeinsam schaffen wir das. Wir werden dich von all den schlimmen Erinnerungen befreien.« Anaya starrte mich an, sagte aber nichts. »Wenn du mir versicherst, dass du weißt, dass ich dir nie wehtun würde, dann glaube ich dir. Ich werde aufhören, dich wie ein zerbrechliches Wesen zu behandeln, solange du wirklich verstehst, dass ich niemals Hand an dich legen würde. Versprich es mir.«

»Ich verspreche es«, flüsterte sie.

»Spürst du denn auch diese Verbindung zwischen uns?« Mit einem Nicken beantwortete sie meine Frage. »Willst du nicht auch wissen, was dahintersteckt und was daraus werden könnte?«

»Ja, aber ...«

»Kein Aber. Ja oder nein?«

»So einfach ist das nicht.« Als sie errötete, wusste ich, was in ihrem Kopf vorging.

»Macht der Gedanke an Intimität dir zu schaffen?« Wieder nickte sie und versuchte, den Blick abzuwenden. »Versteck dich nicht vor mir.« Sie sah mich an. »Darum kümmern wir uns, wenn es so weit ist.«

»Aber ...«

»Baby, ich will ganz offen sein, wenn nötig, kann ich dafür meine Hand benutzen.«

Ein Lächeln umspielte ihre Lippen und die Röte ihrer Wangen vertiefte sich.

»Ich habe dabei weniger an dich gedacht«, brummte sie. Mein Schwanz zuckte, als mir unzählige Möglichkeiten in den Sinn kamen, wie ich sie würde befriedigen können.

»Was ist nun? Willst du herausfinden, was es mit diesen Gefühlen auf sich hat?«, fragte ich erneut und ignorierte die Vorstellung, wie Anaya schreiend zum Höhepunkt kam. Zwölf Jahre Abstinenz waren eine lange Zeit. Aber wenn wir erst einmal an dem Punkt angelangt waren, an dem sie mir genügend vertraute, um sich fallen zu lassen, würde der Sex mit ihr unglaublich sein. Daran hatte ich keinen Zweifel. Bis dahin war es jedoch ein weiter Weg, aber ich würde ihn nur zu gern beschreiten.

»Ja.«

»Gut.« Mir war gar nicht bewusst gewesen, wie heftig mein Herz in meiner Brust gehämmert hatte, während ich auf ihre Antwort wartete. »Es gibt viele Möglichkeiten, wie ich dich verwöhnen kann, ohne auf dir zu liegen und dich einzuengen.

Mein Schwanz muss dafür nicht einmal in deine Nähe kommen.« Bei diesen Worten zuckte mein Schaft protestierend in meiner Hose.

»Äh …«

»Ich war noch nie in einer solchen Situation«, gab ich zu, »aber ich denke, wir dürfen uns nicht voreinander verschließen. Damit das funktioniert, müssen wir offen und ehrlich zueinander sein. Körperlich werden wir uns einander so langsam nähern, wie du willst. Ich werde dich immer nur so weit bringen, wie es dir behagt. Mein Körper wird auf dich reagieren, denn ich finde dich wunderschön, sexy, klug und verdammt stark. Ich kann nicht verhindern, dass mein Schwanz hart wird, wenn ich dich berühre, aber ich verspreche dir, dass ich mich unter Kontrolle habe.«

»Ich mag es, wenn du meine Hand hältst«, flüsterte sie.

»Gut. Dann fangen wir damit an.«

»Und es fühlt sich gut an, wenn du hinter mir liegst und mich hältst.«

»Das gefällt mir auch.«

Anaya schwieg einen Moment, und ich gab ihr Zeit, ihre Gedanken zu ordnen. Als sie nach einer Weile immer noch nichts sagte, fragte ich: »Woran denkst du?« Sie antwortete nicht, also erinnerte ich sie an unsere Abmachung. »Wir wollten doch ehrlich miteinander sein. Du kannst mir alles sagen. Ich werde dich weder verurteilen, noch werde ich wütend werden. Es sei denn, du erniedrigst dich wieder selbst.«

Sie lächelte und straffte die Schultern. »Ich will nicht, dass du mich anders behandelst als die anderen Frauen, mit denen du zusammen warst.«

Ich runzelte die Stirn und erwiderte: »Aber du bist nicht wie die anderen Frauen. Nicht einmal annähernd, Schatz.«

»Ich will nur vermeiden, dass du dich zurückhältst oder ständig auf meine Reaktionen achtest und darauf wartest, dass ich einen Nervenzusammenbruch erleide.«

Ich kniff die Augen zu dünnen Schlitzen zusammen, denn sie war kurz davor, sich wieder selbst schlechtzumachen.

»Ich muss wachsam bleiben und auf deine Reaktionen achten.«

»Aber …«

»Schatz, ich habe nicht gesagt, dass ich mich zurückhalten werde, denn ich bin nun einmal ich. Aber deshalb muss ich trotzdem behutsam vorgehen.«

»Ich kann nicht glauben, dass wir wirklich darüber reden«, flüsterte sie. »Ist das denn normal?«

»Ich weiß es nicht und es ist mir auch egal. Ich weiß nicht, was normal ist. Aber ich möchte mit dir zusammen sein und dich besser kennenlernen. Wenn wir in unserer Beziehung an den Punkt kommen, an dem Sex ins Spiel kommt, werden wir beide bereit sein.«

Ich hatte nicht gelogen, ich hatte keine Ahnung, was normal war. Aber ich wusste, dass ich noch nie eine Beziehung zu einer Frau mit so viel Offenheit und Ehrlichkeit begonnen hatte. Doch Anaya war aus vielen Gründen nicht mit anderen Frauen zu vergleichen. Einer davon waren ihre traumatischen Erlebnisse in der Vergangenheit. Wir konnten nicht einfach die Augen davor verschließen, auch wenn sie am liebsten so getan hätte, als sei es nie passiert.

Ich hatte nur eine Chance, eine Beziehung zu ihr aufzubauen.

Einen Versuch, ihr zu beweisen, dass ich der Mann war, dem sie ihren Körper und ihr Herz anvertrauen konnte.

»Lass mich deine Rippen verbinden, damit wir uns schlafen legen können.«

Wortlos hob sie erneut ihr Hemd an und entblößte ihren Bauch. Diesmal schreckte ich nicht davor zurück, mit meinen Fingerknöcheln über ihre nackte Haut zu streichen. Ich war so behutsam wie möglich, aber ich zeigte ihr auch, dass ich in der Lage war, mich um sie zu kümmern.

KAPITEL FÜNFZEHN

Es war nicht leicht, eine einigermaßen bequeme Liegeposition zu finden. Aber als Kyle ein paar zusätzliche Kissen hinter mich schob und meinen Kopf hochlagerte, konnte ich ungehindert atmen. Bis Kyle sein Hemd auszog und es auf seinen geöffneten Rucksack warf.

Er zog eine Augenbraue in die Höhe und legte sich neben mir ins Bett. Als er wissen wollte, ob alles in Ordnung war, bejahte ich seine Frage vielleicht etwas zu überschwänglich, denn ich wollte nicht, dass er mich mit Samthandschuhen anfasste.

Aber in Wahrheit war *nicht* alles in Ordnung. Das hatte jedoch nichts mit Beklommenheit zu tun, sondern vielmehr mit der Tatsache, dass der Anblick seiner definierten Brustmuskeln und seines Waschbrettbauchs unglaublich erregend war. Am liebsten hätte ich ihn gebeten, sich umzudrehen, damit ich sehen konnte, ob sein Rücken genauso muskulös war. Doch ich hielt mich zurück, weil ich mich nicht zum Narren machen wollte. Allerdings hatte ich kein Problem damit, ihn zu beäugen, als er sich neben mich bettete.

Kyle drehte sich zu mir und stützte sich auf einen Ellbogen. Ich wappnete mich, als er mich mit einem durchdringenden Blick anstarrte und den Mund öffnete. »Erzähl mir, was passiert ist, nachdem du Amisha verlassen hattest.«

Darüber wollte ich wahrlich nicht sprechen, während Kyle mit nacktem Oberkörper neben mir lag. Gerade hatte er mir gestanden, dass er etwas für mich empfand und seine Gefühle für mich erforschen wollte. Dann hatte er das Thema Sex angeschnitten. So verlegen ich auch gewesen war, mit seiner Offenheit hatte er es mir leicht gemacht, ihm gegenüber ebenfalls ehrlich zu sein. Ich hatte Angst vor einer körperlichen Beziehung. Wie hätte es auch anders sein können? Aber ich vertraute darauf, dass ich mich mit Kyles Hilfe würde öffnen können.

»Willst du wirklich darüber sprechen?«

»Nein, verdammt. Aber wir müssen es tun.«

»Und wenn ich es nicht will?«

»Dann verschieben wir es auf einen anderen Tag, aber ich würde dir dringend raten, dir alles von der Seele zu reden, bevor es wie ein Geschwür zu eitern beginnt.«

Ich stieß einen tiefen Seufzer aus und erzählte ihm alles. Angefangen bei der Fahrt zu dem neuen Waisenhaus über die Rückfahrt nach Dili, während der ich den Verdacht hegte, dass mein Fahrer etwas im Schilde führte, bis hin zu meiner Entführung. So ehrlich wie möglich schilderte ich die Emotionen, die mich durchströmt hatten, und die Gedanken, die mir durch den Kopf geschossen waren. Ich erzählte ihm, wie der Kerl mir in die Rippen getreten hatte, wie ich angekettet wurde und wie der Italiener mich geschlagen hatte, weil ich ihm Kyles und Declans Namen nicht hatte nennen wollen.

Kyle unterbrach mich kein einziges Mal, aber ich konnte sehen, was in ihm vorging, denn sein Gesicht sprach Bände. Mit versteinerter Miene hörte er zu, als ich von dem Verhör erzählte, doch er entspannte sich, als ich ihm schwor, dass ich ihn nicht verraten hatte. Geduldig hörte er zu, während ich mir alles von der Seele redete. Zum ersten Mal seit sehr langer Zeit fühlte ich mich sicher. Und das nicht nur, seit die Rebellen in das Dorf eingefallen waren oder seit Kyle und Declan mich gerettet hatten. Vielleicht zum ersten Mal in meinem Leben.

»Hat jemand dich geschändet?« Seine Frage traf mich unvorbereitet und es dauerte einen Moment, bis ich verstand, was er meinte.

»Willst du wissen, ob ich vergewaltigt wurde?«

»Ja, Schatz, genau das will ich wissen«, antwortete er in sanftem Tonfall. Seine Stimme war kaum mehr als ein Flüstern.

»Nein, und niemand hat mich unsittlich berührt.«

Kyle nickte, aber ich konnte seinen Gesichtsausdruck nicht deuten.

»Möchtest du jetzt eine Runde schlafen? Wir haben noch etwa vier Stunden, bis wir uns fertig machen und zum Flughafen fahren müssen.«

»Geht es dir gut?«, fragte ich.

»Nein. Und da wir beschlossen haben, absolut ehrlich zueinander zu sein, werde ich es dir ganz offen sagen. Ich bin an Bord dieses Bootes gegangen in dem Wissen, sämtliche Männer dort auszuschalten. Ich habe dabei keine Reue empfunden. Hätte ich zu dem Zeitpunkt gewusst, was sie dir bereits angetan hatten, hätte ich sie etwas mehr leiden lassen. Aber ihr Tod war auch nicht ganz schmerzlos, denn sie hatten die Frau entführt, auf die ich ein Auge geworfen habe.«

Ich war sprachlos. Vergeblich versuchte ich, seine Worte zu verarbeiten. Noch nie hatte sich jemand so für mich eingesetzt und mich beschützt. Noch nie in meinem ganzen Leben. Nicht einmal ansatzweise konnte ich verstehen, dass dieser große, starke, gut aussehende Mann alles stehen und liegen gelassen hatte, um mir zu Hilfe zu eilen. Die Erkenntnis ließ mein Herz höherschlagen, sodass ich das Gefühl hatte, es könnte jeden Moment aus meiner Brust springen. Ich wollte nicht, dass es jemals verblasste.

»Ich weiß nicht, was ich sagen soll«, murmelte ich schließlich.

»Du musst gar nichts sagen. Aber du solltest wissen, worauf du dich einlässt. Meine Arbeit führt mich immer wieder an gefährliche Orte, an denen ich gefährliche Männer bekämpfen muss. Es ist meine Aufgabe, dafür zu sorgen, dass sie anderen keinen Schaden zufügen.«

»Das dachte ich mir schon«, flüsterte ich.

»Denken und wissen sind zwei verschiedene Dinge. Die Frage ist, ob du damit umgehen kannst.«

»Ich kann mit dem Wissen leben, was du beruflich machst. Allerdings werde ich mich zuerst an den Gedanken gewöhnen müssen, dass du dich immer wieder in Gefahr begibst. Aber ich denke, ich werde damit umgehen können.«

Vielleicht. Irgendwie. Der Gedanke jagte mir eine Höllenangst ein, aber ich würde mich damit abfinden. Hatte er nicht gerade sein Leben riskiert, um mich zu retten? Ich bewunderte ihn für seinen Mut und seine Bereitschaft, Menschen zu helfen, die sich aus eigener Kraft nicht helfen konnten. Seine Arbeit war für ihn eine Berufung, und das respektierte ich. Also würde ich mein Bestes tun, um deshalb nicht die Nerven zu verlieren.

»Danke für deine Ehrlichkeit.« Kyle ergriff meine Hand und führte sie an seine Lippen, um meine Finger zu küssen.

»Fühlst du es auch?«, platzte es aus mir heraus.

»Ja, Schatz. Ich fühle es auch.«

Glücklicherweise verstand er, was ich meinte. Offenbar spürte er auch diese intensive Verbindung zwischen uns. Selbst eine so simple Geste wie die Liebkosung meiner Hand löste in meinem Inneren ein Feuerwerk aus.

»Es fühlt sich an, als würden wir einander nicht einfach nur kennenlernen«, gestand ich.

»Das ist wahr«, pflichtete er mir bei. »Und ich bin froh, dass es dir genauso geht. Es wäre furchtbar, wenn meine Gefühle nicht auf Gegenseitigkeit beruhen würden.«

Hat er das wirklich gerade gesagt?

Ich war immer davon ausgegangen, dass Männer nicht über ihre Gefühle sprachen.

»Wie wird es jetzt weitergehen?«

»Morgen fliegen wir zurück nach Maryland und dann sehen wir weiter.«

»Wohnst du dort?«

Es war seltsam. Kyle und ich hatten schon über Sex gesprochen und waren bereit, eine Beziehung einzugehen. Aber ich wusste nicht einmal, wo er wohnte. Im Grunde kannte ich ihn kaum, doch zugleich wusste ich die Dinge über ihn, auf die es wirklich ankam. Er hatte keine Sekunde gezögert und war mir sofort zu Hilfe geeilt. Er hatte sich dem Dienst an seinem Land verschrieben, war jedoch bescheiden, was seine Verdienste betraf. Er war ehrlich, vertrauenswürdig, gutherzig, sanftmütig und bereit, sich trotz meiner Probleme auf mich einzulassen. Fürs Erste war das mehr als genug für mich.

»Für den Moment, ja.«

»Was meinst du damit?«

»Ich habe die letzten Jahre im Ausland verbracht. Es machte keinen Sinn, ein Haus oder eine Wohnung zu mieten, weil ich sie ohnehin nicht genutzt hätte. Also habe ich keine.«

Wie hatte ich das vergessen können? Ich schloss die Augen und verspürte einen schmerzhaften Stich im Herzen. Er war von Berufs wegen viel unterwegs, während ich mit dem Friedenskorps durch die Weltgeschichte reiste. Wie sollte eine Beziehung zwischen uns funktionieren? Würden wir viel telefonieren und einander E-Mails schreiben? Würden wir lange Zeiträume voneinander getrennt sein? Der Gedanke gefiel mir ganz und gar nicht.

»Vielleicht …«

»Sag es nicht, Anaya. Wir werden eine Lösung finden. Die Zentrale befindet sich in Maryland und ich werde für eine Weile in den USA sein. Unser letzter Auftrag ist abgeschlossen und mein Chef Zane weiß, dass mein Team und ich keine weiteren zwei Jahre in Nahost verbringen wollen.«

»Vor Kurzem hast du erwähnt, dass ihr in der Firma mit einem Problem konfrontiert seid.«

»Ich habe dir doch von Harry Landry und seinen Verbindungen zu Omni erzählt«, begann Kyle. Ich erinnerte mich und nickte. Es machte mir immer noch zu schaffen, dass ein Mann, der eine beträchtliche Spende an NCMEC geleistet hatte, in Wirklichkeit ein Mädchenhändler war. »Kurz bevor wir uns begegnet sind, war ich mit dem Team noch im Einsatz. Emerson, die Frau meines Teamkameraden Thad, wurde entführt und nach Mexiko verschleppt. Wir haben sie gerettet, doch danach erhielten wir eine Nachricht, in der uns gedroht wurde. Sollten wir uns nicht aus der Sache heraushalten, würde das für uns Konsequenzen haben.«

»Und die Nachricht kam von Omni?«

»Ja. Diese Leute drohten nicht nur meinem Team, sondern dem ganzen Unternehmen. Einige der Frauen meiner Kameraden wurden darin namentlich genannt.«

»Und du wolltest mich nicht in die Sache mit hineinziehen, nicht wahr?«

Es klingt nicht gerade so, als sei ich gern in diesen Schlamassel verwickelt.

»Ich will nicht lügen. Diese Männer sind krank und sie haben eine Menge Einfluss. Wir wissen nicht einmal, wie weit ihre Macht tatsächlich reicht. Aber du kannst mir vertrauen. Wir werden nicht zulassen, dass dir etwas zustößt. *Ich* werde es nicht zulassen. Ich dachte, ich hätte die richtige Entscheidung getroffen, als ich dich gehen ließ, doch ich habe mich geirrt. Natürlich bin ich nicht perfekt, mir unterlaufen hin und wieder Fehler. Aber ich begehe denselben Fehler nie zweimal. Du hast die Wahl: Wir können dich in einen sicheren Unterschlupf bringen, bis alles vorbei ist, oder du kannst darauf vertrauen, dass ich dich beschütze, und bei mir bleiben. Aber egal, wie du dich entscheidest, zwischen uns wird sich nichts ändern. Wir werden auf jeden Fall herausfinden, was es mit dieser Anziehungskraft auf sich hat. Entweder wir tun es jetzt, oder wir warten, bis die Lage sich beruhigt hat. So oder so, ich lasse dich nicht gehen.«

»Ein sicherer Unterschlupf?«, flüsterte ich.

»Davon haben wir mehrere. Du wärst völlig von der Außenwelt abgeschnitten und würdest rund um die Uhr bewacht werden.«

»Würdest du mich denn bewachen?«

»Nein.«

Laut Kyle hatte ich eine Wahl, doch das stimmte nicht. Nicht wirklich. Ich wollte nicht ohne ihn in einem Versteck eingesperrt sein, ich wollte eine Beziehung zu ihm aufbauen. Ich hatte mir selbst geschworen, mein Glück in Zukunft beim Schopf zu packen. Auch wenn ein Unterschlupf wahrscheinlich die klügere Lösung wäre, hatte ich das Gefühl, dass ich mich nur wieder in mein Schneckenhaus zurückziehen würde. Und das hatte ich schon viel zu oft getan.

»Ich will bei dir bleiben.«

»Wirklich?«, fragte er in einem überraschten Tonfall, der mir gar nicht gefiel.

»Wenn du sagst, dass du mich beschützen wirst, dann vertraue ich dir.«

Er entspannte sich sichtlich und sah mich mit einem verträumten Ausdruck in den Augen an. Der Anblick war unglaublich sexy und ich hoffte, ich würde ihn noch häufiger zu Gesicht bekommen.

Ich versuchte, ein Gähnen zu unterdrücken, konnte es aber vor Kyle nicht verbergen. Er drehte sich auf die Seite, knipste die Nachttischlampe aus und drehte sich wieder mir zu.

»Schlaf jetzt, Schatz.«

Ich wollte ihn fragen, ob er wirklich bei mir bleiben würde, doch ich hielt mich zurück. Kyle hatte versprochen, mich zu beschützen, und ich wusste mit jeder Faser meines Seins, dass er dieses Versprechen halten würde.

Also schloss ich die Augen und versuchte einzuschlafen, aber meine Gedanken ließen sich nicht abschalten. In wenigen Stunden würde ich mit einem Mann in die Staaten zurückkehren, den ich unbedingt besser kennenlernen wollte. Der Gedanke jagte mir eine Heidenangst ein, weil ich wusste, dass ich am Boden zerstört sein würde, falls unsere Beziehung scheiterte. Und es war nur eine Frage der Zeit, bis er merken würde, dass ich zu verkorkst war, um ein normales Leben zu führen. Ich sprach viel davon, dass ich die Vergangenheit hinter mir lassen wollte, aber um ehrlich zu sein, war ich nicht tapfer genug. Nicht, wenn es darum ging, meine inneren Dämonen zu bekämpfen. Diese gewannen immer.

»Wage den Sprung, Anaya«, flüsterte Kyle in der Dunkelheit. »Ich verspreche dir, dass ich dich auffangen werde.«

Ich wollte mich fallen lassen, denn ich war bereits dabei, mich zu verlieben.

»Geh das Risiko ein, Schatz.«

Er drückte meine Hand und ich erwiderte die Geste. Eine nonverbale Vereinbarung, von der ich inständig hoffte, dass ich sie überleben würde.

KAPITEL SECHZEHN

Wir hatten die lange Reise zurück nach Maryland bewältigt.

Kaum hatten wir mit dem Flieger abgehoben, hatte ich erleichtert aufgeatmet. Letzte Nacht hatte ich in der Dunkelheit neben Anaya gelegen und befürchtet, sie könnte ihre Meinung ändern. Ich hatte Angst, sie würde sich gegen eine Beziehung mit mir entscheiden, weil sie das Risiko nicht eingehen wollte. Aufgrund meiner Dummheit hatte ich sie schon mal fast verloren. Noch einmal würde ich ihren Verlust nicht verkraften, vor allem nachdem sie mir gestanden hatte, dass meine Gefühle für sie auf Gegenseitigkeit beruhten. Zwischen uns bestand eine Verbindung, die wir unbedingt erforschen sollten. Und ich war bereit, alles in meiner Macht Stehende dafür zu tun.

Während der ersten Hälfte des Fluges hatten Anaya und ich uns über alles Mögliche unterhalten. Wir hatten über unsere Lieblingsbücher und -filme gesprochen, und sie hatte mir erzählt, welche Orte sie in San Diego besonders mochte. Wir hatten lange darüber geredet, dass wir jahrelang in derselben Stadt gelebt hatten und uns nie über den Weg gelaufen waren. Wie anders wäre mein Leben verlaufen, wenn ich sie kennengelernt hätte, als ich noch in Coronado stationiert war? Hätte ich damals schon gewusst, dass Anaya Baker die Frau sein würde, die mir unter die Haut gehen würde? Oder wäre ich zu jung und dumm gewesen, um auf mein Herz zu hören? Am Ende unseres

Gesprächs war ich dankbar, dass ich ihr nicht schon früher begegnet war, denn damals waren wir beide noch nicht bereit füreinander gewesen.

Aber heute war ich bereit. Mehr als bereit. Ich war nicht nur dankbar für diese Erkenntnis, sondern würde, wenn nötig, auch dafür kämpfen, sie zu einem Teil meines Lebens zu machen.

Anaya war wie erstarrt gewesen, als Brooks, Thad und Max uns vom Flughafen abholten. Sie hatte nur einen Blick auf die drei Hünen geworfen und sich sofort an meine Seite geschmiegt. Zugegebenermaßen war es ein gutes Gefühl zu wissen, dass sie bei mir Schutz suchte.

Dem Team war ihre Reaktion nicht entgangen, obwohl sie versucht hatte, sie zu überspielen. Voller Stolz hatte ich beobachtet, wie sie die Schultern gestrafft und den anderen zur Begrüßung ihre Hand gereicht hatte. Für eine Frau, die von sich selbst behauptete, feige zu sein und jahrelang niemandem die Hand geschüttelt zu haben, hatte sie viel Mut bewiesen.

Wir waren alle in den Geländewagen gestiegen und direkt zur Zentrale von Z Corps in der Innenstadt von Annapolis gefahren. Anaya hatte zwischen Dec und mir gesessen und meine Hand gehalten, während sie meine Teamkameraden in ein Gespräch verwickelt hatte. Ich war dankbar, dass die Jungs den Vorfall in Timor-Leste nicht erwähnt hatten. Anaya würde mit ihnen darüber reden, wenn sie bereit dazu war.

Brooks fuhr in die Tiefgarage und ich warf einen Blick auf die Fahrzeuge, die auf den Privatparkplätzen standen.

»Wer ist heute im Büro?«, wollte ich wissen.

»Alle«, antwortete Max.

»Die Frauen auch?«

»Ist das dein Ernst? Musst du mich wirklich danach fragen?«

Verdammte Scheiße.

Brooks stellte den Motor ab und wir stiegen aus.

»Geht ihr voraus. Ich muss noch kurz mit Anaya sprechen.«

Meine Kameraden nickten mir zu, doch Max beäugte Anaya argwöhnisch. Es gefiel mir zwar nicht, aber ich wusste, dass das seine Art war. Er und Declan standen sich in ihrer Skepsis in nichts nach. Sie vertrauten Außenstehenden nicht, und für Max war Anaya eine unwillkommene Fremde.

Declan ging an Max vorbei, klopfte ihm zweimal auf die Schulter und deutete in Richtung Ausgang. Bevor Max ihm folgte, warf er mir noch einen vielsagenden Blick zu und kniff die Augen zu schmalen Schlitzen zusammen. Zweifellos wusste er, dass Anaya die Geste nicht entgehen würde.

Scheiße.

Ich wartete, bis das Team durch die Tür verschwunden war, dann wandte ich mich Anaya zu. Sie hatte den Rücken durchgedrückt und betrachtete mich mit einem verängstigten Ausdruck in den Augen.

Ich musste sie schleunigst beruhigen, bevor sie sich vor mir verschloss.

»Anaya, sieh mich an.« Sie begegnete meinem Blick. »Es ist alles in Ordnung.«

»Warum kann Max mich nicht leiden?«

»Sein Argwohn hat nichts mit dir zu tun«, erklärte ich mit einem Seufzen. »Er hat Probleme, anderen zu vertrauen. Probleme ist vielleicht noch zu milde ausgedrückt. Aber er wird sich schon wieder einkriegen. In der Zwischenzeit ist es das Beste, wenn du ihn einfach ignorierst. Nichtsdestotrotz muss ich dich warnen, denn es sind eine Menge Leute im Büro. Nicht nur meine Kameraden, sondern auch ihre Frauen.«

»Okay«, erwiderte sie und runzelte die Stirn.

»Die Frauen sind …« Ich verstummte und Anaya versteifte sich augenblicklich. Offenbar deutete sie mein Schweigen falsch. »Sie meinen es nur gut, aber sie werden dich wahrscheinlich belagern.«

»Wie bitte? Warum?«

»Weil sie wissen, was in Timor-Leste passiert ist. Sie werden sich davon überzeugen wollen, dass es dir gut geht. Außerdem ahnen sie wahrscheinlich, dass du mir etwas bedeutest, also werden sie dich aushorchen wollen. Aber vor allem werden sie dich willkommen heißen. Dabei werden sie allerdings etwas aufdringlich sein.«

»Sie wissen es?«, flüsterte Anaya.

»Als du vermisst wurdest, haben alle mitgeholfen, dich zu finden, Schatz. Da Omni uns bedroht, sind die Frauen jeden Tag in der Zentrale, und ihre Männer haben keine Geheimnisse vor ihnen. Aber das bedeutet nur, dass sie von deiner Entführung wissen. Sie haben nichts über deine Vergangenheit erfahren und werden es auch nicht, es sei denn, du möchtest ihnen dein Herz ausschütten. Und falls du je das Bedürfnis hast, werden sie für dich da sein, das kann ich dir versichern.«

»Ich bedeute dir etwas?«

Anaya entging nicht viel, aber ich hatte auch nicht erwartet, dass sie meine Bemerkung einfach so stehen lassen würde.

»Und ob. Was glaubst du denn, was zwischen uns vorgeht?«

»Ich verstehe nur nicht, wie ich dir etwas bedeuten kann, wenn wir uns doch gerade erst begegnet sind.«

»Da bist du nicht die Einzige. Aber ich will meine Gefühle weder hinterfragen, noch will ich dagegen ankämpfen.«

Langsam hob ich die Hände und umfasste ihre Wangen. Dann beugte ich mich vor, um sanft mit meinen Lippen über ihre zu streichen. Ich hätte sie so gern geküsst. Stürmisch und leidenschaftlich. Aber ich unterdrückte den Drang, denn ich wollte sie nicht bedrängen. Vor allem nicht in einem Parkhaus.

Als ich den Kopf zurückzog, hatte sie einen verträumten Ausdruck in den Augen. Ich wollte diesen Blick noch häufiger sehen, vorzugsweise wenn wir allein waren und ich ihre Grenzen austesten konnte. Oder nachdem ich sie bereits ausgetestet hatte und Anaya befriedigt in meinen Armen lag. Dieser Blick wäre noch viel besser.

Gut Ding will Weile haben.

Mit Geduld würde ich ans Ziel kommen.

»Bist du bereit, nach oben zu gehen?«, fragte ich.

Ich musste lächeln, als sie die Schultern straffte. »Natürlich bin ich bereit.«

Das war die Anaya, der ich bei unserer ersten Begegnung gegenübergestanden hatte.

Damals hatte ich noch nicht gewusst, dass ihr Selbstbewusstsein mit einer gesunden Portion Stärke durchsetzt war. Jedes Mal wenn ich sie dabei beobachtete, wie sie ihre Ängste über-

wand, wurde ich von dem Bedürfnis übermannt, sie leidenschaftlich zu küssen. Ich wollte ihr sagen, wie stolz ich auf sie
war und wie beeindruckt ich von ihrer Beharrlichkeit war.

»Dann lass uns nach oben gehen. Und wenn es dir irgendwann zu viel wird, dann gib mir Bescheid.«

»Du versuchst schon wieder, mich in Watte zu packen«,
schnaubte sie.

»Nein«, widersprach ich, »ich will dich nur wissen lassen,
dass ich dir den Rücken freihalte. Du wirst verstehen, was ich
meine, wenn du die anderen triffst.«

Ich führte sie aus der Tiefgarage zum Eingang von Z Corps.
Mir fiel sofort auf, dass Ivy nicht am Empfang saß, wo sie für
gewöhnlich den Großteil ihres Arbeitstages verbrachte. Zanes
Frau hatte unter anderem die Aufgaben seiner ehemaligen
persönlichen Assistentin Rena übernommen, doch sie weigerte
sich, im Büro neben ihrem Mann zu arbeiten. Und niemand
würde es wagen, Ivy als Zanes Sekretärin zu bezeichnen, denn
im Grunde leitete sie für ihren Mann das Unternehmen. Sie zog
es jedoch vor, dies vom Empfang aus zu tun.

Ich gab den Code ein, um die Tür zu entriegeln, und ging mit
Anaya durch den leeren Empfangsbereich zu einer weiteren Tür.
Ich legte meine Finger auf den biometrischen Scanner und gab
einen achtstelligen Code ein. Das Schloss gab ein klickendes
Geräusch von sich und ich drückte die Tür auf.

Unsere Schritte hallten im Flur wider, als wir zu den Fahr-
stühlen gingen. Dort angekommen, führte ich mein Gesicht an
den Netzhautscanner und wartete.

»Sind wir hier etwa in der Area 51?«, murmelte Anaya
neben mir.

Die Türen öffneten sich und ich bedeutete Anaya vorrauss-
zugehen.

»Wir müssen noch eine weitere Sicherheitskontrolle durch-
laufen«, bemerkte ich.

»Im Ernst?«

Wir betraten einen Flur und hielten vor einer Tür, an der ich
erneut meine Fingerabdrücke scannen ließ.

»Wir verfügen hier über streng geheime Informationen. Falls

diese in die falschen Hände gerieten, könnte das katastrophale Folgen haben. Außerdem trifft Zane sich hier mit Klienten, die Wert auf ein gewisses Maß an Privatsphäre und Sicherheit legen.«

»Mit wem trifft er sich? Mit dem Präsidenten?«, fragte sie und kicherte.

Verdammt, ihr Lachen war Musik in meinen Ohren. Für einen Moment genoss ich das Gefühl, das es in mir hervorrief, dann dachte ich über ihre Bemerkung nach. Sie hatte den Nagel auf den Kopf getroffen. Zane traf sich nicht nur mit dem Präsidenten, Tom Anderson war auch ein enger Freund von ihm. Ich fragte mich, wie Anaya auf Erin Anderson-Doyle reagieren würde. Die Frau meines Teamkameraden Colin war die Tochter des Präsidenten.

Das werde ich wohl noch früh genug herausfinden. Erin befand sich mit den anderen Frauen im Gebäude.

Ich stieß die Tür auf und betrat das Allerheiligste von Z Corps.

Anaya blieb abrupt stehen. »Heilige Scheiße«, murmelte sie.

Sie sah sich um und ich folgte ihrem Blick. Am äußeren Rand führten mehrere Türen zu verschiedenen Privatbüros sowie zu einem Kommandoraum, der von intelligentem Glas umgeben war und rund um die Uhr bewacht wurde. Darin befanden sich sämtliche Monitore der Überwachungskameras. In der Mitte erstreckte sich ein Labyrinth von Kabinen, die mit Hightech-Geräten ausgestattet waren. Zane hatte keine Kosten gescheut. Mit seinen klaren Linien, grauen Wänden und blitzendem Chrom war der riesige Raum äußerst beeindruckend. Außerdem wimmelte es überall von Menschen.

Sobald sie uns bemerkten, hielten sie mitten in ihrer Arbeit inne und starrten uns an.

Zane, der über einen Tisch gebeugt war, richtete sich auf und kam auf uns zu. Ich konnte spüren, wie nervös Anaya war, doch sie rührte sich nicht vom Fleck.

»Anaya Baker. Freut mich, dich persönlich kennenzulernen, ich bin Zane Lewis.«

»Die Freude ist ganz meinerseits«, begrüßte sie ihn.

Zane musterte ihr geschundenes Gesicht, zeigte jedoch keine Regung. Aber ich kannte Zane. Innerlich kochte er vor Wut, weil sie verprügelt worden war. Vor allem da er wusste, warum der Kerl sie geschlagen hatte.

Mit einer ausladenden Geste stellte mein Chef auch die anderen vor. »Das ist das Red Team. Lincoln Parker, Colin Doyle, Jaxon Cain, Leo Gillonardo und Jasmin Parker.« Einer nach dem anderen bedachten sie Anaya mit einem Nicken.

Jasmin musterte Anaya, kniff die Augen zu schmalen Schlitzen zusammen und runzelte die Stirn.

»Was zum Teufel?«, knurrte Jas und trat näher. Anaya zuckte zusammen und Jasmin warf mir einen ungehaltenen Blick zu. »Im Ernst, Kyle. Ich hoffe, du hast den Scheißkerl, der dafür verantwortlich ist, leiden lassen. Wenn du mir sagst, dass du ihm einen schnellen Tod bereitet hast, wäre ich enttäuscht von dir.«

»Ich habe keine Gnade walten lassen«, bestätigte ich.

Mit einem beifälligen Nicken wandte Jasmin sich wieder Anaya zu und schlug einen anderen Kurs ein.

»Du hättest sie verraten sollen, dann wäre dein Gesicht jetzt nicht grün und blau«, sagte Jas.

Oh je, nicht das schon wieder ...

Anaya versteifte sich, straffte die Schultern und fixierte Jasmin mit einem wütenden Blick. Sie war sichtlich aufgebracht, doch im Gegensatz zu den Männern im Raum versuchte sie nicht, ihre Gefühle zu verbergen.

»Ich hätte sie verraten sollen?«, blaffte Anaya und spuckte die Worte förmlich aus.

»Ja. Soweit ich gehört habe, wollte das Arschloch, das dich verprügelt hat, ihre Namen. Du hättest sie ihm nur nennen müssen, und er hätte von dir abgelassen.«

Anaya schnappte nach Luft und ich war mit meiner Geduld am Ende. Mir war klar, dass Jas Anaya auf die Probe stellen wollte, doch gerade war sie zu weit gegangen. Ich hatte Anaya versprochen, dass sie hier in Sicherheit sein würde, doch Jasmin strafte mich Lügen. Auch wenn ich Jasmins Beweggründe verstand, würde ich ihr einen Riegel vorschieben.

»Jas«, knurrte ich.

RILEY EDWARDS & OPERATION ALPHA

»Was ist? Man wird doch noch fragen dürfen.«

Jasmin wäre selbst fast gestorben, als sie während eines Einsatzes die Identität ihres Teams geschützt hatte. Doch nun nahm sie Anaya unnötig in die Mangel, und ich hatte genug davon.

Bevor ich jedoch etwas erwidern konnte, ergriff Anaya das Wort.

»Für was für einen Menschen hältst du mich eigentlich?«

Jasmin zuckte mit den Schultern und täuschte Gleichgültigkeit vor. »Die meisten Leute hätten geredet.«

»Dann sind die meisten Leute Arschlöcher. Ich würde Kyle und Declan niemals verraten. Eher würde ich sterben.«

Jemand schnappte leise nach Luft, und Anaya und ich drehten uns in die Richtung, aus der der Laut gekommen war. Eine hochschwangere Violet kam zusammen mit Emerson die Treppe herunter.

Offenbar hatte das Team Violet nichts davon erzählt, dass Anaya Schläge eingesteckt hatte, um ihren Bruder zu schützen.

Gut zu wissen, dass bei Z Corps auch einige Dinge geheim blieben.

Ich warf einen Blick auf Declan, der verstohlen seine Schuhe betrachtete und den Kopf schüttelte. Jeden Moment würde Violet sich wie eine Glucke auf ihn stürzen.

Es war an der Zeit, dieser Farce ein Ende zu bereiten, und zwar endgültig.

»Okay, Jas, das reicht jetzt wirklich«, ermahnte ich sie und konnte meine Wut kaum zügeln.

Sie begegnete meinem Blick und nickte. Offensichtlich bereute sie, Anaya derart in die Mangel genommen zu haben. Vor allem weil Violet nun ebenfalls aufgewühlt war.

»Großartig«, brummte ich sarkastisch. Mehr brachte ich nicht hervor.

»Konferenzraum«, bellte Zane. »Du auch, Emerson.«

Ich wartete, bis die anderen den Raum betreten hatten, und wandte mich dann Anaya zu.

»Geht es dir gut?«

»Hör auf, mich ständig nach meinem Befinden zu fragen.«

»Anaya …«

»Es ist alles in Ordnung. Ich bin nicht dumm und weiß genau, was sie gerade getan hat. Selbst wenn ich nicht gern an meine Entführung erinnert werde, kann ich Jas verstehen. Sieh dich doch um ...« Anaya machte eine ausladende Geste. »Ich bin hier eine Außenseiterin. Ihr arbeitet hier in einem Bereich, der besser gesichert ist als Fort Knox, während eure Kommandozentrale mit der der NASA konkurriert. Ich muss mir euer Vertrauen erst verdienen, aber wenn du mich vor den Augen deiner Kameraden wie ein Kleinkind behandelst, werden sie mich nie respektieren. Ich habe vor niemandem etwas zu verbergen. Sie können mich auf die Probe stellen, so viel sie wollen, ich werde nicht zusammenbrechen. In diesem Punkt musst du *mir* vertrauen.«

Ich warf einen Blick über ihre Schulter auf Max, der in der Tür stand und auf uns wartete. Er hatte die Arme vor der Brust verschränkt und starrte mich an. Dann nickte er mir kurz zu und verschwand im Konferenzraum.

»Verdammt. Du hast recht. Es tut mir leid.«

Sie schenkte mir ein zaghaftes Lächeln und ergriff meine Hand.

»Bringen wir es hinter uns«, sagte sie und zog mich zur Tür.

Ich sollte wirklich aufhören, an Anayas Stärke zu zweifeln. Trotzdem hatte ich das dringende Bedürfnis, sie zu beschützen, sogar vor meinen Teamkameraden. Und die taten genau das, was sie von ihnen erwartete.

KAPITEL SIEBZEHN

Mein Brustkorb schmerzte und mein Schädel dröhnte, aber ich ließ mir mein Unbehagen nicht anmerken. Meine Schwäche zuzugeben wäre, als würde ich einen Tropfen Blut ins Wasser gießen, während die Haie mich umkreisten.

Ich musste diesen Leuten etwas beweisen und würde nicht klein beigeben.

Zehn Männer und zwei Frauen hatten sich um einen riesigen Tisch versammelt. Sie alle starrten mich an, als sei ich ein unerwünschter Eindringling. Nun ja, alle bis auf Declan und Kyle.

»Violet glaubt, sie hat etwas gefunden«, begann Zane. »Sie hat die Informationen an Tex und Garrett geschickt, die sie gerade überprüfen ...«

»Respekt, Z. Denkst du wirklich, wir sollten das in Anwesenheit von Anaya besprechen?«, fragte Max.

Kyle stieß neben mir einen Seufzer aus, erwiderte jedoch nichts. Dafür war ich dankbar, denn ich wollte nicht, dass er meine Schlachten für mich austrug.

»Spuck's einfach aus, Max«, forderte Zane. »Ich habe es langsam satt. Jedes Mal wenn einer von euch Vollidioten sich verliebt, passiert so eine Scheiße. Wenn du etwas zu sagen hast, dann raus damit.«

Verliebt?

»Ja, ich habe etwas zu sagen. Wir befinden uns im Krieg mit

Omni. Diese Leute sind uns immer einen Schritt voraus. Und wir sind kurz davor, in Anwesenheit einer Frau, die Verbindungen zu Harry Landry hat, über unsere Operation zu reden. Wer zum Teufel ist sie überhaupt? Sie taucht aus heiterem Himmel auf, Kyle wirft einen Blick auf sie und verliert den Verstand. Und jetzt? Sie bleibt einfach hier?«

»Ich habe keine Verbindungen zu Harry Landry«, warf ich ein.

»Doch, die hast du. Du hast zugegeben, dass du ihn kennst.«

»Ich habe ihn einmal bei einer Spendengala getroffen. Das bedeutet noch lange nicht, dass ich mit ihm in Verbindung stehe.«

»Das sehe ich nicht so. Vor allem nicht, da sich herausgestellt hat, dass Landry in der Nahrungskette von Omni ziemlich weit oben angesiedelt ist. Du willst uns nur glauben machen, es sei reiner Zufall, dass du den Mann kennst, hinter dem wir her sind.«

Mittlerweile kochte ich vor Wut.

»Du … du …« Frustriert rang ich nach Worten. »Du denkst, ich würde mit einem Dreckskerl zusammenarbeiten, der mit Mädchen handelt? Hast du vollkommen den Verstand verloren?«, schrie ich. »Vergiss es. Es ist gar nicht nötig, dass du die Frage beantwortest, denn du musst wirklich verrückt sein. Als Teenager wurde ich entführt und verkauft. Ich wurde in einem Raum voller schmieriger Männer herumgeführt und versteigert. Einer dieser Kerle hat mich *gekauft* und mich wie ein Tier in einen verdammten Käfig gesperrt. Es ist mir also egal, was du glaubst, du Arschloch. Aber ich würde weder jetzt noch sonst irgendwann mit Abschaum wie Harry Landry zusammenarbeiten.«

»Anaya …«, begann Max.

»Hat sonst noch jemand eine Frage?« Ich ignorierte Max. »Wollt ihr über den Scheißkerl reden, der mich auf dem Boot verprügelt hat, während ich angekettet war? Oder wollt ihr eine detaillierte Schilderung meiner Vergangenheit? Wir können auch darüber sprechen, dass ich jedes Mal zusammenzucke, wenn jemand versucht, mich zu berühren. Mein Leben ist ein offenes Buch und ich habe nichts zu verbergen.«

»Anaya«, knurrte Kyle neben mir.

»Hör auf, Kyle. Sie müssen es wissen. Ich bin zwar verkorkst, aber ich bin kein schlechter Mensch. Mit einem Arschloch wie Harry Landry hatte ich nie etwas zu tun. Und …«

»Das reicht, Anaya«, unterbrach Declan mich mit sanfter Stimme. Dann wandte er sich an Max und fixierte ihn mit einem wütenden Blick. »Bist du jetzt fertig?«

Max nickte und wandte den Blick ab. Doch ich konnte förmlich spüren, wie die anderen mich beobachteten. Ich atmete ein paarmal tief durch in dem Bemühen, mich zu beruhigen.

»Es tut mir leid …«

»Kein Grund, sich zu entschuldigen«, fiel Zane mir ins Wort. »Max, Declan, ich schwöre bei allem, was mir heilig ist. Wenn ihr beide irgendwann auch wegen einer Frau verrücktspielt, dann schicke ich euch in die Wüste. An einen weit entfernten Ort, an dem ihr euren Scheiß mit euch allein ausmachen könnt.«

»Was hat Violet ausgegraben?«, fragte Declan.

»Eine Frau namens Monica Chandler«, verkündete Zane. »Violet ist sich nicht sicher, ob sie eine Komplizin oder ein Opfer ist, aber wir haben sie in Gewahrsam genommen, um sie zu verhören. Emerson, hast du jemals von ihr gehört?«

»Nein. Als ich mit ihm zusammen war, hat er dafür gesorgt, dass ich nichts von seinen Frauen erfuhr. Aber er besuchte vier- bis fünfmal pro Woche einen Massagesalon. Ich hatte jedoch nie Zugang zu dem Gebäude.«

»Hatte er eine Sekretärin? Oder sonst irgendwelche Frauen, die für ihn arbeiteten?«

»Nein. Von all den Männern war Harry der vorsichtigste. Er bewahrte alles in einem Tresor auf. Und wenn er telefonierte, war er besonders zurückhaltend.«

Einen Moment mal. Wie bitte? Thads Frau Emerson kannte Harry Landry?

»Kannst du uns noch etwas sagen, Anaya? War Harry am Abend der Spendengala in Begleitung einer Frau?«, fragte Zane, aber ich konnte meine Aufmerksamkeit nicht von Emerson abwenden.

»Es ist nicht das, was du denkst«, sagte Emerson, als sie bemerkte, dass ich sie anstarrte.

»Dann kennst du Harry also nicht?«, fragte ich.

»Doch, ich kenne ihn. Ich habe mich als seine Freundin ausgegeben …«

»Wie bitte?«

Emerson verzog angewidert das Gesicht. »Es ist eine lange Geschichte. Ich würde gern mit dir darüber reden, wenn Zane hier fertig ist.«

»Anaya? Die Gala?«, hakte Zane ungeduldig nach.

»Ich weiß es nicht. Soweit ich mich erinnere, war er allein.« Ich zuckte mit den Schultern. »Aber ich habe ihm nicht viel Beachtung geschenkt. Mein Chef führte mich durch den Raum und stellte mich so vielen Leuten vor, dass ich nicht sagen kann, wer mit wem zusammen war. Ich erinnere mich nur an Harry, weil er mich zum Tanzen aufforderte. Wir tanzten nur zu einem Lied. Währenddessen erzählte er mir, wie glücklich er sei, dass seine Firma einen Beitrag leisten konnte. Wisst ihr, was mich rückblickend am meisten an der Sache beunruhigt? Er schien völlig normal zu sein.«

»Ich weiß, was du meinst«, pflichtete Emerson mir bei. »Man würde nie vermuten, dass er ein widerlicher Dreckskerl ist, wenn man ihm auf der Straße begegnet.«

»Genau. Er war nett und alles andere als bedrohlich. Er hat nicht versucht, mit einer der Frauen im Raum zu flirten, und hat sich in keiner Weise seltsam verhalten. Er war *völlig normal*.«

»Du hast nicht zufällig gesehen, ob er mit jemandem gegangen ist?«, fuhr Zane fort.

»Nein. Aber ich habe ihn nicht weiter beachtet.«

»Es tut mir leid, dass ich das Thema anschneiden muss, Anaya, aber wir sollten jetzt über die Männer sprechen, die dich entführt haben.«

Mittlerweile hatte ich die Fassung wiedergewonnen und mein Temperament gezügelt, aber ich wollte wirklich nicht über meine Entführung sprechen.

Kyle legte eine Hand an meinen Oberschenkel. Ich zuckte überrascht zusammen, doch er zog sie nicht zurück, sondern drückte mich sanft und wartete, bis ich mich entspannt hatte.

»Also schön. Was willst du wissen?«

»Alles. Fang bei dem Moment an, in dem du und Kyle euch getrennt habt.«

Ich atmete tief durch und erzählte ihnen die ganze Geschichte, die ich auch Kyle geschildert hatte. Dabei erwähnte ich allerdings nichts von dem Bedauern, das ich empfunden hatte, als ich geglaubt hatte, Kyle nie wiederzusehen.

»Und dieser Italiener wusste angeblich, wer Kyle und Dec sind, aber er wollte es von dir hören?«, fragte Zane.

»Das hat er gesagt. Ich weiß nicht, ob er wirklich italienischer Abstammung war, aber er sah so aus. Er hatte olivfarbene Haut, dunkle Haare und Augen. Dem Akzent nach zu urteilen kam er aus Jersey oder Philadelphia. Er klang nicht wie ein New Yorker, war aber definitiv von der Ostküste.«

»War er der einzige Amerikaner dort?«, wollte Lincoln wissen. Zumindest glaubte ich mich daran zu erinnern, dass er so hieß.

»Ja. Die anderen waren Einheimische, sie sprachen alle Tetum.«

Ein Klopfen ertönte an der Tür. Zane rief: »Herein«, und ein Mann trat ein. Er hatte die Stirn in Falten gelegt.

»Überprüfe dein Tablet. Ich habe dir weitere Informationen über Monica geschickt.«

»Danke, Garrett.«

»Tex hat sich gemeldet. Er glaubt, den Mann identifiziert zu haben, der Anaya verhört hat. Die Daten habe ich dir ebenfalls geschickt.«

Mit diesen Worten verließ der Mann den Raum und schloss die Tür hinter sich. Es herrschte Stille, als Zane sein Tablet zur Hand nahm und auf den Bildschirm starrte. Er wirkte hoch konzentriert, doch ein kaum merkliches Zucken an seiner Wange wies darauf hin, dass ihm die Lektüre nicht behagte.

»Bringen wir es hinter uns«, sagte er schließlich.

Ein großer Flachbildfernseher an der Wand erwachte zum

Leben. Eine Sekunde später war das Bild eines Mannes zu sehen und ich zuckte erschrocken zusammen. Kyle legte einen Arm um mich und drückte mich fest an sich. Ich hätte ihm gern gesagt, dass er mich in Anwesenheit seines Teams nicht in Watte packen solle, aber ich bekam kaum genügend Luft, um die Worte aussprechen zu können.

»Er wird dir nie wieder wehtun«, flüsterte Kyle.

»Ist er das?«, fragte Zane knapp.

»Ja«, antwortete ich.

»Ja«, bestätigte auch Kyle.

Zum Glück verschwand das Bild sofort wieder, aber es war bereits zu spät. Ich zitterte am ganzen Leib und mir war schwindelig.

»Anaya«, sagte Emerson leise. »Sieh mich an.«

Ich wandte den Blick vom Bildschirm ab und sah sie an. Sie schenkte mir ein beruhigendes Lächeln.

»Hier bist du in Sicherheit. Niemand wird dir wehtun.«

Ich nickte. Was hätte ich sonst tun sollen? Der Mann, der mich verprügelt hatte, war tot. Vom Verstand her wusste ich das, doch die Angst saß mir immer noch in den Knochen und die Blutergüsse in meinem Gesicht waren noch längst nicht verheilt. Es fiel mir schwer zu glauben, dass ich wirklich sicher war. Was, wenn es noch mehr Kerle wie ihn gab? Was, wenn …

»Anaya«, sagte Max schroff und ich zuckte zusammen.

Langsam hatte ich seine Feindseligkeit satt.

»Niemand wird je wieder Hand an dich legen«, schwor er.

Ich kam gar nicht dazu zu antworten, denn auf dem Bildschirm erschien das Foto einer sehr hübschen jungen Frau. Sie hatte glänzendes blondes Haar, doch ihre blauen Augen waren tot.

»Monica Chandler«, begann Zane. »Geborene Monica Tremblay. Sie ist heute dreiundzwanzig. Monica verschwand aus Ontario, Kanada, als sie dreizehn war.«

Ich konnte den Blick nicht von ihren Augen abwenden. Das arme Mädchen wirkte verloren und niedergeschlagen. Auf dem Bild lächelte sie und entblößte ihre perfekten weißen Zähne. Ihre Haut war makellos, aber ihre Augen schienen leblos.

»Was ist das an ihrem Handgelenk?«, wollte einer der Männer wissen, woraufhin Zane auf ihre Hände zoomte.

Unter ihrem Ärmel lugte eine schwarze Tätowierung an der Innenseite ihres Handgelenks hervor.

»Ein QR-Code«, antwortete ich.

»Wie bitte?«, fragte der Mann. Ich wünschte, sie hätten Namensschilder an ihrer Brust befestigt. Vage erinnerte ich mich, dass er Jaxon hieß, war mir aber nicht sicher.

»Willkommen im technologischen Zeitalter der Prostitution«, sagte ich. »Ich habe so eine Tätowierung schon einmal gesehen. Einige Zuhälter versehen die Mädchen in ihrem Stall mit QR-Codes oder normalen Barcodes. Ein Freier scannt den Code und bezahlt mit Bitcoin oder einer anderen Kryptowährung.«

»Im Ernst?«

»Kein Bargeld wechselt den Besitzer. Dadurch verliert der Zuhälter nie seine Einnahmen, selbst wenn eines der Mädchen verhaftet wird. Außerdem ist es dadurch schwieriger für die Mädchen zu fliehen, denn sie haben nie Bargeld in Händen.«

»Verdammt«, knurrte Zane. »Ich werde den Mann, der sie in Gewahrsam hat, bitten, den QR-Code zu scannen. Dann können Tex und Garrett das Konto zurückverfolgen.«

»Nein. Wenn sie aus dem Stall des Zuhälters verschwunden ist, ist der Code inaktiv«, warf ich ein. »Bei der NCMEC haben wir schon einmal versucht, einen solchen Link bei einem Opfer zu verfolgen. Nicht einmal eine Stunde, nachdem wir das Mädchen gerettet hatten, war der Code bereits deaktiviert.«

»Ihr lasst ein Opfer von Mädchenhändlern von einem Mann bewachen?«, keuchte Emerson. »Zane! Sie wird zu Tode erschrocken sein.«

»Nichts überstürzen. Wir haben noch nicht ausgeschlossen, dass sie eine Komplizin sein könnte«, erwiderte er.

»Auf keinen Fall. Sie ist ein Opfer. Sieh dir ihre Augen an«, forderte Emerson.

»Dem stimme ich zu.« Ich warf einen Blick auf Emerson und wandte mich dann wieder Zane zu. »Ein Lächeln kann man vortäuschen, aber der tote Ausdruck in ihren Augen ist echt. Er spiegelt die ganze Wahrheit wider. Sie wirkt verloren, niederge-schlagen und scheint sich ihrem Schicksal ergeben zu haben. Sie ist sicher keine willige Komplizin, sondern wurde zur Mitarbeit gezwungen. Viele Prostituierte werden von ihren Zuhältern losgeschickt, um Mädchen anzuwerben. Sie gehorchen, weil die Alternative so verheerend wäre, dass sie im Grunde keine Wahl haben. Ich habe mit Frauen gesprochen, für die die Rekrutie-rung schlimmer ist als der sexuelle Missbrauch, dem sie täglich ausgesetzt sind. Sie sagten, ihre Seele sei gestorben, weil sie gelogen hätten, um ein unschuldiges Mädchen diesem Schicksal auszusetzen, obwohl sie genau wussten, was mit ihm geschehen würde.«

»Sie redet nicht«, sagte Zane. »Glaubt ihr beiden, dass ihr sie dazu bringen könnt, uns etwas zu verraten?«

Bevor ich antworten konnte, riefen Kyle und Thad gleichzei-tig: »Auf keinen Fall.«

Zane lehnte sich in seinem Stuhl zurück und rieb sich mit den Händen übers Gesicht. »Nur einmal wünschte ich, mein Team würde mit dem Kopf statt mit dem Schwanz denken«, murmelte er.

»Meine Frau wurde vor wenigen Wochen entführt und in einem verdammten Schiffscontainer festgehalten«, schäumte Thad. »Glaubst du wirklich, sie sollte sich mit einem Opfer unterhalten, damit das Erlebte wieder an die Oberfläche kommen kann?«

»Lange Geschichte«, formte sie mit ihren Lippen. »Ich erzähle dir alles später.«

Es schien sie nicht allzu sehr zu stören, dass die anderen über ihre Entführung sprachen. Ich beneidete sie um ihre Stärke.

»Und meine Frau habe ich vor gerade einmal achtundvierzig Stunden von einem Boot gerettet«, bellte Kyle. »Kommt gar nicht infrage.«

Meine Frau. Ich wurde von Kopf bis Fuß von Wärme durch-strömt. Er versuchte, mich zu beschützen, und das fühlte sich verdammt gut an. Aber ich wollte trotzdem mit der Frau sprechen.

»Ich will es tun«, sagte ich.

»Ich auch«, meldete Emerson sich zu Wort. »Mit einem Mann wird sie nicht reden. Es muss jemand sein, der sich in ihre Lage versetzen kann. Anaya und ich wissen genau, wie …«

»Emmy Baby, mein Team und ich hatten es schon mit Hunderten von Fällen von Menschenhandel zu tun. Bei unseren Einsätzen haben wir genügend Frauen gerettet, um zu wissen, wie wir mit dem Mädchen umgehen müssen.«

Wirklich? Ich sah Kyle fragend an, der bestätigend nickte. Offenbar hatte ich noch eine Menge über ihn zu lernen.

»Das mag sein, aber sie wird nicht mit euch sprechen. Und nur weil du Frauen gerettet hast, kannst du nicht verstehen, was es heißt, eine Überlebende zu sein. Anaya und ich wissen es. Wir sind der Beweis, dass Frauen wie sie Hoffnung haben können. Aber sie muss es mit eigenen Augen sehen.« Emerson wandte sich von Thad ab und sah Zane an. »Ich werde mit ihr reden.«

Ich wandte mich Kyle zu, der verärgert dreinblickte. Also legte ich eine Hand auf seine und verschränkte unsere Finger miteinander.

»Ich muss es tun, Kyle. Aber ich werde deine Hilfe brauchen.« Ich drückte seine Hand und seine Miene erweichte sich. »Ich gebe zu, dass ich immer noch Angst habe, aber wenn du mir beistehst, kann ich es schaffen.«

Schließlich nickte er widerwillig.

»Danke.« Unwillkürlich verzog ich die Lippen zu einem Lächeln.

»Verdammt, da leck mich doch einer am Arsch«, murmelte Max. »Sie hat Grübchen. Das erklärt einiges.«

Zane stieß ein leises Lachen aus und ich sah ihn an. In diesem Moment breitete sich ein atemberaubendes Lächeln auf seinem Gesicht aus, bei dem zwei Grübchen zum Vorschein kamen, mit denen er jede Frau zum Schmelzen hätte bringen können. Innerhalb eines Augenblicks wirkte er nicht mehr bedrohlich, sondern sexy.

»Es sind immer die Grübchen, Bruder«, bemerkte er. »Was glaubst du, wie ich meine Frau verführt habe?«

»Nicht mit deiner lebenslustigen, fröhlichen Art, so viel steht fest«, murmelte Lincoln. »Dein Benehmen lässt weiß Gott zu wünschen übrig.«

Ich genoss das unbeschwerte Geplänkel, als Jasmin das Wort ergriff.

»Wenn wir hier fertig sind, werde ich nach meinen Jungs sehen. Ich habe Asher und Robert oben bei ihren Tanten gelassen, und wir wissen alle, wie gern sie meine Kinder mit Süßigkeiten verwöhnen. Ich sollte sie holen, bevor sie anfangen, Zanes Büro auseinanderzunehmen.«

Was zum Teufel? Jasmin war Mutter? Ich beobachtete sie, als sie aufstand. Sie war nicht viel größer als ich, aber sie strahlte eine Ehrfurcht gebietende Aura aus.

»Schön, dass du wieder zu Hause bist, Anaya«, sagte sie. »Und danke, dass du meine Brüder nicht verraten hast. Das werde ich nie wiedergutmachen können, ich stehe in deiner Schuld.«

Ich war sprachlos und unfähig, etwas zu erwidern. Stattdessen lehnte ich mich in Kyles Armen zurück und war plötzlich von Zuversicht erfüllt. Vielleicht würde ich diese Menschen eines Tages für mich gewinnen können. Vielleicht sollte ich die Zeit mit Kyle genießen und sie nicht vergeuden, indem ich mir Sorgen um die Zukunft machte. Wenn nötig, würde ich mich zu gegebener Zeit um die Konsequenzen kümmern, aber in der Zwischenzeit wollte ich nicht noch mehr Chancen verpassen.

KAPITEL ACHTZEHN

Emerson ging mit Anaya in Zanes Büro, in dem die anderen Frauen sich versammelt hatten. Ich hielt das für keine gute Idee, aber Emerson und Anaya waren anderer Meinung. Und nachdem Anaya mir versichert hatte, dass es ihr gut ginge, hatte ich nachgegeben.

Ich wusste, dass sie gute Miene zum bösen Spiel machte. Wie sie zuvor bemerkt hatte, konnte man vieles vortäuschen, aber die Augen sagten immer die Wahrheit. Und Anaya wirkte nervös. Aber sie hatte darauf bestanden, die Frauen kennenzulernen, und ich hatte versprochen, nicht jedes Mal überzureagieren, wenn ich glaubte, sie könnte in eine für sie unangenehme Situation geraten. Also hatte ich klugerweise den Mund gehalten.

Zum Teil zögerte ich, Anaya gehen zu lassen, weil ich nicht von ihr getrennt sein wollte. Doch das hatte nichts mit ihrer Sicherheit zu tun, denn ich wusste, dass ihr hier in der Zentrale nichts zustoßen würde. Ich wollte sie einfach an meiner Seite haben.

»Verdammt, es hat ihn wirklich schwer erwischt«, murmelte Brooks.

»Das musst du gerade sagen, mein Freund. Wir hatten Tatianas Büro noch nicht einmal verlassen, da hattest du schon denselben Ausdruck in den Augen«, gab Thad zu bedenken.

»Ihr wart nicht dabei, aber er hat die Frau in dem Moment, in dem sie das Hotel del Coronado betrat, mit diesem verträumten Blick angesehen. Sie hatte noch nicht einmal den Empfangsbereich durchquert, und er war ihr schon verfallen«, fügte Dec hinzu.

Ich machte mir nicht die Mühe, ihn zu korrigieren, denn er lag nicht falsch.

»Ich glaube, ich habe ein Déjà-vu«, murmelte Leo.

»Das wundert mich nicht«, lachte Colin. »Du hast Olivia schon ins Ohr gesäuselt, als du sie noch nicht einmal aus dem Haus getragen hattest.«

»Und das aus dem Mund des Mannes, der es für klug hielt, sich die Tochter des Präsidenten zu angeln.« Jax schüttelte den Kopf. »Ich dachte schon, Zane würde einen Herzinfarkt bekommen.«

»Sicher. Und Violet hat dir nicht den Kopf verdreht, nachdem sie so dreist war, sich in mein Wohnhaus zu schleichen und bis zu meinem Penthouse vorzudringen«, bemerkte Zane.

»Hey.« Jax hob abwehrend die Hände. »Zumindest habe ich mich dagegen gewehrt. Und ich kann nichts dafür, dass meine Frau ...«

»Vorsicht, du redest hier von meiner Schwester«, knurrte Declan. »Meiner Meinung nach seid ihr alle völlig verrückt. Jeder Einzelne von euch.«

»Stecke mich nicht mit den anderen in einen Sack, Bruder«, warf Max ein. »Ich werde mich ganz sicher nicht an eine Frau binden. Zumindest nicht an ein und dieselbe für den Rest meines Lebens. In der Abwechslung liegt die Würze.«

»Ich bin froh, dass ich Dec die Leitung des Gold Teams übertragen habe. Das war die beste Entscheidung meines Lebens. Jetzt kann er sich mit dem Drama herumschlagen«, lachte Zane.

»Das Drama endet mit Kyle«, erklärte Declan. »Ich will ganz sicher keine Frau, und Max ist ein misstrauischer, übellauniger Mistkerl, der froh sein kann, wenn er einmal im Jahr flachgelegt wird. Keine Frau der Welt würde sich mit ihm einlassen wollen. Aber du hast noch das Blue Team, Bruder. Und falls du je daran denkst, mich vom Gold Team abzuziehen und mich mit Myles und den anderen Jungs in eine Einheit zu stecken, dann kündige ich.«

Ich lehnte mich in meinem Stuhl zurück und genoss das Geplänkel. Das hatte ich vermisst, als ich mit meinem Team in Übersee war. Natürlich zogen wir uns auch untereinander auf, denn wir waren alle eng miteinander befreundet. Aber die Kameradschaft innerhalb des Unternehmens hatte mir trotzdem gefehlt. Obwohl wir in verschiedene Teams unterteilt waren und an unterschiedlichen Aufträgen arbeiteten, standen wir uns sehr nahe.

In den Jahren, in denen mein Team im Nahen Osten im Einsatz war, war viel passiert. Meine Freunde hatten die Frau fürs Leben gefunden, hatten geheiratet und Kinder bekommen. Und wir waren nicht dabei gewesen.

In diesem Moment wurde mir klar, dass ich nichts mehr verpassen wollte. Die Zwillinge von Linc und Jasmin wuchsen heran, und bisher war ich Leos und Olivias Tochter Gia nur einmal begegnet. Ivy und Violet waren beide schwanger. Ich wollte in der Nähe meiner Freunde sein und an ihrem Leben teilhaben. Und ich wollte Anaya ein beständiges, sicheres Umfeld in einer großen Familie bieten, in dem sie würde heilen können. Und dafür konnte ich mir keine besseren Menschen vorstellen als meine Kameraden.

Das Leben war an mir vorbeigezogen.

Plötzlich wurde die Tür aufgerissen und zehn Männer griffen alle an ihre Hüften. Dann stürmte Erin herein, wobei ihr langes, hellbraunes Haar hin und her wogte.

»Wir haben ein Problem«, keuchte sie. »Violet ist …«

Sie kam gar nicht dazu, den Satz zu beenden, denn Jax und Declan sprangen auf und eilten durch die Tür.

»Ihre, äh, Fruchtblase ist geplatzt«, stieß Erin hervor.

»Scheiße«, knurrte Zane und stand auf.

Der Rest von uns folgte ihm. Kaum hatten wir den Konferenzraum verlassen, da hörten wir Violet, die sowohl ihren Bruder als auch ihren Ehemann ungehalten aufforderte, sie loszulassen.

»Ich kann die Treppe auch allein hinuntergehen. Kommt nicht auf die Idee, mich zu tragen.«

»Vi«, knurrte Jax, »ich werde dir helfen. Dec, geh du voraus.«

Violet schüttelte den Kopf und gab nach. Sie war auf halbem Weg die Treppe hinunter, als ich Anaya erblickte. Sie hatte die Augen weit aufgerissen, aber die Lippen hatte sie zu einem Lächeln verzogen. Ich wünschte, ich hätte genügend Zeit gehabt, um den Anblick einen Moment lang zu genießen, aber ein lautes Stöhnen erinnerte mich daran, dass Violet in den Wehen lag.

Nach scheinbar einer halben Ewigkeit waren Dec, Jax und Violet endlich am Fuß der Treppe angekommen. Sobald Anaya die unterste Stufe erreicht hatte, zog ich sie an mich.

»Herrje«, murmelte sie. »Und ich dachte, *du* könntest mürrisch und herrisch werden. Meine Güte.«

Sie hat meine herrische Seite noch nicht einmal gesehen. Noch nicht.

Mir fiel auf, dass auch Ivy ihr Gesicht gequält verzerrte. Sie kämpfte dagegen an und versuchte, sich den Schmerz nicht anmerken zu lassen. Ich wandte mich Zane zu, doch er hatte es nicht bemerkt, denn er redete gerade mit Declan.

»Ivy?« rief ich. »Was ist los?«

Zane horchte sofort auf und drehte sich zu seiner Frau um.

»Nichts«, log sie.

»Blödsinn.«

»Wirklich. Ich bin …« Sie verstummte und beugte sich keuchend vor.

Zane war wie erstarrt. Ein Ausdruck unverhohlener Panik zeichnete sich auf seinem Gesicht ab.

»In welchen Abständen kommen *deine* Wehen?«, wollte ich wissen

»Wehen?«, wiederholte Zane, und ich hätte fast gelacht, als ich hörte, wie seine Stimme brach.

»Etwa alle fünf Minuten. Eigentlich wollte ich bis nach eurer Besprechung warten, aber ich denke, ich muss ebenfalls ins Krankenhaus«, gestand Ivy.

Dann ging alles drunter und drüber.

Die Männer eilten herbei und führten die Frauen zur Tür.

Ich hörte, wie Violet versuchte, ihren Mann zu beruhigen, während er jemanden bat, seinen Wagen vorzufahren.

Doch Zane stand nur da und starrte seine Frau an.

»Bist du bereit?«, fragte Ivy.

»Nein«, antwortete er mit emotionsgeschwängerter Stimme.

»Nun, bereit oder nicht, dein Junge ist kurz davor, das Licht der Welt zu erblicken.« Sie lächelte.

»Verdammt, Baby, verdammt«, stöhnte er.

Noch nie hatte ich so viel Liebe in der Stimme meines Chefs gehört. Nur Zane Lewis brachte es fertig, einen Fluch wie ein romantisches Sonett klingen zu lassen.

»Bring mich ins Krankenhaus, damit wir einen Vater aus dir machen können, Zane.«

Er nickte, ging zu ihr und ließ seine Hände über ihren Bauch gleiten, bevor er ihr Gesicht umfasste. »Ich liebe dich, Ivy. So sehr, Baby. Ich kann dir gar nicht sagen, wie glücklich du mich machst.«

»Ich liebe dich, Zane.« Erneut verzerrte Ivy das Gesicht, woraufhin Zane etwas murmelte, was ich jedoch nicht verstehen konnte.

Ich beobachtete, wie meine Kameraden mit ihren Frauen zur Tür hinausgingen, und verspürte einen Anflug von Neid. Bis heute hatte ich nie Kinder gewollt. Ich hatte mich nie an eine Frau binden wollen, weil ich nie den Wunsch nach einer Familie gehegt hatte.

Wie hatte ich nur so dumm sein und so falschliegen können? Ich wollte genau das. Alles davon. Die ganze Zeit über hatte ich mir eingeredet, dass ich nicht dafür geschaffen war. Dabei hatte ich einfach nicht die richtige Frau gefunden, die in mir den Wunsch nach einer Familie geweckt hatte.

* * *

WIR STIEGEN IN DEN GELÄNDEWAGEN, DOCH DIESMAL SAß Declan am Steuer. Auch an guten Tagen war seine Fahrweise haarsträubend, aber es war lebensgefährlich, mit ihm in einem

Wagen zu sitzen, während er seiner Schwester folgte, die in den Wehen lag.

Wer auch immer geglaubt hatte, es sei eine gute Idee, Dec den Schlüssel zu geben, hatte sich geirrt.

Anaya war zwischen Max und mir eingequetscht und war fast auf meinen Schoß gerutscht, um meinem Kameraden nicht zu nahe zu kommen. Max' angespannter Kiefer verriet mir, dass ihm ihre Abneigung nicht entgangen war, und so wie ich ihn kannte, tadelte er sich selbst dafür. Er mochte ein harter Hund sein, aber er hatte zweifellos ein schlechtes Gewissen, weil er Anaya aufgebracht hatte. Damit musste er jedoch selbst zurechtkommen. Ich würde mich nicht einmischen, es sei denn, Anaya bat mich darum oder Max überschritt erneut eine Grenze.

»Ich hatte also recht«, flüsterte Anaya.

»Womit, Schatz?«

»Als wir die Zentrale betraten, habe ich die übertriebenen Sicherheitsmaßnahmen kommentiert und dich gefragt, ob Zane sich mit dem Präsidenten trifft.«

Max stieß ein leises Lachen aus. »Mit ›übertrieben‹ hast du recht.«

»Dann hast du Erin also erkannt«, vermutete ich.

»Man müsste schon hinter dem Mond leben, um nicht zu wissen, wer die Präsidententochter ist«, antwortete sie.

»Das ist wahr. Hat Jas dir erzählt, dass Präsident Anderson ihr Onkel ist und sie und Erin Cousinen sind?«

»Nein«, hauchte sie. »Im Ernst?«

»Ja.«

»Ach du Scheiße.«

Alle brachen in schallendes Gelächter aus.

Alle außer Declan. Er war viel zu sehr damit beschäftigt, es so schnell wie möglich ins Krankenhaus zu schaffen, ohne uns dabei unter die Erde zu bringen.

* * *

Sechs Stunden später hatten alle außer Zane, Ivy, Jaxon

und Violet sich im Wartezimmer der Entbindungsstation versammelt.

Der Raum platzte aus allen Nähten.

Leo und Colin saßen neben ihren Frauen, während Linc und Declan auf und ab gingen. Beide waren kurz davor, Onkel zu werden, und waren sichtlich nervös.

Die Tür wurde geöffnet und Zane trat ein. Bevor er auch nur ein Wort sagen konnte, war Linc an seiner Seite.

Für einen Moment stand Zane allerdings schweigend da und ließ den Blick durch den Raum schweifen, während er offenbar versuchte, seine Emotionen unter Kontrolle zu bringen.

»Mein Sohn …« Zane hielt inne und presste die Lippen zu einer dünnen Linie zusammen, bevor er mit einem Nicken fortfuhr. »Eric Lincoln Lewis …«, wieder machte er eine Pause, als die Männer lautstark nach Luft schnappten, »hat das Licht der Welt erblickt. Ivy hat sich großartig geschlagen.« Zane wandte sich seinem Bruder und Jasmin zu. Mit Tränen in den Augen fragte er: »Seid ihr bereit, euren Neffen kennenzulernen?«

Ich beobachtete, wie die drei das Wartezimmer verließen, als Anaya mir auf die Schulter tippte. Als ich mich ihr zuwandte, beugte sie sich vor und flüsterte: »Warum waren die anderen so schockiert, als Zane den Namen seines Sohnes verkündete?«

Ich wurde von Traurigkeit gepackt. Mein Team war im Nahen Osten im Einsatz gewesen, als Eric Wheeler in Brasilien starb. Er hatte sich selbstlos für seine Kameraden geopfert und sich auf eine Granate geworfen. Leider hatten wir es nicht rechtzeitig zu seiner Beerdigung geschafft, und das bedauerten wir alle.

»Eric war einer unserer Kameraden. Und ein verdammt guter Kerl. Er hat sein Leben für sein Team gegeben.«

Anaya erwiderte nichts, doch das musste sie auch gar nicht. Ihr trauriges Lächeln sagte alles.

»Setz dich, Dec«, sagte Brooks, »sonst läufst du noch ein Loch in den Teppich.«

Declan bedachte Brooks mit einem gequälten Gesichtsausdruck, der deutlich machte, dass es nichts bringen würde, ihm gut zuzureden. Er würde sich weder setzen noch würde er sich entspannen, bis er von Jaxon hörte, dass seine Schwester wohlauf war.

Zwei Stunden und drei Tassen Kaffee später betrat Jax erschöpft das Wartezimmer.

»Declan, würdest du gern deinen Neffen kennenlernen?«, fragte Jax und schenkte seinem Schwager ein Lächeln.

»Das wurde aber auch verdammt noch mal Zeit«, murmelte Dec, woraufhin Jax nur den Kopf schüttelte.

»An deiner Stelle würde ich das nicht deiner Schwester sagen.« Jax wandte sich an den Rest von uns. »Gebt uns ein paar Minuten. Dann würde Vi sich freuen, wenn ihr ihn alle willkommen heißt.«

»Hey!«, rief Leo. »Wie heißt der Junge?«

Jax schüttelte den Kopf. »Vi möchte zuerst mit Dec sprechen.«

Die beiden Männer verließen den Raum und Erin begann zu lachen.

»Was ist so lustig, Sonnenschein?«, fragte Colin.

»Es kommt mir vor, als sei es eine Ewigkeit her, seit Ivy und Violet uns in Zanes Büro offenbarten, dass sie schwanger sind«, sagte Erin.

»Es war eine Freude, Zane und Jax dabei zu beobachten, wie sie mit der Zeit immer mehr aus dem Häuschen gerieten«, fügte Olivia hinzu.

Wieder packte mich ein Anflug von Neid. Ich warf einen Blick auf mein Team, dem es offenbar genauso ging wie mir. Wir alle hatten im Leben etwas verpasst. Aber eines wusste ich mit Sicherheit. Von nun an würde ich nichts mehr verpassen.

Ich würde noch einen Tag warten und dann mit meinen Kameraden sprechen.

KAPITEL NEUNZEHN

Es war bereits nach zwei Uhr morgens, als wir das Krankenhaus verließen und Brooks uns zu einem Haus fuhr, das Zane für das Team gemietet hatte.

Ich hätte es zwar nicht laut ausgesprochen, aber ich war erleichtert, dass Brooks statt Declan am Steuer saß. Letzterer hätte ohnehin nicht fahren können, da er im Krankenhaus geblieben war, aber ich war dankbar, dem Tod nicht noch einmal ins Auge blicken zu müssen.

Declan fuhr wirklich wie ein Verrückter.

Als wir das Haus betraten, hatten Brooks, Tatiana, Thad und Emerson sich bereits in ihre Schlafzimmer zurückgezogen.

Ich fragte mich, wo ich schlafen würde. Das Haus war riesig. Das Erdgeschoss war im Grunde ein großer Raum, sodass man vom Eingangsbereich die Küche, das Essezimmer und das Wohnzimmer im Blick hatte. Links davon befanden sich eine kleine Sitzecke und die Treppe, die in den ersten Stock führte. Ich konnte zwei weitere geschlossene Türen sehen. Max erklärte mir, dass eine ins Untergeschoss und die zweite in ein Schlafzimmer führte, das er bewohnte.

Im Obergeschoss gab es noch ein Schlafzimmer, das nicht besetzt war, sowie eine kleine Einliegerwohnung im Untergeschoss.

»Wir schlafen unten«, verkündete Kyle. »Dec kann das Zimmer oben nehmen.«

»Das habe ich mir bereits gedacht«, bemerkte Max mit einem Lachen. »Möchtest du ein Bier, Anaya? Oder ein Glas Wein?«

In den vergangenen zehn Stunden hatte sich etwas an Max' Verhalten mir gegenüber verändert. Er war zwar nicht unbedingt freundlich, aber immerhin war er nicht mehr so abweisend wie zuvor.

Ich war hundemüde. Auch wenn es mir egal sein konnte, was Max von mir hielt, wollte ich nicht unhöflich sein. Und ich war kein nachtragender Mensch. Es war mühsam, einen Groll zu hegen, und kostete zu viel Energie.

»Ein Bier wäre toll«, antwortete ich.

»Kyle?«, rief Max auf dem Weg in die Küche.

»Ich nehme auch eins.«

Kyle führte mich zum Sofa und bedeutete mir, mich zu setzen. Max kam zurück, reichte uns unsere Biere und nahm auf einem bequemen Sessel Platz. Er schob die Fußstütze heraus, lehnte sich zurück und stöhnte.

»Das war eine aufregende Nacht, nicht wahr?«, fragte ich.

»Es ist immer dasselbe, wenn Tom zu Besuch kommt«, erwiderte Kyle.

»Ich kann nicht glauben, dass ihr den Präsidenten beim Vornamen nennt. Noch weniger kann ich fassen, dass ich mit dem Präsidenten im selben Raum war«, staunte ich. »Es war verrückt. Und ich hatte geglaubt, der Tag könne nicht verrückter werden, nachdem gleich zwei Babys geboren wurden.«

»In der Öffentlichkeit sprechen wir ihn nicht mit Vornamen an, aber wenn wir allein sind, besteht er darauf«, erklärte Max. »Glaub mir, es hat eine Weile gedauert, bis wir uns alle daran gewöhnt hatten. Aber jedes Mal, wenn einer von uns ihn versehentlich Präsident Anderson nannte, drohte er uns körperliche Gewalt an. Der Mann mag wie ein aalglatter Politiker aussehen, aber in Wirklichkeit ist er ein knallharter Kerl.«

»Das ist schwer zu glauben, nachdem ich gehört habe, wie er

auf Ivys und Zanes Sohn in Babysprache eingeredet hat. Und Jaxons und Violets Sohn hat er etwas vorgesungen.«

»Declan wirkte …« Kyle verstummte.

»Emotional?«, beendete Max den Satz für ihn.

»Ja. Genau das. Obwohl ich nie geglaubt hätte, dass ich Dec eines Tages als emotional bezeichnen würde.«

Das war eine interessante Aussage. Ich hatte mehrfach bezeugt, wie Declan emotional werden konnte. Und zwar so sehr, dass er aus der Haut fuhr. Ich fragte mich, ob Kyle und Max Wut nicht als Emotion einstuften.

»Es ist schön, dass beide Kinder die Namen ihrer Onkel tragen«, sagte ich.

»Ich glaube, Dec war überrascht, dass Vi und Jax ihren Sohn Mason Declan genannt haben«, bemerkte Kyle.

»Warum? Declan ist Violets Bruder.«

»Du kennst ihn erst seit Kurzem. Er hat dir doch erzählt, dass er und Violet als Kinder getrennt wurden. Scheint er in deinen Augen der Typ Mann zu sein, der enge Bindungen eingeht?«, fragte Kyle.

Ich dachte über seine Frage nach und fand sie seltsam. »Nun ja, er scheint dir und den anderen Jungs nahezustehen.«

»Nicht einmal annähernd. Er würde zwar sein Leben für uns geben, scherzt mit uns und steckt seine Nase in unsere Angelegenheiten, aber sein Innerstes hält er fest verschlossen. Niemand kommt an Declan heran. Was du siehst, ist nur die Oberfläche. Alles andere ist tabu.«

»Aber ich bin eine Fremde und er hat sich mir geöffnet«, gab ich zu bedenken.

»Nur weil er sich wie ein Arschloch verhalten hatte und sich bei dir entschuldigen wollte. Um das zu tun, hatte er dir einen Einblick in seine Kindheit gewährt. Aber es war nicht mehr als ein winziger Abschnitt, Schatz.«

Der Gedanke machte mich traurig. Je mehr ich darüber nachdachte, desto mehr Bedauern empfand ich für Declan und desto mehr konnte ich mich mit ihm identifizieren. Ich hatte mich ebenfalls verschlossen und hatte nie jemandem wirklich nahegestanden. Selbst Kalee und Evie hatte ich immer nur so viel offenbart, wie ich verkraften konnte, und das war nicht viel gewesen.

Ich trank einen Schluck Bier und lehnte mich auf der Couch zurück.

»Was geht in deinem Kopf vor?«, fragte Max.

»Ich frage mich, ob Menschen wie Declan und ich dazu bestimmt sind, allein zu bleiben.«

»Wie kommst du darauf?«

»Vielleicht ist das Trauma unserer Vergangenheit zu groß, um es zu überwinden. Vielleicht sind wir emotional zu sehr verletzt. Ich habe meine Mitmenschen auch immer auf Distanz gehalten. Es ist einfacher, als unangenehme Fragen über die Vergangenheit beantworten zu müssen. Auf diese Weise kann man nicht verletzt werden. Um ehrlich zu sein, habe ich nie darüber nachgedacht, was meine Verschlossenheit für die Menschen bedeutet, die mir eine helfende Hand reichen wollten. Meine Freundinnen Evie und Kalee haben es oft versucht, aber ich habe mich ihnen gegenüber nie geöffnet und das Gespräch immer auf ein anderes Thema gelenkt. Ich frage mich, ob sie damals so aussahen wie ihr jetzt.«

»Wie sehen wir denn aus?«, wollte Max wissen.

»Ihr wirkt verletzt, weil Declan eure Hilfe nicht in Anspruch nimmt und euch nicht erlaubt, ihm als Freunde beizustehen.«

»Damit hast du recht. Aber er muss nicht derart verschlossen sein. Genauso wenig wie du, Anaya.« Max trank sein Bier aus, ließ die Fußstütze wieder einrasten und stand auf. »Ich gehe jetzt schlafen. Gute Nacht.«

Kyle wartete, bis Max in seinem Schlafzimmer verschwunden war, bevor er sich mir zuwandte. »Bist du auch bereit, ins Bett zu gehen?«

Ich war durchaus bereits, ins Bett zu gehen, denn ich war todmüde. Aber ich wollte mich nicht mit Kyle zurückziehen, solange er derart finster dreinschaute.

»Bist du wütend auf mich?«

»Natürlich nicht.«

»Warum ziehst du dann so ein Gesicht?«

»Weil ich mich immer wieder daran erinnern muss, dass der

Mistkerl, der dich geschlagen hat, tot ist. Und ich frage mich, ob mein Kumpel Tex in der Lage wäre, jeden aufzuspüren, der dir je wehgetan hat, damit ich auch sie zur Strecke bringen kann.«

Ein Kribbeln durchfuhr mich. Noch nie war jemand um meinetwillen so wütend gewesen. Sicher, die FBI-Agenten, die mich gerettet hatten, hatten mich mitleidig angesehen, und einige Sozialarbeiter waren freundlich zu mir gewesen. Aber sie waren alle überarbeitet, und ich war in der Flut ihrer Fälle untergegangen.

Aber noch nie war jemand *um meinetwillen* wütend gewesen.

Wortlos griff ich nach seiner leeren Flasche und stand auf. Nachdem ich sie zusammen mit meiner in der Küche in den Müll geworfen hatte, ging ich zurück ins Wohnzimmer. Kyle stand bereits an der Tür, die ins Untergeschoss führte.

»Bist du einverstanden, wenn wir unten schlafen?«, fragte er.

»Ja.«

»Du siehst aus, als hättest du Angst, Schatz.«

»Die habe ich«, gab ich zu. Kyle zuckte zusammen. »Ich habe Angst, weil ich mir selbst geschworen habe, dass ich keine weiteren Chancen einfach an mir vorbeistreichen lassen würde. Und ich habe Angst, weil ich mich dir öffnen werde und die Möglichkeit besteht, dass du mich nicht willst. Aber vor allem fürchte ich mich davor, dass du mich willst und ich dir vielleicht nicht geben kann, was du brauchst.«

In diesem Moment veränderte sich etwas in Kyle. Es war so tiefgreifend, dass es sich auf seinem Gesicht abzeichnete. Ich würde den Anblick niemals vergessen. Er presste seine Lippen auf meine, doch statt nur sanft darüberzustreichen, küsste er mich. Ich öffnete den Mund, woraufhin er seine Zunge sanft und behutsam an meine gleiten ließ. Viel zu früh zog er den Kopf zurück und drückte mir einen Kuss auf die Stirn.

»Was du mir gerade gegeben hast, ist mehr als genug.«

»Du meinst den Kuss?«, flüsterte ich.

»Nein, nicht der Kuss. Obwohl ich ihn sehr genossen habe. Ich meine deine Ehrlichkeit. Ich brauche nur einen Riss in deiner Schutzmauer, dann kann ich sie zum Einsturz bringen.«

»Das wird nicht leicht werden«, gab ich zu bedenken.

»Ich scheue mich nicht vor harter Arbeit, Schatz.«

»Vielleicht wird es sogar ziemlich schwierig.«

»Dann lass es mich anders ausdrücken. Ich werde mir den Arsch aufreißen, damit du dich sicher genug fühlst, um dich mir weiterhin zu öffnen. Ich werde alles in meiner Macht Stehende tun, um dir das zu geben, was du für deine Heilung brauchst. Und ich gebe bereitwillig zu, dass du in mir den Wunsch weckst, Dinge im Leben zu wollen, die für mich eigentlich nie infrage kamen.«

Es war verrückt. Aber ich fühlte genauso wie er. Nicht in einer Million Jahren hätte ich mir vorstellen können, dass ich jemals einem Menschen zeigen wollte, wer ich wirklich war. Mit all meinen Dämonen und Ängsten, denen ich mich nie hatte stellen wollen.

Ich wollte Kyle alles erzählen, um endlich die Kraft zu finden, die Last meiner Vergangenheit abzuwerfen.

KAPITEL ZWANZIG

Es grenzte an ein Wunder, dass Anayas Rippen nicht gebrochen waren.

Heute Morgen war sie mit einem Stöhnen erwacht und kaum in der Lage gewesen, sich aufzusetzen. Sie musste große Schmerzen haben, denn sie hatte nicht einmal widersprochen, als ich darauf bestanden hatte, sie in die Notaufnahme zu bringen.

Vier Stunden später verließen wir das Krankenhaus mit einem Rezept für ein Schmerzmittel und der Anweisung, dass sie sich achtundvierzig Stunden lang ausruhen sollte.

Genau deshalb würde ich Anaya zurück nach Hause bringen und sie auf die Couch betten, wo sie erst einmal bleiben würde.

»Möchtest du nach oben gehen und die Babys sehen, solange wir hier sind?«, fragte sie.

»Nein. Ich will mit dir nach Hause fahren, damit du dich ausruhen kannst«, antwortete ich.

»Wenn ich aufrecht gehe, tut es gar nicht so weh. Du hast den Arzt gehört. Er sagte, meine Rippen seien nur geprellt.«

»Ich habe ihn gehört. Er sagte auch, dass du dich zwei Tage so wenig wie möglich bewegen sollst und dass es drei Wochen dauern würde, bis deine Rippen verheilt sind.«

Anaya blieb stehen und sah mich überrascht an. »Du hältst dich wirklich an ärztliche Anweisungen?«

»Was dich betrifft, ja.«

»Was soll das heißen?«

Ich ergriff ihre Hand und führte sie durch das überfüllte Wartezimmer der Notaufnahme. Dieses Gespräch wollte ich nicht in Anwesenheit von Fremden führen, schon gar nicht in einem Raum voller hustender Menschen.

Wir traten durch die Schiebetüren nach draußen und gingen zu dem Firmen-Geländewagen auf dem Parkplatz.

»Es soll heißen, dass ich nicht auf den Arzt hören würde, wenn er mir zwei Tage Bettruhe verschreiben würde. Wenn die Rippen von einem meiner Kameraden geprellt wären, würde ich ihm sagen, er solle sich zusammenreißen und seinen Job machen.«

»Warum müssen wir dann sofort nach Hause fahren? Alle deine Freunde sind hier und besuchen Eric und Mason. Warum gehen wir nicht nach oben ...«

»Da sie alle im Krankenhaus sind, wird niemand im Haus sein.« Sie neigte fragend den Kopf zur Seite, also fuhr ich fort: »Das bedeutet, dass wir eine Weile allein sein können.«

»Oh«, hauchte sie, runzelte dann aber die Stirn. »Aber du wirst mich doch nur zwingen, auf der Couch zu liegen und mich nicht zu bewegen, nicht wahr?«

»Ja.«

»Was macht es dann für einen Unterschied, ob wir allein sind oder nicht?«

»Für mich macht es einen Unterschied.«

»Kyle«, jammerte sie.

Anaya zog einen Schmollmund und sah dabei absolut bezaubernd aus.

Ich hatte keine Ahnung, was sie von der öffentlichen Zuschaustellung von Zuneigung hielt, aber ich fragte sie erst gar nicht. Stattdessen beugte ich mich vor und presste sanft meine Lippen auf ihre. Eigentlich hätte es nur ein flüchtiger Kuss werden sollen, doch Anaya hatte andere Pläne. Sie streckte die Zunge heraus und leckte damit über meine Unterlippe. Ich stöhnte auf und versuchte, stark zu bleiben, doch als sie ihren Körper an meinen schmiegte und den Kopf in den Nacken legte, war ich verloren. Ich ließ meine Hände an ihr Gesicht und dann in ihr Haar gleiten, um ihren Kopf festzuhalten, während ich den Kuss vertiefte.

Meine Güte, die Frau konnte küssen. Sie folgte zwar meiner Führung, war aber weder schüchtern noch zurückhaltend. Sie schmeckte nach Zimtkaugummi – würzig und warm. Als sie mit einem leisen Stöhnen meinen ohnehin harten Schwanz zum Zucken brachte, musste ich mich von ihr lösen.

»Wow«, hauchte sie, und ich lächelte über ihr Kompliment.

»*Wow*« war noch untertrieben. Die Liebkosung gerade eben war unglaublich. Aber unser erster Kuss war zweifellos der beste meines Lebens gewesen, weil sie mir kurz zuvor gestanden hatte, dass sie sich mir öffnen wollte.

»Lass uns nach Hause fahren.«

Ich entriegelte die Türen und half ihr beim Einsteigen. Gemächlich umrundete ich den Geländewagen und versuchte, an etwas zu denken, das meine Erregung dämpfen würde. Aber nichts funktionierte. Also setzte ich mich mit einem Ständer ans Steuer und fuhr nach Hause.

Wenig später lag Anaya auf der Couch und zappte durch die Kanäle, während ich uns in der Küche etwas zum Mittagessen machte.

»Hey«, ertönte eine Stimme hinter mir. Ich drehte mich um und erblickte Declan.

»Hallo«, sagte ich. »Ich wusste nicht, dass du hier bist.«

»Ich bin vor einer Weile nach Hause gekommen und wollte mich eine Runde aufs Ohr hauen, aber ihr macht einen Höllenlärm.«

Ich lächelte und schüttelte den Kopf.

»Das tut uns leid, Declan. Wir dachten, wir wären allein«, entschuldigte Anaya sich.

»Schatz, er redet nur Unsinn. Wir haben ihn nicht geweckt.«

Ich kannte Declan. Ganz sicher hatte er in seinem Zimmer gesessen und Akten studiert. Auf keinen Fall würde er ein Auge zutun, bevor er sämtliche Informationen durchgegangen war, die wir gestern erhalten hatten.

»Ich hoffe, du hast auch etwas zu essen für mich. Da ich jetzt ohnehin wach bin, bin ich am Verhungern.«

»Sicher«, murmelte ich und holte erneut die Zutaten für ein Sandwich aus dem Kühlschrank.

»Wie geht es deinem Neffen?«, fragte Anaya.

»Hervorragend. Er ist Violet wie aus dem Gesicht geschnitten.«

Der traurige Unterton in seiner Stimme strafte seine beschwingten Worte Lügen, und ich fragte mich, ob Anaya es ebenfalls gehört hatte. Ich würde mir etwas Zeit für meinen Freund nehmen müssen. Da ich nun ansatzweise verstand, welch großen Verlust er erlitten hatte, war die Geburt zweier Kinder sicher wie ein Schlag in die Magengrube für ihn.

Ich machte schnell noch ein Sandwich und gesellte mich zu Anaya und Declan ins Wohnzimmer.

»Hast du etwas herausgefunden?«, fragte ich Dec, als ich mich neben Anaya setzte.

»Nein. Ich habe eine Suche nach der Tätowierung laufen lassen. Aber ohne ein klares Bild oder den QR-Code kann ich es keiner der anderen zuordnen, die ich gefunden habe. Es ist wirklich nicht zu fassen, dass diese Schweine den Mädchen jetzt auch schon Strichcodes auf die Haut tätowieren.«

Dem musste ich zustimmen.

»Ich arbeite nun seit Jahren an Fällen von Menschenhandel, aber so ein Tattoo habe ich noch nie gesehen.«

»Wahrscheinlich weil deine Aufgabe vor allem darin bestand, die Mädchen zu retten, bevor sie an ihre Käufer ausgeliefert wurden«, bemerkte Anaya. »Außerdem sind die Zuhälter mittlerweile gerissener. Sie platzieren die Tätowierungen nicht mehr auf dem Handgelenk, sondern auf dem Rücken. Manche haben sie sogar auf dem Hintern.«

»Meine Güte«, murmelte Dec.

»Zumindest muss das Mädchen nach seiner Rettung die Narbe nicht sehen, die bei der Laserentfernung zurückbleibt. Vorausgesetzt sie verfügt über die Mittel, um das Tattoo entfernen zu lassen.«

Was war das nur für eine kranke Welt, in der wir uns darüber unterhielten, dass junge Frauen mit einem Strichcode versehen wurden, als seien sie Waren in einem Supermarktregal.

»Ich habe dem Mann, der Monica bewacht, eine Nachricht geschickt und ihn gebeten, uns ein klares Bild des QR-Codes zu übermitteln.« Bevor ich Dec fragen konnte, ob er das Foto schon erhalten hatte, verzog er das Gesicht und grinste höhnisch. »Er sagte, Monica würde ihm nicht gestatten, sich ihr zu nähern. Und er weigert sich, sie zu fixieren, um das Bild zu bekommen.«

»Er darf sie nicht berühren«, blaffte Anaya.

Declan musterte sie einen Moment und tat sein Bestes, um sich nicht anmerken zu lassen, wie sehr ihn die Situation anwiderte.

»Das wird er nicht«, erwiderte er mit sanfter Stimme. »Das ist einer der Gründe, warum Monica nicht nach Maryland gebracht wurde. Jeremy hat Erfahrung im Umgang mit Opfern.«

»Darf ich die Akte über Monica lesen?«, fragte Anaya.

»Wenn du dich besser fühlst«, sagte ich.

»Ja«, antwortete Declan gleichzeitig.

Ich warf Dec einen tadelnden Blick zu und schüttelte den Kopf.

»Kyle«, murmelte Anaya. »Ich muss zwei Tage lang tatenlos hier herumsitzen. Wenn ich die Akte lesen könnte, hätte ich zumindest etwas zu tun.«

»Du solltest dich entspannen, statt die grausamen Details aus dem Leben dieses Mädchens zu lesen.«

»Du packst mich schon wieder in Watte«, schnaubte sie.

»Ganz und gar nicht. Ich will, dass du ausgeruht und wohlauf bist, damit du und Emerson Monica befragen könnt. Falls sie wirklich ein Opfer ist und ihr beide sie zum Reden bringt, können wir Harry Landry endlich den Garaus machen.«

»Ich dachte, ihr wüsstet, wo Harry sich aufhält.«

»Das tun wir«, seufzte ich, »aber wir haben den Befehl, uns noch zurückzuhalten. Landry hat entweder etwas Wertvolles in seinem Besitz oder er weiß etwas. Sobald wir herausfinden, was dieses Etwas ist, können wir ihn zur Strecke bringen und zum nächsten Punkt auf der Tagesordnung übergehen. Ich will, dass dieser Mist endlich ein Ende hat.«

Ich war es leid zu warten. Aber ich konnte verstehen, dass Tom Anderson zuerst so viele Informationen wie möglich über Landry und Emilio Ruiz sammeln wollte, vor allem da wir auf Landrys Verbindung zu Corella Industries gestoßen waren. Ich fragte mich, in wie vielen Firmen Landry sonst noch Aktien besaß.

»Hat Garrett dir eine Liste der Verträge und Projekte besorgt, an denen Corella arbeitet?«, fragte ich Dec.

»Ja, das hat er. Ich werde sie dir schicken. Eines davon ist mir besonders ins Auge gestochen. Die Technologie von Corella wurde im Fernlenksystem der M824 verwendet. Das ist eine Rakete mit einem Zielsuchsystem und einem Bordmotor.«

Die M824 war ein wahres Biest, die neueste und beste Militärwaffe auf dem Markt. Einige Raketen mussten über dem Ziel abgeworfen werden, um es zu treffen, wobei sowohl die Geschwindigkeit als auch die Abwurfhöhe entscheidend waren. Einige Waffen konnten nur stationäre Ziele treffen. Die M824 benötigte dank ihres eingebauten Motors keine spezifische Höhe und konnte dank des fortschrittlichen Steuerungschips von Corella auch bewegliche Ziele treffen.

»Das ist ein verdammtes Problem«, murmelte ich.

»Warum?«, wollte Anaya wissen.

»Weil ein Programmierer bei Corella theoretisch eine Rakete abschießen könnte, wenn er wollte«, erklärte Dec.

»Oder er könnte die Rakete unbrauchbar machen«, fügte ich hinzu. »Angenommen Corella wollte verhindern, dass die Waffe ein bestimmtes Ziel trifft, dann könnten sie das Leitsystem stören oder es ausschalten.«

»So einfach? Aber wie sollte jemand bei Corella wissen, welches Ziel angesteuert wird?«

»Indem sie die Chips verwanzen«, antwortete ich. »Anhand der Koordinaten würden sie wissen, welches Ziel angesteuert wird.«

»Verdammt, Bruder, Corella könnte den Start deaktivieren

und die Waffe noch im Silo zur Detonation bringen«, fügte Declan hinzu.

»Ein Raketensilo? Wo? In den USA?« Anaya schnappte nach Luft.

Ich warf einen Blick auf mein unangetastetes Sandwich und überlegte, wie viel ich Anaya erzählen sollte. In mancher Hinsicht war Unwissenheit ein Segen. Die meisten Menschen gingen ihrer täglichen Arbeit nach und hatten keine Ahnung, was um sie herum geschah. Wenn sie es wüssten, würden sie ihre Häuser und Wohnungen nicht mehr verlassen und das Chaos würde ausbrechen.

»Anaya, in den USA gibt es mehr Silos, als du denkst. Verdammt, Zane besitzt sogar eines davon«, erklärte Dec.

»Zane besitzt ein Raketensilo?« Ihr schockierter Tonfall brachte mich zum Lächeln.

Schließlich erfuhr man nicht jeden Tag, dass jemand ein Silo besaß.

»Ja«, antwortete ich. »Es ist ein altes stillgelegtes Silo, das noch aus dem Kalten Krieg stammt.«

»Kann ich es mir ansehen?«

»Es befindet sich im Staat New York, in einer Stadt namens Lewis. Ich muss zugeben, es ist ziemlich beeindruckend«, sagte ich. »Das Startkontrollzentrum wurde zu einer Wohnung mit einem Schlafzimmer und einem Bad umgebaut. Aber Zane hat die Authentizität des Gebäudes bewahrt. Alle Steuerelemente, die das Militär nach der Stilllegung zurückgelassen hat, sind noch vorhanden. Das Hauptsilo erstreckt sich unterirdisch über achtzehn Stockwerke. Es ist erstaunlich. Die Öffnung ist mit einer Stahltür verschlossen, die sich mitten auf dem drei Hektar großen Grundstück befindet.«

»Das ist wirklich beeindruckend. Also, kann ich es sehen?«, drängte sie.

»Wenn du willst, fahren wir dorthin.«

»Das will ich«, bestätigte sie aufgeregt.

Declan stieß ein leises Lachen aus.

»Du bist verrückt. Mich würdest du keine zwölf Meter unter der Erde einsperren.«

Anayas Lächeln verblasste und ich hätte meinem Freund am liebsten einen Tritt in den Hintern verpasst.

»Hey.« Ich legte eine Hand auf ihren Oberschenkel. »Hör nicht auf ihn. Er hat sogar Angst vor einer kleinen Amphibie, die auch Penis-Schlange genannt wird.«

»Wie bitte?« Anaya unterdrückte ein Lachen.

»Dieses verdammte Ding ist alles andere als klein«, konterte Dec. »Es kann bis zu achtzig Zentimeter lang werden.«

»Siehst du.« Ich drückte Anayas Oberschenkel. »Er gerät völlig aus der Fassung, wenn jemand einen sechzig Zentimeter langen Penis erwähnt. Ich bin mir nicht sicher, ob er nur neidisch ist oder wirklich an Herpetophobie leidet. Aber er flippt aus, wenn er eine Schlange sieht.«

»Hör zu, du Arschloch. Wenn du so lange in Brasilien gelebt hättest wie ich, dann wüsstest du, dass es dabei nicht um Angst, sondern ums Überleben geht.«

»Du hast in Brasilien gelebt?«, fragte Anaya. »Ich war einmal in Uruguay und hatte die Gelegenheit, nach Brasilien zu reisen. Ich war zwar nur einen Tag am Rio Grande, aber es war wunderschön. Hat es dir dort gefallen?«

Declan verging das Lachen schlagartig und seine Miene war wie versteinert.

»Ich habe nicht viel von dem Land gesehen, da ich die ganze Zeit gearbeitet habe.« Mit diesen Worten stand Dec auf. »Ich gehe jetzt nach oben, um etwas zu schlafen.«

»Was habe ich gesagt?«, flüsterte Anaya, sobald Declan um die Ecke verschwunden war.

Ich wartete, bis ich hörte, wie im oberen Stockwerk eine Tür ins Schloss fiel, bevor ich antwortete.

»Brasilien ist für ihn mit vielen schlechten Erinnerungen verbunden.«

»Berufliche Erinnerungen?«, hakte sie nach.

»Beruflich und privat. Er hat dort etwas verloren, das er nicht hätte verlieren dürfen. Und als Krönung des Ganzen wurde Violet entführt und nach Brasilien verschleppt, wo Eric starb. Er wünscht sich vergeblich, er könnte diese Erinnerungen aus seinem Gedächtnis löschen.«

Die Haustür wurde geöffnet und der Rest meines Teams kam zusammen mit Emerson und Tatiana herein.

Das war's dann wohl mit unserer Zweisamkeit.

Ich hatte einfach kein Glück.

KAPITEL EINUNDZWANZIG

»Möchtest du noch ein Glas Wein?«, flüsterte Emerson.

Ich nickte und schob mein leeres Glas so leise wie möglich über die Kücheninsel.

Mit einem Augenzwinkern füllte sie es halb voll und rührte weiter die Spaghettisoße, die sie frisch zubereitet hatte.

»Meinst du nicht, ein Glas ist genug?«, fragte Thad und zog eine Augenbraue in die Höhe.

Verdammt. Erwischt.

»Wie machst du das nur?«, fragte ich, um von meinem Wein abzulenken.

»Was meinst du?«, lachte er. »Die Tatsache, dass mir nicht entgeht, wenn meine Frau eine Geheimoperation durchführt?«

»Eine Geheimoperation«, schnaubte Emerson. »Wohl kaum. Und halt den Mund.«

»Dass du mir den Mund verbietest, beweist nur, dass ich recht habe, Emmy.«

»Wer plant eine Operation?«, fragte Kyle, als er in die Küche kam. Sein Blick fiel auf mein Glas und er kniff die Augen zu schmalen Schlitzen zusammen. »Du wirst heute Abend keine Schmerztablette nehmen können, wenn du das trinkst.«

»Ich habe heute doch schon eine Ibuprofen genommen«, erinnerte ich ihn.

»Das ist wahr. Aber was ist, wenn du etwas Stärkeres brauchst?«

»Mach dir keine Gedanken, es geht mir gut.«

»In Ordnung.« Dann wandte er sich Emerson zu. »Das riecht wunderbar.«

»Das war alles?«, fragte ich.

»Was meinst du?«

»Willst du mich denn gar nicht ermahnen?«

»Schatz, du bist erwachsen und kennst deinen Körper. Wenn du noch ein Glas willst, dann gönne es dir.«

Hm. Interessant. Ich war mir nicht sicher, was ich davon halten sollte, dass er so einfach nachgab. Den ganzen Tag über hatte er mich praktisch an die Couch gefesselt und mir nicht einmal erlaubt aufzustehen, um mir etwas zu trinken zu holen. Und als mein Hintern vor zwanzig Minuten eingeschlafen war und ich mich hatte bewegen müssen, hatte er gemurrt, weil ich in die Küche gegangen war und mich auf einen Hocker gesetzt hatte.

Und nun hatte er nicht einmal etwas dagegen einzuwenden, dass ich auf meine Schmerztablette verzichtete.

Kyle kam zu mir und beugte sich vor, um mir ins Ohr zu flüstern: »Anaya. Mir ist nur wichtig, dass du dich ausruhst, gesund wirst und dich wohlfühlst. Es ist ein Unterschied, ob ich dich nicht von der Couch herunterlasse oder ob du ein Glas Wein trinkst. Ich bin kein Arschloch und würde dich nie kontrollieren wollen. Aber ich werde immer dafür sorgen, dass es dir gut geht.«

Er richtete sich auf, drückte mir einen Kuss auf den Kopf und verließ mit einer Flasche Bier in der Hand die Küche. Thad folgte ihm grinsend.

Sie hatten es gehört.

Emerson starrte mich mit großen Augen an, als Tatiana in die Küche kam.

»Was habe ich verpasst? Verdammt, das riecht himmlisch. Gott sei Dank ist heute nicht einer der Jungs an der Reihe zu kochen. Ich habe genug von Käsesandwich.«

»Du hast Kyle verpasst, der ihr einen Vortrag gehalten hat«, antwortete Emerson und ignorierte Tatianas Bemerkung über das Essen.

»Verdammt. Ich habe es wirklich verpasst? War er gut?« Tatiana lehnte sich an die Anrichte.

»Oh ja. Er hat ihr gesagt, dass er immer dafür sorgen wird, dass es ihr gut geht.«

»Er hat von meinen geprellten Rippen gesprochen«, warf ich ein.

»Süße ... wenn du das wirklich glaubst, bist du blind.« Tatiana drehte sich um, nahm sich ein Weinglas aus dem Schrank und schenkte sich ein. »Aber keine Sorge. Emerson hat ewig gebraucht, um es zu begreifen.«

»Thad und ich hatten einiges zu klären. Immerhin waren wir zehn Jahre lang voneinander getrennt gewesen, nachdem ich ihn verlassen hatte.«

»Moment mal, wie bitte?«

Emerson wandte sich vom Herd ab und schenkte mir ein Lächeln. »Das ist eine sehr lange Geschichte, aber hier ist die Kurzfassung ...«

Sie erzählte mir, wie sie Thad kennengelernt und sich in ihn verliebt hatte. Nachdem ihre jüngere Schwester Autumn entführt worden war, hatte sie ihn verlassen, was, wie sie sagte, eine sehr schlechte Entscheidung gewesen war. Danach hatte sie acht Jahre lang Jagd auf Männer gemacht, die Mädchen wie ihre Schwester missbrauchten. Schließlich hatte sie Thad wiedergetroffen, als er und das Team gerade hinter einem Kerl her waren, mit dem sie eine vermeintliche Beziehung eingegangen war.

»Jetzt weißt du es. Wir hatten wirklich eine Menge zu klären.«

»Und du wurdest entführt?«, fragte ich behutsam.

»Ja. Vor nicht allzu langer Zeit. Das hat diesen Krieg überhaupt erst ausgelöst. Jemand hatte in unserem Hotel eine Notiz hinterlassen, in der Ivy und einige der anderen Frauen bedroht wurden. Aber du musst keine Angst haben«, fügte Emerson hastig hinzu. »Die Jungs sind gut in ihrem Job.«

»Ich weiß«, erwiderte ich mit einem Nicken.

»Was weißt du? Dass sie gut in ihrem Job sind?«, fragte Tatiana.

»Das auch. Aber vor allem weiß ich, dass ich keine Angst haben muss. Kyle hat versprochen, mich zu beschützen, und ich vertraue ihm.«

»Wirklich?«, flüsterte Tatiana und machte dann eine abwinkende Handbewegung. »Ich meine, du solltest ihm vertrauen. Kyle ist ein toller Kerl. Genau wie die anderen.«

»Ich weiß«, wiederholte ich.

Emerson und Tatiana tauschten einen vielsagenden Blick aus und verzogen dann die Lippen zu einem Lächeln.

»Nun, vielleicht wird es gar nicht so schwer, wie wir dachten«, sagte Emerson.

»Was wird nicht so schwer?«

»Du und Kyle«, erklärte Tatiana, und ich spürte, wie sich mein Magen verkrampfte. »Oh, Mist. Du hast dich zu früh gefreut, Emmy.«

»Was ist denn los?«, fragte Emerson und beugte sich zu mir vor.

Sie wollte wissen, was los war?

Ich hatte den Eindruck, dass sie sich viel zu große Hoffnungen machten.

»Ich bin völlig verkorkst«, flüsterte ich.

Tatiana kniff die Augen zu dünnen Schlitzen zusammen und beugte sich noch weiter vor. »Das würde ich Kyle aber nicht hören lassen«, mahnte sie.

»Genau deshalb flüstere ich.«

»Ich habe einmal etwas Ähnliches zu Brooks gesagt. Wahrscheinlich habe ich mich als beschädigt bezeichnet, nachdem er meine Narben gesehen hatte. Er hat mir daraufhin gehörig die Leviten gelesen.«

»Und ich habe Thad gegenüber erwähnt, dass ich verdorben bin wegen dem, was ich getan hatte. Er war stinksauer. Die Jungs hören es gar nicht gern, wenn ihre Frauen sich selbst herabsetzen«, erklärte Emerson.

»Aber das ist es ja gerade. Ich bin nicht seine Frau«, protestierte ich.

Emerson und Tatiana wechselten einen weiteren Blick und schienen sich wortlos miteinander zu unterhalten. Plötzlich wurde ich von Eifersucht gepackt. Das Gefühl war so gewaltig, dass ich sie am liebsten angeschrien hätte, sie sollten damit aufhören. Ich hatte noch nie einem Menschen so nahegestanden, dass ich eine Unterhaltung nur mit den Augen führen konnte.

»Sagst du das, weil du nicht seine Frau sein willst?«, fragte Emerson leise.

»Nein! Wir haben darüber geredet und wollen uns näherkommen, aber ich weiß, dass ich ihm nicht das bieten kann, was er verdient. Ich werde es immer wieder versuchen, aber irgendwann wird er mein seltsames Verhalten leid sein und mich nicht mehr wollen. Und das wird mir das Herz brechen.«

»Du könntest dem Mann ruhig etwas mehr zutrauen. Er ist kein Arschloch«, sagte Tatiana schroff.

»Das weiß ich. Aber er ist und bleibt ein Mann. Ich habe mich so viele Jahre in meinem Schneckenhaus verkrochen, dass ich es nicht ertragen kann, wenn jemand mich berührt. Das ist doch ein Problem, meint ihr nicht auch?« Keiner der beiden erwiderte etwas, sie sahen einander nur verwirrt an. »Ich rede von Sex«, flüsterte ich.

Mir stieg die Hitze in die Wangen. Nachdem ich jahrelang mit meinem Privatleben hinter den Berg gehalten hatte, schüttete ich plötzlich vor zwei Frauen, die ich kaum kannte, mein Herz aus. Es war seltsam und beschämend, aber es war auch befreiend. Es war, als hätte ich gerade eine Flasche entkorkt, die unter so viel Druck gestanden hatte, dass sie zu platzen drohte. Genauso hatte ich mich tagein, tagaus gefühlt.

»Aber ich habe gesehen, wie Kyle dich berührt hat«, erwiderte Emerson.

»Bist du noch Jungfrau?«, fragte Tatiana mit großen Augen.

»Nein. Aber es ist so lange her, dass ich genauso gut eine sein könnte«, seufzte ich.

»Ist das Essen fertig?«, ertönte Declans Stimme hinter mir. Ich schrak auf und wäre fast vom Hocker gefallen.

Doch Declan packte meinen Bizeps und hielt mich fest. »Vorsicht, Anaya. Ich wollte dich nicht erschrecken.«

Ich blickte zwischen Tatiana und Emerson hin und her. Letztere starrte mit gerunzelter Stirn auf Declans Hand, mit der er meinen Arm immer noch fest umklammerte. Ich wartete darauf, dass die Panik mich packte und die Angst mich überwältigte, doch es geschah nichts.

Im nächsten Moment zog er seine Hand zurück, räusperte sich und sagte: »Scheiße, tut mir leid. Ich hätte es besser wissen sollen, aber ich wollte verhindern, dass du vom Hocker fällst.«

Ich schloss beschämt die Augen. Alle fassten mich mit Samthandschuhen an, weil sie wussten, wie gestört ich war.

»Was ist los?«, fragte Kyle.

Ich schüttelte nur den Kopf, brachte aber kein Wort heraus, weil ich immer noch versuchte zu verstehen, warum ich keine Angst verspürt hatte. Declan hatte mich nicht grob gepackt, aber er war auch nicht gerade zimperlich gewesen. Außerdem war er groß und stark und wäre imstande gewesen, mich in der Luft zu zerreißen. Wenn er gewollt hätte, hätte er mich mit Leichtigkeit in eine Ecke drängen und festhalten können. Trotzdem hatte ich keine Angst vor ihm. Es hatte mir nichts ausgemacht, dass er mich auffing.

»Ich habe …«, begann Declan.

»Es ist alles in Ordnung«, warf Tatiana ein. »Das Essen ist fertig. Warum sagt ihr nicht den anderen Bescheid.«

Für einen Moment herrschte Stille und ich öffnete die Augen, aber ich konnte mich nicht überwinden, einen von ihnen anzusehen.

»Okay«, stimmte Kyle zu.

»Hey«, murmelte Emerson und ich begegnete ihrem Blick. »Im Moment wirst du es vielleicht nicht glauben, aber wir …« Mit dem Daumen deutete sie zuerst auf Tatiana und dann auf sich selbst. »Wir stehen hinter dir und haben immer ein offenes Ohr, falls du reden willst. Nur eines will ich dir noch sagen, dann lasse ich es für heute Abend gut sein. Du bist nicht verkorkst. Mit dir ist alles in Ordnung. Declan hat dich berührt und du hast nicht einmal mit der Wimper gezuckt. Wenn er nicht so eine große Sache daraus gemacht hätte, wärst du nicht einmal so beschämt gewesen.«

»Aber daran bin ich schuld. Als Kyle mich zum ersten Mal gegen eine Hauswand drückte, hatte ich eine ausgewachsene Panikattacke. Ich habe ihnen beigebracht, sich in meiner Gegenwart so zu verhalten.«

»Ich habe den Eindruck, dass noch mehr hinter der Geschichte steckt. Leider bleibt uns nicht mehr genügend Zeit dafür, bevor die Jungs zurückkommen«, bemerkte Tatiana. »Aber ist dir je in den Sinn gekommen, dass du vielleicht einfach noch nicht den richtigen Mann gefunden hast, bei dem du dich so sicher gefühlt hast, dass du dich ihm gegenüber öffnen konntest? Vielleicht hast du nur jemanden gebraucht, der dir beweist, dass er stark genug ist, um zu dir zu stehen. Vielleicht bist du nicht verkorkst, sondern einfach nur klug, weil du dein Herz vor Kummer bewahren wolltest. Hab etwas Nachsicht mit dir selbst, Anaya.«

Nein. Diese Gedanken waren mir nie gekommen. Ich war viel zu beschäftigt damit gewesen, mich selbst davon zu überzeugen, wie verkorkst ich war.

Wer wollte schon jemandem wie mir beistehen?

Kyle kam zurück in die Küche und begegnete meinem Blick. Er sah mich durchdringend an, doch in seinen Augen war kein Anzeichen von Abscheu zu erkennen.

»Ich bringe dich ins Esszimmer, dann hole ich dir einen Teller.«

Ich machte mir nicht die Mühe zu widersprechen. Er würde nicht zulassen, dass ich mir meine Mahlzeit selbst holte. Und um ehrlich zu sein, fühlte es sich verdammt gut an, umsorgt zu werden.

* * *

»Brauchst du einen Eisbeutel?«, fragte Kyle, nachdem er mich ins Bett gebracht hatte.

»Nein danke. Mir geht es tatsächlich viel besser. Ich bin mir nicht sicher, ob es daran liegt, dass du mich den ganzen Tag nicht von der Couch hast aufstehen lassen, oder an den zwei Gläsern Wein.«

Wenn ich genau darüber nachdachte, hatte der Alkohol tatsächlich meine Zunge gelockert. Beim Abendessen war ich wie verwandelt, hatte mit Kyle und seinen Kameraden gescherzt und gelacht. Ich hatte mich kaum wiedererkannt. Mein normalerweise in sich gekehrtes, wortkarges Ich war einer aufgeschlossenen, freundlichen Frau gewichen, die ich sehr mochte.

Ich hatte die Kameradschaft und das Geplänkel genossen. Selbst Declan hatte mit eingestimmt.

Warum nur hatte ich mich mein ganzes Leben lang verkrochen? Bei dem Gedanken platzte es aus mir heraus: »Ich habe keine Freunde.«

»Wie bitte?« Kyle hatte gerade ein Knie auf der Matratze abgestützt und hielt inne, um meinem Blick zu begegnen.

»Im Grunde habe ich nur ein paar Bekannte. Ich nenne Evette zwar meine beste Freundin und habe immer behauptet, dass ich auch Kalee nahegestanden habe, aber das ist nicht wahr. Mein ganzes Leben war eine Lüge. Evie vertraut mir alles von sich an und ich revanchiere mich mit Ausflüchten. Kalee hat oft von ihrer Kindheit und ihrem Vater gesprochen, den sie sehr liebte. Sie erzählte mir, wie gern sie unterrichtete. Und was habe ich getan? Ich habe mich verschlossen.«

»Anaya …«

»Im Gegensatz zu dir hatte ich nie enge Freunde. Heute Abend habe ich Emerson und Tatiana voller Neid beobachtet. Sie stehen sich so nahe, dass sie nicht einmal Worte brauchen, um miteinander zu kommunizieren. Sie mussten einander nur ansehen und wussten genau, was die andere dachte. Ich kann mir gar nicht vorstellen, wie sich so eine Freundschaft anfühlt.«

»Schatz«, sagte Kyle, legte sich neben mich und bedachte mich mit einem sanften Blick. »Vielleicht hast du es nicht bemerkt, aber irgendwann während des Abendessens bist du den beiden nähergekommen und hast an ihrer wortlosen Unterhaltung teilgenommen.«

»Wirklich?«

»Wirklich«, erwiderte Kyle lachend. »Glaub nicht, dass wir es nicht bemerkt haben, wenn ihr die Augen verdreht, die Lippen geschürzt und die Augenbrauen in die Höhe gezogen habt. Und du warst genauso scharfzüngig wie die beiden. Sie können es kaum erwarten, dich in ihrer Mitte willkommen zu heißen. Bei ihnen bist du sicher.«

Ich war sicher.

Das erste Mal in meinem Leben.

»Möchtest du darüber reden, was mit Dec passiert ist?«, fragte er.

»Gar nichts ist passiert. Er hat mir versehentlich einen Schrecken eingejagt und ich wäre fast vom Hocker gefallen. Dann hat er meinen Arm gepackt, um mich aufzufangen. Das war alles.«

»Warum warst du dann rot angelaufen und hattest den Kopf gesenkt, als ich in die Küche kam?«

»Weil er seine Hand weggezogen hat, als hätte er sich verbrannt.«

»Anaya, Schatz, er weiß, dass er dich nicht berühren darf. Er hatte ein schlechtes Gewissen, weil er nicht nachgedacht hat.«

»Aber da liegt ja das Problem. Es hat mir nichts ausgemacht, dass er mich angefasst hat. Ich habe es nicht einmal bemerkt. Bis er seine Hand weggezogen hat.«

»Tatsächlich?« Er klang schockiert, und das sollte er auch sein.

Ich war es auf jeden Fall.

»Als du in die Küche gekommen bist, war ich beschämt, weil ich genau wusste, warum er so reagiert hatte. Aber statt ihm zu versichern, dass alles in Ordnung war, habe ich versucht zu verstehen, warum ich nicht die Fassung verloren hatte.«

»Das würde er sicher gern von dir hören. Er glaubte, er hätte dir wehgetan.«

»Oh nein«, seufzte ich. »Ich gebe mir Mühe, Kyle. Ich weiß, es ist viel verlangt, aber bitte hab Geduld mit mir.«

Kaum zu glauben. Ich hatte tatsächlich den Mut aufgebracht, ihn um etwas zu bitten. Als er jedoch nicht sofort antwortete, wurde ich nervös.

»Ich warte nur darauf, dass du mich ansiehst«, sagte er.

Ich tat wie geheißen und begegnete seinem Blick. Er betrachtete mich mit einem so durchdringenden Ausdruck in den

Augen, dass ich einen Kloß im Hals hinunterschlucken musste. »Ich werde es dir noch einmal sagen. Nimm dir so viel Zeit, wie du brauchst. Ich bitte dich nur darum, mir zu vertrauen. Schatz, ich lege meine Karten offen auf den Tisch. Du weißt, dass ich eine Beziehung mit dir eingehen will, denn ich fühle mich sowohl körperlich als auch emotional zu dir hingezogen. Vertrau mir einfach. Ich werde alles dafür tun, dass ein ›Uns‹ möglich wird. Dabei musst du mich nie um Geduld bitten. Aber du musst dir selbst gegenüber geduldig sein.«

»Küss mich«, sagte ich nur.

Ja, ich mochte dieses neue Ich, das den Mut aufbrachte, sich das zu nehmen, was es wollte. Je häufiger ich mich darin übte, desto wohler fühlte ich mich in meiner Haut. Langsam trat die verängstigte, in sich gekehrte Frau in den Hintergrund und ein neues Selbstbewusstsein erfüllte meine Seele.

In Kyles Augen brannte ein erregendes Feuer. Auch das gefiel mir. Ich mochte, dass er seine Gefühle nicht vor mir verbarg und ehrlich sagte, was er dachte. Vor allem gefiel mir, wie er mich ansah, wenn er mich für besonders mutig hielt. Von nun an wollte ich öfter tapfer sein, nur um diesen Blick zu sehen.

Als er seine Lippen auf meine presste, wünschte ich mir, meine Rippen würden so schnell wie möglich heilen. Ich wusste, dass Kyle sich zurückhielt, weil er mich nicht verletzen wollte. Und ich freute mich auf den Tag, an dem er sich endlich gehen lassen würde.

KAPITEL ZWEIUNDZWANZIG

Ich lag im Bett, starrte an die Decke und bewegte mich nicht, um Anaya nicht zu wecken. Wie jeden Morgen war ich auch heute mit einem Ständer aufgewacht und versuchte, meine Erregung zu zügeln. Manchmal funktionierte es. Manchmal nicht. Und es hatte den Anschein, dass meine Bemühungen heute erfolglos blieben.

Seit Anaya mich um Geduld gebeten hatte, war etwas mehr als eine Woche vergangen. In dieser Zeit hatte ich beobachten können, wie sie sich sowohl Emerson und Tatiana als auch den Jungs gegenüber immer mehr geöffnet hatte. Sie war richtiggehend aufgeblüht und ich war dankbar, dass ich es mit ansehen durfte.

Sie förderte eine Seite von sich zutage, die sie all die Jahre so tief in sich vergraben hatte, dass Anaya selbst überrascht schien, wenn sie zum Vorschein kam. Ihre Witze waren zum Totlachen und sie hatte immer eine schlagfertige Antwort parat, wenn die Jungs sie neckten.

Wie ich vorausgesagt hatte, hatten Emerson und Tatiana sie in ihre Mitte aufgenommen. Die drei waren unzertrennlich. Und inzwischen führte Anaya mit den beiden wortlose Gespräche, die der nonverbalen Kommunikation, mit der mein Team und ich uns während eines Einsatzes verständigten, in nichts nachstanden. Diese Frauen waren in der Lage, allein durch ihre Mimik eine ganze Unterhaltung zu führen.

Sie und Dec hatten über den Vorfall in der Küche gesprochen. Sie waren durch die Hintertür verschwunden und hatten stundenlang im Hof gesessen und geredet. Ich hatte sie nicht gefragt, worum es ging, aber an jenem Abend hatten sie eine Bindung zueinander aufgebaut. Ich hatte Declan noch nie so entspannt gesehen. Zumindest war er so entspannt, wie es ein Mann nur sein konnte, der eine so unglaubliche Last mit sich herumtrug.

»Guten Morgen«, murmelte Anaya.

Ihr Atem kitzelte meinen nackten Oberkörper. Sie schmiegte sich näher an mich und drückte mir einen Kuss auf die Brust, bevor sie ihre Hand über meinen Bauch gleiten ließ. Das war einer der Gründe, warum ich mich bemühen musste, meine Erregung zu dämpfen. Jeden Morgen liebkoste sie mich auf diese Weise und jeden Morgen versuchte ich vergeblich, gegen die Hitze anzukämpfen, die mich durchströmte. Ihre Hände fühlten sich so verdammt gut an, dass ich meine Reaktion unmöglich vor ihr verbergen konnte.

Von Tag zu Tag wurde Anaya immer forscher. Anfangs waren die Berührungen noch zaghaft und bedächtig, doch mittlerweile wurde sie immer fordernder und streichelte nicht mehr nur meine Brust und meinen Bauch, sondern hatte begonnen, tiefer zu wandern.

»Guten Morgen«, erwiderte ich und packte ihre Hand, als sie ihre Finger über den Bund meiner Shorts gleiten ließ.

»Hör auf damit«, flüsterte sie.

»Womit denn?«

»Hör auf, meine Hand festzuhalten, wenn ich dich berühren will.«

Auf keinen Fall. Oberhalb der Gürtellinie konnte sie mich berühren, so viel sie wollte. Aber mit jedem Kuss, mit jeder zaghaften Bewegung ihrer Hand, mit jedem Laut, den sie von sich gab, wenn ich meine Lippen auf ihre presste, wurden meine guten Absichten auf die Probe gestellt. Mein Verlangen nach dieser Frau war unbeschreiblich. Ich wollte mich vor sie knien und jeden Zentimeter ihres Körpers berühren und schmecken. Ich wollte sie ficken, mit ihr schlafen und mit ihr Liebe machen. Doch insgeheim genoss ich die Vorfreude, diese süße Qual.

»Hier kannst du mich berühren, so viel du willst«, sagte ich, als ich ihre Hand höher auf sicheres Terrain schob.

»Da will ich aber nicht hin.«

Zu spät erkannte ich meinen Fehler. Ich hätte ihre Hand nicht loslassen sollen, doch ich hatte es getan, und sie bewegte sie blitzartig.

»Anaya«, stöhnte ich, als sie über meine Erektion streichelte, die glücklicherweise von meinen Boxershorts bedeckt war. Aber es fühlte sich trotzdem verdammt gut an. »Wir sollten aufstehen«, schlug ich vor.

Je früher, desto besser. Ich brauchte eine kalte Dusche. Allerdings erzielte das eiskalte Wasser nie die erwünschte Wirkung und in den vergangenen fünf Tagen hatte ich mich jeden Morgen unter der Dusche befriedigen müssen, um meinen Schwanz endlich unter Kontrolle zu bringen.

»Nein, das sollten wir nicht. Noch nicht«, säuselte sie mit sinnlicher Stimme, während sie ihre Hand weiter über meine Shorts gleiten ließ. Ich konnte nichts weiter tun, als wie erstarrt dazuliegen und gegen den Drang anzukämpfen, sie auf den Rücken zu drehen und an ihr Ziel zu bringen.

»Anaya …«

»Ich bin bereit, Kyle.«

Bei den Worten spannte ich jeden Muskel in meinem Körper an.

»Ich will dir nicht wehtun. Deine Rippen sind noch nicht verheilt.«

»Aber sie tun schon seit Tagen nicht mehr weh, und das weißt du. Ich bin hundertprozentig genesen.«

»Nein, du bist …«

»Kyle«, jammerte sie frustriert. »Ich bin bereit. Ich habe versucht, es dir zu sagen, aber du küsst mich immer nur und rollst dich dann aus dem Bett. Leider habe ich keine Ahnung, wie ich dich verführen kann. Offensichtlich stelle ich mich nicht sonderlich geschickt an, denn du scheinst meine Hinweise nicht zu verstehen. Ich will dich. Ich bin bereit.«

»Baby, wenn du noch geschickter wärst, als du es ohnehin schon bist, dann würde ich es nicht einmal mehr unter die Dusche schaffen, um mir einen runterzuholen. Und im Moment sieht es nicht so aus, als würde ich es heute schaffen.«

»Du holst dir unter der Dusche einen runter?«, flüsterte sie. »Warum?«

»Warum?«, grunzte ich, als sie meinen Schwanz fester umklammerte. »Scheiße, Anaya. Sachte bitte«, flehte ich.

»Warum befriedigst du dich?«

»Zum einen wache ich jeden Morgen auf, während du dicht neben mir liegst und dich an mich geschmiegt hast. Dann wachst du ebenfalls auf und fängst an, mich zu berühren. Dabei reibst du deine Brüste an meiner Seite und mein Schwanz fühlt sich an, als würde er gleich explodieren. Dann kann ich nur noch daran denken, dich auf den Rücken zu drehen und mich in dir zu vergraben.« Ich spürte, wie sie sich neben mir versteifte, und fuhr fort: »Ich habe dich gewarnt, ich kann nicht kontrollieren, wie mein Körper auf dich reagiert. Es ist nicht zu leugnen, wie sehr ich dich begehre. Aber ich habe die Kontrolle darüber, wie ich mich verhalte, deshalb stehe ich auf und kümmere mich selbst um meinen Ständer.«

»Und was wäre, wenn ich mir wünsche, dass du mich auf den Rücken drehst?«

»Du bringst mich um, Anaya«, stöhnte ich.

»Und du bist sehr egoistisch, Kyle.« Ich hätte über ihren spielerischen Tonfall gelacht und sie zurechtgewiesen, wenn sie dabei nicht meinen Schwanz gestreichelt hätte.

»Anaya ...«

»Ich bin bereit. Hör auf, mich in Watte zu packen.«

Damit hatte sie mich in der Tasche. Jetzt konnte ich mich nicht mehr zurückhalten. Ich schob ihre Hand von meinem Schwanz, stützte mich auf einen Ellbogen und blickte auf sie hinab. Sie schenkte mir ein Lächeln, das mich gleich zweifach traf – meine Brust schwoll an und mein Schwanz pochte. So verdammt schön. So wunderbar.

»Glaubst du wirklich, du bist dafür bereit?«

»Ja«, flüsterte sie.

»Bereit für mich?«

»Ja.«

»Ich spreche nicht nur von Sex, Anaya, sondern von uns. Bist du hundertprozentig bereit, dich auf mich einzulassen? Denn wenn nicht, werden wir warten. Denn sobald wir miteinander schlafen, gehörst du mir, Schatz. *Mir.* Und ich werde dich nicht mehr gehen lassen.«

»Ich dachte, ich gehöre dir bereits.«

Auch diese Worte spürte ich, und zwar direkt in meinem Herzen. Noch nie hatte ich etwas so Tiefgreifendes empfunden. Ich musste mir einen Moment Zeit nehmen, um es auf mich wirken zu lassen und in mich aufzusaugen.

»Sobald wir diesen Weg einschlagen, verändert sich alles, Anaya.«

»Okay.«

»Ich glaube nicht, dass du mich verstanden hast. Wenn wir das tun, bekomme ich alles von dir, nicht nur deinen Körper und dein Vertrauen. Sondern auch alles, was du bisher vor mir verborgen hast.«

»Ich habe nicht …«

»Doch, Baby. Du hast mir schon so viel gegeben, und nun bietest du mir etwas so Kostbares. Ich will nichts lieber, als es mir zu nehmen, aber ich werde es erst tun, wenn du wirklich verstehst, dass ich alles von dir will.«

Anaya starrte mit einem sanften Blick zu mir auf. In ihren Augen lag immer noch Schmerz, doch sie waren auch von Entschlossenheit erfüllt.

»Ich gebe mir Mühe.«

»Ich weiß. Und du hast mir schon so viel gegeben. Aber bist du wirklich bereit, mir alles von dir zu geben?«

Einen Moment herrschte Schweigen, dann flüsterte sie: »Ja. Ich bin bereit.«

»Gut.« Ich beugte mich vor, um sie zärtlich zu küssen. Doch sobald meine Lippen die ihren berührten, öffnete sie den Mund und leckte mir mit der Zunge über die Unterlippe.

Sie legte eine Hand an meine Wange, während sie die andere tiefer über meine Brust und meinen Bauch gleiten ließ. Im nächsten Moment nahm ich ihre Berührung nicht mehr wahr, aber ihre Augen sprachen Bände. Sie gab sich mir hin, ganz und gar. Weder wandte sie den Blick ab, noch verschloss sie sich vor mir. Sie zeigte mir alles. In diesem Moment hatte ich die Bestätigung, dass sie genau das war, wofür ich sie gehalten hatte. Furchtlos.

Ich ließ eine Hand über ihren Hals, über die Wölbung ihrer Brüste und ihre steifen Nippel wandern, um schließlich den Saum ihres Oberteils zu packen.

»Zieh das aus.«

Eilig tat sie wie geheißen und schob meine Hand beiseite, um sich das T-Shirt über den Kopf zu ziehen, wobei sie ihren straffen Bauch und ihre prallen Brüste enthüllte. Für einen Moment musste ich die Augen vor ihrer Schönheit verschließen, um die Selbstbeherrschung nicht zu verlieren.

»Kyle?«

»Gib mir eine Minute.«

Als ich mich wieder einigermaßen gefangen hatte, öffnete ich die Augen, nur um festzustellen, dass all meine Bemühungen, mich zusammenzureißen, umsonst sein würden. Ich konnte dieser Frau unmöglich widerstehen. Und um ehrlich zu sein, wollte ich mich auch gar nicht zurückhalten. Ich wollte nicht mehr warten, sondern mir endlich nehmen, was mir gehörte.

»Versprich mir, dass du dafür bereit bist, Anaya.«

»Ich verspreche es.«

Mehr musste ich nicht hören. Ich ließ mich gehen und gab mich meinem Verlangen hin. Behutsam kniete ich mich zwischen ihre gespreizten Schenkel, beugte mich vor und saugte eine ihrer Brustwarzen in den Mund. Offenbar war ich ihr immer noch nicht nahe genug, denn sie krallte sich in mein Haar und zog mich zu sich. Sie bäumte sich auf und stieß ein tiefes, kehliges Stöhnen aus, von dem ich gar nicht genug bekommen konnte. Ich wollte jeden Zentimeter von ihr berühren und schmecken. Wie ausgehungert leckte und liebkoste ich ihre Brust, während ich die andere mit einer Hand knetete. Ich konnte gar nicht anders, als sie zu verschlingen.

Ich richtete den Oberkörper auf, während ich noch immer ihre Brüste streichelte. Der Anblick, der sich mir bot, war so sinnlich, dass ich den Blick nicht davon abwenden konnte.

»Du bist wunderschön, Anaya.« Sie verzog die Lippen zu einem strahlenden Lächeln, bei dem ihre Grübchen zum Vorschein kamen. »So verdammt schön.«

Mit einer Hand packte ich den Saum ihres Höschens. Als ich es ihr bis zu den Knien heruntergezogen hatte, strampelte Anaya mit den Beinen, um es beiseitezuschleudern.

Nackt.

Verdammt, der Anblick war atemberaubend. Ich rutschte ein Stück nach unten und begann, ihre Hüfte und dann ihren Bauch mit den Lippen zu liebkosen.

»Kyle«, stöhnte sie und ich verzog die Lippen an ihrer Haut zu einem Lächeln.

Ich streckte die Zunge heraus und ließ sie zurück an ihre Hüfte gleiten.

»Spreize die Beine noch weiter für mich.«

Ohne zu zögern, kam sie meiner Aufforderung nach. Erneut hob ich den Oberkörper an, um mit der Zunge ihre Brustwarze zu umspielen, während ich eine Hand über ihre feuchte Spalte gleiten ließ. Als ich mit dem Finger ihre Klitoris reizte, zuckte ihre Hüfte und sie bäumte sich auf.

»Ganz ruhig, Baby«, murmelte ich und saugte noch einmal eine ihrer Brustwarzen in meinen Mund.

»Mehr«, keuchte sie.

Ich drang mit einem Finger in sie ein und stöhnte, als sie die Muskeln anspannte. Mir war jetzt schon klar, dass ich nicht lange würde durchhalten können. Sie war so eng, so heiß und so begierig. Sobald ich meinen Schwanz in sie hineinstieß, würde ich explodieren.

Ich ließ meinen Finger noch tiefer in sie gleiten und ihr Unterleib begann zu zucken. Auf keinen Fall würde ich sie kommen lassen, bevor ich sie geschmeckt hatte.

Also löste ich meine Lippen von ihrer steifen Brustwarze

und senkte den Kopf zwischen ihre Schenkel, wobei ich ihre Beine über meine Schultern legte. Dann presste ich meinen Mund an ihre Klitoris und ließ meine Zunge im Rhythmus mit meinem Finger kreisen, den ich immer wieder in sie hineinstieß.

Meine Güte, sie war heiß und eng und so verdammt nass. Und sie schmeckte himmlisch.

»Oh mein Gott.« Sie bäumte die Hüfte auf, krallte sich in mein Haar und zog schmerzhaft daran. Oh ja, sie war verdammt sexy, wenn sie einmal Feuer gefangen hatte.

Als ich mit den Zähnen ihre empfindsame Lustperle streifte, schrie sie auf. Ich fügte einen weiteren Finger hinzu und dehnte sie behutsam. Der Saft ihrer Erregung benetzte meine Haut, während sie die Muskeln um meine Finger anspannte und sie immer tiefer in sich hineinsaugte.

Ich wusste jetzt schon, dass ich ihr Schmerzen bereiten würde, wenn ich mit meinem Schwanz in sie eindrang.

»Kyle«, stöhnte sie, als sie sich am ganzen Körper versteifte und ihre Schenkel um meinen Kopf zusammenpresste. »Ich … Kyle.«

Fieberhaft rieb ich mit meiner Zunge über ihre Klitoris und stieß meine Finger immer heftiger in sie hinein, bis sie vor Lust aufschrie.

Schließlich erschlaffte sie und ich verlangsamte meine Bewegungen.

Dann seufzte sie zufrieden, woraufhin ich meine Finger zurückzog und noch einmal über ihre Spalte leckte. Mein Gott, diese Frau war perfekt. Sie hatte sich mir mit Haut und Haaren hingegeben und sich mir geöffnet.

»Das kitzelt.« Sie wackelte mit der Hüfte. »Ich bin so empfindsam.«

Ein letztes Mal ließ ich meine Zunge über ihr Geschlecht gleiten und zog mich dann zurück. Ich betrachtete ihren Bauch, ihre prallen Brüste und schließlich ihre Augen.

Sie starrte mich an, während ihre Emotionen sich deutlich sichtbar auf ihrem Gesicht abzeichneten. Sie verbarg nicht das Geringste vor mir.

»Ich bin sprachlos«, murmelte sie.

Ich presste einen Kuss auf ihren Unterleib, dann einen auf ihren Bauchnabel, einen zwischen ihre Brüste und schließlich einen auf ihre Lippen. Sie zuckte überrascht zusammen, bevor sie ihre Zunge herausstreckte und ihren Honig von meinen Lippen leckte.

So. Verdammt. Sexy.

»Danke«, flüsterte ich.

»Wofür? Ich sollte mich bei dir für diesen unglaublichen Orgasmus bedanken.«

»Dafür, dass du mir vertraust.«

»Ich vertraue dir«, bestätigte sie.

»Ich weiß, Baby, und das bedeutet mir die Welt.«

Ich legte mich auf sie, sodass sie unter mir gefangen war, doch sie zeigte keinerlei Anzeichen von Unbehagen oder Beklommenheit. Sie streichelte mit den Händen meinen Rücken und schlang ein Bein um meine Hüfte, während sie das andere mit meinem verschränkte. Ohne mein Zutun fand mein Schwanz den Weg zu ihrem Unterleib.

»Bist du bereit, Schatz?«

Ein bezauberndes Lächeln umspielte ihre Lippen und in ihren Augen tanzte ein begieriges Feuer. Ja, meine Frau war bereit, und das bestätigte sie mir mit einem Flüstern. »Ja, Liebling, ich bin mehr als bereit. Ich kann es kaum erwarten.«

Mit einem kraftvollen Stoß drang ich in sie ein und sie stieß ein Stöhnen aus, das direkt aus ihrer Kehle zu kommen schien. Ich konnte es fühlen, ich konnte es förmlich sehen. Und es gehörte mir. Alles. Sie gehörte mir. In jeder Hinsicht.

Ich würde sie nie wieder gehen lassen.

»Schling auch das andere Bein um meine Taille«, presste ich hervor.

Sie tat wie geheißen und verschränkte ihre Knöchel an meinem Rücken, wobei sie ihre Fersen in mein Fleisch presste.

Immer wieder stieß ich in sie hinein, während sie sich mit mir bewegte. Ich verlor mich in der Vereinigung unserer Körper, dem Gefühl ihrer Haut, dem Klang ihres Stöhnens. Meine Hoden zogen sich zusammen, doch ich war noch nicht bereit, den Gipfel der Lust zu erklimmen. Ich brauchte mehr und wollte, dass sie an meinem Schwanz zum Höhepunkt kam. Also schob ich eine Hand zwischen uns, presste meine Finger an ihr Geschlecht und begann, ihre Klitoris zu massieren.

Ihr Wimmern verwandelte sich in ungeduldiges Stöhnen, woraufhin ich sie noch fester und schneller rieb, bis sie mit den Fingernägeln über meinen Rücken kratzte und die Kontrolle verlor, an der sie so verzweifelt festgehalten hatte.

»Lass dich gehen, Baby, komm für mich.«

Im nächsten Moment kam sie mit Wucht zum Höhepunkt und ich presste meinen Mund auf ihren, um ihren Schrei zu schlucken. Ihr Unterleib zuckte und verengte sich fast unerträglich, sodass ich von einer unbändigen Welle der Ekstase mitgerissen wurde. Ich verlor mich selbst, meine Selbstbeherrschung und mein Herz.

Es gab nichts an Anaya Baker, was ich nicht hätte lieben können.

Wäre ich ein anderer Mann gewesen, hätte ich vielleicht eine Chance gehabt, mich ihrer Anziehungskraft zu widersetzen. Wäre ich stärker gewesen, hätte ich mich vielleicht zurückhalten können und wäre nicht in Versuchung geraten. Aber ich war nicht stark genug. Und als ich in ihre Augen blickte und den zufriedenen, verträumten, lustvollen Ausdruck darin sah, wusste ich, dass ich kein anderer Mann sein wollte. Denn dieser Mann wäre einer solchen Schönheit nicht würdig.

KAPITEL DREIUNDZWANZIG

»Anaya«, rief Kyle die Kellertreppe hinunter.

»Ja?«

»Zane und Ivy sind hier.«

»Ich bin gleich da.«

Ich zupfte mein Oberteil zurecht und lächelte. Die letzte Woche war wunderbar gewesen.

Die Jungs waren zwar ein wenig frustriert, weil sie immer noch nicht grünes Licht bekommen hatten, um Harry Landry auszuschalten, aber Garrett und Tex kamen der Entschlüsselung von Harrys Geschäftsbeziehungen immer näher. Mir war bewusst, dass der Mann am Leben bleiben musste, während sie über sein endgültiges Schicksal entschieden, aber bei dem Gedanken, was er anrichtete, solange er auf freiem Fuß war, drehte sich mir der Magen um.

Kyle hatte mir erklärt, dass ein verdeckter Ermittler von der CIA ihm auf Schritt und Tritt folgte. Sie wollten Landry unter die Erde bringen, aber zuvor brauchten sie noch mehr Informationen über seine Operation. Zum Glück schien das Ende absehbar. Tex hatte gestern Abend angerufen und ihnen mitgeteilt, dass sie ihrem Ziel immer näher kamen.

In der vergangenen Woche hatte ich vor allem die Morgenstunden genossen. Vor sieben Tagen hatte ich Kyle grünes Licht gegeben und nachdem ich meine Schutzmauern hatte fallen lassen, hatte Kyle auch den letzten Rest niedergerissen. Wir hatten Sex im Bett, in der Dusche, über die Matratze gebeugt und Sex auf einem Stuhl, wobei ich ihn geritten hatte. Es war ein wahrer Marathon. Kyle war äußerst kreativ und hatte eine Menge Ausdauer. Und ich konnte nicht genug bekommen.

Aber es ging um mehr als nur um atemberaubende Orgasmen. Egal wie hart oder grob Kyle mich nahm, er war dabei immer so fürsorglich, dass er genauso gut Liebe mit mir hätte machen können. Und auch das tat er zur Genüge. Und jedes Mal, wenn er mich berührte, ob sanft, zärtlich, oder fordernd, gab er mir mehr als eine einfache Liebkosung. Immer wenn wir miteinander schliefen, spielten so viele Emotionen mit. Wir bauten spürbar eine Bindung zueinander auf, die eine Verständigung auch ohne Worte möglich machte.

So etwas hatte ich noch nie erlebt. Ich hatte noch nie jemandem genug vertraut, um mich fallen zu lassen und ich selbst zu sein. Aber Kyle gab mir die Sicherheit, die ich brauchte, um mein wahres Ich zu leben.

Er zeigte mir seine Zuneigung mit Worten und Taten. Jeden Tag sagte er mir, wie schön, stark und mutig ich sei. Er sprach mit mir über seine Arbeit, als sei ich ihm ebenbürtig. Wir gingen gemeinsam Monicas Akte durch, er beantwortete geduldig meine Fragen und behandelte mich nie wie eine Idiotin, wenn er mich wieder einmal an die Verbindung zwischen Omni und Harry Landry erinnern musste. Er wusste, dass ich all diese Informationen erst einmal verarbeiten musste, und bat mich sogar um meine Meinung.

Die vergangene Woche war durch und durch großartig gewesen und Kyle übertraf meine kühnsten Träume. Er war besser als alle Helden in meinen Büchern. Vor allem war er besser, weil er mir gehörte. Nur mir.

Im Grunde war alles zu schön, um wahr zu sein. Ich wartete förmlich darauf, dass irgendwann dunkle Wolken aufziehen würden, die meine Träume zerplatzen ließen. Ich erzählte Kyle von meinen Befürchtungen, woraufhin er nur antwortete: »Du hast mir versprochen, mir alles von dir zu geben.« Das hatte ich ihm versprochen und ich würde ihn nicht enttäuschen. Ich verheimlichte ihm nichts. Es war erschreckend und befreiend zugleich. Und es war verdammt aufregend.

Ich erinnerte mich daran, dass Zane oben wartete, strich mein Oberteil glatt und nahm ein Haarband von der Kommode, bevor ich die Treppe hinaufging. Als ich im Wohnzimmer ankam, schien dort dicke Luft zu herrschen.

»Was ist los?«, fragte ich und sah mich im Raum um.

Zane hielt seinen Sohn fest an sich gedrückt, und Ivy stand neben ihm und schüttelte den Kopf. Tatiana und Emerson standen ihm gegenüber und wirkten verärgert.

»Du kannst selbst eins zur Welt bringen«, knurrte Zane.

»Meine Güte, du hast wirklich den Verstand verloren«, murmelte Ivy.

»Komm schon, Zane. Wir wollen ihn doch nur halten«, sagte Tatiana.

»Auf keinen Fall. Er gehört mir.«

»Zane«, jammerte Emerson. »Jetzt spiele nicht gleich verrückt.«

»Im Ernst, bring dein eigenes Kind zur Welt.«

»Zane«, flüsterte Ivy. »Gib Tatiana deinen Sohn und sprich mit deinem Team.«

»Ich kann meinen Sohn halten *und* mich mit meinem Team unterhalten. Man ist nie zu jung, um etwas über strategisches Geschick zu lernen.«

»Er kann noch nicht einmal denken, Zane«, lachte Ivy.

»Hast du das gehört, mein Sohn? Deine Mutter glaubt nicht, dass du einer Einsatzbesprechung folgen kannst.« Zane schüttelte angewidert den Kopf.

Er meinte es wirklich ernst. Der Mann hatte tatsächlich den Verstand verloren.

»Ich gebe auf.« Ivy warf kapitulierend die Hände in die Luft.

»Wie ihr seht, versuchen die Jungs nicht, mir mein Kind wegzunehmen. Sie verstehen mich«, fuhr Zane fort.

»Sie sind Männer, Zane. Babys sind ihnen egal«, warf Tatiana ein.

»Nein. Sie verstehen es. Es gibt ein paar Dinge im Leben, die ein Mann nicht mit anderen teilt. Seine Waffe, seine Frau und sein Kind.«

»Schön zu wissen, dass deine Waffe vor deiner Frau kommt«, murmelte Ivy leise.

Ich musste unwillkürlich lachen. Die ganze Unterhaltung war absurd. Tatiana und Emerson wirkten völlig konsterniert, weil Zane ihnen nicht gestattete, Eric zu halten. Ivy sah verzweifelt aus und die Jungs schienen sich königlich zu amüsieren.

Mein Blick fiel auf Kyle, doch er zuckte nur mit den Schultern, als würde Zanes Verhalten ihn nicht überraschen.

Ich kannte den Mann kaum, aber ich hatte ihn schon mehrmals mit seinem Sohn beobachtet. Wenn es um Eric ging, verhielt er sich wie ein überfürsorglicher Spinner. Auf keinen Fall würde er seinen Sohn aus der Hand geben.

Tatiana, Emerson und Ivy sahen schließlich ein, dass sie nicht gegen Zane ankamen, und machten sich auf den Weg ins Wohnzimmer.

»Kommst du mit?«, fragte Ivy.

»In einer Minute.«

Zane drückte Eric an seine Brust, ging ins Esszimmer und warf eine Akte auf den Tisch.

Sofort öffnete Declan den Ordner und ich ging zu Kyle. Er schlang einen Arm um mich und zog mich an sich. Verdammt, ich liebte es, wenn er das tat.

»Ich treffe mich heute Nachmittag mit Tom«, begann Zane. »Landry ist im Begriff, wieder einen Stall Mädchen zu kaufen. Wir können nicht länger warten.«

»Wo soll der Handel stattfinden?«, fragte Kyle.

»In Kanada«, antwortete Zane. »Aber wir haben ein Problem.«

Zane versuchte vergeblich, mit einer Hand die Seiten umzublättern.

»Hier.« Ich trat vor und streckte die Arme nach Eric aus. »Gib ihn mir, damit du beide Hände frei hast.«

In diesem Moment verstand ich die Bedeutung des Sprichwortes: *Wenn Blicke töten könnten ...* Es wäre gut möglich, dass ich mir sogar in die Hose machte, als Zane die Augen zu dünnen Schlitzen zusammenkniff.

»Wenn du ihn fallen lässt, werde ich ...«

»Gib ihn mir einfach.«

Vorsichtig nahm ich das Baby entgegen und zwang mich, nicht die Augen zu verdrehen, während er mich weiterhin finster anstarrte.

»Sind deine Hände sauber?«, blaffte er.

»Wie bitte?«

»Hast du dir die Hände gewaschen? Fass sein Gesicht nicht an. Und atme ihn nicht an.«

»Du bist verrückt«, scherzte ich. »Konzentriere dich lieber wieder auf die Arbeit.«

Als Kyle ein leises Lachen ausstieß, begegnete ich seinem Blick. In diesem Moment glaubte ich, einen sehnsüchtigen Ausdruck in seinen Augen zu erkennen. Vielleicht war es nur Wunschdenken. Ich hatte nie an eigene Kinder gedacht, vor allem weil es einen Mann brauchte, um sie zu zeugen. Und ich hatte nie daran geglaubt, jemals einen Partner zu haben.

Aber jetzt, da ich mit Kyle zusammen war und den kleinen Eric in meinen Armen hielt, fragte ich mich unwillkürlich, wie es wohl wäre, Mutter zu sein. Ich betrachtete die Pausbäckchen des friedlich schlafenden Kindes, wobei sich mir die Frage aufdrängte, ob Kyle sich Kinder wünschte.

Wir hatten bisher nicht über eine Familie gesprochen, aber er hatte mir gesagt, dass er nicht mehr so viel reisen wollte. Momentan bekam er immer nur am Rande mit, wie seine Freunde Väter wurden. Ich hatte ihn mit Lincs und Jasmins Zwillingen gesehen und festgestellt, dass er ein Händchen für Kinder hatte. Es war niedlich zu beobachten, wie er mit ihnen spielte.

Bisher hatten wir auch noch kein Wort über einen möglichen neuen Auftrag beim Friedenskorps verloren. Ich hatte das Problem einfach ignoriert und meine E-Mails absichtlich nicht gelesen. Ich hatte Angst davor und befürchtete, dass dies eine der dunklen Wolken sein könnte, die meine Blase zum Platzen bringen würde.

Dabei graute es mir längst nicht mehr davor, dass Kyle mich vielleicht nicht gehen lassen würde, weil die Arbeit zu gefährlich war. Zu Anfang hatte ich Angst, er könnte mich zwingen, mich zwischen ihm und dem Friedenskorps zu entscheiden. Mittlerweile war mir jedoch klar geworden, dass genau das Gegenteil der Fall war. Was wäre, wenn er mich sogar ermutigen würde zu gehen? Was dann? Was würde das für uns beide bedeuten? Das Ganze brachte mich derart durcheinander, dass ich es einfach verdrängte.

»Der Kauf soll in Abercorn über die Bühne gehen. Das ist ein kleines Dorf in Quebec. Nördlich von Richford, Vermont«, erklärte Zane und riss mich aus meinen Gedanken.

»Und?«, warf Declan ein. »Ich habe das Gefühl, dass es ein Problem gibt.«

»Garrett ist sich nicht schlüssig, auf welchem Weg wir die Mädchen von dort wegbringen sollen. Es gibt drei Möglichkeiten. Direkt südlich entlang der Autobahn 139 und zwei verschiedene Wasserwege.«

Zane zeigte auf die Karte, die auf dem Tisch ausgebreitet lag.

Abercorn lag genau in der Mitte von zwei Seen, die in die USA hineinreichten.

»Warum sollte Garrett eine Wasserüberquerung in Betracht ziehen, wenn der Landweg einfacher wäre?«, fragte Brooks. »Wie lang ist die Straße? Etwa acht Kilometer?«

»Elf«, korrigierte Zane. »Und der Grund dafür ist, dass die Kerle vielleicht Boote haben. Jax und ich sind raus. Den Rest von euch teile ich in drei Dreierteams auf. Linc, Colin und Leo. Jasmin, Brooks und Max. Thad, Kyle und Declan. Ihr werdet hoffentlich dort eintreffen, bevor der Handel vonstattengeht. Im Idealfall schaltet ihr die Kerle aus und macht euch auf den Heimweg. Falls nicht, schippern Linc, Colin und Leo über den Lake Champlain nach Westen. Jas, Brooks und Max nehmen die Autobahn 139. Und Thad, Kyle und Dec decken Lake Memphremagog im Osten ab.«

»Wie viele Mädchen …«

Ich blendete Declans Stimme aus, als mir klar wurde, dass ich mich von Kyle würde verabschieden müssen. Er würde auf eine Mission gehen und mich hier zurücklassen. Im Laufe der Jahre war ich oft allein gewesen und hatte mich sogar für die Einsamkeit entschieden. Auf diese Weise hatte ich mich in die Sicherheit meiner Gedanken zurückziehen können. Aber jetzt? Jetzt drehte sich mir der Magen um. Statt der Schmetterlinge, die ich normalerweise im Bauch hatte, wenn ich an Kyle dachte, fühlte ich mich, als würden Hunderte von Hornissen mich von innen stechen.

»Auf keinen Fall.« Kyles wütende Stimme riss mich aus meiner Benommenheit.

»Herrgott«, fuhr Zane dazwischen. »Könntest du nicht wenigstens für dreißig Sekunden aufhören, mit deinem Schwanz zu denken? Wir müssen diesem Mist ein Ende bereiten. Im besten Fall seid ihr alle in ein paar Tagen zurück. Falls die Mädchen verschwunden sind, könnte es etwas länger dauern. Aber wir haben keine Zeit. Ashaki hat berichtet ...«

»Scheiß auf Ashaki«, blaffte Kyle. »Es wäre immer noch möglich, dass sie ein doppeltes Spiel spielt.«

»Kalkuliertes Risiko«, erwiderte Zane.

»Verdammte Scheiße. Würdest du deine Frau einem kalkulierten Risiko aussetzen? Ganz sicher nicht. Aber du willst, dass Anaya und Emerson in die Schusslinie geraten. Kommt gar nicht infrage.« Kyle stieß ein Knurren aus, das keine Widerrede duldete.

Zane war jedoch anderer Meinung. »Tex hat sämtliche Informationen, die Ashaki uns hat zukommen lassen, überprüft und ihren Wahrheitsgehalt bestätigen können. Sie sind echt. Emilio Ruiz hat sich geweigert, mit den Behörden zusammenzuarbeiten, bis seiner Familie Zeugenschutz angeboten wurde. Ashaki hat alles Nötige veranlasst. Und da Ruiz' Familie jetzt in Sicherheit ist, packt er aus. Emerson und Anaya sind unsere beste Option.«

Die beste Option? Wofür? Offenbar hatte ich die Unterhaltung länger ausgeblendet, als ich gedacht hatte.

»Du weißt, dass ich alles tun werde, worum du mich bittest«, sagte ich, obwohl ich mir nicht sicher war, worauf ich mich einließ.

»Anaya ...«

»Ich dachte, du wolltest Landry zur Strecke bringen«, fiel ich Kyle ins Wort.

»Nicht auf diese Weise.«

»Und welche Weise wäre das?«

»Die, bei der du und Emerson allein nach Connecticut fliegt und Monica interviewt.«

Oh. Dazu hatte ich mich also bereit erklärt. Aber es behagte mir nicht unbedingt, dass keiner der Jungs dabei sein würde.

»Sie werden nicht allein sein. Jeremy wird sie begleiten«, warf Zane ein.

»Es gefällt mir kein bisschen«, fügte Thad hinzu, woraufhin Kyle sich mit hochgezogenen Augenbrauen seinem Chef zuwandte.

»Ich rufe Myles an. Er soll Emerson und Anaya nach Connecticut begleiten. Sobald er sie an Jeremy übergeben hat, wird Myles zu seiner Einheit zurückkehren. Ich kann die Jungs vom Blue Team nicht von ihrer Mission abziehen. Garrett hat eine Verbindung zu einem weiteren Omni-Mitglied gefunden, das ein Waffengeschäft in Mexiko abwickelt. Sie haben nur eine Chance, es zu vereiteln.« Zane hielt inne und atmete tief durch. »Ich kann euch verstehen. Ganz ehrlich. Aber wir brauchen Anaya und Emerson. Wenn dem nicht so wäre, würde ich sie liebend gern in der Zentrale mit Tatiana und dem Rest der Frauen einsperren. Aber wir sind auf ihre Hilfe angewiesen, und das wisst ihr. Es bleibt euch also nichts anderes übrig, als euch zusammenzureißen und euch damit abzufinden.«

Das war die falsche Antwort. Völlig falsch. Kyles Gesicht lief hochrot an, dann machte er auf dem Absatz kehrt und stapfte wütend aus dem Raum. Thad sah aus, als wollte er Zane zu einem Duell auf Leben und Tod herausfordern, und der Rest des Teams wirkte auch nicht sonderlich glücklich.

»Thad«, begann ich. »Ich weiß, die Situation ist nicht ideal ...«

»Ideal? Meine Frau wurde entführt. Und du ebenfalls. Die ganze Sache ist beschissen. Keiner von euch sollte auch nur in die Nähe dieser Operation kommen.«

»Aber das sind wir. Und wir sind die Einzigen, die eine Beziehung zu Monica aufbauen und sie hoffentlich zum Reden bringen können. Es ist die einzige Möglichkeit, und das weißt du. Myles wird uns begleiten. Mach dir keine Sorgen.«

»Du kennst Myles nicht einmal«, bellte Thad.

»Das muss ich auch nicht. Du und Kyle, ihr vertraut Zane. Und wenn dieser Myles für Zane arbeitet, dann vertraut Zane ihm.«

»Anaya ...«

»Alles wird gut«, unterbrach ich ihn. »Ich muss es tun. Nach allem, was ich durchgemacht habe, will ich mich nützlich fühlen. Ich muss mich meinen Ängsten stellen. Aber dazu brauche ich eure Hilfe. Kyle wird meine Mitarbeit nie gutheißen, es sei denn, sein Team steht hinter ihm. Bitte sprecht mit ihm.«

Als keiner von ihnen einen Ton sagte, stieß ich einen Seufzer aus. Offenbar wollten sie mir nicht helfen.

»Thad ...«, begann ich.

»Mir gefällt das kein bisschen. Es wird in einer Katastrophe enden. Aber ich kenne Emmy, sie ist unerbittlich und wird nicht nachgeben. Daher fühle ich mich besser, wenn ich weiß, dass du bei ihr sein wirst.«

»Danke. Ich werde nach Kyle suchen.«

Ich wandte mich ab und wollte schon gehen, als Zane mich aufhielt. »Aber nicht mit meinem Sohn.«

Ich straffte die Schultern und drückte das Baby an mich. »Das ist die Revanche dafür, dass du meinem Mann gesagt hast, er solle sich zusammenreißen. Jetzt musst du stark bleiben. Ich übergebe Eric seiner Mutter, damit ihre Freundinnen ihn ebenfalls in den Arm nehmen können, ohne dass sein verrückter Vater sich wie ein Idiot aufführt.«

Zanes Knurren machte mir keine Angst. Er war ein Schmusetiger. Zumindest bei den Frauen in seinem Leben. Es bestand kein Zweifel, dass er einen Mann mit bloßen Händen in zwei Hälften zerreißen konnte, ohne ins Schwitzen zu geraten. Aber mir würde er nie wehtun.

»Wie hast du ihn dazu gebracht, dir das Baby zu geben?«, fragte Emerson fassungslos, als ich das Wohnzimmer betrat.

»Musstest du Zane betäuben?«, fügte Tatiana lachend hinzu.

»Hier.« Ich legte Eric in Emersons Arme. »Fass ihm nicht ins Gesicht. Atme ihn nicht an. Ich glaube nicht einmal, dass du ihn ansehen darfst.«

»Gott weiß, dass ich meinen Mann liebe. Vor allem weil er ein liebender, fürsorglicher Mann ist. Aber mit seinem Sohn übertreibt er. Er wird noch einen Herzinfarkt erleiden, wenn er sich nicht beruhigt.«

Ich wandte mich Ivy zu und musste ihr zustimmen. Zane benahm sich wie eine überfürsorgliche Glucke. Gleichzeitig war ich ein wenig neidisch auf den kleinen Eric. Er war gerade zehn Tage alt und ahnte noch nicht, wie sehr er geliebt wurde. Wie sehr sein Vater ihn vergötterte und wie die Augen seiner Mutter jedes Mal vor Freude aufleuchteten, wenn sie ihn ansah. Eric Lewis würde in seinem ganzen Leben nie erfahren, was Einsamkeit bedeutete. Er würde nie verstoßen werden.

»Aber es ist auf jeden Fall besser als die Alternative.«

»Ja, das ist wahr«, flüsterte sie.

Dann machte ich mich auf die Suche nach meinem Mann.

KAPITEL VIERUNDZWANZIG

Der Tag hatte sich von Minute zu Minute verschlechtert.

Ashaki hatte Garrett mitgeteilt, dass der Verkauf der Mädchen bald stattfinden würde.

Wir würden Maryland in aller Herrgottsfrühe verlassen, um nach Kanada zu fliegen. Und ein paar Stunden später würden Emerson und Anaya sich mit Myles auf den Weg nach Connecticut machen.

»Du verschwendest Zeit«, schnaubte Anaya.

»Wie bitte?« Ich ließ von meiner Ausrüstung ab, die ich gerade packte, und wandte mich ihr zu.

»Du schmollst. Uns bleiben nur noch ein paar Stunden, bevor du abreist. Hör auf, vor dich hin zu grummeln. Dadurch wirst du auch nichts ändern.«

Ich grummelte nicht einfach vor mich hin, ich war stinkwütend. Und nicht nur das, ich hatte eine Heidenangst. Das war neu für mich. Es war schon vorgekommen, dass ich bei einem Einsatz ein flaues Gefühl im Magen hatte, aber Angst hatte ich noch nie.

Andererseits hatte ich die Frau, die ich liebte, auch noch nie zu einem Verhör mit einer mir unbekannten Person geschickt. Wir hatten keine Ahnung, ob Monica ein Opfer war. Emerson und Anaya schienen zwar davon überzeugt zu sein, aber bis die

Frau nicht ordentlich durchleuchtet worden war, war sie in meinen Augen eine Komplizin.

»Anaya …«

»Blaffe mich nicht an.« Anaya stemmte eine Hand in die Hüfte und fixierte mich mit versteinerter Miene. »Weißt du, warum ich keine Angst habe?«

»Das ist ja gerade das Problem. Du tust gerade so, als sei die ganze Sache ein Sonntagsspaziergang, dabei solltest du eigentlich Angst haben.«

Sie stieß einen Seufzer aus. »Aber ich fürchte mich nicht, weil ich dir und deinem Team vertraue. Myles wird uns begleiten und dann wird Jeremy uns beschützen. Wir müssen nichts weiter tun, als uns mit Monica zu unterhalten. Dann warten wir, bis du, Thad und Declan uns abholt und nach Hause bringt. Du begibst dich in Gefahr, nicht ich. Und du kannst dich nicht auf deine Arbeit konzentrieren, wenn du dir ständig Sorgen um mich machst. Also hör auf damit.«

Sie war verrückt, wenn sie glaubte, dass ich mir keine Gedanken um sie machen würde.

»Was kann ich tun, um es dir leichter zu machen?«, fragte sie leise.

»Bleib hier und ziehe dich mit den anderen in die Zentrale zurück.«

Ein Muskel in ihrem Kiefer zuckte, dann ließ sie die Schultern hängen.

»Also schön. Gib Zane Bescheid.«

Moment mal. Wie war das?

Plötzlich hatte ich ein schlechtes Gewissen. Nicht nur, weil ich sie gebeten hatte zu bleiben, sondern auch weil sie eingewilligt hatte.

»Wie bitte?«

»Du hast gewonnen. Ich will, dass du dich auf deine Mission konzentrierst und gesund und munter zu mir zurückkehrst. Wenn das nur möglich ist, indem ich hierbleibe, dann werde ich zu den anderen in die Zentrale gehen.«

Verdammt, ich war ein Arschloch. Sie würde mir tatsächlich

den Gefallen tun und hierbleiben, selbst wenn sie dafür etwas aufgeben müsste, was ihr wichtig war.

»Komm her, Schatz.«

Als Anaya auf mich zukam, ließ ich meine Ausrüstung fallen und zog sie in meine Arme.

»Es tut mir leid. Als ich dich das letzte Mal gehen ließ, wurdest du entführt und zusammengeschlagen. Ich habe das Bild immer noch vor Augen. Es ist weder dir noch der Operation gegenüber fair, aber ich kann nichts gegen meine Gefühle tun. Ich habe Angst, dich allein zu lassen.«

»Ich kann dich verstehen«, murmelte sie an meiner Brust.

»Ich habe auch Angst. Nicht um mich, sondern um dich. Ich will, dass du gesund zu mir zurückkehrst.«

Erneut wurde ich von einem schlechten Gewissen gepackt. Ich hatte sie nicht einmal gefragt, wie sie sich bei dem Gedanken fühlte, dass ich fortging. Es war mir nicht einmal in den Sinn gekommen, dass sie sich Sorgen um mich machen könnte.

»Ich hatte noch nie jemanden, der zu Hause auf mich gewartet hat.«

»Nun, jetzt hast du jemanden.«

»Jetzt habe ich jemanden«, wiederholte ich.

Wir standen mitten im Keller. Ich hielt Anaya fest, während ich das Bett betrachtete, das wir zwei Wochen lang geteilt hatten. Dort hatte ich sie auf viele verschiedene Arten geliebt, dort war sie in meinen Armen eingeschlafen und dort hatte sie mir ihre Geheimnisse anvertraut. Dort hatte ich gespürt, wie ihre Seele zu heilen begann.

Es fühlte sich länger an als nur ein paar Wochen. Viel länger. Ich konnte mich kaum an eine Zeit erinnern, in der sie nicht Teil meines Lebens gewesen war. Und eine Zukunft ohne sie wollte ich mir gar nicht mehr vorstellen.

Sie seufzte, als ich sie noch fester an mich drückte. »Bitte versprich mir, dass du auf dich aufpasst. Du bleibst die ganze Zeit über bei Emerson. Und wenn euch irgendetwas seltsam erscheint, dann macht ihr euch aus dem Staub. Zane, Jax, Garrett und Tex werden hier sein, falls ihr sie braucht.«

»Ich verspreche es«, sagte sie überrascht. Sie klang glücklich.

Verdammt.

Ich wollte sie nicht gehen lassen. Aber ich wollte vermeiden, dass meine Unsicherheit auf sie abfärbte. Endlich hatte sie die Kraft gefunden, sie selbst zu sein. Jeden Tag öffnete sie sich etwas mehr und ließ ihre innere Schönheit etwas heller strahlen. Ich durfte sie nicht auslöschen.

»Ich meine es ernst, Anaya. Wenn du das Gefühl hast, dass etwas nicht stimmt, dann vertraue auf deine Intuition.«

»Emmy und ich werden zusammenhalten, komme, was da wolle. Und falls ich ein ungutes Gefühl habe, werden wir gehen.«

»Du wirst mich nicht erreichen können. Jegliche Kommunikation läuft über die Zentrale.«

»Ich weiß.«

Natürlich wusste sie es. Sie und Emerson wurden über den Ablauf der Operation informiert. Und obwohl beide nicht sonderlich erfreut waren, dass das Team untertauchte, verstanden sie die Notwendigkeit einer Kommunikationssperre. Wir würden unsere Privathandys nicht mit nach Kanada nehmen und sämtliche Nachrichten würden stark verschlüsselt sein.

»Ich liebe dich, Anaya.«

Sie hielt inne und versteifte sich.

Mist, es war zu früh. Ich hätte meine Gefühle noch für mich behalten sollen.

»Wirklich?«

Beinahe hätte ich gelacht, als ich den schockierten Unterton in ihrer Stimme hörte, aber ich hielt mich zurück.

»Ja, Schatz. Falls es noch zu …«

»Ich liebe dich auch, Kyle. Ich weiß es schon seit einer Weile, aber ich hatte zu viel Angst, es dir zu sagen.«

Ich schloss die Augen und ließ ihre Worte auf mich wirken. Nie wieder würde ich sie vergessen. Sie brannten sich in mein Herz, erfüllten meine Seele und ließen meinen Schwanz zucken. Wärme durchströmte meinen Körper und ich betete, dass alles gut werden würde. Ich hoffte, dass Anaya und Emerson die Informationen bekommen würden, die wir brauchten, und dass mein Team und ich die Mädchen würden retten können.

»Du solltest fertig packen«, flüsterte Anaya.

»Gleich. Ich bin noch nicht bereit, dich gehen zu lassen.«

Ich schob sie in Richtung Bett und wusste genau, wann ihre Kniekehlen die Bettkante berührten, denn sie verzog die Lippen zu einem strahlenden Lächeln, das ihre Grübchen zum Vorschein brachte.

»Nur eine Minute?«, fragte sie verschmitzt.

Ich antwortete nicht, sondern zog ihr das Oberteil über den Kopf. Dann zeigte ich ihr, wie glücklich sie mich gemacht hatte, als sie mir ihre Liebe gestanden hatte. Wir brauchten mehr als eine Minute. Es dauerte fünf, bis sie meinen Namen keuchte und ich ihr mit meinem Mund den ersten Orgasmus bescherte. Nach weiteren zwanzig Minuten kam sie erneut und dämpfte ihre Schreie im Kissen, während ich sie von hinten nahm. Und weitere zehn Minuten später ergoss ich mich in ihr, während sie mein Stöhnen schluckte und alles in sich aufnahm, was ich ihr zu geben hatte.

Erst dann machte ich mich wieder ans Packen.

* * *

DIE STUNDEN BIS ZU MEINER ABREISE WAREN SCHNELLER vergangen, als mir lieb war.

Der Abschiedskuss war verdammt kurz.

Und der Ausdruck auf Anayas Gesicht ließ mich alles infrage stellen.

»Wir werden doch beide in ein paar Tagen wieder zu Hause sein, nicht wahr?«, flüsterte sie.

»Ganz sicher.«

»Ich werde dich vermissen.«

»Ich werde dich auch vermissen, Schatz. Pass auf dich auf.«

»Du auch.«

Ich konnte nicht anders, ich beugte mich vor und küsste sie noch einmal. Dabei ließ ich meine Hände in ihr weiches braunes Haar gleiten und verwob meine Finger in den Strähnen, um ihren Kopf festzuhalten. Eigentlich hatte ich sie nur zärtlich liebkosen wollen, um ihr dann zu sagen, wie sehr es mich schmerzte, von ihr getrennt sein zu müssen. Aber sobald sie mit ihrer Zunge die meine streifte, war ich verloren.

Ich hatte keine Ahnung, wie es passiert war. Wie hatte ich mich so schnell verlieben können? Anaya war im Handumdrehen zu einem so wichtigen Teil meines Lebens geworden, dass es mir sogar davor graute, zu einer Mission aufzubrechen. Wie war das möglich? Zuvor hatte mein Job mir alles bedeutet. Sowohl bei der Navy als auch jetzt bei Z Corps. Nie war etwas aufregender gewesen als der Nervenkitzel bei einem Einsatz – bis Anaya auftauchte. Plötzlich wollte ich nicht mehr losziehen und irgendwo in einer heruntergekommenen Hütte schlafen, in der sie nicht neben mir liegen würde.

Als Anaya stöhnte, wusste ich, dass es Zeit war zu gehen.

Es war Zeit, sich zu verabschieden.

Ich zog den Kopf zurück und sah in ihre halb geschlossenen Augen. Es freute mich zu sehen, dass der Kuss Wirkung bei ihr gezeigt hatte.

»Bis bald, Schatz.«

»Bis bald.«

Ich führte sie zum Bett, zog die Bettdecke zurück und wartete, bis sie sich hingelegt hatte. Dann deckte ich sie zu, drückte ihr noch einen Kuss auf die Stirn und richtete mich wieder auf.

»Schlaf ein bisschen. Du hast einen anstrengenden Tag vor dir.«

»Ich liebe dich, Kyle.«

Für einen Moment sog ich ihre Worte in mich auf. Ich würde nie müde werde, sie zu hören.

»Ich liebe dich auch.«

Ich knipste die Nachttischlampe aus und schnappte mir meine Sachen.

An der Tür hielt ich noch einmal inne, doch ich zwang mich weiterzugehen, ohne mich noch einmal umzudrehen.

Die Jungs warteten bereits im Wohnzimmer auf mich. Thad sah genauso niedergeschlagen aus, wie ich mich fühlte. Er wollte genauso wenig wie ich, dass Emerson nach Connecticut reiste.

»Bist du so weit?«, fragte Dec.

»Fast.« Ich wandte mich Myles zu. »Hast du alles, was du brauchst?«

»Ja.« Ein Lächeln umspielte die Lippen des Mannes. »Dies ist nicht meine erste Eskorte.«

»Gut möglich, aber es ist das erste Mal, dass du die Frau begleitest, die ich liebe. Also muss ich wissen, ob du die Sache im Griff hast.«

Myles' Grinsen verblasste und seine Augen verengten sich. »Du weißt, dass ich der Situation gewachsen bin.«

Er hatte recht. Myles war sowohl ein guter Agent als auch ein guter Kamerad. Aus gutem Grund war er der Anführer des Blue Teams, denn er verfügte über scharfe Instinkte. Zane konnte von Glück reden, dass Myles sich bereit erklärt hatte, für Z Corps zu arbeiten. Nachdem er seinen Dienst bei der Armee quittiert hatte, hatten sämtliche Regierungsbehörden versucht, Myles unter Vertrag zu nehmen.

»Verdammt. Du hast recht. Ich bin nur ...« Ich rieb mir mit den Händen übers Gesicht, weil ich nicht wusste, wie ich den Satz beenden sollte.

»Ich habe alles im Griff. Ihr beide müsst aufhören, euch Sorgen zu machen, und euch auf die Mission konzentrieren. Ich melde mich, nachdem ich sie abgesetzt habe.«

Thad erwiderte nichts, sondern ging einfach zur Tür. Der Rest des Teams folgte ihm.

»Danke«, murmelte ich.

»Gern geschehen. Bis später.«

Wir stiegen alle in den Geländewagen und Declan saß am Steuer. Zum Glück war nicht viel Verkehr auf den Straßen. Sein Fahrstil war ohnehin haarsträubend. Aber an diesem Morgen schien er über etwas nachzudenken, das ihn dazu veranlasste, das Gaspedal bis zum Anschlag durchzutreten. Wir würden in der Hälfte der Zeit in der Zentrale sein.

»Wohin verschwindest du eigentlich immer wieder?«, wollte Max von Declan wissen.

»Das geht dich nichts an«, erwiderte Dec.

»Doch, das tut es, denn jedes Mal, wenn du dich zurück ins Haus schleichst, hast du noch schlechtere Laune als zuvor.«

Ich mischte mich nicht ein. Zwar war ich genauso neugierig zu erfahren, wohin Declan ging, aber ich würde ihn nicht danach fragen. Schon gar nicht, solange der Mann mein Leben in der Hand hielt.

»Ich schleiche mich nirgendwohin, Arschloch.«

»Wie du meinst«, fuhr Max fort. »Ich würde es jedoch schleichen nennen, wenn du nach Hause kommst und leise und wortlos nach oben gehst.«

Im Geländewagen herrschte plötzlich Stille und die Luft war zum Zerschneiden dick. Ich musste Declans Gesicht nicht sehen, um zu wissen, dass er wütend war.

»Ich habe viel um die Ohren«, murmelte Dec.

»Möchtest du darüber reden?«, hakte Max nach. Offenbar wusste er nicht, wann es Zeit war, das Thema ruhen zu lassen.

»Nein.«

»Okay.« Im schwachen Licht der Straßenlaternen, das durch die Wagenfenster fiel, konnte ich sehen, wie Max den Kopf schüttelte. »Weißt du ...«

»Lass es.« Declans kurze Antwort ließ keinen Raum für Diskussionen und Max war klug genug, nicht weiter nachzuhaken.

Declan würde darüber reden, wenn er bereit dazu war. Nicht eine Sekunde früher. Und das wenige, das er mir bisher erzählt hatte, reichte völlig aus, um zu verstehen, warum er nie über seine Vergangenheit sprechen wollte. Allein bei dem Gedanken, Anaya zu verlieren, drehte sich mir der Magen um. Mein Respekt für Declan war dadurch gewachsen. Im Gegensatz zu ihm wäre ich nicht in der Lage weiterzuleben, wenn ich alles verloren hätte.

KAPITEL FÜNFUNDZWANZIG

»Myles hat das Sagen.«

»Ja, Zane, das hast du bereits erwähnt«, erwiderte ich.

»Genau aus dem Grund beschäftige ich keine Frauen«, murmelte Zane. »Sie geben nur Widerworte und verdrehen ständig die Augen.«

»Und Jasmin ist keine Frau?«

»Verdammt nein. Jasmin hat Eier aus Stahl. Sie verdreht nicht die Augen, sondern erschießt Bösewichte.«

»Und Ivy? Sie arbeitet für dich«, warf Tatiana ein. »Und was ist mit Violet? Und mir?«

»Gutes Argument. Du bist gefeuert.«

»Gefeuert?«, fragte Tatiana lachend. »Was habe ich getan?«

»Du hast dich mit den anderen auf eine Seite geschlagen.«

»Ist das in deinem Mitarbeiterhandbuch aufgeführt?«

»Siehst du, genau deshalb bist du gefeuert. Meine Männer fragen mich nicht nach einem Mitarbeiterhandbuch. Sie haben eine Kampfvorschrift und widersprechen mir nicht. Nun, bis sie einer Frau verfallen und ihre Eier an den Nagel hängen, dann bereiten sie mir nichts als Kummer.«

In Zanes blauen Augen spiegelte sich noch mehr wider als der übliche sarkastische Ausdruck. Inzwischen hatte ich gelernt, dass seine schroffe Art völlig normal war, doch er betrachtete uns mit wachsamem Blick. Irgendetwas stimmte nicht.

»Was ist los?«, fragte ich.

»Abgesehen davon, dass du hier stehst und mir …«

»Zane. Was ist los?«

Er atmete tief durch und blickte zwischen mir und Emerson hin und her.

»Ich verlange viel von euch beiden. Genau wie von den Männern. Ganz ehrlich, wenn es um Ivy ginge, würde ich sie nicht gehen lassen. Eher würde ich sie an meinen Schreibtisch fesseln. Ich weiß nicht, ob ich die richtige Entscheidung getroffen habe. Zwei meiner Männer sind im Einsatz und können sich nicht voll und ganz auf die Mission konzentrieren, weil sie sich Sorgen um ihre Frauen machen. In solchen Situationen scheitern Einsätze und gute Männer kommen ums Leben. Und ich erteile zwei traumatisierten Frauen einen riskanten Auftrag, bei dem sie ihr Trauma noch einmal durchleben müssen.«

»Ich bin nicht traumatisiert«, konterte ich. »Und wage es nicht, mich wie ein Opfer zu behandeln.«

»Acht Jahre, Zane«, begann Emerson. »Du weißt, wie ich gelebt und was ich getan habe. Und du weißt auch, dass ich dem gewachsen bin. Ich war schon in schlimmeren Situationen und war auf mich allein gestellt. Jetzt stehen du und das Team hinter mir. Also tu nicht so, als sei ich nicht imstande, mit einer Frau zu sprechen.«

»Was ist, wenn Monica wirklich Landrys Komplizin ist?«, fragte Zane.

»Dann werden wir es sofort herausfinden«, antwortete Emerson. »Ich kenne den Unterschied.«

»Verdammt«, fluchte Zane.

»Wir haben das im Griff. Wir unterhalten uns mit der Frau in einer sicheren Umgebung. Wenn sich herausstellt, dass sie auf der Seite der Bösewichte steht, werden Anaya und ich das Weite suchen und Jeremy wird sich um sie kümmern.«

»Ich komme mit euch.«

»Nein, das wirst du nicht tun. Deine Frau hat gerade ein Baby bekommen und braucht dich. Wie du schon sagtest, hast du ein Team im Einsatz und musst ihnen im Notfall den Rücken stärken. Außerdem ist Garrett dabei, das Netzwerk von Omni aufzudecken, daher ist es besser, wenn du hier bist. Myles wird uns begleiten. Wenn er das Gefühl hat, dass etwas faul ist, steigen wir wieder in den Wagen und machen uns aus dem Staub. Unser Plan ist gut durchdacht.«

»Aber wenn …«

»Zane, ganz ehrlich, hör auf damit. Wenn wir zwei deiner Männer wären, würden wir diese Unterhaltung gar nicht führen«, drängte Emerson.

»Aber ihr seid nicht zwei meiner Männer. Ihr seid zwei Frauen, die meinen Männern viel bedeuten. Wenn etwas schiefgeht, bin ich dafür verantwortlich.«

»Was können wir tun, damit du dich besser fühlst?«, fragte ich.

»Versprecht mir, dass ihr meine Befehle befolgt. Stellt Myles keine Fragen, widersetzt euch Jeremys Anweisungen nicht und hört auf mich, wenn ich euch sage, dass ihr verschwinden sollt. Ihr werdet gehorchen.«

»Versprochen«, antworteten Emerson und ich im Chor.

»Verdammt.« Zane schüttelte den Kopf. »Passt auf euch auf. Myles, sie gehören ganz dir. Bleib in Kontakt.«

»Verstanden, Chef.«

Zane ging zum Ausgang, drehte sich aber noch einmal um und starrte Myles an.

»Komm nicht auf dumme Gedanken. Und falls dein Team plötzlich Frühlingsgefühle bekommt, dann kastrierst du die Jungs. Keine verdammten Frauen mehr.«

»Keine Sorge, Lieutenant. Wir sind frei und ungebunden und haben nicht vor, etwas daran zu ändern.«

»Die berühmten letzten Worte«, brummte Zane und schlug die Tür hinter sich zu.

Ich begegnete Emersons Blick und erwiderte ihr Lächeln. »Das war einfacher, als ich dachte.«

»Man muss nur wissen, wie man ihn zu nehmen hat«, erwiderte sie.

»Wie man Zane Lewis zu nehmen hat?« Myles lachte laut

auf. »Ich hätte nicht gedacht, dass ich diese Worte je hören würde.«

* * *

»Warum fahren wir noch mal?«, beschwerte ich mich vom Rücksitz aus.

Wir hatten gerade Newark, New Jersey passiert. Von Annapolis aus hätte die Fahrt nur etwa drei Stunden dauern sollen, aber Myles mied mautpflichtige Straßen, weshalb wir bisher dreißig Minuten länger unterwegs waren.

»Du bist schlimmer als ein Kleinkind«, lachte Myles.

»Irgendetwas stimmt nicht«, sagte Emerson. »Du hast doch die Akte über Monica gelesen, nicht wahr?«

Emerson warf mir einen Blick über die Schulter zu und wartete auf meine Antwort.

»Ja. Aber mir ist nichts Besonderes aufgefallen.«

»Monica wurde mit dreizehn in Ontario als vermisst gemeldet. Ihre Eltern haben allerdings nicht sofort die Polizei verständigt.«

»Vielleicht dachten sie, sie sei weggelaufen. Wie war ihr häusliches Umfeld?«, fragte Myles, bevor ich es tun konnte.

»Auf dem Papier sieht es so aus, als hätte sie eine wunderbare Kindheit gehabt. Aber wir alle wissen, dass das möglicherweise Blödsinn ist. Doch etwas ist mir an der Sache sauer aufgestoßen: Der Vermisstenfall wurde geschlossen.«

»Weißt du warum?«, wollte Myles wissen.

»Das habe ich auch gelesen«, warf ich ein. »Aber ich weiß nichts über die Verfahrensweise der kanadischen Behörden.«

»Ich glaube nicht, dass die kanadische Polizei eine Untersuchung über eine vermisste Dreizehnjährige ohne triftigen Grund einfach einstellen würde. Ich werde Garrett anrufen und ihn fragen.«

Emerson kramte in ihrer Handtasche und zog ihr Handy hervor. Sie wählte die Nummer und schaltete es auf Lautsprecher.

»Emerson?«, meldete Garrett sich.

248

»Ja. Hör zu, kannst du dir den Polizeibericht von Monica Tremblays Verschwinden ansehen und herausfinden, warum die Ermittlungen eingestellt wurden?«

»Sicher. Worauf willst du hinaus?«

Ich konnte hören, wie Garrett auf seiner Tastatur herumklickte, während er auf Emersons Antwort wartete.

»Ich bin mir nicht sicher. Irgendetwas daran ergibt keinen Sinn. In den USA würde so etwas nicht passieren, nicht wahr?«

»Da hast du recht«, antwortete ich. »Die Ermittlungen würden weiterlaufen und der Name der vermissten Person würde in die bundesweite Datenbank aufgenommen werden. Das NCMEC wäre ebenfalls involviert und hätte eine Akte über den Fall.«

»Scheiße«, murmelte Garrett. »Wir haben die Eltern nicht überprüft, doch das hätten wir tun sollen. Der Fall wurde geschlossen, als die Tremblays den Behörden meldeten, dass Monica zu einem Verwandten in die USA gezogen sei.«

»Wurde ein Visum für sie ausgestellt?«, wollte Myles wissen.

»Negativ. Es wurde nichts bei der Einwanderungsbehörde eingereicht. Monicas Mutter hat allerdings die doppelte Staatsbürgerschaft, was bedeutet, dass Monica sie auch hat.«

»Gibt es irgendwelche Unterlagen, die ihre Behauptung stützen?«, hakte ich nach. »Schulzeugnisse? Arztbesuche? Irgendetwas?«

»Negativ. Sie ist wie ein Geist.«

»Wäre es möglich, dass ihre Eltern sie verkauft haben?«, fragte Emerson.

»Sehr wahrscheinlich. Gut erkannt, Emmy. Ich werde mich mit den Eltern befassen und rufe euch dann zurück. Wie ist die Fahrt?«

»Lang«, murmelte ich.

»Jetzt klingst du schon wie Tatiana. Sie hat geschworen, nie wieder einen Roadtrip mit dem Team zu unternehmen.«

»Sie ist eine kluge Frau.«

»Sicher. Ende.«

Garrett trennte die Verbindung und Emerson wandte sich

wieder mir zu. Sie sah besorgt aus. »Wie willst du mit Monica umgehen?«

Ich dachte einen Moment über ihre Frage nach. »Wir gehen behutsam vor. Zuerst sollten wir uns ihr gegenüber öffnen und sehen, ob sie darauf eingeht. Es ist wohl das Beste, wenn sie erkennt, dass wir Verständnis für das haben, was sie durchgemacht hat. Falls sie nicht wie erwartet reagiert, können wir die Taktik ändern. Aber wenn sie wirklich ein Opfer von Mädchenhändlern ist und wir sie von vornherein wie Landrys Komplizin behandeln, werden wir ihr Vertrauen nie gewinnen. Ganz zu schweigen davon, dass wir sie noch mehr verängstigen würden.«

»Ganz meine Meinung. Ich habe genügend Frauen getroffen, die durch diese Hölle gegangen sind, um zu wissen, wie sie aussehen. Wenn wir recht haben und ihre Eltern sie verkauft haben, ist sie auf jeden Fall ein Opfer. Selbst wenn Harry sie dazu gebracht hat, die Seiten zu wechseln, und sie ihm bereitwillig geholfen hat. Unterm Strich hätte Monica getan, was sie tun musste, um zu überleben.«

Emerson hatte recht, und bei dem Gedanken drehte sich mir der Magen um. Ein Mensch konnte nur ein gewisses Maß an Grausamkeit ertragen, bevor die Seele sich von der Außenwelt abschottete und der Überlebensmodus einsetzte.

* * *

Es dauerte zwei Stunden, bis Garrett uns zurückrief. Ich starrte gerade aus dem Fenster und beobachtete, wie der New York Stewart International Airport an uns vorbeizog, als Emersons Handy klingelte.

»Hast du etwas gefunden?«, fragte sie.

»Ich bin auf eine Goldgrube gestoßen«, antwortete Garrett. »Dale Tremblay arbeitete als Programmierer, bis die Firma pleiteging und er arbeitslos wurde. Seine Frau Beatrice war als Assistentin in einem schlecht bezahlten Job tätig.«

»Moment, arbeitete? In der Vergangenheitsform?«, warf ich ein.

»Beide sind verstorben. Selbstmord.«

Scheiße. Das klang nicht gut. Ganz und gar nicht.

»Ein Doppelselbstmord kommt einem Schuldeingeständnis gleich«, flüsterte Emerson.

»Damit hast du wohl recht. Die Tremblays steckten in finanziellen Schwierigkeiten. Beatrice war die einzige Ernährerin der Familie. Außerdem hatten sie ihr Haus verloren und lebten in einem Motel.«

»Harte Zeiten und Obdachlosigkeit bedeuten nicht, dass man gleich sein Kind verkauft«, warf Myles ein.

»Das stimmt, aber die zweihunderttausend Dollar, die auf ihrem Bankkonto aufgetaucht sind, schon.«

»Eine so hohe Überweisung hätte doch Alarmglocken auslösen müssen«, bemerkte ich.

»Nicht wenn sie von deinem Arbeitgeber als Abfindung für einen Arbeitsunfall kommt.«

»Arbeitgeber?«, hauchte ich. »Was zum Teufel?«

»Momentan wühle ich mich noch durch einen Berg von Informationen, aber ich dachte, ihr würdet gern wissen wollen, was ich bisher herausgefunden habe.«

»Was sagt dir dein Bauchgefühl, Garrett?«, fragte Myles.

»Bisher habe ich noch keine Beweise ausgraben können, aber ich wette, dass Icon Fashion Verbindungen zu Omni hat. Dort hat Beatrice gearbeitet.«

»Bei Icon? Das Unternehmen gehört Madeleine Strotherby«, sagte ich ungläubig.

Madeleine war mittlerweile in ihren Achtzigern. Sie war ein ehemaliges Model, das zur Schauspielerin und dann zur Modedesignerin avanciert war. Sie vertrieb außerdem Parfüm und Make-up. Die Frau engagierte sich für wohltätige Zwecke und war deshalb hoch angesehen.

»Anaya, es tut mir leid, deine Blase platzen zu lassen«, begann Garrett, »aber meiner Erfahrung nach haben die Leute, die auf dem Papier am besten aussehen und der ganzen Welt zeigen, welch gute Menschen sie sind, oftmals etwas zu verbergen. Und ihr Geheimnis ist meist dunkel und erschreckend. Das bedeutet nicht, dass das auch auf Icon zutrifft, aber wenn etwas zum Himmel stinkt, dann ist normalerweise etwas daran faul. Und die Sache mit den Tremblays stinkt wie die Pest.«

»Falls du recht hast, ist das echt scheiße«, murmelte ich. »Madeleine hat fast die Hälfte ihres Vermögens gespendet.«

»Vielleicht liege ich ja falsch«, räumte Garrett ein, obwohl sein Tonfall vermuten ließ, dass er anderer Meinung war. »Ich melde mich wieder.«

»Wie denkst du darüber, Myles?«, fragte Emerson.

»Ich habe in meinem Leben schon viel gesehen«, begann er. »Und ich muss Garrett zustimmen. Reichtum und Macht gehen Hand in Hand. Wenn jemand beides erlangt hat, will er weder das eine noch das andere je wieder verlieren.«

»Und Omni? Was ist mit diesen Leuten?«, fragte ich. »Scheinbar sind sämtliche Mitglieder der Gruppe wohlhabende Geschäftsinhaber. Sie führen legale Unternehmen. Warum handeln sie mit Mädchen?«

»Nicht nur mit Mädchen. Auch mit Drogen, Waffen, Antiquitäten und allem, was sie sonst noch in die Finger bekommen. Die Antwort ist einfach. Geld. Mehr Macht. Und ich bin sicher, dass Männer wie Harry Landry und Jefferson Baldwin beim Kaufen und Verkaufen von Frauen auf ihre Kosten kommen. Sie sind Schweine und glauben, dass sie alles und jeden besitzen können. Was kauft ein Mann, der buchstäblich schon alles hat? Einen Menschen. Abschaum wie sie verschafft sich dadurch das ultimative Machtgefühl. Sie haben keine Moral, keine Seele, und die Schreie ihrer Opfer nähren ihr perverses Ego. Mein Team verfolgt gerade einen Waffenhändler, der dafür bekannt ist, dass er seine Lieferungen verbilligt, wenn die Käufer ihm einen Platz in der ersten Reihe garantieren.«

»In der ersten Reihe wovon?«, fragte ich.

»Bei der ersten Schießerei.«

»Der Mann liebt es, einer Schießerei zuzusehen?«

»Miguel Lopez bereitet es ein perverses Vergnügen zu beobachten, wie unschuldige Menschen durch die Waffen sterben, die er verkauft«, erklärte Myles.

»Das ist ... das ist ...« Ich konnte den Satz nicht beenden, weil ich nicht die richtigen Worte fand. War es ekelhaft? Schrecklich?

»Es ist beschissen«, ergänzte Myles. »Der Mann muss zur Strecke gebracht werden. Und hoffentlich wird er in den nächsten achtundvierzig Stunden in die ewigen Jagdgründe eingehen.«

Ich lehnte mich in meinem Sitz zurück und dachte darüber nach, was Myles gesagt hatte. Und auch darüber, *wie* er es gesagt hatte. Leichtfertig. Wie beiläufig hatte er mir zu verstehen gegeben, dass er den Mann töten würde.

Dann wurde mir bewusst, dass ich mich nicht darum scherte, wenn ein Mann wie Miguel Lopez das Zeitliche segnete.

Ohne ihn wäre die Welt ein besserer Ort.

Vielleicht hätte ich anders empfinden sollen, und möglicherweise hätte ich das vor ein paar Monaten auch getan, aber ich hatte viel durchgemacht seit Kalees Tod. Meine Meinung hatte sich geändert, nachdem ich mich in einem Schrank versteckt und gebetet hatte, dass die Rebellen mich nicht finden würden, während ich mithören musste, wie sie die Dorfbewohner folterten und sinnlos abschlachteten. Ich dachte anders, seit die Rebellen unschuldige Kinder in einem Waisenhaus getötet hatten. Und seit ich zum zweiten Mal in meinem Leben gefangen genommen und an eine Wand gekettet worden war.

Heute hatte ich kein Mitleid mehr.

KAPITEL SECHSUNDZWANZIG

»Das ist ein Desaster«, murmelte Leo.

Er hatte nicht unrecht.

Wir beide patrouillierten die Südgrenze des Geländes, auf dem die Mädchen festgehalten wurden. Das, was wir dort vorfanden, entsprach nicht den Berichten.

Es sah aus wie eine Zeltstadt inmitten einer ungenutzten Weide.

»Ich habe siebzehn gezählt, die abgespritzt wurden«, sagte ich. Doch das wusste er bereits. Zweifellos hatte er die Mädchen ebenfalls gezählt, als sie aus den Zelten gezerrt und gezwungen wurden, sich auszuziehen, um dann wie Tiere mit dem Schlauch abgespritzt zu werden.

Die Frauen waren zusammengezuckt und hatten aufgeschrien, als das zweifellos eiskalte Wasser auf ihre Haut geprasselt war. In diesem Moment hatte mein Finger am Abzug gejuckt. Es wäre eine Wohltat für meine Seele gewesen, wenn ich einige der Männer hätte erschießen können, während sie die Frauen auslachten. Doch ich verhielt mich ruhig und beobachtete das Geschehen.

Wir konnten siebzehn Frauen sehen, aber vielleicht befanden sich in den Zelten noch mehr. Auf jeden Fall waren es mehr, als in den Berichten vermerkt war.

Zudem konnten wir zehn Wachen ausmachen.

Wir waren zu neunt und würden zehn Männer mit Leichtig-keit ausschalten können. Aber das Grundstück befand sich mitten in einer Kleinstadt. Das Geräusch von automatischem Gewehrfeuer würde Aufmerksamkeit erregen und eine Menge Leute anlocken.

Außerdem war das Grundstück nicht sonderlich gut verborgen.

»Es müssen noch mehr sein, sonst würden sich nicht so viele Wachen auf dem Gelände befinden. Es gefällt mir nicht, dass wir keinen Einblick ins Haus haben.«

»Panther, nenne euren Standort«, meldete Linc sich über Funk, um unsere Position zu ermitteln.

»Südostecke«, antwortete Leo.

»Wir kommen in eure Richtung.«

Lincoln und Colin hatten sich am nördlichen Ende des Grundstücks postiert. Jasmin, Declan, Max, Thad und Brooks hatten sich zusammengetan, um die Stadt auszukundschaften.

Leo und ich beobachteten weiter das Gelände, als zwei Männer ein Mädchen aus dem Haus zerrten. Sie hatten sie jeder an einem Arm gepackt und schleiften ihren schlaffen Körper durch den Garten in Richtung der Zelte. Eine unbändige Wut packte mich.

»Sachte«, knurrte Leo neben mir.

Möglicherweise sagte er noch mehr, um mich zu beruhigen, aber ich nahm nur noch die nackten Füße des Mädchens wahr, die über den Boden schrammten.

Die Verderbtheit des Ganzen brachte mein Blut jedes Mal zum Kochen.

»Noch zwei Wachen«, bemerkte Leo.

Noch zwei Kerle, die dem Tod geweiht waren, wäre die bessere Formulierung gewesen.

Ich würde keinerlei Reue empfinden, wenn meine Kugel sie genau zwischen den Augen traf.

* * *

LEO, COLIN, LINC UND ICH WAREN WIEDER IN UNSEREM SICHEREN Unterschlupf und warteten darauf, dass der Rest des Teams von der Erkundung der Stadt zurückkam.

Die anderen saßen auf der Couch, aber ich konnte meine aufgewühlten Gedanken nicht beruhigen. Immer wieder sah ich den schlaffen Körper des Mädchens vor mir, das aus dem Haus getragen wurde. Immer und immer wieder.

Das hätte Anaya sein können.

Mein Magen zog sich zusammen und meine Brust verengte sich.

»Ich werde Meldung machen«, sagte Linc. »Wenn Dec noch etwas hinzuzufügen hat, wenn er zurück ist, kann er selbst anrufen.«

Meine Gedanken kreisten immer noch um Anaya und ich hörte kaum, wie es am anderen Ende der Leitung klingelte und Zane abnahm.

»Es gibt Probleme«, begann Linc.

»Wann haben wir verdammt noch mal keine Probleme?«, bellte Zane.

»Südende, mindestens achtzehn Mädchen und zwölf Wachen. Nordende, wir hatten fünf Mädchen im Blick, haben aber drei Zelte gezählt. Also könnten es auch mehr sein. Drei Wachen.«

»Verdammt.«

»Ganz genau. Fünfzehn Wachen sind ein Kinderspiel, aber wie du weißt, liegt das Grundstück nur acht Kilometer außerhalb der Stadt. Wenn wir eine wilde Schießerei anzetteln, wird das nicht unbemerkt bleiben. Sobald die Einwohner die Schüsse hören, werden sie nachsehen, was vor sich geht. Wir können keine Zivilisten auf dem Gelände gebrauchen. Vor allem wollen wir die Behörden nicht auf uns aufmerksam machen. Hast du einen Vorschlag, Bruder?«

»Glaubst du, Landry hat die Einheimischen auf seiner Gehaltsliste?«, fragte Zane.

»Ganz sicher. Über dem Lager hängt zwar keine Leuchtreklame, die mit Mädchen wirbt, aber es ist nicht sonderlich gut versteckt. Wenn man sich dem Grundstück nähert, kann man die Zelte sehen, in denen die Mädchen untergebracht sind«, fügte Leo hinzu.

»Wartet ab, bis der Handel über die Bühne geht«, befahl Zane.

»Wie bitte?«, meldete ich mich zu Wort.

»Lasst zu, dass der Käufer die Mädchen in Besitz nimmt, und verfolgt sie dann. Hoffentlich werden die Mädchen aufgeteilt, was bedeutet, dass für jeden Transport weniger Wachen abgestellt sind. Ich überlasse es euch, wann ihr eingreift.«

»Das dachte ich auch«, sagte Colin. »Auf keinen Fall werden sie versuchen, alle Mädchen zusammen zu transportieren.«

»Noch etwas. Auf Emersons Verdacht hin hat Garrett Monicas Verschwinden genauer unter die Lupe genommen. So langsam fügt sich alles zusammen. Mir gefällt zwar nicht, was wir herausfinden, aber es ergibt Sinn. Wir kommen der Spitze der Organisation immer näher. Tex durchleuchtet gerade ein paar weniger einflussreiche Mitglieder. Es überrascht mich immer wieder, wozu dieser Mann von seinem Wohnzimmer aus fähig ist.«

»Was du nicht sagst«, stimmte Leo zu. »Tex macht mir richtiggehend Angst.«

John »Tex« Keegan war ein verdammter Superheld ohne den albernen Umhang und die Strumpfhose. Der ehemalige SEAL war ein wahres Cyber-Genie.

Die Fähigkeiten unseres hauseigenen Computerexperten Garrett waren ebenfalls nicht zu verachten, doch Tex übertraf ihn trotzdem. Und sehr zu Garretts Verdruss gab Tex seine Geheimnisse nicht preis.

»Was hat Garrett sonst noch herausgefunden?«, fragte ich.

»Die Tremblays wurden bezahlt. Er versucht immer noch herauszufinden, wie dieses Geschäft zustande kam. Nichts in ihrer Vergangenheit deutet darauf hin, dass sie persönlich Verbindungen zu Omni oder einem anderen Mädchenhändlerring hatten. Bis auf die Tatsache, dass Beatrice für Icon gearbeitet hat, ist uns nichts bekannt. Garrett ist überzeugt davon, dass Icon mit Omni in Verbindung steht, aber bisher kann er seine Theorie nicht beweisen. Tex wirft ebenfalls einen Blick darauf.«

»Landry hat Verbindungen zu Icon?«, fragte Linc.

»Harry Landry besitzt Aktien in dem Unternehmen, allerdings nicht viele. Außerdem hat das allein noch nichts zu bedeuten. Du hast sein Portfolio gesehen, er besitzt Aktien von allen möglichen Firmen, angefangen bei Technologiegiganten bis hin zu kleinen Start-ups. Wir würden ein Jahrzehnt brauchen, um alles zu durchleuchten. Und das sind nur die, von denen wir wissen. Beunruhigender ist die Tatsache, dass er verbergen konnte, dass er der Eigentümer von Corella ist. Wir haben keine Zeit, um an der Oberfläche zu kratzen. Ich habe Tom angerufen und er hat bestätigt, dass er von Corella wusste. Das war einer der Gründe, warum er uns befohlen hat abzuwarten. Er will Landry lebend.«

»Dann glaubt Tom, dass Landry auspacken wird?«, vermutete ich, während ich vor Wut kochte.

Ich war mir nicht sicher, was für einen Mann wie Harry Landry schlimmer wäre: ein Leben in einer Gefängniszelle oder der Tod. Aber ich wusste, dass Thad an die Decke gehen würde. Landry war verantwortlich für Emersons Entführung. Das Ereignis war uns allen noch frisch im Gedächtnis, aber in Thads Fall hatte sich die Erinnerung daran in seine Eingeweide eingebrannt.

»Genau das glaubt er«, bestätigte Zane. »Aber ich habe meine Zweifel.«

Ich warf einen Blick auf die drei Männer, die auf der Couch saßen und sich ungläubig ansahen. Landry würde sich niemals gegen Omni wenden. Es wäre Zeitverschwendung, ihn zum Reden bewegen zu wollen, aber niemand von uns würde den Präsidenten infrage stellen. Wenn Tom Anderson wollte, dass Landry am Leben blieb, würden wir ihn am Leben lassen.

»Myles hat sich gemeldet«, sagte Zane. Sofort waren sämtliche Gedanken an Landry und den Fall verflogen. »Er hat bestätigt, dass das Haus gesichert ist und Jeremy alles unter Kontrolle hat, also ist er gegangen.«

Bevor wir das Gelände patrouilliert hatten, hatte Zane mich

angerufen, um mir mitzuteilen, dass Anaya und Emerson wohlbehalten in Connecticut angekommen waren. Aber es gefiel mir nicht, dass Myles sofort aufgebrochen war. Ich wusste zwar, dass er bei einem Einsatz gebraucht wurde, aber ich hatte gehofft, er würde zumindest über Nacht bleiben.

»Und das Mädchen?«, fragte Linc. »Hat er irgendetwas über Monica gesagt?«

»Er meinte, sie wirke wie ein verängstigtes Tier, das in einen Käfig gesperrt wurde. Sobald sie das Haus betreten hatten, hatte sie sich in eine Ecke zurückgezogen, sich zu einer Kugel zusammengerollt und sich geweigert, einen von ihnen anzusehen.«

Verdammt. Das allein würde Emerson und Anaya das Herz brechen.

Nicht zum ersten Mal wünschte ich mir, bei Anaya sein zu können. Das Ganze war zweifellos eine schwere emotionale Belastung für sie. Und selbst wenn sie keinen weiteren Albtraum gehabt hatte, wäre ich bei ihrer Rückkehr nicht für sie da. Ich sehnte mich danach, sie in den Arm nehmen zu können.

»Sie werden sie zum Reden bringen«, sagte ich. »Ich habe keinen Zweifel, dass Anaya und Emmy es schaffen können.«

»Dem stimme ich zu.« Der stolze Unterton in Zanes Stimme ließ mich verblüfft innehalten. »Sonst noch etwas oder kann ich mich jetzt wieder meiner Frau widmen?«

»Arschloch«, murmelte Leo.

»Es hat durchaus seine Vorteile, wenn man der Chef ist«, erwiderte Zane.

Mistkerl.

Er lag mit seiner hübschen Frau und seinem Neugeborenen in seinem Bett, während wir Hunderte von Kilometern entfernt von unseren Frauen waren.

»Weißt du, du kannst froh sein, wenn wir nicht kündigen, Arschloch«, warf Colin ein.

»Sicher. Ich mache mir keine allzu großen Hoffnungen.«

Zane beendete das Gespräch und Linc lachte leise.

Ich aber nicht. Für mich gab es nichts zu lachen, während Anaya mit Emerson unterwegs war und ich in Kanada festsaß.

KAPITEL SIEBENUNDZWANZIG

Es war kaum möglich, ein Auge zuzutun, solange im Nebenzimmer ein schreiendes Mädchen lag. Nur gut, dass Zanes Unterschlupf mitten im Nirgendwo lag.

Die Hütte war wunderschön und von der Veranda aus hatte man einen atemberaubenden Blick auf Riga Lake. Im Grunde war es der perfekte Ort für eine misshandelte und traumatisierte Frau, um sich zu erholen. Die Landschaft war geradezu idyllisch, doch Monica schenkte der friedlichen Umgebung keine Beachtung.

Nachdem ich die Frau gesehen und ihre Reaktion auf unsere Anwesenheit miterlebt hatte, und dann die ganze Nacht ihr Stöhnen und Schreien gehört hatte, zweifelte ich ernsthaft daran, dass wir sie zum Reden bringen konnten.

Bei unserer Ankunft hatte ich erleichtert festgestellt, dass sie nicht gefesselt war, aber in der Nacht musste sie in ihrem Schlafzimmer eingeschlossen werden. Es widerstrebte mir zwar, aber ich verstand die Notwendigkeit. Jeremy brauchte seinen Schlaf und musste verhindern, dass Monica sich selbst oder ihn verletzte.

Gestern Abend hatte Jeremy mit Myles über die Sicherheits- und Schutzmaßnahmen gesprochen. Dabei hatte ich erfahren, dass die Fenster sich nicht öffnen ließen und mit unzerbrechlichen Polycarbonatscheiben ausgestattet waren. Aus diesem Grund konnte Monica sich tagsüber im Haus frei bewegen.

Beim Abendessen hatte der Anblick von Monica mir fast das Herz gebrochen. Während wir am Tisch saßen, kauerte sie in einer Ecke. Jeremy hatte ihren Teller auf den Boden stellen und ihn in ihre Richtung schieben müssen, denn wenn er ihr zu nahe kam, griff sie ihn an. Er hatte uns erklärt, dass er ihr nur Mahlzeiten servierte, die sie mit den Fingern essen konnte, da er das Besteck wegschließen musste.

In diesem Moment wurde mir der Ernst der Lage zum ersten Mal wirklich bewusst. Monica war nicht nur verängstigt, sondern vollkommen gebrochen.

Was auch immer von ihr übrig gewesen sein mochte, während sie versucht hatte, auf der Straße zu überleben, war mittlerweile zerstört worden.

Myles hatte das Haus gründlich inspiziert und mit Jeremy unter vier Augen gesprochen, bevor er abgereist war. Fast hätte ich ihn gebeten, zu bleiben oder mich mitzunehmen. Ich wusste, dass Jeremy imstande war, uns zu beschützen, aber ich war mir nicht sicher, ob ich der Situation gewachsen war. Selbst mit Emerson an meiner Seite bezweifelte ich, dass ich stark genug war.

»Letzte Nacht war furchtbar«, sagte Emerson. Sie lag in dem Einzelbett neben meinem.

»Das ist eine Untertreibung«, brummte ich.

»Bist du bereit für die heutige Befragung?«

»Nicht im Geringsten.«

»Wir werden das durchstehen«, versprach Emerson.

Ich konnte nicht verstehen, wie sie so optimistisch sein konnte. Hatte sie nicht dasselbe gesehen wie ich?

»Es wird nicht leicht werden«, seufzte Emerson. »Und nun, da wir auf uns allein gestellt sind, bin ich mir nicht so sicher, ob ich mich mit meiner Vergangenheit auseinandersetzen will. Ich habe so hart daran gearbeitet, meine Ängste zu überwinden, aber sie werden wieder an die Oberfläche kommen. Und da Thad nicht da ist, um mich aufzufangen, habe ich Angst.«

»Ich auch«, gestand ich. »Ich habe darauf bestanden hierherzukommen, weil ich überzeugt war, es tun zu müssen. Aber was ist, wenn ich es nicht tun kann? Was ist, wenn die Erinnerung an das, was mir passiert ist, die Oberhand gewinnt und ich zusammenbreche?«

»Dann brichst du eben zusammen. Verdammt, dann brechen wir gemeinsam zusammen. Wir haben einander.«

»Das ist wahr«, bestätigte ich.

»Wir schaffen das.«

Ich schenkte Emerson ein Lächeln. Es war absolut verständlich, warum Thad bis über beide Ohren in seine Frau verliebt war. Sie war mutig und stark. Wir hatten beide Angst, aber sie ließ mich glauben, dass wir der Herausforderung gewachsen waren.

Gemeinsam würden wir es schaffen.

* * *

WÄHREND ICH NEBEN EMERSON SAß UND SIE VERSUCHTE, MONICA zum Reden zu bringen, lernte ich zwei Dinge.

Zum einen war Emerson Bench mit Abstand die tapferste und kühnste Frau, der ich je begegnet war. Zum anderen hoffte ich, wir würden Freundinnen fürs Leben werden. In ihr hätte ich eine Vertraute, der ich mich würde öffnen können.

Ich erfuhr auch, dass es noch viel mehr über sie und Thad und über sie und ihre Schwester Autumn zu erzählen gab.

Und ich wollte Autumn kennenlernen. Offenbar war sie nicht nur mutig und stark, sondern knallhart.

»Monica«, flüsterte Emerson. »Wir können dich beschützen. Du bist in Sicherheit.«

Die derangierte Frau starrte auf ihren Schoß und schüttelte den Kopf.

»Ich war ebenfalls dreizehn«, sagte ich. Monica hielt inne und begann zu zittern. »Ich wurde verkauft.«

Monicas Wimmern spornte mich an weiterzureden.

»Ich wurde in ein Lagerhaus gebracht und bis auf meinen BH und meinen Slip ausgezogen. Dann musste ich vor einem Raum voller Männer auf und ab gehen und hörte ungläubig zu, wie sie ihre Gebote abgaben. Damals hatte ich nicht einmal Angst, weil ich nicht verstand, was da vor sich ging. Es war alles so unwirklich. Ich war doch ein Mensch. Wie war es möglich, dass jemand mich kaufen konnte? Ich stand unter Schock und merkte erst, dass die Auktion vorbei war, als ein Mann auf mich zukam und mich am Arm packte. Ich wehrte mich nicht, als er mir Ledermanschetten um die Handgelenke legte. Wie betäubt stand ich nur da. Erst als er begann, mich hinter sich her zu ziehen, riss ich mich aus meiner Benommenheit und begann, mich zu wehren. Natürlich hatte ich keine Chance. Für diese Kerle war ich kein Mensch, sondern eine Ware. Ich war ein Nichts.«

Ich hielt inne und beobachtete, wie Monica am ganzen Leib zitterte, und fragte mich, was sie wohl durchgemacht hatte. Wie viel schlimmer war ihr Martyrium gewesen?

»Wurdest du auch versteigert?«, fragte ich.

Sie schüttelte den Kopf, sagte aber nichts.

»Erzählst du uns, was passiert ist?«, drängte Emerson.

Wieder schüttelte Monica den Kopf.

»Wir wollen dir helfen«, begann ich. »Wir wollen dich an einen Ort bringen, an dem dir niemand mehr wehtun kann. An einen Ort, an dem sie dich niemals finden werden.«

»Sie werden mich immer finden«, brachte Monica mit heiserer Stimme hervor.

»Nein, das werden sie nicht ...«

»Ihr könnt sie nicht aufhalten. Niemand kann das. Niemand. Ihr versteht das nicht.«

»Dann erzähl es uns«, forderte ich sie in sanftem Tonfall auf. »Erzähl es uns, damit wir dir helfen können.«

»Ihr könnt mir nicht helfen«, knurrte sie. »Sie werden kommen und mich holen. Das tun sie immer. Und wenn sie hier sind, wird die Hölle hereinbrechen. Es wird schlimmer sein als je zuvor.«

»Niemand wird ...«

»Doch. Sie werden kommen«, unterbrach sie mich. »Und wenn ihr die Augen davor verschließt, dann seid ihr dumm. Sie werden euch auch mitnehmen. Und niemand wird euch jemals wiederfinden.«

Angst packte mich und schnürte mir die Kehle zu.

»Aber wir haben dich gefunden«, erklärte Emerson.

Monica warf Emmy einen finsteren Blick zu und verzog das Gesicht zu einer hässlichen Grimasse.

»Niemand hat mich *gefunden*«, entgegnete sie mit einem höhnischen Grinsen, zog die Knie an und legte den Kopf darauf. Damit war die Unterhaltung beendet.

Emerson sah mich an und bedeutete mir aufzustehen.

Das lief nicht gut.

In der Küche trafen wir auf Jeremy, der düster dreinschaute.

»Es wird nicht leicht sein, sie zum Reden zu bringen«, flüsterte er. »Sie reagiert nicht auf freundliche Worte. Tatsächlich bewirken wir damit nur das Gegenteil. Wenn ich sie dazu bringen will, etwas zu essen oder in ihr Zimmer zu gehen, muss ich es von ihr verlangen. Und das so schroff wie möglich.«

Das klang furchtbar.

»Das leuchtet mir ein.« Emerson zuckte mit den Schultern. »Sie wurde zehn Jahre lang misshandelt und weiß nicht, wie sie auf Freundlichkeit reagieren soll. Wahrscheinlich kann sie sich nicht einmal daran erinnern, was das ist.«

»Versuchen wir es nach dem Mittagessen noch einmal?«, fragte ich.

»Ja. Aber wenn wir das nächste Mal mit ihr sprechen, werden wir die Sache anders angehen. Mach dich auf was gefasst, Anaya. Es wird unangenehm werden, aber wir müssen sie in Rage bringen.«

* * *

Ich hatte nicht ganz verstanden, was Emerson gemeint hatte, bis wir ein paar Stunden später wieder vor Monica saßen.

»Wie viele Frauen hast du angeheuert?«, wollte Emerson von ihr wissen. »Das war doch deine Aufgabe, nicht wahr? Du hast Mädchen rekrutiert.«

Die neue Befragungstaktik ließ Monica zusammenzucken.

»War es schwer für dich, diese unschuldigen Frauen dazu zu bringen, sich dir anzuschließen?«, fragte ich. »Ich wette, es war nicht leicht, sie von den Vorteilen der Prostitution zu überzeugen. War es das Geld? Hast du damit …«

»Unschuldig?«, knurrte Monica. »Diese Frauen haben schon vorher als Huren auf der Straße gearbeitet.«

»Aha. Das machte es also einfacher?«

»Einfacher, als ihr glaubt. Auf diese Weise wurden sie beschützt und mussten sich nicht als Bordsteinschwalben verdingen.«

»Also hast du ihnen einen Gefallen getan?«, blaffte Emerson. »Hast du dir selbst eingeredet, dass du ihnen im Grunde geholfen hast?«

»Früher haben sie Schwänze in dunklen Gassen gelutscht, jetzt schlafen sie in luxuriöser Bettwäsche. Würdet ihr nicht auch sagen, dass das eine Verbesserung ist?«

»Gibt es da einen Unterschied?«, brummte ich.

»Entweder du gehst mit aufgeschürften Knien davon oder du bist von Luxus umgeben«, antwortete Monica.

»Aber es ist trotzdem nicht besser. Du lutschst nach wie vor den Schwanz eines Mannes, den du verabscheust.«

Monica lehnte sich zurück und faltete die Beine zum Schneidersitz. »Ich hatte euch beide eigentlich nicht für naive Schlampen gehalten. Ihr wisst doch, wie es läuft.«

»Nein«, entgegnete ich. »Wie läuft es denn?«

»Er besitzt mich. Ich tue, was er von mir verlangt, wann er es verlangt. Ich bin sein Eigentum, das er verleihen, vermieten, verkaufen, ficken und herumschubsen kann. Er kann tun, was er für richtig hält, weil ich ein Nichts bin.«

»Und an wen verleiht er dich?«, wollte Emerson wissen.

»An jeden, den er will. Ich bin mir dessen durchaus bewusst, aber zumindest werde ich im Luxus gefickt.«

Mir fehlten die Worte. Ich wusste einfach nicht, was ich sagen sollte. Zehn Jahre lang war Monica wie eine wandelnde, sprechende Sexpuppe behandelt worden.

»Also hast du andere Mädchen angeworben, damit auch sie im Luxus schwelgen können?«, fragte Emerson.

»Nein. Ich habe es getan, weil es mir befohlen wurde. Und ich habe gelernt, dass es ausgesprochen dumm ist, sich Befehlen zu verweigern.«

»Du bist genauso verdorben wie er«, platzte Emerson heraus. »Du hast diese Mädchen verkauft, um deinen eigenen Arsch zu retten. Im Grunde bist du sogar noch schlimmer, weil du eine Frau bist und genau wusstest, was mit ihnen geschehen würde.«

»Fickt euch. Fickt euch beide. Ihr habt doch keine Ahnung. Ihr denkt, weil ihr einen kleinen Vorgeschmack bekommen habt, wisst ihr, wie es ist, jeden Tag Scheiße zu schlucken. Aber ihr wisst gar nichts. Noch nicht. Er wird euch finden, und sobald er euch hat, wird er euch ebenfalls markieren und an andere vermieten. Vielleicht solltet ihr zuerst ein paar Hundert Schwänze in einer Gasse lutschen. Dann werdet ihr mir sicher nicht mehr erzählen, dass Luxusresorts und Privatjets dieses Leben nicht erträglicher machen. Wenn es euch einmal innerlich zerrissen hat, weil ihr vergeblich versucht habt, euch gegen das Unvermeidliche aufzulehnen, dann werdet ihr genau das tun, was ich getan habe, um diesen Schmerz nie wieder fühlen zu müssen. Bis dahin haltet die Klappe und lasst mich in Ruhe.«

»Apropos Markierungen«, begann ich und war stolz auf meine feste Stimme, obwohl ich innerlich fast die Nerven verlor. Ich wollte niemals erfahren, wie es sich anfühlte, ein paar Hundert Schwänze zu lutschen, vor allem nicht, wenn ich dazu gezwungen wurde. »Ist der QR-Code deine einzige Tätowierung?«

Monica verzog die Lippen zu einem unheimlichen Lächeln und schüttelte den Kopf. »Ich bin sein Liebling. Ich habe noch ein ganz besonderes Tattoo.«

»Können wir es sehen?«, drängte ich.

»Ich dachte schon, ihr würdet nie fragen.« Monicas ganzes Verhalten änderte sich schlagartig, und mir lief es kalt den Rücken hinunter.

Emerson und ich sprangen auf, als Monica ihr Hemd über den Kopf zog und uns den Rücken zuwandte.

Eine wunderschöne Pfauenfeder reichte von ihrem Steißbein

bis zu ihrer Schulter. Ich hatte keine Gelegenheit, das Kunstwerk gänzlich zu bewundern, denn im nächsten Moment stieß Jeremy einen lauten Fluch aus und Monica drehte sich zu uns um.

Emerson wirkte wie in Trance. Monica nutzte den Moment und stürzte sich auf sie, indem sie sich vorbeugte und ihr eine Schulter in den Bauch rammte. Die beiden Frauen fielen mit einem dumpfen Aufprall zu Boden, bei dem sich mir der Magen umdrehte.

Was zum Teufel?

Ohne nachzudenken, packte ich Monica von hinten und versuchte vergeblich, sie von Emerson wegzuziehen. Diese war bereits hochrot angelaufen, da Monica ihre Hände um ihre Kehle gelegt hatte und sie würgte. Ich schlang einen Arm um Monicas Hals, nahm sie in den Schwitzkasten und drückte so fest ich konnte zu. Mir blieb keine Zeit, um mir den Kopf über mein Handeln zu zerbrechen. Ich musste Emerson irgendwie befreien.

Ich hörte Jeremy neben mir schreien, während ich Monica den Hals zudrückte. Emmy gelang es schließlich, sich aus Monicas Griff zu befreien, und sie begann zu husten. Aber ich war nicht in der Lage, Monica loszulassen. Eine halbe Ewigkeit schien zu vergehen, in der ich zwar sah, wie Emmy die Lippen bewegte, aber keine Worte vernahm. Das Blut rauschte mir vor Angst viel zu laut in den Ohren.

Jeremy packte mich unter den Achseln und zog mich ruckartig nach hinten. Aber ich hielt Monica immer noch fest umklammert. Plötzlich spürte ich ein Knacken. Das Gefühl war so befremdlich, dass es mich aus meiner Benommenheit riss. Ich ließ Monica los, die daraufhin schlaff zu Boden sackte.

»Es ist vorbei, Anaya«, flüsterte Jeremy mir ins Ohr. »Alles ist gut.«

Was war vorbei?

»Sie ist tot. Emerson ist in Sicherheit«, fuhr er fort.

Tot?

Ich blickte auf Monicas reglosen Körper hinab. Sie starrte mir mit weit aufgerissenen, leblosen Augen entgegen.

»Oh mein Gott«, flüsterte ich.

Emerson stand auf und Jeremy schob mich in ihre Arme.

»Was habe ich getan?«

»Du hast mir das Leben gerettet«, flüsterte Emmy.

Emerson wandte sich ab und wollte mich von Monicas Leiche wegführen, aber ich hielt sie auf. Ich wollte noch einen Blick auf die Frau werfen, die ich getötet hatte. Diese Frau hatte zehn lange Jahre gelitten und hätte ein besseres Leben führen sollen.

Schuldgefühle überkamen mich.

»Du solltest das gleich in deinen Schädel bekommen«, blaffte Jeremy. »Du hast getan, was nötig war, um das Leben deiner Freundin zu retten. Wenn du sie nicht ausgeschaltet hättest, hätte ich sie zur Strecke gebracht. In dem Moment, in dem sie Hand an Emerson gelegt hat, war sie so gut wie tot.«

»Danke«, sagte Emmy und drückte mich an sich. »Vielen Dank. Ich konnte nicht atmen, Anaya. Sie hätte mich umgebracht.«

Schuld und Scham durchströmten mich.

Wie sollte ich Kyle jemals wieder ins Gesicht sehen können?

KAPITEL ACHTUNDZWANZIG

»Sie laden aus«, hörte ich Jasmins Stimme über Funk.

»Verstanden. Wie viele Lastwagen?«, fragte Declan.

»Vier. Bisher sind es achtundzwanzig Mädchen«, antwortete sie.

Verdammt. Wir würden noch einen Lastwagen aus den Augen verlieren.

»Wie viel Zeit bleibt uns noch?«, fragte Colin.

»Noch eine Weile. Sie scheinen es nicht eilig zu haben.«

»Planänderung, Jungs und Mädels«, meldete Lincoln sich über Funk. »Colin und Brooks, schwingt eure Ärsche in die Stadt und findet ein Fahrzeug, das wir ausleihen können. Wartet dort. Ihr seid Team Eins. Wir funken euch an, sobald der Lastwagen losfährt, den ihr verfolgen sollt.«

»Verstanden«, antwortete Brooks.

»Beeilt euch«, wies Linc sie an. »Jas und Max, ihr seid Team Zwei. Thad, Kyle, Dec, ihr seid Team Drei. Leo und ich sind Team Vier. Wir bilden die Nachhut.«

Nachdem wir uns alle einverstanden erklärt hatten, lösten sich die anderen von unserer Gruppe, um ihre Positionen einzunehmen. Thad, Dec und ich blieben zurück und warteten.

»Irgendwas stimmt nicht«, sagte ich. »Ich habe ein seltsames Gefühl im Bauch.«

»Es ist nicht das erste Mal, dass wir uns während eines Einsatzes neu formieren müssen«, erinnerte Dec mich.

»Ich meine nicht die Mission. Aber irgendetwas ist faul. Es gefällt mir überhaupt nicht, dass wir keine Verbindung zur Zentrale haben.«

»Zane ist sich des Problems bewusst und arbeitet daran«, sagte Thad und klang genauso beunruhigt wie ich.

»Es ist auch nicht das erste Mal, dass die Kommunikation ausgefallen ist. Also worauf begründet sich dein Gefühl? Müssen wir die Mission abblasen?«

Declan war ein kluger Mann und hörte auf seine Männer. Wir waren alle schon lange genug in diesem Beruf tätig, um zu wissen, dass wir unsere Instinkte nicht ignorieren durften. Wenn ich ihm sagen würde, dass wir uns zurückziehen sollten, dann würde er meinen Rat beherzigen und meine Entscheidung nicht hinterfragen.

»Ich habe keine Ahnung, Dec. So ein Gefühl hatte ich noch nie. Aber ich spüre bis ins Mark, dass etwas nicht stimmt.«

»Bleibt dicht zusammen«, sagte Dec in sein Funkgerät, um seine Teamkameraden anzuweisen, ein Auge aufeinander zu haben.

»Verdammt. Wer?«, fragte Leo, der sofort ahnte, dass einer von uns ein ungutes Gefühl hatte.

»Kyle.«

»Scheiße«, murmelte Leo. »Ich hatte auf einen einfachen Einsatz gehofft.«

»Nicht heute, Bruder«, erwiderte Dec.

Er schaltete sein Mikrofon aus und wandte sich mir zu. »Sei ehrlich. Ist dein Unbehagen vielleicht auf die Tatsache zurückzuführen, dass Anaya Monica befragt?«

»Möglicherweise«, antwortete ich. »Aber du weißt, dass mein Bauchgefühl mich nie trügt, Dec. Wir müssen uns so schnell wie möglich in der Zentrale melden.«

»Das werden wir. Hab Geduld.«

Ich sollte Geduld haben? Leider blieb mir wohl nichts anderes übrig. Ich warf Thad einen Blick zu und wusste, dass er es auch spürte. Er konnte es nur besser verbergen als ich.

Irgendetwas war hier faul.

* * *

Zwei Stunden später waren wir endlich unterwegs und folgten einem Lastwagen mit sieben Mädchen im Laderaum. Zwei Männer pro Lastwagen.

»Es sind noch etwa vierzig Minuten bis zum Lake Memphremagog«, sagte Thad vom Rücksitz aus.

»Habt ihr schon einen geeigneten Ort gefunden, an dem wir den Transport stoppen können?«, fragte ich und drehte mich in meinem Sitz, um die Karte zu sehen, die Thad auf seinem Schoß ausgebreitet hatte.

»Noch nicht. Ohne GPS und Satellitenbilder ist das gar nicht so einfach.«

»Hast du etwa Schwierigkeiten, eine Straßenkarte zu lesen?«, scherzte Dec.

Hätte ich nicht so ein ungutes Gefühl gehabt und einen stechenden Schmerz in der Brust verspürt, hätte ich darüber gelacht.

»Wohl kaum. Aber ohne Satellitenbilder kann ich keine Häuser ausmachen. Meines Erachtens gibt es drei mögliche Stellen, an denen wir eingreifen können, aber wir werden improvisieren müssen. Soweit ich mich erinnere, besteht die Gegend in östlicher Richtung hauptsächlich aus Ackerland und ein paar vereinzelten Häusern dazwischen.«

»Ja«, stimmte ich zu, »aber dort gibt es einige längere Straßenabschnitte, die sich bestens eignen würden.«

»Der erste befindet sich in etwa sieben Kilometern gleich hinter dem Weinberg«, meldete Thad sich zu Wort.

Normalerweise könnte Dec die kurze Strecke in weniger als zwei Minuten zurücklegen, aber der Lkw vor uns war verdammt langsam und hinderte ihn daran, wie ein Geistesgestörter zu rasen.

»Herrgott. Kann der nicht schneller fahren?« Ja, Dec hasste langsame Fahrer. »Macht euch bereit.«

Ich warf einen Blick auf mein Sturmgewehr zwischen

meinen Beinen und klopfte mir an die Hüfte, um mich zu verge-wissern, dass meine Pistole an Ort und Stelle war. Dann nahm ich das Gewehr zur Hand, hielt es aber unterhalb des Fensters.

Ich musste mich nicht umdrehen, um zu wissen, dass Thad es mir gleichtat. Das Schild des Weinguts kam in Sicht und die Straße folgte einer langen Geraden.

»Hier schlagen wir zu«, sagte Dec, bevor er aufs Gas trat.

Er verringerte den Abstand zu dem Lkw und ich zog mich durch das Fenster, um mich auf den Rahmen zu setzen und mein Gewehr abzusenken.

»Bereit?«, rief ich Thad zu.

»Auf mein Kommando«, antwortete er und zählte einen Countdown herunter.

Ich fixierte den rechten Hinterreifen des Lkws und wartete auf sein Signal. Sobald ich ihn »zwei« sagen hörte, drückte ich den Abzug. Beide Hinterreifen platzten. Das Fahrzeug schlin-gerte nach rechts, dann nach links und wieder nach rechts, bevor der Fahrer vollständig die Kontrolle verlor.

Als der Lastwagen auf zwei Rädern in Schräglage auf ein offenes Feld zuraste, betete ich, dass wir die Frauen im Lade-raum nicht gerade dem Tode geweiht hatten. Zum Glück hatte das Universum andere Pläne, denn der Lkw kippte noch auf der Straße zurück in die Waagerechte und kam zum Stehen.

Dec hatte den Geländewagen noch nicht ganz abgebremst, als ich heraussprang und auf die Rückseite des Lastwagens lief, während Thad zur Fahrerkabine ging.

Zwei Schüsse ertönten, dann waren Declan und Thad bei mir.

»Erledigt«, verkündete Thad unnötigerweise.

Wir verschwendeten keine Sekunde und setzten uns sofort wieder in Bewegung. Im Inneren des Laderaumes befand sich ein bewaffneter Mann, der jederzeit das Feuer eröffnen konnte.

Wenn man in einen Raum eindringen musste, wie auch immer er geartet sein mochte, spielte bis zu einem gewissen Maß auch immer die Angst eine Rolle. Und wenn man keine Möglichkeit hatte hineinzusehen, war die Situation noch nervenaufreibender. Wir hatten keine Ahnung, wo die Wache positioniert war und was sie gerade tat.

Declan griff nach dem Riegel einer der Türen, während ich mich bereit machte, die andere zu öffnen. Thad stellte sich links neben mich und hielt sein Gewehr im Anschlag, um sofort einen Schuss abgeben zu können. Wir waren so geübt darin, dass die Aktion für gewöhnlich wie ein gut einstudierter Tanz war. Aber heute gewann mein Unbehagen die Oberhand und alles fühlte sich hölzern an.

Declan nickte mir zu und ich schob sämtliche Zweifel beiseite und konzentrierte mich ganz auf seine Bewegungen. In dem Moment, in dem er die Tür einen Spaltbreit aufzog, entriegelte ich die andere Seite und wir rissen gleichzeitig die Türen auf.

Verängstigte Schreie hallten durch die ansonsten ruhige Landschaft, doch niemand ergriff die Flucht. Schnell hatten meine Augen sich an das Dunkel im Innenraum gewöhnt und ich sah, dass die Frauen sich in einer Ecke zusammengekauert hatten. Ein Mann stand neben ihnen und hatte eines der Mädchen wie einen menschlichen Schutzschild vor sich gezogen, während er seine Waffe auf Thad richtete.

»Zurück mit euch!«, schrie das Arschloch.

»Lass deine Waffe fallen und lass das Mädchen los«, erwiderte Declan.

»Zurück, oder ich erschieße eine nach der anderen.« Er schwang sein Gewehr in Richtung der Mädchen und lieferte uns freie Schussbahn.

Es war ein schwerwiegender Fehler, der ihn das Leben kostete.

Bevor ich den Abzug drücken konnte, kam Declan mir zuvor.

Eine Patrone Kaliber .223, die aus nächster Nähe in einen Schädel einschlug, war kein schöner Anblick. Die weiße Metallwand hinter dem Mann war nun rot getüncht.

Die Frauen schrien, doch sobald sie den ersten Schock überwunden hatten, liefen sie auf die Türen zu.

»Langsam.« Declan trat vor und hob die Hände. »Ihr seid in Sicherheit, aber ihr müsst im Lastwagen bleiben.«

Eine der Frauen machte einen Satz und sprang hinaus. Kaum hatten ihre Füße den Boden erreicht, packte ich ihre Taille und drehte sie in meinen Armen um, sodass ihr Rücken an meinen Oberkörper gepresst war. Ich musste einen Würgereiz unterdrücken, als mir der Gestank von Urin und Schweiß in die Nase stieg. Sie strampelte mit den Beinen und trat mit ihren nackten Füßen gegen mein Schienbein, doch ich spürte sie kaum.

»Du bist jetzt in Sicherheit«, sagte ich. »Wir werden dich nach Hause bringen.«

Sie erwiderte nichts und kämpfte noch heftiger gegen mich an, wobei sie wild zappelte und sich in meinen Arm krallte. Ich hatte keine andere Wahl als zu warten, bis sie zu erschöpft war, um sich meinem Griff zu entziehen. Und ausgehend von der Energie, die sie aufbrachte, würde es nicht lange dauern.

Sie war unterernährt und leicht wie eine Feder. Die einzige Gefahr bestand darin, dass sie sich selbst verletzen könnte.

Declan erklärte den anderen Frauen, was als Nächstes passieren würde, aber keine von ihnen hörte zu. Sie starrten alle auf das Mädchen in meinen Armen.

Ich musste dem Ganzen ein Ende setzen, denn wir würden nicht viel länger am Straßenrand herumstehen können.

»Es reicht!«, bellte ich, ließ aber nicht von ihr ab. »Uns bleibt für so etwas keine Zeit. Wir müssen euch alle in Sicherheit bringen, aber das ist erst möglich, nachdem du dich beruhigt hast.«

Sie verlangsamte ihre Bewegungen, doch ihr Wimmern ließ nicht nach. Die tiefen, herzzerreißenden Laute erzählten die Geschichte ihres Martyriums.

»Komm schon, Schatz. Beruhige dich und atme tief durch. Du bist jetzt in Sicherheit. Niemand wird dir wehtun, aber du musst zurück zu deinen Freundinnen gehen.«

»Steckt mich da nicht wieder rein. Bitte.« Ihre Worte brachen mir das Herz.

»Du musst nicht zurück in den Lastwagen. Ihr alle steigt mit uns in den Van.«

»Komm schon, Scarlett«, rief eines der älteren Mädchen, als

Declan ihr beim Aussteigen half. »Bitte komm her, damit wir von hier verschwinden können.«

Die junge Frau in meinen Armen nickte. Ich führte sie zu den anderen Mädchen, die sie sofort in ihre Mitte zogen.

»In weniger als einer Stunde wird alles vorbei sein«, sagte Dec zu den jungen Frauen.

Keine von ihnen schien ihm zu glauben. Sie alle wirkten gebrochen und niedergeschlagen.

Ich hasste Harry Landry und seine Bande von Arschlöchern.

»Kommt schon. Der Rest von euch muss ebenfalls aussteigen«, sagte Declan und wandte sich dann Thad zu. »Überprüfe die Wache.«

Thad bewegte sich langsam und achtete darauf, dass er so weit wie möglich von den Mädchen entfernt in den Lastwagen stieg.

»Ganz ruhig«, beruhigte Declan die Frauen. »Niemand wird euch wehtun.«

Scarlett fixierte mich mit einem verängstigten, verzweifelten Blick. In diesem Moment musste ich daran denken, wie Anaya mich angesehen hatte, als ich sie angekettet im Rumpf des Bootes vorgefunden hatte. In ihren Augen hatte sich derselbe gequälte, verlassene Ausdruck widergespiegelt.

Mein Magen krampfte sich zusammen und das Herz schlug mir bis zum Hals.

Ich musste so schnell wie möglich zu Anaya. Ich konnte es spüren.

KAPITEL NEUNUNDZWANZIG

»Reiß dich zusammen«, forderte Jeremy.

»Ich kann nicht.«

Er hatte Monicas Leiche in ihr Schlafzimmer gezogen und die Tür geschlossen, aber ich starrte immer noch auf die Stelle, an der sie gelegen hatte.

»Doch, du kannst«, sagte er in beruhigendem Tonfall. »Du hast sie nicht getötet, sondern ich.«

Nein, das war nicht wahr. Ich war diejenige, die ihren Arm um Monicas Hals gelegt hatte.

»Du hast sie nur im Schwitzkasten festgehalten«, begann er, »aber als ich dich auf die Füße zog, wusste ich genau, was ich tat. Mir war klar, dass die abrupte Bewegung ihr das Genick brechen würde. Ich habe es getan, Anaya, nicht du.«

Ich schüttelte den Kopf. »Nein …«

»Du musst dir erst einmal darüber klar werden, was geschehen ist. Aber du solltest dir dabei vor Augen führen, dass Monica im Begriff war, deine Freundin zu töten. Eine von beiden wäre auf jeden Fall gestorben. Denk darüber nach. Wessen Leben bedeutet dir mehr?«

Mit diesen Worten wandte Jeremy sich ab und ging davon. Ich musste nicht darüber nachdenken. Emerson war wichtiger. Das stand außer Frage.

»Hey«, flüsterte Emerson, »er hat recht. Obwohl er es etwas

netter hätte ausdrücken können. Wir werden das gemeinsam durchstehen, so wie wir es einander versprochen haben. Du und ich. Wir werden es schon schaffen.«

Ich musterte die leuchtend roten Striemen, die Monica mit ihren Händen an Emersons Hals hinterlassen hatte, und wurde von Wut gepackt.

Ich hatte getan, was nötig war. Kyle würde es verstehen. Ich hatte keine Wahl gehabt.

»In Ordnung«, stimmte ich zu. »Ich habe nur noch nie ... Ich wusste nicht, was ich tun sollte ... Ich habe einfach reagiert.«

»Und du hast das Richtige getan. Danke.«

»Geht in euer Zimmer«, blaffte Jeremy plötzlich. »Und zwar sofort. Kommt nicht raus, ganz gleich, was passiert.«

Emerson setzte sich zuerst in Bewegung. Sie ergriff meine Hand und zerrte mich in Richtung Flur.

»Was ist los?«, fragte ich, als wir an der Küche vorbeikamen.

»Wir haben Besuch. Kommt. Auf. Keinen. Fall. Raus.«

Besuch? Waren die Jungs bereits hier, um uns abzuholen?

Emerson schob mich durch die Tür und verriegelte sie hinter uns.

»Was auch immer passiert, wir bleiben zusammen«, sagte sie.

»Denkst du ...«

»Ja. Monica hat gesagt, dass er uns holen wird. Ich glaube nicht, dass das eine Drohung war. Es war eine Warnung. Sie wusste es.«

Ich dachte an unsere Gespräche zurück und fügte die Puzzleteile zusammen. »Sie hat gesagt, dass niemand sie *gefunden hat*.«

»Scheiße!«, knurrte Emerson. »Das war eine Falle. Es war von vornherein geplant.«

Sie zog ihr Handy aus der Tasche und entsperrte es. Ein paar Sekunden später steckte sie es wütend in ihren BH und sah mich an. »Kein Empfang. Vielleicht funktioniert deins.«

Ich fischte meines heraus und versuchte es ebenfalls. Vergebens.

»Nein.«

»Scheiße. Die Fenster lassen sich nicht öffnen und Jeremy

hat sämtliche Gegenstände aus dem Haus geräumt, die man als Waffe hätte verwenden können.«

Ich sah mich in unserem Zimmer um und stellte fest, dass weder auf der Kommode neben der Tür noch auf den Nachttischen etwas stand. Es befand sich nicht einmal ein Kleiderbügel im Schrank. Das Zimmer war leer. Wir hatten keinerlei Waffen.

»Hast du einen Gürtel oder etwas anderes in deiner Tasche?«, fragte ich.

»Nein. Nichts außer Kleidung.«

Plötzlich hallte ein lauter Knall durch die Luft, dann folgten zwei Schüsse.

»Mach dich bereit«, warnte Emerson. »Sobald die Tür geöffnet wird, müssen wir uns auf den Eindringling stürzen. Wir haben nur ein paar Sekunden, um ihn zu überraschen. Wir dürfen nicht zulassen, dass er uns in die Finger bekommt.«

Das Herz schlug mir bis zum Hals und das Adrenalin rauschte durch meine Adern, sodass meine Hände zitterten.

»Wir schaffen das«, sagte Emmy.

»Ich weiß, dass wir es schaffen. Niemand wird uns je wieder entführen. Nie wieder.«

Meine Angst wich unbändiger Wut. Diesmal dachte ich nicht mit Bedauern an die Möglichkeit, gegen meinen Willen festgehalten zu werden. Stattdessen durchströmte mich ein viel stärkeres Gefühl, das meine Entschlossenheit beflügelte.

Kyle.

Er würde mich nicht verlieren. Ich würde mich auf keinen Fall gefangen nehmen lassen. Egal was passierte, ich würde zu ihm zurückkehren oder bei dem Versuch sterben. Aber ich war ganz sicher nicht dazu bestimmt, Monicas Schicksal zu teilen.

Emerson schenkte mir ein unsicheres Lächeln. »Ganz genau. Tritt zu, beiße, kratze, was auch immer nötig ist.«

Jemand rüttelte an der Tür. Emerson sah aus, als ginge sie in die Startposition, um einen Hundertmeterlauf zu absolvieren. Sobald der Pfiff ertönte, würden wir loslaufen. Ich hoffte inständig, dass wir nicht geradewegs in unseren Tod rannten.

Nein. So etwas durfte ich nicht denken.

Auf keinen Fall. Wir würden leben.

Die Tür wurde aufgestoßen und ein Mann trat ein, den ich sofort wiedererkannte. Aber es war nicht Jeremy. Ich wartete nicht auf Emerson und setzte mich in Bewegung, wobei ich allerdings nicht sehen konnte, ob der Kerl eine Waffe hatte. Ich konnte nur noch daran denken, ihm den Schädel einzuschlagen.

Ich handelte instinktiv, als ich auf ihn zusprang und meine Beine um seine Taille schlang. Er taumelte zurück und ich schlug mit dem Kopf gegen seine Stirn. Ein tiefer, drohender Fluch entrang sich seiner Kehle, als er versuchte, mich von sich zu stoßen. Ich schlug und kratzte ihn, bis er meine Schenkel von sich riss und mich zu Boden warf. Emerson machte einen Satz über mich, dann hörte ich ein Stöhnen. Ich packte ihn an den Knöcheln, woraufhin er auf den Rücken fiel. Emerson stolperte über mich, aber ich hielt mich an ihm fest, als hinge mein Leben davon ab.

Alles geschah wie in Zeitlupe. Es schien eine halbe Ewigkeit zu dauern, bis er auf dem Boden aufschlug, doch dann hörte ich ein lautes Knacken.

Der Mann lag mit geschlossenen Augen da und eine Blutlache bildete sich um seinen Kopf.

Im Raum herrschte Stille, die nur von Emersons und meinem Keuchen unterbrochen wurde.

Emerson kroch über mich hinweg, legte einen Finger an seinen Hals und verkündete: »Er lebt noch. Schnell, such etwas, womit wir ihn fesseln können. Ich sehe mich im Haus um.« Sie schnappte sich die Waffe des Mannes, die wenige Meter von ihm entfernt auf dem Boden gelandet war, und verließ das Zimmer.

Ihn fesseln? Hier war nichts Brauchbares zu finden.

Die Bettwäsche. Vielleicht könnte ich die Laken zerreißen.

Nachdem ich es ein paarmal vergebens versucht hatte, wurde mir klar, dass ich eine Schere oder ein Messer brauchen würde, um den hochwertigen Stoff zu zerschneiden.

Ich warf einen Blick auf Harry. Im Moment würde er nirgendwo hingehen. Aber falls er doch aufwachen sollte, hatte Emerson eine Waffe. Ich eilte aus dem Zimmer und den Flur hinunter. Dann blieb ich abrupt stehen.

Jeremys lebloser Körper lag auf dem Boden. Überall war

Blut. Tief im Inneren hatte ich bereits geahnt, dass er tot war, andernfalls hätte Landry es nie lebend zu uns ins Schlafzimmer geschafft. Aber es zu ahnen und es tatsächlich zu sehen waren zwei verschiedene Dinge.

»Wir müssen den Schlüssel zu seinem Schlafzimmer finden. Ich brauche etwas, um die Laken zu zerschneiden«, rief ich Emerson zu, als sie zurück ins Haus kam.

»Ich glaube, Harry war allein. Draußen steht nur sein Wagen«, bemerkte sie und ging neben Jeremy in die Hocke, um seine Taschen zu durchsuchen.

Sie fischte den Schlüssel aus einer seiner Hosentaschen und warf ihn mir zu. »Ich werde die Tür im Auge behalten. Ruf mich, wenn du mich brauchst.«

Jeremys Zimmer entpuppte sich als wahre Fundgrube. Ich war mir nicht sicher, was er vorgehabt hatte, aber ich fand ein Seil und Klebeband. Nachdem ich noch ein wenig herumgestöbert hatte, entdeckte ich auch ein großes Jagdmesser und eine Schere. Das Messer würde ich vorerst hierlassen, bis wir Harry fixiert hatten.

Ich eilte zurück ins andere Zimmer. Nach drei Versuchen schaffte ich es schließlich, Landry auf den Bauch zu drehen und seine Hände auf seinem Rücken zu verschränken. Als ich mich neben ihn hockte, wurde mir bewusst, dass ich noch nie im Leben jemanden gefesselt hatte. Ich hatte keine Ahnung, wo ich anfangen sollte.

Harry stieß ein leises Stöhnen aus, als ich begann, das Seil so fest wie möglich um seine Handgelenke zu binden und zu verknoten. Dann schnitt ich es ab, nahm das Klebeband zur Hand und umwickelte damit sowohl das Seil um seine Handgelenke als auch seine Unterarme. Bei dem Gedanken, dass das Klebeband die dichte Behaarung auf seinen Armen entfernen würde, durchströmte mich ein freudiges Gefühl.

Emerson trat durch die Tür, warf einen Blick auf Harry und nickte zustimmend.

»Gute Arbeit. Jetzt seine Füße. Aber lass ein paar Zentimeter Abstand zwischen seinen Knöcheln. Gerade genug, damit er sich langsam fortbewegen kann. Wir können ihn nicht tragen.«

»Ihn tragen?«

»Er kommt mit uns«, erklärte Emerson.

»Bist du verrückt?«

Harry entfuhr erneut ein Stöhnen. Uns blieb keine Zeit, um über Emersons Plan zu diskutieren.

Ich band das Seil um einen seiner Knöchel und wiederholte den Vorgang auf der anderen Seite, wobei ich zwischen seinen Beinen etwas Luft ließ. Dann fixierte ich es ebenfalls mit Klebeband.

Das schrille Klingeln von Harrys Handy schreckte mich auf. Er kam langsam zu sich, wobei er brummte und zuckte.

»Wir müssen von hier verschwinden«, drängte Emerson. »Wir nehmen ihn mit, bevor einer seiner Leute hier auftaucht.«

Scheiße. Okay. Das war einleuchtend.

Emerson bückte sich und zog an den Seilen, um mein Meisterwerk zu überprüfen. Nachdem sie sich vergewissert hatte, dass Landry nicht entkommen konnte, lächelte sie und schüttelte den Kerl.

»Wach auf, du Arschloch. Zeit zu gehen.«

»Was zum …«

»Komm schon, hoch mit dir«, unterbrach sie ihn.

»Ich werde …«, knurrte er, aber Emerson schnitt ihm das Wort ab.

»Halt die Klappe, Arschloch, und steh auf.«

Das Handy verstummte. Landry begegnete meinem Blick und funkelte mich finster an. »Keine von euch beiden wird das überleben.«

Ich erschauerte und wandte mich Emerson zu.

Ich hoffte inständig, dass sie wusste, was sie tat.

KAPITEL DREISSIG

Nach einigen Bemühungen gelang es uns schließlich, Harry Landry auf den Rücksitz von Jeremys Wagen zu verfrachten. Ich saß auf dem Beifahrersitz und scrollte durch sein Handy.

»Was siehst du dir an?«, fragte Emerson, als sie von der Hütte auf eine schmale Straße einbog.

»Er hat eine Navigations-App geöffnet«, antwortete ich. »Der blaue Punkt bewegt sich mit uns.«

Harry lachte, und ich widerstand dem Drang, mich zu ihm umzudrehen. Obwohl ich wissen wollte, was ihn so sehr amüsierte, brachte ich es nicht über mich, ihn anzusehen. Er hatte einen unheimlichen Ausdruck in den Augen, der mir Angst machte.

»Verdammte Amateure«, spottete Harry. »Der große Zane Lewis glaubt, er hätte alles im Griff, aber er hat nicht daran gedacht, die Handys zu säubern. Typisch.«

Was zum Teufel sollte das bedeuten? Was meinte er mit Handys säubern?

»Hier.« Emerson warf mir ihr Telefon zu. »Schalte es aus.«

Ich tat wie geheißen und der blaue Punkt verschwand.

»Heilige Scheiße, er hat dich verfolgt«, flüsterte ich.

Auf dem Rücksitz ertönte Landrys höhnische Stimme: »Bingo. Wir haben einen Gewinner! Vielleicht bist du nur halb so dumm, wie ich dachte.«

»Schalte alle Handys aus. Sofort«, befahl Emerson.

Wieder gehorchte ich, doch nun mussten wir ohne Navigation weiterfahren. »Wir müssen an einer Tankstelle anhalten und uns eine Straßenkarte besorgen.«

Emerson nickte und Harry brach in schallendes Gelächter aus.

»Du hast das Klebeband doch mitgenommen, nicht wahr?«, fragte sie.

»Ja.«

»Sobald wir anhalten, kleb ihm den Mund zu. Ich will keinen Ton von ihm hören.«

Harry lachte weiter. Ich tat mein Bestes, ihn zu ignorieren und mir einen Plan zurechtzulegen, um uns irgendwie aus diesem Schlamassel zu ziehen.

* * *

ZWANZIG MINUTEN SPÄTER HIELTEN WIR AN EINER TANKSTELLE. Emerson parkte so abseits wie möglich, in der Hoffnung, nicht aufzufallen. Sie wartete, bis ich mit einer Karte und einem Wegwerfhandy zurückkam, und stieg dann aus, um sich mit mir unter vier Augen zu unterhalten. Ich hoffte, dass wir mit dem Telefon in den Bergen Empfang haben würden.

»Gute Idee«, sagte sie und deutete auf das Handy.

»Hör zu«, begann ich, »bis nach Maryland brauchen wir mindestens sieben Stunden, wenn wir die Nebenstraßen nehmen, um Mautstellen und Kameras zu vermeiden. Aber wir könnten nach Norden fahren und in drei Stunden in Lewis, New York sein.«

»Was ist in Lewis?«

»Zane besitzt dort ein Grundstück mit einem alten Raketensilo. Kyle und Declan haben mir davon erzählt.«

»Ich weiß nicht …«

»Wir müssen uns so schnell wie möglich an einen sicheren Ort zurückziehen. Harry hat dein Handy geortet. Wer weiß, was er sonst noch getan hat. Was ist, wenn er das Fahrzeug mit einem Peilsender ausgestattet hat, bevor er Jeremy getötet hat?

Vielleicht hat er auch einen bei sich, damit seine Leute ihn finden können.«

»Scheiße, *Scheiße*, Scheiße. Du hast recht. Weißt du, wo das Silo ist? Kennst du die Adresse?«

»Nein. Aber wie schwer kann es sein, ein stillgelegtes Raketensilo zu finden? Ich weiß mit Sicherheit, dass es in Lewis liegt, denn ich fand es lustig, dass die Stadt genauso heißt wie er. Wenn wir dort ankommen, können wir vielleicht die Anwohner fragen. Irgendjemand kann uns sicher weiterhelfen.«

»Wie du weißt, ist Zane übervorsichtig. Das Silo wird verschlossen sein. Was ist, wenn wir dort ankommen und keinen Zugang finden?«

Verdammt.

Sie hatte nicht unrecht. Zane war ein Sicherheitsfanatiker, aber genau das brauchten wir.

Ich packte das Handy aus und hoffte, dass der Akku zumindest teilweise aufgeladen war. Als das Telefon sich nach einer gefühlten Ewigkeit endlich anschaltete, war auf dem Display zu sehen, dass die Batterie nur noch fünf Prozent Kapazität hatte.

»Kennst du die Nummer seines Büros?«, fragte Emerson.

»Wir müssen mein Handy kurz einschalten, ich habe sie eingespeichert. Oder sollen wir die Auskunft anrufen?«

»Gibt es die noch?« Emerson zog die Nase kraus.

»Keine Ahnung.«

»Schalte dein Handy ein. Das geht schneller«, sagte sie.

Nach einer weiteren gefühlten Ewigkeit war mein Handy eingeschaltet und ich scrollte zu Zanes Nummer. Ich tippte sie in das Wegwerfhandy und reichte Emerson mein Telefon.

Es klingelte einmal, dann schaltete die Mailbox sich ein. Verdammt.

Ich versuchte es noch fünfmal hintereinander, bevor Zane sich mit ungehaltener Stimme meldete. »Ich weiß, dass die Steuerbehörde nicht hinter mir her ist, du Idiot. Und ich bin nicht dumm, also …«

»Zane«, blaffte ich.

»Wer ist da?«

»Anaya. Hör zu …«

»Was ist das für eine Nummer?«

»Halt die Klappe und hör zu«, knurrte ich. »Ich habe keine Zeit für Erklärungen. Wir sind in Schwierigkeiten. Jeremy ist … Verflucht … Jeremy ist tot.«

»Verdammte Scheiße! Garrett!«, brüllte Zane.

»Monica ist ebenfalls nicht mehr am Leben.«

»Wo ist Emerson?«

»Bei mir«, antwortete ich hastig. »Uns geht es gut. Aber … äh … Harry Landry sitzt mit uns im Wagen. Wir haben ihn auf dem Rücksitz gefesselt.«

»Schneidet ihn verdammt noch mal los und …«

»Meine Güte. Halt die Klappe. Der Akku ist fast leer.«

Gott sei Dank stand der Mann nicht vor mir. Ich hatte kein Problem damit, ihm am Telefon Widerworte zu geben, aber mit seiner überragenden Gestalt von fast zwei Metern schüchterte er mich ein.

»Wir fahren nicht nach Hause, sondern zu deinem Silo.«

»Wie bitte?«

»Dein Silo. Es ist nur drei Stunden Fahrt von hier. Harry hat Emersons Handy geortet. Wir haben alle Telefone ausgeschaltet, aber wenn er einen Peilsender hat, müssen wir uns an einen sicheren …«

Ich spürte, wie das Handy vibrierte, bevor es einen Piepton von sich gab und sich ausschaltete.

»Es ist tot«, bemerkte ich. »Lass uns nach Norden fahren. Er weiß jetzt, wohin wir wollen.«

»In Ordnung, wenn du dir wirklich sicher bist.«

»Ich bin mir sicher.«

»Dann lass uns das durchziehen«, erwiderte Emerson entschlossen.

»Lass es uns durchziehen«, wiederholte ich.

Emerson lächelte und zog erneut die Nase kraus, dann beugte sie sich zu mir vor und sagte: »Fühlst du dich nicht auch ein bisschen wie Thelma und Louise?«

»Ja. Aber lass uns hoffen, dass wir am Ende nicht von einer Klippe stürzen.«

»Du und ich, Anaya. Wir werden es schon schaffen.«

»Ich weiß, dass wir es schaffen werden.«

Zumindest hoffte ich das.

Wir gingen zurück zum Wagen. Emerson stieg auf der Fahrerseite ein. Bevor ich mich auf den Beifahrersitz setzte, schnappte ich mir das Klebeband, riss ein Stück ab und öffnete die Hintertür.

»Wenn du mir den Mund zuklebst, wirst du dein Leben auch nicht retten«, höhnte Harry.

»Vielleicht nicht. Aber zumindest wird es den Rest meines Daseins etwas angenehmer gestalten, du widerlicher Scheißkerl.«

Er öffnete den Mund, um etwas zu erwidern, aber ich presste das Klebeband fest auf seinen Mund und lächelte, als er grunzte.

* * *

GARRETT

Während der letzten vierzig Minuten hatte Zanes Stimmung sich zusehends verschlechtert.

Es würde nicht lange dauern, bis er völlig die Fassung verlor und wir die Folgen seiner Zerstörungswut zu spüren bekamen.

»Hier.« Tatiana drückte Zane seinen Rucksack an die Brust. Ihren eigenen hatte sie sich bereits über die Schulter geworfen.

Ivy und Violet befanden sich im Kinderhort, den Zane in weiser Voraussicht vergrößert hatte, da sich das Team vermehrte wie die Karnickel.

Jaxon kam mit seiner Ausrüstung in den Kontrollraum und verkündete: »In dreißig Minuten landet der Helikopter auf dem Dach.«

Zane schwieg.

Das bedeutete nichts Gutes. Wenn ein normaler Mann keinen Ton von sich gab, dachte er für gewöhnlich nach. In Zanes Fall bedeutete es jedoch, dass er einen Mord plante.

»Hast du Tom angerufen?«, fragte ich.

Keine Reaktion.

»Zane!«, rief Tatiana.

»Scheiße!«, brüllte er mit schmerzverzerrter Stimme. Darin schwang die Last wider, die Zane auf seinen Schultern trug, weil seine Familie in Gefahr war.

Es spielte keine Rolle, dass Anaya und Emerson erst seit kurzer Zeit bei uns waren. Sie gehörten zur Familie und waren ein Teil des Teams. Zanes Team, für dessen Sicherheit er erbittert kämpfte. Und nun waren zwei seiner Schäfchen in Gefahr.

Sogar in großer Gefahr, wenn man von den wenigen Informationen ausging, die Zane gesammelt hatte, bevor die Leitung tot war.

»Ich hätte es besser wissen müssen. Verdammt, ich hätte es besser wissen müssen. Kyle hat sich dagegen gesträubt, und Thad ebenfalls. Und ich habe voreilig gehandelt, weil ich es leid bin, dass uns dieser Mist im Nacken sitzt.«

»Zane«, begann Jaxon.

»Es ist meine Schuld. Ich *weiß es* verdammt noch mal, Jax, also versuch nicht, mich ...«

»Es ist egal, wessen verdammte Schuld es ist, Bruder. Ruf Tom an. Finde heraus, wie wir mit diesem Arschloch verfahren sollen, damit wir loslegen können.«

»Soll ich Kyle und Thad anrufen?«, fragte Tatiana.

»Nein«, hallte es von drei Männern gleichzeitig durch den Raum.

»Nicht, bevor wir mehr Informationen haben«, fügte Jax hinzu.

»Aber ...«

»Wir rufen sie aus der Luft an. Wenn wir es ihnen jetzt erzählen, werden sie beide durchdrehen und Declan wird sie allein nicht unter Kontrolle halten können. Wir geben ihnen später Bescheid, dann können sie nach Süden fahren und sich uns anschließen. Kein Wort, bis wir mehr wissen.«

»Einverstanden.«

»Baue mir eine sichere Leitung auf«, bellte Zane.

Nach all den Jahren, die ich nun schon für Zane arbeitete, ließ ich mich von seinem Verhalten nicht mehr beirren. Ich wusste, wie sehr diese Sache ihn belastete. Er spürte sie bis tief in seine Seele. Falls einer der beiden Frauen etwas zustoßen sollte, würde er sich das niemals verzeihen. Außerdem wusste er, dass es Kyle und Thad vernichten würde.

Zwei Frauen waren in Gefahr, aber im schlimmsten Fall wären vier Leben für immer zerstört.

»Farbe des Tages?«, ertönte eine monotone Stimme aus dem Lautsprecher.

»Pink«, antwortete Zane.

»Codewort?«

»Zebra.«

»Zahl?«

»Sechs.«

»Name?«

»Viper.«

Nachdem Zane alle Fragen richtig beantwortet hatte, verkündete der Agent am anderen Ende der Leitung: »Warten Sie.«

Einen Moment später meldete Präsident Tom Anderson sich. »Zane?«

»Wir haben ein Problem. Landry hat mein Team bis nach Connecticut verfolgt. Ein Mann ist tot. Aber die zwei anderen im Team haben ihn gefangen genommen und sind jetzt mit ihm unterwegs. Ich brauche Anweisungen.«

»Bring ihn lebend zurück«, knurrte Tom.

»Tom ...«

»Ich weiß, wie du dich fühlst. Aber wir brauchen ihn lebend. Es gibt Leute, die in der Nahrungskette über uns stehen.«

»Bei allem Respekt, Tom, aber Sie wissen nicht, wie ich mich fühle.«

»Doch, ich weiß es. Und wenn du nicht so aufgewühlt wärst, würdest du dich daran erinnern. Du musst mir vertrauen. Bring ihn mir lebend.«

»Ich kann Ihnen nicht versprechen ...«

»Vertrau mir, verdammt noch mal!«, brüllte Tom. »Vertrau mir, dass ich dir den Rücken freihalte, so wie du es für mich getan hast.«

Zane stieß eine Reihe von farbenfrohen Schimpfwörtern aus,

von denen ich die meisten noch nie in dieser Reihenfolge gehört hatte.

»Ruf mich an, sobald du ihn in Gewahrsam hast, und ich nenne dir einen Übergabeort«, fuhr Tom fort, nachdem Zane seine Tirade beendet hatte.

»Verstanden«, schnaubte Zane.

»Wo sind sie gerade?«, wollte Jaxon wissen, um den Standort des Teams zu ermitteln.

Ich klickte auf meiner Tastatur herum und kurze Zeit später wurde Declans, Kyles und Thads Position auf einem an der Wand montierten Bildschirm angezeigt.

»Etwas nördlich von Bakersfield, Vermont«, antwortete ich. »Sie sind ungefähr zwei Stunden von Lewis entfernt. Aber Dec sitzt am Steuer, daher werden sie wahrscheinlich nicht länger als eine Stunde brauchen.«

Zanes Telefon klingelte und er fischte es aus seiner Tasche.

»Lewis«, meldete er sich mit schroffer Stimme.

»Ich bin's«, ertönte Anayas ruhige Stimme am anderen Ende der Leitung. »Entschuldige, ich musste das Handy aufladen und wir hatten keinen Empfang.«

»Wo seid ihr?«

Eines musste ich meinem Chef lassen. Er klang fast gelassen, doch die pochende Vene an seinem Hals verriet ihn.

»Wir liegen gut in der Zeit. Inzwischen sind wir im Staat New York und haben gerade Route 13 passiert. Ich versuche, einen Weg zu finden, um Mautstellen zu vermeiden.«

»Mach dir deshalb keine Gedanken. Nehmt die schnellste Route. Wir werden vor euch da sein.«

»Wirklich?«

»Wie geht es euch beiden? Ist eine von euch verletzt?«

»Nein. Es geht uns gut. Aber Zane, wir mussten Jeremy zurücklassen. Es tut mir so leid, aber wir konnten ihn nicht ...«

»Ihr habt das Richtige getan. Ich werde jemanden schicken, der ihn abholt.«

»Er hat es versucht, Zane. Er hat sein Möglichstes getan, um uns zu beschützen.«

»Dessen bin ich mir sicher.«

Zane schloss die Augen und ließ den Kopf hängen.

Ja, auch das fühlte er. Und er würde sich auch die Schuld für den Tod dieses Mannes auf seine Schultern laden. Jeremy hatte zwar nicht für Z Corps gearbeitet, aber er war gestorben, um die Unsrigen zu beschützen. Das würde Zane niemals vergessen.

Jeremys Tod wäre eine weitere Narbe auf Zanes Seele.

»Ladet das Handy weiter auf und schaltet es nicht aus. Ich gebe Garrett die Nummer, bevor wir uns auf den Weg machen.«

»In Ordnung. Und noch etwas«, sagte Anaya.

»Was?«

»Emmy und ich haben uns unterhalten. Wir wollen nicht, dass du es den Jungs erzählst.«

»Anaya ...«

»Nein, bitte hör zu. Bitte, Zane. Sie würden sich nur Sorgen machen. Und jemand könnte verletzt werden, wenn sie nicht bei der Sache sind. Es ist wichtiger, dass sie gesund nach Hause zurückkehren. Wir alle wollen gesund und munter nach Hause kommen. Also, verrate ihnen bitte nichts. Uns geht es gut. Emmy und ich schaffen das schon.«

»Kyle, Thad und Dec befinden sich nach einem erfolgreichen Einsatz wieder in den USA. Ich werde sie benachrichtigen, sobald wir dieses Telefonat beendet haben. Ich weiß es zu schätzen, dass ihr beide ihnen den Rücken freihaltet, aber ich wollte lediglich warten, bis ich noch einmal mit euch gesprochen habe, bevor ich sie informiere.«

»Denkst du, dass ...«

»Es steht mir nicht zu, irgendetwas zu denken. Hier geht es nicht um mich, sondern um sie. Und ich würde jeden in der Luft zerreißen, der mir Informationen über Ivy vorenthalten würde. Ich werde ihnen Bescheid geben. Ihr zwei bleibt auf Kurs und fahrt vorsichtig. Wir sehen uns bald.«

»Danke, Zane. Ich weiß deine Hilfe zu schätzen.«

Anaya beendete das Gespräch und Zane versteifte sich.

»Du hast sie gehört«, sagte ich zu meinem Chef. »Sie klang stark und schien alles im Griff zu haben. Mach Tom keinen Strich durch die Rechnung, indem du Landry den Garaus machst. Er hat dir nie einen Grund gegeben, an ihm zu zweifeln.«

»Ich würde diesem Arschloch am liebsten den Bauch aufschlitzen. Aber meinetwegen muss Tom sich keine Sorgen machen. Aber ich kann weder für Thad noch für Kyle garantieren.«

»Du irrst dich. Sobald ihre Frauen wieder sicher und wohlbehalten in ihren Armen liegen, werden sie dich überraschen. Es ist erstaunlich, was eine gute Frau an der Seite eines Mannes bewirken kann. Sie hilft ihm, sein Temperament im Zaum zu halten.«

Allerdings konnte ich das nicht wirklich beurteilen. Es war lange her, seit ich eine Frau an meiner Seite hatte.

KAPITEL EINUNDDREISSIG

»Hast du etwas von Anaya gehört?«, fragte Thad. »Ich habe Emmy eine Nachricht geschickt und sie angerufen, aber sie meldet sich nicht.«

»Ich habe auch nichts Neues.«

»Die Hütte liegt ziemlich abgelegen«, erinnerte Dec uns. »Ich bezweifle, dass sie dort Empfang haben.«

Nicht mehr lange, wiederholte ich im Geiste wie ein Mantra und war ausnahmsweise dankbar, dass Dec sich nicht an die Geschwindigkeitsbegrenzung hielt. Für ihn war das Tempolimit eher eine Empfehlung, die er jedoch ignorierte.

Es war Stunden her, seit wir die Gruppe von Mädchen der Royal Canadian Mounted Police übergeben und mit Lincoln gesprochen hatten. Er und Leo waren auf einige Probleme gestoßen, und zwei Mädchen wurden bei ihrer Rettung verletzt. Ansonsten war alles nach Plan verlaufen. Die Polizei hatte den kanadischen Geheimdienst informiert, der das Gelände untersuchen würde, auf dem die Mädchen festgehalten worden waren.

Mit anderen Worten, unsere Arbeit war erledigt und das Team war auf dem Rückweg nach Maryland. Alle außer uns. Wir fuhren nach Connecticut, um unsere Frauen abzuholen.

Ich hatte seit Tagen nicht mehr mit Anaya gesprochen, und

obwohl unser Einsatz vorüber war, hatte sich der Knoten in meinem Magen nicht gelöst.

Decs Handy klingelte und er warf es mir zu. »Sieh bitte nach, wer es ist.«

Ich warf einen Blick auf das Display. »Es ist Zane.«

Das wurde auch Zeit. Als wir in Kanada waren, war die Kommunikation zusammengebrochen und noch nicht wieder hergestellt. Linc hatte uns erzählt, dass es ihm gelungen war, Garrett zu erreichen und ihm einen Lagebericht zu übermitteln, aber mit Zane hatte er nicht sprechen können, da dieser anderweitig beschäftigt war.

Dec nannte mir den Entsperrcode für sein Handy und ich wischte über das Display, um den Anruf entgegenzunehmen.

»Es gibt eine Planänderung«, bellte Zane.

Ich versteifte mich augenblicklich.

»Was ist das für ein Geräusch?«, fragte Thad vom Rücksitz aus und beugte sich zwischen den Vordersitzen nach vorn.

»Fahrt auf direktem Weg nach Lewis.« Zane ignorierte Thads Frage nach dem Lärm am anderen Ende der Leitung.

Wenn ich es nicht besser gewusst hätte, hätte ich darauf getippt, dass das Dröhnen von den Rotorblättern eines Helikopters kam.

»Lewis …«, begann Declan.

»Zum Silo«, fiel Zane ihm ins Wort. »Anaya und Emerson sind auf Probleme gestoßen und …«

Ich fühlte seine Worte in jeder Faser, jeder Zelle und jedem Molekül meines Körpers. Ich hatte es gewusst. Bis in die Knochen hatte ich gespürt, dass etwas nicht stimmte.

»Kannst du das wiederholen?«, warf ich ein.

Ich erkannte meine eigene Stimme nicht wieder. Plötzlich spürte ich nicht einmal mehr meine Glieder und nahm das Pochen in meiner Brust kaum noch wahr. Ich fühlte nur einen Schmerz, der so stark war, dass er mich zu zermalmen drohte.

»Beide sind unverletzt, aber Jeremy ist tot. Monica ebenfalls. Anaya und Emerson haben Landry gefangen genommen und sind mit ihm auf dem Weg zum Silo.«

Zanes Worte ergaben keinen Sinn. »Sie haben ihn gefangen genommen? Wie ist das passiert?«

»Was zum Teufel ist hier eigentlich los?«, brüllte Thad. Ich drehte ruckartig den Kopf, als mir fast das Trommelfell platzte.

»Mehr weiß ich nicht. Ich habe vor Kurzem mit Anaya telefoniert. Sie sagte, dass sie beide unverletzt sind und das Silo in etwa eineinhalb Stunden erreichen werden. Ihr seid noch eine Stunde und fünfundvierzig Minuten entfernt. Ich gehe davon aus, dass wir zur gleichen Zeit wie ihr dort eintreffen werden.«

Declan hatte bereits die Spur gewechselt und drückte das Gaspedal durch. Statt seiner üblichen hundertvierzig hatte er auf hundertsechzig Stundenkilometer beschleunigt.

»Wir werden vor den Frauen dort sein«, bemerkte Dec. »Garrett soll uns die schnellste Route durchgeben.«

»Noch etwas«, begann Zane. »Wir sollen Landry lebend übergeben.«

Verdammt, nein. Das kam nicht infrage. Auf keinen Fall.

»Ich habe Tom mein Wort gegeben. Aber ich habe ihm nicht versprochen, in welcher Verfassung wir ihn ausliefern werden. Und dabei möchte ich noch etwas anmerken. Falls der Kerl eine falsche Bewegung macht, dann tut ihr, was nötig ist. Das Versprechen galt nur für meine Person. Ich habe ihm nicht zugesichert, dass ich mein Team kontrollieren kann.«

Wie zum Teufel konnte so etwas geschehen? Mir schwirrten so viele mögliche Szenarien im Kopf herum, dass ich keinen klaren Gedanken fassen konnte. Wie hatten Anaya und Emerson es geschafft, Landry zu überwältigen und gefangen zu nehmen?

»Ich will mit meiner Frau sprechen«, verlangte Thad.

»Du wirst sie in einer Stunde sehen.«

»Das ist nicht gut genug, Zane. Sie …«

»Sie wird durchhalten. Sowohl Emerson als auch Anaya schlagen sich großartig. Beide sind verdammt stark. Sie haben sich sehr klug verhalten und alles richtig gemacht. Wenn du jetzt mit ihr sprichst, wird sie zusammenbrechen, und was dann? Sie darf sich jetzt nicht unterkriegen lassen. Wenn das Adrenalin später nachlässt und ihr der Ernst der Lage bewusst wird, wirst du für sie da sein. Aber du willst ihr das nicht jetzt sagen, während sie den Wagen fährt und das Arschloch gefesselt auf dem Rücksitz sitzt.«

»Wie konnte das passieren?«, stellte Thad die entscheidende Frage.

»Ich kenne die Details nicht. Anaya hat mich angerufen und mir das Wesentliche mitgeteilt. Es war ihre Idee, zum Silo zu fahren. Ich habe sie nicht gefragt, woher sie davon wusste, aber es ist ein guter Schachzug. Lewis ist näher. Sie wollen das Arschloch so schnell wie möglich loswerden und wegsperren.«

»Sie gehen beide nicht an ihr Handy«, meldete Dec sich zu Wort.

»Das liegt daran, dass sie verdammt schlau sind. Sie haben ihre Telefone ausgeschaltet und ein Wegwerfhandy gekauft. Offenbar hegen sie den Verdacht, dass Emersons Handy geortet wurde. Mehr hat Anaya jedoch nicht erwähnt und ich habe ihre Vermutung nicht infrage gestellt. Garrett steht mit ihnen in Kontakt und sie erstatten ihm Bericht.«

»Zane …«

»Fahrt einfach zum Silo. Ich weiß, dass ihr beide wütend auf mich seid, und ich kann euch verstehen. Das ist alles meine Schuld. Ich übernehme die volle Verantwortung. Ihr könnt mir später die Hölle heißmachen so viel ihr wollt. Aber fürs Erste bitte ich euch beide, euer Temperament im Zaum zu halten. Im Moment zählt nur, dass wir Anaya und Emerson rechtzeitig erreichen.«

Zane beendete die Verbindung. Ich hörte, wie Thad sich bewegte und mit der Faust gegen den Rücksitz schlug.

Sie haben sich äußerst klug verhalten.

Sie haben alles richtig gemacht.

Sie sind stark.

Ich hielt mich an diesen drei Aussagen fest, während Dec die Schnellstraße entlangraste.

Aber im Grunde bedeuteten die Worte nichts, denn meine Frau war in Gefahr.

Wenn ihr auch nur ein Haar gekrümmt werden würde …

Nein. Daran durfte ich gar nicht denken. Allein die Vorstellung, dass Anaya verletzt werden könnte, war unerträglich.

Ich kämpfte darum, meine Wut im Zaum zu halten. Irgendwann, irgendwo würde ich sie entfesseln können. Aber dies war
weder der richtige Zeitpunkt noch der richtige Ort.

»Ich hatte verdammt noch mal recht. Ich habe es die ganze
Zeit über gespürt«, knurrte ich.

Declan erwiderte nichts.

Thad schwieg ebenfalls.

Und während wir einen Kilometer nach dem anderen
zurücklegten, dachte ich im Stillen darüber nach, dass ich
wieder einmal nicht auf mein Bauchgefühl gehört und Anaya
nicht aufgehalten hatte. Das würde nie wieder passieren. Ich
hatte es versucht. Ich hatte versucht, nicht der Mann zu sein, der
seiner Frau Vorschriften macht.

Lektion gelernt.

Für immer.

So etwas würde nie wieder passieren.

KAPITEL ZWEIUNDDREISSIG

»Wie weit noch?«, fragte Emerson.

»Fünfundzwanzig Kilometer.«

Ich blickte wieder aus dem Fenster. Je näher wir dem Silo kamen, desto nervöser wurde ich. Ich hatte beobachtet, wie Emerson das Lenkrad immer fester umklammerte, um das Zittern ihrer Hände zu stoppen.

Wir waren von der Schnellstraße abgefahren und rasten nun eine schmale zweispurige Straße entlang, die hin und wieder von winzigen Häusern gesäumt war. Je weiter wir fuhren, desto ländlicher wurde die Gegend und desto weiter verstreut lagen die Häuser voneinander. Zum Teil erstreckte sich kilometerweit nichts als Ackerland. Im Grunde war es der perfekte Ort für ein Raketensilo.

»Hier am Stoppschild musst du rechts abbiegen.«

Emerson tat wie geheißen. Ich starrte wieder aus dem Fenster, als ein Wagen hinter uns meine Aufmerksamkeit erregte. Augenblicklich stellten sich mir die Nackenhaare auf.

Ich nahm das Wegwerfhandy aus dem Getränkehalter und wählte Garretts Nummer. Aber bevor ich ihn anrief, hielt ich kurz inne und wandte mich Emerson zu.

»Emmy, egal was passiert, bleib ruhig«, sagte ich.

»Was ist los?«

»Ich glaube, wir werden verfolgt. Der Wagen hinter uns hat

die Schnellstraße verlassen, als wir abgefahren sind, und ist uns auf der Route 12 gefolgt. Gerade eben ist er ebenfalls abgebogen. Ich könnte mich irren, aber die Gegend scheint ziemlich verlassen zu sein.«

Ich tätigte den Anruf und Garrett meldete sich nach dem ersten Klingeln. »Wo seid ihr?«

»Wir sind gerade auf die Route 9 abgebogen. Ich glaube, wir werden verfolgt. Was sollen wir tun?«

»Was für ein Fahrzeug?«

»Ein schwarzer Lexus. Ehrlich gesagt glaube ich nicht, dass in dieser Gegend jemand einen Lexus besitzt. Die Leute hier fahren eher Pick-ups.«

»Kennzeichen?«

»Er ist zu weit hinter uns.«

»In Ordnung. Fahrt einfach weiter zum Silo.«

»Aber …«

»Vertrau mir. Fahrt zum Silo. Egal was passiert, haltet nicht an, bis ihr dort seid.«

»Der Wagen beschleunigt das Tempo.«

»Emerson soll ebenfalls aufs Gas treten.«

»Fahr schneller, Emmy«, wies ich sie an.

Mit jedem Zentimeter, den der Tacho nach oben kletterte, schoss auch mein Puls in die Höhe. Sie schienen direkt miteinander in Verbindung zu stehen. Je mehr Emmy das Gaspedal durchdrückte, desto schneller raste mein Herz.

»Er kommt näher«, sagte ich zu Garrett.

»Bleibt ruhig. Ich werde nicht auflegen, aber ich muss kurz etwas erledigen.«

»Hale Hill Road. Du musst hier links abbiegen«, sagte ich zu Emmy.

»Dafür muss ich langsamer fahren.«

Wir rasten mit fast neunzig Stundenkilometern dahin. Sie würde den Wagen auf jeden Fall verlangsamen müssen. Scheiße.

»Okay, warte bis zum letzten Moment. Dann tritt auf die Bremse, biege ab und gib wieder Gas.«

»Bist du verrückt? Er wird auf uns auffahren.«

Ich drehte mich um, wobei mein Blick leider auf Landry

landete. Sein Mund war glücklicherweise immer noch mit Klebeband bedeckt, aber ich konnte die Fältchen um seine Augen sehen, die mir verrieten, dass das Arschloch lächelte.

Er wusste genau, was los war.

Der Lexus kam immer näher. Emerson hatte recht – er würde auf uns auffahren, wenn sie auf die Bremse trat.

»Dann soll er uns rammen. Wappne dich und halte das Lenkrad fest.«

»Ich kann nicht …«

»Tu es, Emmy!«, rief ich. »Jetzt. Bieg hier ab.«

Emerson trat leicht auf die Bremse, bevor sie sie ganz durchdrückte. Wir gerieten ins Schlingern und Emmy stieß einen Schrei aus, bevor sie das Lenkrad nach links riss. Sie verfehlte die Straße nur knapp und wir landeten auf dem Seitenstreifen. Kies spritzte unter unseren Reifen auf, als Emerson aufs Gas trat und weiterraste.

»Oh Gott«, keuchte sie.

»Ich habe dir doch gesagt, dass du es schaffst. Gleich kommt noch eine Kurve. Die erste links. Mach es wieder genauso wie eben.«

»Ja, sicher, kein Problem.«

»Wenn ihr dort ankommt, fahrt an der Abdeckung vorbei«, meldete Garret sich wieder.

»Was für eine Abdeckung?«, fragte ich und wandte mich dann an Emmy. »Gleich kommt die Abzweigung.«

»Ihr werdet sie erkennen, wenn ihr sie seht. Es ist eine große, runde Betonplatte. Fahrt daran vorbei und haltet nicht an, bis ihr das Gebäude erreicht.«

»Jetzt, Emerson!«, schrie ich.

Nirgendwo war ein Schild oder ein Briefkasten zu sehen. Eine Lücke zwischen der Baumreihe war der einzige Hinweis darauf, dass sich dort eine Auffahrt befand. Diesmal zögerte Emmy nicht. Der Lexus rammte uns und Emmy riss das Steuer herum. Doch sie bog etwas zu früh ab und der Wagen geriet ins Schleudern. Emerson versuchte mit aller Kraft, die Kontrolle zu behalten, und brachte uns wieder auf Kurs, wobei sie jedoch seitlich einen Baumstamm rammte.

Für einen Moment wünschte ich mir, wir hätten Harry nicht auf dem Rücksitz angeschnallt. Es wäre ein befriedigendes Gefühl gewesen zu hören, wie er hin und her geschleudert wurde und mit dem Kopf gegen die Scheibe stieß.

»Sie sind gleich da«, hörte ich Garrett sagen, aber ich wusste nicht, mit wem er sprach. »Nicht anhalten.« Die letzten Worte waren auf jeden Fall an uns gerichtet.

»Fahr weiter, Emmy. An der Betonplatte vorbei und geradewegs auf das Gebäude auf der gegenüberliegenden Seite zu.«

»Oh mein Gott. Gleich werden sie uns wieder rammen.«

Sie behielt recht. Eine Sekunde später machte unser Wagen einen Satz nach vorn und Emmy trat erneut aufs Gas, um Abstand zu dem anderen Fahrzeug zu gewinnen.

»Ich kann es sehen, Garrett. Fahr geradeaus, Emerson. Du machst das großartig.«

Wir schossen an dem Silo vorbei, als hinter uns ein Kugelhagel niederprasselte. Das Geräusch war so laut, dass ich mich unwillkürlich duckte. Leider folgte Emmy meinem Beispiel.

»Tritt auf die Bremse!«, schrie ich, als das Gebäude vor uns in Sicht kam.

»Verdammte Scheiße …« Emmys Worte wurden von dem Quietschen der Reifen übertönt.

Ich wappnete mich für den Aufprall und betete, dass der Wagen mit Airbags ausgestattet war. Andernfalls würden wir das Zeitliche segnen.

Das würden wir nicht überleben.

Um uns herum hallte das Knirschen von Metall, als der Wagen durch die blecherne Wand einer Scheune krachte und schließlich zum Stehen kam.

»Verdammte Scheiße«, stieß ich hervor.

Emmy hatte es geschafft. Wir hatten es geschafft.

»Bist du okay?«, flüsterte sie.

»Ja.«

»Und was jetzt?«

Das war eine gute Frage, auf die ich keine Antwort hatte. Und irgendwann während des Aufpralls war mir das Telefon aus der Hand gefallen.

»Ich höre jemanden«, flüsterte sie. »Was jetzt?«

»Jetzt kämpfen wir weiter, Emmy.«

Auf keinen Fall waren wir so weit gekommen, um uns jetzt gefangen nehmen zu lassen.

Sowohl die Fahrer- als auch die Beifahrertür wurden gleichzeitig aufgerissen. Ich war noch nicht bereit und hatte noch nicht einmal meinen Sicherheitsgurt gelöst. Aber ich würde nicht aufgeben. Nicht jetzt. Wir hatten es doch fast geschafft.

Ich schlug blindlings um mich, als ein schwarz gekleideter Mann sich in den Wagen lehnte. Er wich mit einem Brummen zurück. Ich machte mich bereit, ihm die Augen auszukratzen, als er meine beiden Hände packte.

»Schatz! Hör auf. Ich bin es.«

Aber ich hörte nicht auf. Das konnte ich nicht. Ich musste kämpfen.

Ich bemerkte den Tumult zu meiner Linken, als ein ohrenbetäubender Schrei ertönte. Im nächsten Moment führte jemand sein Gesicht dicht an meines.

»Anaya, Schatz. Beruhige dich.« Ich erstarrte. Die Zeit schien stillzustehen und mir stockte der Atem. »So ist es gut. Es ist alles in Ordnung.«

Nein, es war nicht alles in Ordnung. Die Geschehnisse der letzten Tage hatten mich völlig durcheinandergebracht. Doch die letzten Stunden hatten mir den Rest gegeben.

Ich sackte in mich zusammen.

Der Sicherheitsgurt wurde gelöst und ich wurde aus dem Wagen gehoben. Im nächsten Moment lag ich in Kyles Armen. Ich warf einen Blick über das Fahrzeugdach. Thad hielt Emmy fest und flüsterte ihr etwas ins Ohr. Ich konnte zwar nicht verstehen, was er sagte, aber sie nickte.

Die Jungs waren gekommen.

Und gerade noch rechtzeitig.

Wie dumm war es doch von mir zu glauben, dass Emerson und ich Harry Landry einfach mitnehmen könnten, ohne verfolgt zu werden.

Declan kam auf dem Weg zum Wagen an uns vorbei, sagte aber nichts. Das musste er auch nicht, denn sein finsterer Blick, seine angespannte Miene und seine energischen Schritte sprachen Bände. Declan war kurz davor, die Fassung zu verlieren, und Landry hatte seinen Zorn verdient. Er hatte Jeremy getötet und mit Frauen Handel getrieben. Er hatte etwas in Monica gebrochen und sie in eine wandelnde, sprechende, seelenlose Puppe verwandelt. Nein, ich würde keinen Funken Mitleid für Harry Landry empfinden.

»Anaya, Schatz ...«

Kyles Worte gingen in dem Dröhnen von Hubschrauberrotoren unter. Ich schreckte auf und versuchte, mich aus seinen Armen zu befreien.

Oh Gott. Was geschah als Nächstes?

»Das ist nur Zane«, sagte Kyle dicht an meinem Ohr. Ich konnte seinen warmen Atem an meinem Nacken spüren.

Ich wollte mich fallen lassen und in seiner Stärke, seinem Charme und seinem Mut baden.

Aber das ging nicht.

Denn es war an der Zeit, mich dem zu stellen, was ich getan hatte.

KAPITEL DREIUNDDREISSIG

Sie lag in meinen Armen.

Gott sei Dank.

Ich versuchte verzweifelt, ihr Zittern zu ignorieren, während ich mit ihr die steile Treppe hinuntereilte.

Als ich das Quietschen von Reifen gehört hatte, hatte mein Herz einen Schlag ausgesetzt. Vor meinem geistigen Auge hatte ich mir ausgemalt, wie Emerson die Kontrolle verlor und gegen einen der vielen Bäume prallte, die die Straße und die Auffahrt säumten. Schließlich war der Wagen in Sicht gekommen. Declan, Thad und ich hatten gewartet, bis er an uns vorbeigerast war, dann hatten wir unsere Magazine in dem zweiten Fahrzeug entladen.

Vier Männer.

Vier verdammte Männer waren ihnen gefolgt. Die beiden Frauen hätten sich unmöglich verteidigen können.

Wären wir fünf Minuten später gekommen, wären Anaya und Emerson fort gewesen. Wenn wir auf dem Weg hierher in dichten Verkehr geraten wären – fort. Wäre Dec nicht wie ein Verrückter gefahren – fort.

Bei dem Gedanken stieg in mir eine rasende Wut auf, während ich zugleich fast auf die Knie sank.

Ich hatte sie. Sie war bei mir. In Sicherheit. In meinen

Armen. Aber sie zitterte wie Espenlaub und bisher hatte sie noch keinen Ton gesagt.

Thad stieß die Tür auf. Da er Emerson immer noch im Arm hielt, schob er einen Fuß zwischen Tür und Rahmen, damit sie nicht zufiel.

Nun verstand ich es.

Ich verstand die Angst und die Wut, die ich in Thads Augen gesehen hatte, als Emerson entführt und nach Mexiko verschleppt worden war. Jetzt wusste ich, warum er sich geweigert hatte, sie nach ihrer Rettung selbstständig gehen zu lassen. Verdammt, er hatte sie sogar zu dem Boot geschleppt und ihr nicht einmal erlaubt, selbst zu schwimmen. Und nachdem wir ins Hotel zurückgekehrt waren, hatte er sie immer noch in seinen Armen gehalten. Ich verstand alles.

Wir waren kaum durch die Tür getreten, da hörte ich das Geräusch von Stiefeln, die schnellen Schrittes die Treppe hinunterkamen.

Zane fing die Tür auf, bevor sie ins Schloss fallen konnte.

»Scheiße«, blaffte er. »Verdammt!«

Anaya zuckte in meinen Armen zusammen und mein Magen verkrampfte sich.

»Zane …«, begann Emerson.

»Verdammt!«, brüllte er.

»Es geht uns gut«, versuchte sie es erneut.

Thads erbostes Knurren hallte durch den höhlenartigen Raum.

Ich ging zu einem Stuhl, ließ mich darauf nieder und setzte Anaya auf meinen Schoß.

»Das ist ein Desaster.«

»Es tut mir leid«, meldete Anaya sich mit zitternder Stimme zu Wort. Sie räusperte sich. »Das alles ist meine Schuld.«

»Anaya. Nicht …«, sagte Emerson.

»Ich habe sie getötet. Es ist meine Schuld«, verkündete Anaya.

Stille legte sich über den Raum und mir lief ein Schauer über den Rücken.

»Wie bitte?«, fragte ich.

»Ich habe sie getötet. Damit hat der Schlamassel überhaupt erst angefangen. Wenn ich Monica nicht umgebracht hätte, wäre Jeremy nicht tot.«

Anaya zitterte am ganzen Leib und ein tränenloses Schluchzen entfuhr ihrer Kehle.

»Du hast Monica getötet?«, flüsterte ich.

Anaya vergrub ihr Gesicht an meiner Brust und nickte.

Ich warf einen Blick auf Emerson, die Anaya mit einem Stirnrunzeln anstarrte.

»Was ist passiert, Schatz?«

Anaya schüttelte nur den Kopf an meiner Brust. Als sie nach einer Weile immer noch nicht antwortete, ergriff Emerson das Wort.

»Sie hat sie nicht getötet. Anaya hat mir das Leben gerettet. Ich habe Monica gereizt, woraufhin sie sich auf mich gestürzt und mich gewürgt hat. Ich bekam keine Luft, doch Anaya kam mir zu Hilfe. Sie trifft keinerlei Schuld. Verstehst du das, Anaya? Du hast mir das Leben gerettet.« Emersons energische Worte hingen in der Luft, die plötzlich zum Zerschneiden dick war, und ich hatte Schwierigkeiten durchzuatmen.

Im hinteren Teil des Raumes polterte und knallte es, aber ich achtete gar nicht auf meinen Chef, der gerade das Wohnzimmer demolierte. Gegenstände zerbrachen und Glas zersplitterte, aber ich sah nicht hin.

Ich war wie gebannt von Emersons eindringlichem Blick. Ich wandte mich Thad zu, der aussah, als würde er jeden Moment vor Wut explodieren. In seinen dunkelbraunen Augen, die Emerson einst als seelenvoll bezeichnet hatte, loderte Feuer.

»Emmy, Baby«, presste er mit heiserer Stimme hervor.

Emerson erzählte uns die ganze Geschichte. Wie gelähmt hörte ich zu. Angst, Wut und Stolz durchströmten mich gleichzeitig und ich drückte Anaya in regelmäßigen Abständen fester an mich, nur um mich daran zu erinnern, dass sie in Sicherheit war. Sie war hier.

Zane hielt sich klugerweise im Hintergrund. Tief im Inneren wusste ich, dass das alles nicht seine Schuld war, doch im Moment war ich viel zu aufgewühlt und wütend.

»Was hat er gesagt?«, wollte Zane schließlich von Emerson wissen.

»Ich kann mich nicht an den genauen Wortlaut erinnern, aber er sagte so etwas wie: ›Der große Zane Lewis hat vergessen, die Handys zu säubern‹«, wiederholte Emerson.

Zane vibrierte vor Wut, als er sein Handy aus der Tasche fischte und es an sein Ohr führte. Kurz darauf blaffte er: »Garrett. Sämtliche Handys müssen gesäubert werden. SOFORT.« Er hielt kurz inne, dann fügte er hinzu: »Jax und Dec sind mit Landry unterwegs.«

Kluger Mann. Er wollte weder Thad noch mich mit dem Mistkerl allein lassen. Allerdings würde Dec sicher auch einen Beitrag leisten, bevor er Landry auslieferte. Der Mann würde zwar am Leben bleiben, aber er würde Declan mit Sicherheit nie vergessen.

»Und Monica sagte, dass niemand sie gefunden hat?«, fragte ich.

»Emmy und ich haben darüber gesprochen«, erklärte Anaya, ohne ihren Kopf von meiner Brust zu lösen. »Zu Beginn haben wir uns nichts dabei gedacht. Aber rückblickend besteht wohl kein Zweifel daran, dass das Ganze eine Falle war.«

»Was du nicht sagst«, blaffte Zane. Dann seufzte er und rieb sich mit beiden Händen übers Gesicht.

»Was ist nun mit Monica?«, fragte Anaya.

»Was soll mit ihr sein, Schatz?«

»Ich habe sie getötet.« Anaya richtete sich in meinem Schoß auf und starrte mich an. In ihren Augen spiegelten sich Reue und Schmerz wider.

Scheiße, sie spürte es tief in ihrer Seele. Sie hatte das Leben einer Frau genommen, und das würde sie für immer prägen. Nun lag es an mir, dafür zu sorgen, dass die Wunde nicht allzu tief war und heilen würde.

»Es schmerzt mich, dir das sagen zu müssen, aber du musst mir zuhören. Was mit Monica passiert ist, ist nicht deine Schuld, sondern ihre. Es war ihre Entscheidung, Emerson anzugreifen. Wir haben euch beide zu ihr geschickt, ohne zu wissen, ob sie Opfer oder Komplizin war. Und jetzt musst du den Preis dafür bezahlen, und das tut mir im Herzen weh. Du bist weder verantwortlich dafür, wie sie ihr Leben gelebt hat, noch wie es endete. Daran tragen andere Menschen die Schuld. Wir werden wohl nie erfahren, ob sie Emmy mit der Absicht angegriffen hat, sie zu töten, oder ob sie gehofft hat, ihr würdet ihrem Dasein ein Ende setzen. Für mich ist nur wichtig, dass es euch beiden gut geht. Du hast getan, was du tun musstest, um Emerson und dich zu schützen, und ich bin verdammt stolz auf dich.«

»Aber ... was passiert jetzt?«

»Jetzt gehen wir nach Hause.«

»Nein. Muss ich mich nicht der Polizei stellen?«

»Auf keinen Fall«, warf Zane ein. »Erstens hast du in Notwehr gehandelt.«

»Aber ...«

»Anaya, nichts davon wird auf dich zurückfallen. Wir haben uns um Monica gekümmert, mehr musst du nicht wissen. Geh nach Hause und lehne dich an die Schulter deines Mannes. Er wird dir helfen, das alles zu verarbeiten. Sprich mit ihm und lass alles raus, statt es in dich hineinzufressen. Kyle wird dir beistehen, damit du das Geschehene hinter dir lassen kannst. Mehr gibt es dazu nicht zu sagen. Du musst dir um nichts Sorgen machen.«

»Und Harry?«

»Er wird nie wieder das Tageslicht erblicken.«

»Aber ...«

»Für dich existiert Harry Landry nicht mehr. Für Emerson genauso wenig. Soweit es euch beide betrifft, ist er tot.« Zane hielt inne und blickte zwischen Anaya und Emerson hin und her. »Eine Entschuldigung reicht nicht aus, um euch zu sagen, wie leid es mir tut. Ich hoffe, ihr beide wisst, dass ich euch niemals wissentlich in Gefahr bringen würde. Aber ich habe es trotzdem getan, und das ist meine Schuld. Meine Männer sind zu Recht wütend auf mich. Ich werde das mit ihnen unter vier Augen klären und rechne mit einer Abreibung, die ich auch verdient habe. Ihr sollt wissen, dass ihr in jeglicher Hinsicht richtig gehandelt habt. Ihr beide seid starke, kluge und geschickte Kriegerinnen, die sich hervorragend geschlagen haben. Ich bin verdammt stolz auf euch.«

»Können wir jetzt endlich von hier verschwinden? Ich will meine Frau nach Hause bringen.« Thad stand auf, um seinen Worten Nachdruck zu verleihen.

Ich blieb sitzen, denn ich war mir nicht sicher, ob meine Beine mich tragen würden. Meine Erleichterung war so überwältigend, dass sie mir die Kräfte raubte.

Anaya war in Sicherheit.

Gott sei Dank.

* * *

DIE SIEBENSTÜNDIGE FAHRT ZURÜCK NACH MARYLAND war interessant.

Zane saß am Steuer. Thad hatte widerwillig auf dem Beifahrersitz Platz genommen, nachdem Emmy ihn praktisch angefleht hatte, neben Anaya sitzen zu dürfen. Also hatte ich es mir mit den beiden Frauen auf dem Rücksitz bequem gemacht, wobei Anaya zwischen Emerson und mir saß.

Obwohl ich Anaya gern an mich gezogen hätte, verstand ich, dass sie sich an Emerson kuschelte. In ihrem Überlebenskampf hatten die beiden ein unzertrennliches Band geknüpft.

Je weiter wir uns vom Silo entfernten, desto mehr entspannte Anaya sich und desto gesprächiger wurden die Frauen. Ich wusste, dass sie über das Geschehene reden mussten, aber es schnürte mir die Kehle zu, ihnen zuzuhören. Einige Details trafen mich mitten ins Herz, andere brachten mich zum Lächeln. Aber die ganze Zeit über war ich tief beeindruckt.

Ihre Geistesgegenwart hatte ihnen das Leben gerettet. Natürlich war es furchtbar, dass sie sich überhaupt in einer Situation befunden hatten, in der sie schnell hatten reagieren müssen, aber sie hatten zusammengehalten und ihre Frau gestanden.

Ich war mehr als stolz. Anaya Baker war knallhart. Unter all ihrer Schönheit steckte eine starke und zähe Kriegerin.

Und sie war mein.

In diesem Moment, in dem die Sonne gerade über den Horizont lugte, schwor ich mir, dass ich alles in meiner Macht Stehende tun würde, um Anaya zur Heilung zu verhelfen. Die Wunde würde zwar bluten und eitern, aber schon morgen würde ich dafür sorgen, dass sich bereits der erste Schorf bildete. Irgendwann würde nur noch eine Narbe zurückbleiben, die so klein sein würde, dass man eine Lupe bräuchte, um sie zu finden.

»Ich habe erst einmal genug von Thelma und Louise«, lachte Anaya.

»Ganz genau. So etwas machen wir nie wieder«, pflichtete Emerson ihr bei.

»Immerhin sind wir nicht über eine Klippe gefahren.«

»Nein. Wir sind nur durch ein Gebäude gerast.«

Beide Frauen brachen in schallendes Gelächter aus, doch ich biss die Zähne zusammen. Es war ganz und gar kein Vergnügen zu sehen, wie der Wagen mit meiner Frau durch eine Scheunenwand gerast war. Sie hatten verdammtes Glück gehabt.

»Könntet ihr es bitte unterlassen, Witze darüber zu machen?«, knurrte Thad.

»Ich glaube, er ist noch nicht bereit, darüber zu scherzen«, flüsterte Emerson.

»Dafür werde ich nie bereit sein, Emerson. Ich musste mit ansehen, wie meine Frau … verdammt … hör einfach auf, Witze darüber zu reißen.«

Aus dem Augenwinkel sah ich, wie Emerson ihre Lippen zusammenpresste und den Blick senkte.

Anaya ergriff meine Hand und verschränkte ihre Finger mit meinen, wie ich es bei unserem ersten gemeinsamen Flug getan hatte.

Ein Flug, der eine gefühlte Ewigkeit zurücklag.

Ein Flug, der mein Leben unwiderruflich verändert hatte.

KAPITEL VIERUNDDREISSIG

Ich wachte auf und brauchte einen Moment, um mich zu orientieren.

Mein Kopf ruhte auf einer warmen, muskulösen Brust statt auf dem klumpigen Kissen, auf dem ich in den vergangenen Nächten geschlafen hatte.

Kyle.

Ich war zu Hause. Er war bei mir. Und wir waren beide gesund und munter.

Ich entspannte mich und ließ meine Hand über seinen Oberkörper gleiten. Das Gefühl seines starken, gleichmäßigen Herzschlags erdete mich und hielt meine Dämonen davon ab, mich zu überwältigen.

»Guten Morgen, Schatz.«

Er klang hellwach.

»Hatte ich einen Albtraum?«, fragte ich.

»Nein. Du hast tief und fest geschlafen.«

»Warum bist du dann wach?«

Kyle versteifte sich, bevor er sich wieder entspannte und meine Hand mit seiner bedeckte.

»Aus keinem besonderen Grund. Ich liege einfach nur da.«

Blödsinn.

»Sag mir, was los ist.«

»Nichts …«

»Kyle, bitte lüg mich nicht an. Wir haben noch nicht über deinen Einsatz gesprochen. Ist alles gut gelaufen?«

»So gut wie möglich.«

Nun, das beantwortete meine Frage zwar nicht, aber er klang nicht, als machte er sich Gedanken wegen der Mission. Zudem wusste ich, dass seine Kameraden alle wohlbehalten nach Maryland zurückgekehrt waren. Also ging ich davon aus, dass er mir die Wahrheit sagte, auch wenn er mir auswich.

»Was beschäftigt dich dann, Liebling?«

Kyle antwortete nicht und ließ seinen Daumen über meinen Handrücken gleiten.

»Bitte rede mit mir.«

Er schwieg immer noch.

»Ich hatte Angst«, gestand ich. »Nach allem, was mit Monica passiert war, hatte ich befürchtet, dass du wütend auf mich sein würdest. Ich hatte keine Ahnung, ob du über das, was ich getan hatte, hinwegkommen würdest.«

»Du hast Emerson das Leben gerettet.«

»Ich weiß. Aber zu dem Zeitpunkt konnte ich nicht klar denken. Ich wollte nicht, dass du mich ansiehst, als hätte ich etwas verbrochen.«

Irgendwann während der Fahrt waren sowohl die Schuldgefühle als auch die Scham etwas verblasst. Ich hatte nichts weiter getan, als meine Freundin zu beschützen. Wenn ich Monica nicht von Emerson weggezogen hätte, hätte Jeremy es getan. Und er hatte mir unmissverständlich zu verstehen gegeben, dass er keine Gnade hätte walten lassen. Monica hatte in dem Moment ihr eigenes Todesurteil unterschrieben, in dem sie Hand an Emerson gelegt hatte.

Natürlich wünschte ich, ich wäre nicht diejenige gewesen, die ihr Leben beendet hatte, aber ich würde mich jederzeit wieder für Emmy entscheiden. Die Alternative wäre gewesen, tatenlos zuzusehen, wie meine Freundin erwürgt wurde, und das kam nicht infrage. Deshalb musste ich das Erlebte hinter mir lassen.

»Es ist furchtbar, dass du zu so einer Tat gezwungen warst,

aber ich bin froh, dass du es getan hast. Das sind wir alle, allen voran Thad.«

»In gewisser Weise bin ich dankbar, dass alles so schnell ging. Somit hatten wir nicht einmal Zeit, in Panik zu geraten. Von dem Moment, in dem Jeremy uns befal, uns im Schlafzimmer einzuschließen, bis zu unserem Unfall haben wir im Grunde rein instinktiv gehandelt. Hätten wir Zeit gehabt, über alles nachzudenken, wäre die Sache vielleicht anders ausgegangen.«

»Es hätte keinen Unterschied gemacht. Ihr seid beide schlau und habt die Kontrolle behalten ...«

»Ich habe etwas daraus gelernt«, fiel ich ihm ins Wort. »Und zwar mehr als die Tatsache, dass das Leben kurz ist und ich das Glück beim Schopf packen muss. Ich habe mehr als die Klarheit gewonnen, dass ich jetzt weiß, was ich vom Leben will. Ich habe auch gelernt, dass ich stärker bin, als ich dachte. Selbst wenn wir die Tortur noch nicht überstanden hätten und ich jetzt nicht in deinen Armen läge, würde ich alles in meiner Macht Stehende tun, um zu dir zurückzukehren. Das weiß ich jetzt. Auch wenn ich Angst habe, trage ich einen unerschütterlichen Kampfgeist in mir. Und ich wusste, du hättest nie aufgehört, nach mir zu suchen. Der Gedanke war befreiend. Selbst wenn Harrys Männer uns gefasst hätten, hättest du uns gefunden.«

»Verdammt richtig, das hätte ich.«

Die Vehemenz in seiner Stimme brachte mich zum Lächeln.

»Bitte sei nicht böse auf Zane.«

»Anaya ...«

»Nein, hör zu. Er konnte es nicht wissen. Genauso wenig wie du oder sonst jemand von uns.«

»Wir wussten verdammt gut, dass wir nur spärliche Informationen über die Frau hatten. Der Vorschlag, dich und Emerson mit ihr reden zu lassen, hätte nie zur Sprache gebracht werden dürfen.«

»Tu das nicht.«

»Was soll ich nicht tun?«

»Mich in Watte packen.«

»Ich packe dich nicht in Watte, sondern beschütze dich, weil ich dich liebe. Das habe ich versprochen. Und nachdem du in Timor-Leste gefangen genommen wurdest, habe ich mir selbst geschworen, dass ich dich nie wieder im Stich lassen würde. Und was habe ich getan? Ich habe wieder einmal mein Bauchgefühl ignoriert und dich gehen lassen. Ich schwöre bei Gott, das wird nie, wirklich *nie* wieder passieren. Möglicherweise klinge ich wie ein herrisches Arschloch, aber wenn ich je das Gefühl haben sollte, dass eine Situation zu gefährlich ist, werde ich dich festhalten. Keine Diskussion.«

»Das kannst du nicht tun, Kyle«, flüsterte ich.

»Doch, ich kann und ich werde.« Ich schloss die Augen. Mir gefiel nicht, worauf dieses Gespräch hinauslief. »Willst du wissen, woran ich gedacht habe, als ich in Kanada war?« Ich nickte an seiner Brust. »Ich wusste, dass etwas nicht stimmte. Ich konnte es fühlen. Aber es war nicht nur ein vages Bauchgefühl wie bei einer Mission, kurz bevor etwas schiefgeht. Es war ein Schmerz, den ich tief in meiner Seele spürte. Meine Brust tat buchstäblich weh. Als Zane uns dann anrief und sagte, dass du und Emerson auf der Flucht wart und Landry gefesselt auf dem Rücksitz saß, war ich außer mir. Ich hatte noch nie in meinem Leben so viel Angst.

Nicht einmal, als ich deine Nachricht aus Dili erhielt, weil du den Verdacht hattest, dass mit deinem Fahrer etwas nicht stimmte. Nicht als ich wusste, dass deine Entführung kurz bevorstand. Nicht als Dec und ich nach dir suchten und dann warten mussten, bis das Boot in australische Gewässer fuhr. Damals dachte ich, ich hätte noch nie so viel Angst gehabt. Und vielleicht war das bis gestern auch so. Aber zu wissen, dass die Frau, die ich liebe, die gleiche Luft wie Landry atmete, löste in mir eine nie da gewesene Panik aus. Der Gedanke, dich für immer zu verlieren, war unerträglich. Und ich sage nicht, dass ich dich nicht gefunden hätte, aber du wärst wahrscheinlich nicht mehr du selbst gewesen. Zumindest nicht die Frau, die du heute bist. Die Frau, die ihre Wunden heilt und sich mir geöffnet hat. Die humorvolle, lächelnde Frau, die ich mehr als alles andere auf der Welt liebe. Ich will gar nicht daran denken, was diese Kerle dir angetan hätten.«

»Dann denk nicht daran.«

»Ich glaube nicht, dass du das verstehst. Als du entführt wurdest, wusste ich, dass wir ein Band geknüpft hatten, das immer stärker wurde. Ich konnte es fühlen. Und ich wusste, ich würde mein Leben geben, um dich zurückzubekommen. Jetzt ist diese Gewissheit so überwältigend, dass ich fast darin ertrinke. Ich bin so sehr mit dir verbunden, dass ich ohne dich nicht mehr atmen kann. Wenn dir etwas zugestoßen ...«

»Aber mir ist nichts zugestoßen. Ich bin hier. Ich bin in Sicherheit. Und das habe ich dir zu verdanken.«

»Aber wenn wir ...«

»Aber ihr wart rechtzeitig bei uns. Du warst da. Und jetzt musst du aufhören, mich in Watte zu packen.«

»Hast du gehört, was ich gesagt habe, Anaya? Es gibt kein Ich und kein Du. Es gibt nur ein Wir. Ich werde nicht zulassen, dass du jemals wieder in Gefahr gerätst.«

Das war ein Problem. Ich überlegte, ob ich die Sache vorerst auf sich beruhen lassen sollte. Wir waren beide noch sehr aufgewühlt. Aber ich musste mit ihm darüber reden. Ich würde es nicht ertragen, wenn er mich nur noch mit Samthandschuhen anfasste. Ich war ihm ebenbürtig, und so wollte ich auch behandelt werden.

»Ja, Kyle, ich habe dich gehört. Und ich liebe dich auch und finde es toll, dass du mich beschützen willst. Aber du kannst mich nicht einsperren, weil du überall Gefahr siehst. Damit würdest du mich ersticken.«

»Meinst du, das würde ich tun?«

Er wollte sich aufsetzen, doch ich drückte ihn mit meinem ganzen Gewicht zurück auf die Matratze.

»Im Moment weiß ich es ehrlich gesagt nicht. Wir haben beide Angst. Der gestrige Tag war furchtbar und ich befürchte ...«

»Furchtbar?«, schnaubte er. »Gestern glaubte ich schon, mein Leben sei vorbei.«

Ich erstarrte.

»Willst du es nicht verstehen? Ich habe dich enttäuscht. Wieder einmal. Aber es wird nie wieder vorkommen.«

»In Ordnung«, flüsterte ich. »Ich verstehe es.«

Er sackte in sich zusammen und wandte sein Gesicht ab.

»Es tut mir so verdammt leid, Schatz.«

»Ich kann nachvollziehen, wie du dich fühlst. Aber du musst dich für gar nichts entschuldigen. Du hast mich nicht …«

»Doch, das habe ich.«

»So läuft das nicht!«, schrie ich mit schriller Stimme. »Wenn ich ein Mitglied deines Teams wäre, würdest du dich auch nicht bei mir entschuldigen. Du würdest dir keine Schuld aufbürden.«

»Aber …«

»Kein Aber. Du kannst mich nicht behandeln wie ein hilfloses Kind.«

Kaum hatte ich das Wort »hilflos« ausgesprochen, da drehte Kyle mich auf den Rücken und beugte sich über mich.

»Du bist alles andere als hilflos, und ich würde dich auch niemals so behandeln. Mit deiner Stärke überraschst du mich immer wieder aufs Neue.«

»Ich bin furchtlos«, erwiderte ich.

»Ja, Baby, das bist du.«

»Und das verdanke ich dir. Du hast mir geholfen, mich meinen Ängsten zu stellen. Du hast mich stark gemacht. Bitte nimm mir das nicht wieder weg.«

Ein sanfter Ausdruck trat in seine Augen und seine Miene erweichte sich.

Statt etwas zu erwidern, presste er seine Lippen auf meine und vermittelte mir mit einem einzigen Kuss alles, was er noch zu sagen hatte.

Endlich.

Letzte Nacht hatte er mich nicht geküsst. Nicht so leidenschaftlich und inbrünstig. Doch nun verschlang er mich, als sei ich die Luft, die er zum Atmen brauchte.

Es war wunderbar. Und alles, was ich brauchte.

Er ließ seine Lippen über meinen Hals gleiten und begann, mit den Händen meinen Körper zu erkunden.

Ja.

Das wurde auch Zeit.

Genau das brauchte ich.

KAPITEL FÜNFUNDDREISSIG

Das T-Shirt, in dem Anaya letzte Nacht geschlafen hatte, hatte ich ihr längst vom Leib gerissen. Danach hatte ich ihr die Shorts mitsamt ihrem Höschen ausgezogen und beiseitegeworfen.

Ihr Aroma lag noch auf meiner Zunge und ihr lustvolles Stöhnen hallte in meinen Ohren nach.

Verdammt, sie war so schön.

Angefangen bei ihren geschmeidigen braunen Haaren bis hin zu ihren hübschen Zehen. Sie war einfach atemberaubend.

Mit dem Mund liebkoste ich genüsslich ihre Hüfte. Anaya hatte jedoch andere Pläne. Sie krallte sich in mein Haar und zog mich ein Stück höher.

»Ganz ruhig«, murmelte ich an ihrer Haut und leckte über ihren Bauch. Dann wanderte ich höher und umkreiste mit der Zunge ihre steifen Brustwarzen, während ich mit dem Finger durch ihre Spalte fuhr. Sie war noch feucht.

»Ich kann nicht mehr warten«, murmelte Anaya. Ich lächelte und drang langsam mit zwei Fingern in sie ein.

Als sie die Hüfte aufbäumte und zu keuchen begann, umfasste ich meinen Schaft und führte ihn an ihr Geschlecht. Ich biss die Zähne zusammen und drang langsam in sie ein.

Mein Gott.

»Heb deine Hüfte an, Schatz.« Sie tat wie geheißen und ich

schob eine Hand unter ihren Hintern, um mich noch tiefer in ihr zu vergraben.

»Küss mich, Baby«, verlangte sie und hob den Kopf an.

Ohne zu zögern, presste ich meinen Mund auf ihren und stieß bis zum Anschlag in sie hinein. Sie schlang ihre Schenkel um meine Beine und zog den Kopf zurück. Unsere Blicke trafen sich und ich konnte sehen, wie ein Feuer in ihren Augen aufloderte und zu einem Inferno der Begierde heranwuchs. Mit kraftvollen Stößen glitt ich immer wieder in sie hinein, während sie keuchend nach mehr verlangte.

Wir waren miteinander verbunden.

Und wie jedes Mal, wenn ich in ihr war, ließ sie sich gehen. Sie verbarg nichts und gab mir alles. Anaya war ein Teil von mir. Sie schlang ihre Arme um mich und ließ ihre Hände an meinen Hintern wandern, um ihre Fingernägel in meine Gesäßmuskeln zu krallen.

Verdammt sexy.

»Härter, Kyle.«

Sie wimmerte, als ich mich aus ihr herauszog und sie umdrehte, sodass sie auf allen vieren vor mir kniete. Dann drang ich erneut in sie ein.

»Du willst es härter?«, knurrte ich.

»Ja.«

Anaya schob mir ihre Hüfte entgegen, als ich mich mit einem kraftvollen Stoß in ihr vergrub. Es war unglaublich. Sie krallte sich in das Bettlaken, als ihr Geschlecht zu pulsieren begann. Ich beugte mich vor und schob eine Hand zwischen ihre Schenkel, um ihre Klitoris zu massieren. Mit den Fingern der anderen Hand kniff ich in ihre Brustwarze.

»Wirst du für mich kommen, Schatz?«

»Ja.«

»Willst du mich vorher oder nachher reiten?«

»Beides.«

Perfekt.

»Dann komm für mich, Anaya.«

Ich kniff in ihre Brustwarze und rieb über ihre Klitoris. Die Muskeln in ihrem Unterleib zogen sich zusammen und hätten mich fast auf den Gipfel der Ekstase katapultiert. Während sie noch vor Lust bebte, zog ich mich zurück, um meinem Mädchen zu geben, was sie wollte. Ich drehte mich auf den Rücken und setzte sie rittlings auf mich. Sie nahm meinen Schwanz erneut in sich auf und ich betete, dass ich nicht sofort explodieren würde.

»Reite mich«, forderte ich und packte ihre Hüfte, um sie anzuheben und wieder abzusenken.

Anaya neigte den Kopf und ihr glänzendes braunes Haar verdeckte ihr Gesicht, als sie begann, sich zu bewegen. Ich umfasste ihre prallen Brüste und liebkoste ihre rosigen Brustwarzen, die noch süßer schmeckten, als sie aussahen. Eigentlich war ich nicht auf Brüste fixiert, aber ich hatte auch noch nie zwei so atemberaubende Exemplare gesehen.

Anaya stützte sich mit beiden Händen auf meine Brust, als ihre Bewegungen schneller wurden. Ich zog meine Hände zurück, nur um zu beobachten, wie ihr Busen hin und her wogte.

»Verdammt, du bist so sexy, Baby. Wirst du noch einmal für mich kommen?«

»Nein«, stöhnte sie. »Jetzt bist du an der Reihe.«

Sie begegnete meinem Blick. In ihren Augen loderte ein unbändiges Feuer und sowohl ihr Hals als auch ihr Dekolleté waren vor Verlangen gerötet. Oh ja, ich würde sie noch einmal auf den Gipfel der Lust katapultieren. Ich wollte alles, was Anaya mir geben konnte, und noch mehr.

Ich setzte mich auf, schlang meine Arme um sie, umklammerte sie fest und flüsterte: »Ich will, dass du noch einmal für mich kommst. Entweder in dieser Position oder ich drehe dich um und nehme mir, was ich will. Wofür auch immer du dich entscheidest, ich werde nicht kommen, bis ich spüre, wie du mich mit deiner feuchten, engen Muschi melkst. Also, was hättest du gern?«

Sie antwortete nicht, sondern ließ einfach die Hüfte kreisen. Ich musste die Zähne zusammenbeißen, um nicht auf der Stelle zu explodieren.

»Scheiße, Anaya.« Ich krallte mich in ihr Haar und zog ihren Kopf zurück, um mich vorzubeugen, und umschloss eine ihrer

Brustwarzen mit meinen Lippen. Ich konnte kaum noch klar denken und war außer mir vor Lust. Zum Glück ging es Anaya genauso. Beißend und leckend ließ ich meinen Mund zu ihrer anderen Brust wandern. »Außer Kontrolle«, murmelte ich an ihrer Haut. »Du bist nicht nur wild, sondern unkontrollierbar. So verdammt heiß, so sexy. Ich tue alles, um nicht auf der Stelle zu kommen. Alles an dir ist perfekt, Anaya. Alles. Ich kann nicht ohne dich leben.« Ihr Unterleib bebte und ich stöhnte auf. »Ich kann nicht mehr ohne dich leben. Versprich mir, dass du mich nie verlassen wirst, Anaya.«

»Versprochen«, keuchte sie. »Ich bin …«

Sie beendete den Satz nicht, sondern ließ den Kopf nach vorn fallen. Mit der Zunge leckte sie über meinen Hals und biss zu.

»Verdammt!«, brüllte ich. Ich konnte mich nicht länger zurückhalten und zog sie mit Wucht auf mich. Dann hielt ich sie fest, während ich mich in ihr ergoss und meine Augen in den Hinterkopf rollten.

Wir waren miteinander verbunden.

»Ich kann es fühlen«, flüsterte sie.

»Was kannst du fühlen, Süße?«

»Wie meine Seele heilt.«

Ich erstarrte und spannte jeden Muskel in meinem Körper an, während mir das Blut heiß durch die Adern rauschte.

Mir war ohnehin klar, dass ich Anaya nie wieder gehen lassen würde, denn ich hatte sie für mich beansprucht. Sie gehörte mir. Doch nun, da wir eng umschlungen in unserem Bett lagen und ich mich tief in ihr vergraben hatte, hatte sie sich unwiderruflich an mich gebunden. Es gab kein Zurück. Nie wieder.

»Das freut mich, Baby«, flüsterte ich.

»Danke, Kyle.«

Ich zwang mich, meine Muskeln zu entspannen, und zog ihren Kopf nach hinten.

»Furchtlos. Mein Mädchen ist absolut furchtlos.«

Sie begegnete meinem Blick und in ihren Augen lag ein sanfter, verträumter Ausdruck. Dann schenkte sie mir ein Lächeln, das ihre Grübchen zum Vorschein brachte.

Gütiger Gott, sie war so schön.

Ich ließ meine Hände von ihrer Hüfte an ihren Rücken wandern und streichelte ihre zarte Haut. Anaya schmolz förmlich dahin und schmiegte ihren warmen Körper an meinen, während sie immer noch heftig keuchte. Auf der ganzen Welt gab es kein besseres Gefühl. Sie vertraute mir und liebte mich.

»Wir müssen uns unterhalten, Schatz.«

»Mm-hm«, murmelte sie. Ich lächelte in ihr Haar.

Sie war müde, aber das hier konnte nicht warten. Nicht einmal bis morgen früh. Es ging mir schon seit Tagen durch den Kopf. Und die Zeit war gekommen, alle Karten offen auf den Tisch zu legen.

»Ich möchte, dass du hierher nach Maryland ziehst.«

»Wirklich?«

Anaya setzte sich so ruckartig auf, dass ich meinen Kopf zur Seite neigen musste, um nicht mit ihrem zu kollidieren.

»Ja, Baby, das will ich. Wenn du in San Diego bleiben willst, können wir auch dort wohnen. Es wäre zwar schade, da mein Team und ich nun nicht mehr an einen langfristigen Vertrag gebunden sind und wir daher häufiger zu Hause sein werden. Ich wäre gern in der Nähe meiner Kameraden und würde es begrüßen, wenn du bei Emerson und Tatiana bist. Aber wenn du lieber zurück nach San Diego willst, dann werde ich dorthin umsiedeln.«

Anaya starrte mich mit großen Augen an und fragte schockiert: »Du würdest mit mir nach Kalifornien ziehen?«

»Schatz, ich würde mit dir überall hinziehen, solange ich bei dir sein kann.«

»Ich möchte hierbleiben.«

Gott sei Dank.

»Dann müssen wir nur noch eine Sache klären. Mir wäre es lieber, wenn du keinen neuen Vertrag mit dem Friedenskorps unterschreibst, denn das würde bedeuten, dass wir zwei Jahre lang getrennt leben müssten. Ich will nicht über dein Leben bestimmen, aber ich würde dich lieber jede Nacht in unserem

Bett wissen. Es wird Zeiten geben, in denen ich im Einsatz bin und nicht bei dir sein kann, aber ich werde ruhiger sein, wenn ich weiß, dass du zu Hause bei unseren Freunden bist.«

Anaya starrte mich mit einem unergründlichen Gesichtsausdruck an. Wenn sie wieder für das Friedenskorps arbeiten wollte, wäre das für mich kein Hindernis, aber der Gedanke an eine mögliche Fernbeziehung war nicht sehr angenehm.

»Willst du, dass ich aufhöre, weil du denkst, dass die Arbeit zu gefährlich ist und ich der Herausforderung nicht gewachsen bin?«

»Auf keinen Fall, Anaya. Du hast mehr innere Stärke als jeder andere Mensch, den ich kenne. Ich denke, du hast zur Genüge bewiesen, dass du jede noch so schwierige Situation meistern kannst. Angefangen bei deiner Tortur als Teenager über deine Erlebnisse in Timor-Leste bis hin zu den jüngsten Ereignissen. Du bist stark, mutig und intelligent. Natürlich möchte ich nicht, dass du dich in Gefahr begibst. Allein der Gedanke jagt mir einen eiskalten Schauer über den Rücken. Aber ich weiß auch, dass das Team hinter dir steht. Am liebsten würde ich dich in einen Kokon hüllen, damit dir niemand mehr etwas antun kann. Aber ich weiß, dass das nicht möglich ist. Du musst frei sein, um dich zu entfalten, und ich werde dir dabei zur Seite stehen. Ich werde alles in meiner Macht Stehende tun, um dich zu beschützen, aber ich werde dich dabei nicht ersticken.«

»Warum bittest du mich dann aufzuhören?«

»Ich bitte dich zu kündigen, weil ich mir keinen Tag ohne dich vorstellen kann. Nicht nur das, der Gedanke, von dir getrennt zu sein, bereitet mir körperliche Schmerzen. Ich weiß, dass es viel verlangt ist und ich vielleicht wie ein herrisches Arschloch klinge, aber ich kann nichts dagegen tun. Wenn es um dich und unsere gemeinsame Zeit geht, bin ich egoistisch. Ich will alles. Aber ich verspreche dir, du wirst es nicht bereuen. Dafür werde ich jeden Tag sorgen. Ich schwöre dir, Anaya, ich werde mir den Arsch aufreißen, um dich glücklich zu machen.«

»Du musst dir nicht den Arsch aufreißen, Kyle. Du machst mich glücklich. Und ich habe schon über das Friedenskorps nachgedacht und entschieden, dass ich nicht mehr dort arbeiten will. Ich will nicht mehr aus dem Rucksack leben. Es ist ein einsames Dasein. Außerdem will ich nicht von dir und meinen Freunden getrennt sein. Du hast mir mehr gegeben, als du dir vorstellen kannst. Durch dich habe ich nicht nur Freunde und ein Zuhause gefunden, sondern auch gelernt, ich selbst zu sein. Bevor ich dich traf, war mein Leben leer. Ich ließ mich treiben, ohne wirklich zu leben. Aber heute lebe ich. Ich fühle. Und ich weiß jetzt, was es heißt, zu lieben und geliebt zu werden. Ich kann mich öffnen und weiß, dass ich gleichzeitig Angst haben und stark sein kann. Und all das verdanke ich dir. Also ja, ich will hierherziehen. Ja, ich will mit dir leben. Und ja, ich werde das Friedenskorps verlassen.«

»Kuss, Anaya.«

»Wie bitte?«

»Küss mich, Baby.«

Ich wartete nicht darauf, dass sie sich vorbeugte, sondern setzte mich auf und nahm mir, was ich wollte.

Sie verzog die Lippen zu einem Lächeln. »Schon wieder?«, fragte sie und mein Schwanz zuckte.

»Du hast mich gerade zum glücklichsten Mann der Welt gemacht. Du denkst doch hoffentlich nicht, dass ich dir nicht auch etwas dafür geben werde.«

»Und was wirst du mir geben, Kyle?«, flüsterte sie an meinen Lippen.

Verdammt, ich liebte dieses Gefühl.

»Alles, Schatz.«

KAPITEL SECHSUNDDREISSIG

»Dann bleibst du also wirklich hier?«, wollte Emerson wissen.

»Ja.« Ich schenkte meiner Freundin ein Lächeln. »Wir haben gestern Abend darüber gesprochen.«

»Gott sei Dank. Tatiana und ich haben uns Sorgen gemacht.«

Meine Güte, das fühlte sich gut an. Und zwar so gut, dass ich spürte, wie mir Tränen in die Augen schossen. Noch nie hatte ich so enge Freunde gehabt. Doch das war meine Schuld. Evie und Kalee hatten immer versucht, eine innigere Beziehung zu mir aufzubauen, aber ich hatte sie von mir gestoßen. Es war furchtbar. Vor allem weil ich es in Kalees Fall nie wiedergutmachen konnte. Aber Evie gegenüber würde ich mich öffnen. Sie musste erfahren, wie leid es mir tat.

»Dann werden wir wohl eine Weile unter einem Dach zusammenleben.«

»Weißt du schon das Neueste?«, fragte Emmy an Tatiana gewandt, als diese in die Küche kam.

»Was ist los?«, brummte Tatiana. Sie wirkte ein wenig blass um die Nase.

»Stimmt etwas nicht? Du siehst krank aus«, sagte ich.

Tatiana blickte zwischen Emerson und mir hin und her und schüttelte den Kopf. »Ihr zuerst. Warum seid ihr beide so aufgeregt?«

»Anaya bleibt bei uns. Sie zieht hier ein«, verkündete Emerson und stieß triumphierend eine Faust in die Luft.

Ich musste unwillkürlich lachen. Ich hatte Emerson noch nie so freudig erregt erlebt.

»Das sind gute Neuigkeiten. Ich hatte schon befürchtet, ihr beide würdet heute Morgen schlechte Laune haben, nachdem die Jungs gestern Abend so mürrisch waren.«

»Ja, Thaddeus war nicht in bester Stimmung. Aber ... ich habe Mittel und Wege, seine Laune zu heben.« Emerson lächelte und zwinkerte ihrer Freundin zu.

»Das glaube ich gern.« Tatiana erwiderte ihr Lächeln, bevor sie sich mir zuwandte. »Es freut mich zu hören, dass du bleibst.«

»Danke. Also, warum siehst du so aus, als müsstest du dich gleich übergeben?«

»Sind wir allein?«, flüsterte Tatiana.

»Ja. Die Jungs sind alle ins Büro gefahren. Dieser Ruiz wurde ins Zeugenschutzprogramm aufgenommen und hat ausgepackt. Laut Thaddeus werden sie wahrscheinlich erst zum Abendessen zurück sein.«

Das hatte Kyle mir auch gesagt. Offenbar freuten sich alle darüber, da dies möglicherweise einen entscheidenden Durchbruch in ihren Ermittlungen nach sich ziehen könnte. Sie alle wollten Omni zerschlagen. Ich hatte Kyle gegenüber meine Skepsis geäußert, da die Gruppe unendlich viele Mitglieder zu haben schien und zu viele Fäden in zu viele Richtungen verliefen. Er hatte mir jedoch versichert, dass die Organisation zusammenbrechen würde, sobald sie die obersten Machthaber ausgeschaltet hatten.

Wenn Kyle sagte, dass das Team es schaffen würde, glaubte ich ihm. Inzwischen hatte ich gelernt, dass diese Männer zu allem fähig waren. Vor allem wenn die Menschen involviert waren, die sie am meisten liebten.

Er hatte mir außerdem erklärt, was es mit der Tätowierung auf Monicas Rücken auf sich hatte. Das Bild der Pfauenfeder hatte Emerson völlig aus der Fassung gebracht. Scheinbar besaßen sämtliche Personen, die eine Machtposition in der

Gruppe innehatten, ein solches Tattoo. Der Gedanke war erschreckend und warf noch mehr Fragen über Monica auf, auf die ich nun nie eine Antwort bekommen würde.

Garrett war sich sicher, dass die Tremblays ihre Tochter verkauft hatten. Falls sie den Handel nicht direkt getätigt hatten, so hatten sie zumindest nach ihrer Entführung eine Entschädigung erhalten. Aber auch dieses Geheimnis würde wohl nicht mehr gelüftet werden, da sie ebenfalls tot waren. Der Doppelselbstmord zeugte eindeutig von ihrer Schuld. Ich hoffte, dass ich nie verstehen würde, wie Eltern in der Lage waren, ihr Fleisch und Blut zu verkaufen.

Das mysteriöse Computergenie John »Tex« Keegan hatte Garrett zugestimmt. Ich hatte den Mann noch nie getroffen und laut Kyle würde ich das wahrscheinlich auch nie. Aber seine Bestätigung bedeutete, dass Monica tatsächlich ein Opfer gewesen war und zehn Jahre lang in der Hölle gefristet hatte. Sie hätte alles getan, um zu überleben. Bisher empfand ich immer noch keine Schuld. Natürlich war ich traurig, aber die Blutergüsse an Emersons Hals erinnerten mich daran, dass ich das Richtige getan hatte.

»Okay, also …« Tatiana hielt inne und leckte sich über die Lippen. »Ich bin mir zwar nicht sicher, aber ich glaube, es zu wissen. Nun, ich bin überfällig und ich fühle mich nicht …«

»Oh mein Gott!« Emerson riss schockiert die Augen auf. »Bist du schwanger?«

»Ich glaube schon«, flüsterte Tatiana.

»Heilige Scheiße. Heilige Scheiße. Heilige … Scheiße«, rief Emmy. »Brooks wird ausflippen.«

»Was du nicht sagst«, entgegnete Tatiana mit ausdruckslosem Tonfall.

»Halt die Klappe, du weißt genau, dass er überglücklich sein wird«, erwiderte Emmy.

»Meinst du wirklich? Wir haben nicht unbedingt versucht, ein Kind zu zeugen.«

Meine Güte, Tatiana war schwanger. Es dauerte nicht lange, bis meine Begeisterung in Neid umschlug. Was zum Teufel war los mit mir? Ich hatte mich nie mit dem Gedanken an eigene Kinder auseinandergesetzt und plötzlich dachte ich daran, eine Familie zu gründen. Aber das kam für mich aus vielerlei Gründen nicht infrage. Allen voran die Befürchtung, dass ich keine gute Mutter sein würde, da ich selbst nie eine hatte. Und ich hatte nie lange genug in einer Pflegefamilie gelebt, in der mir jemand als mütterliches Vorbild hätte dienen können.

Zum anderen kannte ich Kyle erst seit Kurzem. Zwar war ich mir meiner Gefühle für ihn absolut sicher und wusste, dass wir gemeinsam eine innige Beziehung zueinander aufbauen würden, aber wir hatten weder über Kinder noch über die Ehe gesprochen. Dies war jedoch nicht der richtige Zeitpunkt, um das Thema anzuschneiden. Obwohl ich jetzt neugierig war zu erfahren, wie er darüber dachte.

»Aber ganz offensichtlich habt ihr auch nicht verhütet«, schoss Emmy zurück. Tatiana lief rot an und ein Lächeln umspielte ihre Lippen.

»Da hast du recht«, bestätigte sie.

»Wie lange liegt deine letzte Periode zurück?«, wollte ich wissen.

»Einen Monat«, lachte Tatiana. »Es ist gut möglich, dass ich versucht habe, es zu verdrängen.«

»Süße, das ist keine Verdrängung, sondern einfach nur verrückt.« Emerson schüttelte den Kopf. »Sieh zu, dass du etwas gegen die Übelkeit tust, und Anaya und ich gehen in den Laden, um dir einen Schwangerschaftstest zu besorgen.«

»Auf keinen Fall!«

»Was meinst du mit ›auf keinen Fall‹?«

»Wenn ich einen Test mache und er positiv ist, muss ich es Brooks sagen. Im Moment weiß ich nicht, ob ich wirklich schwanger bin, also muss ich ihn weder anlügen, noch muss ich ihm etwas verschweigen.«

Ich starrte sie fassungslos an. Diese unerschrockene Tatiana Miller, die ich so sehr für ihre Stärke und Entschlossenheit bewunderte, machte sich vor Angst in die Hose. In diesem Moment wurde mir klar, dass selbst die mutigsten Frauen zuweilen von Unsicherheiten geplagt waren, doch das machte sie nicht weniger tapfer.

»Bist du glücklich?«, fragte ich.

Tatiana lehnte sich zurück und zog die Nase kraus. »Und wie.«

»Dann schiebe es nicht länger auf. Mach den Test, um zu bestätigen, dass du schwanger bist, und überbringe Brooks die gute Nachricht, damit er sich ebenfalls darüber freuen kann.«

»Du hast recht.« Tatiana nickte. »Ich weiß nicht, was ich ohne euch beide tun würde.«

Verdammt, auch das fühlte sich gut an. Die Worte bahnten sich einen Weg von meiner Brust bis hinunter in meinen Bauch und verströmten dabei eine unbändige Wärme. Die Dankbarkeit einer Freundin hatte ich noch nie erlebt.

»Und? Können wir dir nun einen Test besorgen?«, fragte Emerson ungeduldig.

»Ja, und beeilt euch. Oh, und wenn ihr schon in den Supermarkt geht, könnt ihr mir auch gleich eine Packung Doritos mitbringen. Ihr wisst ja, dass die Jungs Junkfood verteufeln, aber im Moment würde ich für eine Tüte Chips sterben.«

Sie hatte recht, was die Jungs betraf. Noch nie in meinem Leben hatte ich einen Kühlschrank gesehen, der bis an den Rand mit gesunden Lebensmitteln vollgestopft war. Ich aß zwar selbst nicht viel Junkfood, aber wenn ich noch einmal zum Abendessen Brokkoli essen musste, würde ich vor der Küche Streikposten beziehen.

»In Ordnung. Einen Schwangerschaftstest und eine Packung Doritos. Sonst noch etwas?«, fragte Emerson. »Essiggurken? Eiscreme? Ketchup?«

»Ketchup?«, lachte Tatiana.

»Was ist? Ich war noch nie schwanger, daher habe ich keine Ahnung. Aber angeblich bekommt man dabei seltsame Gelüste.«

»Und Ketchup ist seltsam?«

»Ja, wenn man es auf die Eiscreme träufelt.«

Igitt. Der Gedanke war einfach nur abstoßend.

»Lass uns gehen, du Spinnerin«, sagte ich zu Emmy.

»Ich kann es kaum erwarten, das Ergebnis zu erfahren. Wahrscheinlich werden wir bald Tanten werden.« Emerson zerrte an meiner Hand, aber ich war zu benommen, um mich zu bewegen.

»Tanten?«, hauchte ich.

»Nun, wenn sie ein Kind bekommt, werden wir seine Tanten sein«, erklärte Emerson.

»Ich war noch nie ... ich meine ... eine Tante.«

»Hey«, flüsterte Tatiana und kam auf mich zu. »Du weißt, dass du zur Familie gehörst.«

»Familie«, wiederholte ich. »Ich wusste nicht ...«

Ich schaffte es nicht, den Satz zu beenden, denn ein Schluchzen entfuhr meiner Kehle. Es brach aus meiner Seele heraus und förderte dunkle, hässliche Dinge zutage. Dämonen, die ich so lange verborgen hatte. Kyle hatte mich von einem Großteil der Last befreit und vieles auf sich genommen, um meine Heilung zu ermöglichen. Durch diesen wunderbaren Mann war ich in der Lage, zu lieben und von ihm geliebt zu werden.

Aber diese letzten Spuren meiner Vergangenheit konnten nur durch das tiefe Band der Freundschaft gelöscht werden.

Durch die Verbindung mit meinen Schwestern.

Durch meine Familie.

Und ich würde Tante werden.

* * *

»WAS IST MIT EUCH DREIEN LOS?«, FRAGTE MAX BEIM Abendessen.

Glücklicherweise bestand die Gemüsebeilage nicht aus Brokkoli, sondern aus Spargel. Damit konnte ich leben, solange die Jungs nicht darauf bestanden, ihn fünf Abende hintereinander zu essen.

»Nichts«, sagte Emerson mit übertriebener Lässigkeit.

»Nein, da ist etwas im Busch. Spuck es aus«, drängte er.

»Also, dann seid ihr alle damit einverstanden, dass ich hier einziehe?« Ich versuchte, das Thema zu wechseln, doch meine

Glaubwürdigkeit ließ ebenfalls zu wünschen übrig. Denn fünf Männer wandten sich mir zu und starrten mich an.

»Sei nicht albern«, erwiderte Max.

»Nenn mich nicht albern, du Arschloch.«

»Nun, vielleicht solltest du dann keine albernen Fragen stellen. Wo willst du denn sonst wohnen?«

»In einem Hotel? In meiner eigenen Wohnung? In meinem Wagen?«

»Das ist einfach dumm und beweist nur, dass ihr drei etwas im Schilde führt. Also spuckt es schon aus.«

»Ich bin nicht dumm.«

»Schätzchen, gib es auf. Ihr seid völlig durchschaubar. Und wenn man bedenkt, dass Tatiana früher für die CIA gearbeitet hat, überrascht es mich, dass ausgerechnet sie aussieht, als würde sie gleich damit herausplatzen. Und Emerson hat ein selbstgefälliges Grinsen im Gesicht, als würde sie ein Geheimnis kennen. Thad würde nicht lange brauchen, um sie zum Plaudern zu bringen. Und du redest davon, in deinem Wagen zu schlafen, obwohl du nicht einmal einen besitzt. Und es kommt gar nicht infrage, dass du in einem Hotel übernachtest.«

»Ich werde das Geheimnis nicht verraten, egal was Thaddeus mit mir anstellt«, bemerkte Emerson.

Die Männer lachten, während Tatiana Emmy mit einem finsteren Blick fixierte, weil sie gerade zugegeben hatte, dass wir ein Geheimnis hatten.

»Aha«, sagte Max belustigt.

»Mist.« Emerson schlug sich die Hand vor den Mund, als Brooks seine Frau mit einem fragenden Blick fixierte.

»Hast du uns etwas mitzuteilen, Schätzchen?«

»Nein«, erwiderte Tatiana entschlossen und ich musste lachen.

»Tatiana«, sagte Brooks in warnendem Tonfall.

Meine schöne, schwangere Freundin zog eine Augenbraue in die Höhe und sah zuerst mich und dann Emerson an. Wir nickten ihr beide zu.

»Oh verdammt, jetzt unterhalten sie sich wieder schweigend miteinander. Wir sind völlig erledigt«, murmelte Max.

»Das ist nichts Neues«, erinnerte Thad ihn.

Kyle schüttelte lächelnd den Kopf, während Brooks zusehends verärgert wirkte.

»Willst du es wirklich wissen?«, neckte Tatiana ihn.

»Was denkst du denn«, murrte Brooks.

Ich lehnte mich auf meinem Stuhl zurück und warf einen Blick auf Kyle. Verdammt, er war so sexy. Wahrscheinlich würde ich nie darüber hinwegkommen, wie gut er aussah. Und er gehörte ganz und gar mir. Das hatte er mir nicht nur gesagt, sondern es mir immer wieder durch seine Taten bewiesen, sodass ich nie daran zweifeln würde. Niemals.

Und weil er sich mir so vollkommen hingab, hatte ich ihm alles von mir gegeben. Sowohl das Gute als auch das Schlechte und Hässliche. Und all meine Liebe. Ich hatte ihm alles von mir offenbart und ihm gefiel, was er sah. Und zwar so sehr, dass er alles für sich beanspruchte.

Ich hätte glücklicher nicht sein können.

Er hatte mir seine Zeit, seine Aufmerksamkeit, sein Herz, seine Freunde und seine Familie geschenkt. Im Grunde hatte er mir die Welt zu Füßen gelegt, und ich würde dafür sorgen, dass er es niemals bereuen würde.

Tatiana schnaufte. »Also schön, wenn du es unbedingt wissen willst, Daddy.«

Plötzlich legte sich eine geheimnisvolle Stille über den Raum. Für einen Moment war ich mir nicht einmal sicher, ob einer der Männer noch atmete.

»Versucht ihr beide es etwa mit Daddykink im Bett?«, stichelte Max.

Ich verzog das Gesicht zu einer Grimasse und unterdrückte ein Lachen. Die Bemerkung war lustig, doch nicht das, was Tatiana gemeint hatte.

»Ist das dein Ernst?«, fragte Brooks.

Kyle hatte die Lippen zu einem strahlenden Lächeln verzogen. Er verstand genau, was Tatiana zu sagen versuchte.

In Brooks' Gesicht spiegelte sich eine Vielzahl von Emotionen wider, die alle positiv waren. Dann verschwand sein Lächeln genauso plötzlich, wie es erschienen war. Er stand auf, ging auf seine Frau zu und zog ihren Stuhl hervor. Tatiana schrie überrascht auf, als er sie hochhob und mit ihr davonging.

»Keiner von euch kommt nach oben!«, rief Brooks, als er um die Ecke bog. Emerson und ich brachen in schallendes Gelächter aus.

»Was zum Teufel ist gerade passiert?«, fragte Max, woraufhin Emmy und ich noch heftiger lachten.

»Ich habe noch was zu erledigen«, verkündete Declan und stand auf. »Ich bin bald zurück.«

Noch bevor ich mich wieder gefangen hatte, wurde die Tür zugeschlagen und Thad und Kyle tauschten einen vielsagenden Blick aus.

»Ernsthaft?«, fragte Max. »Spielen die beiden ein perverses Spiel, von dem ich wissen sollte? Immerhin liegt ihr Schlafzimmer direkt neben meinem. Wenn er sie fesselt und ihr den Hintern versohlt, werde ich umziehen. Ich würde dabei kein Auge zutun. Es ist schlimm genug, dass ich euch allen beim Vögeln zuhören muss. Jemand sollte mir Kopfhörer besorgen, damit ich schlafen kann.«

»Bist du etwa dumm?«, wiederholte ich die Worte, die Max mir zuvor an den Kopf geworfen hatte.

»Was ist denn? Ich sage nur die Wahrheit. Ihr seid alle ziemlich laut.«

»Die spielen kein Sexspiel, du Trottel«, lachte Thad.

»Sie ist schwanger«, verkündete ich.

»Wirklich?« Max verzog die Lippen zu einem Lächeln.

»Wirklich«, bestätigte ich.

»Verdammt. Das sind gute Neuigkeiten. Vielleicht kann ich ja doch noch etwas schlafen.«

»Zumindest für die nächsten Monate«, fügte Kyle hinzu.

Kyle begegnete meinem Blick. Seine Augen funkelten belustigt, doch da war auch noch etwas anderes, was ich nicht genau benennen konnte. Aber es erinnerte mich an die Sehnsucht, die auch ich empfunden hatte, als ich Baby Eric im Arm gehalten hatte. Mein Magen machte einen Satz und mein Herz hämmerte wild in meiner Brust.

Plötzlich träumte ich von einem kleinen Jungen mit hellbraunem Haar und grün gesprenkelten Augen. Und vielleicht von einem kleinen Mädchen, dem ich beibringen würde, stark und mutig zu sein.

Aber vor allem träumte ich von der strahlenden Zukunft, die ich nie für möglich gehalten hätte.

KAPITEL SIEBENUNDDREISSIG

»Alles erledigt«, sagte Anaya und klebte den letzten Karton zu.

Es war bemerkenswert, dass eine zweiunddreißigjährige Frau eine Wohnung mit schönen Möbeln, seidiger Bettwäsche, flauschigen Handtüchern und noch schönerem Steingut hatte, diese jedoch keine persönlichen Gegenstände enthielt. Bis auf die Taschenbücher. Und diese hatte Anaya mit so viel Sorgfalt verpackt, als seien sie von unschätzbarem Wert.

Nirgendwo waren Bilder an den Wänden, es gab keine gerahmten Fotos, keine Fotoalben.

All das zeugte nur von ihrer traurigen Vergangenheit.

Es erinnerte mich daran, dass Anayas Leben trostlos und einsam gewesen war. Doch das würde es nie wieder sein.

Wir hatten noch nicht darüber gesprochen, aber vorerst würden wir in dem Haus wohnen, das Zane für das Team gemietet hatte. Aber sobald sich die Lage beruhigt hatte, würde ich meiner Frau ein Haus kaufen. Und wenn wir erst einmal darin lebten, würde ich es mir zur Aufgabe machen, ihr alles zu geben, was sie nie hatte. Und dazu gehörten die Bilder an den Wänden – gerahmte Fotos von uns, von ihr mit den Mädchen, von mir mit dem Team, von den Kindern unserer Freunde.

Und eines Tages die unserer eigenen Kinder.

Anaya sollte von ihrer Familie umgeben sein. Jeden Tag,

noch bevor sie ihre erste Tasse Kaffee getrunken hatte, sollte sie sich in ihrem Haus umschauen und wissen, dass sie geliebt wurde.

All das wollte ich ihr schon bald zuteilwerden lassen.

»Wünschst du dir Kinder?«

Anaya zuckte zusammen und sah mich an, als sei ich verrückt geworden. Vielleicht war ich es, weil ich einfach so mit der Frage herausgeplatzt war, doch nun hatte ich die Worte ausgesprochen.

»Äh … ich denke schon. Und du?«

»Ich wollte nie Kinder.« Anayas anfänglicher Schock ließ nach und ein trauriger Ausdruck breitete sich auf ihrem Gesicht aus. »Ich fand Kinder immer niedlich, wollte aber nie eigene. In meinen Augen waren sie eine Bürde, weil ich meine Freiheit mag. Aber damals dachte ich auch, dass ich nie heiraten würde. Doch die Dinge ändern sich.«

»Du hast geglaubt, du würdest nie heiraten?«

Verdammt, sie sah niedlich aus, wenn sie mich derart entgeistert anstarrte.

»Ja. Ich wollte mich nie an jemanden binden. Aber das war, bevor ich dich traf. Ich konnte nie nachvollziehen, was meine Freunde für ihre Frauen empfinden, aber dann bin ich dir begegnet. Bevor du in mein Leben kamst, wollte ich nie einer Frau so nahe sein und nie eine Familie gründen. Ich wollte nie Kinder, bis ich mich in dich verliebte. Inzwischen habe ich meine Meinung geändert. Ich sage nicht, dass wir gleich morgen oder noch in diesem Jahr damit anfangen müssen, aber irgend-wann möchte ich eine eigene Familie gründen. Deshalb muss ich wissen, ob du das auch willst.«

»Ich hatte nie eine Mutter«, flüsterte sie. Die Traurigkeit in ihrer Stimme zwang mich fast in die Knie.

»Das weiß ich, Schatz.«

»Was, wenn ich keine gute Mutter sein werde?«

Verdammt, ihre Worte trafen mich mitten ins Herz und ließen einen schlechten Geschmack in meinem Mund zurück. Anaya war warmherzig und stark, daher gab es keinen Grund, warum sie an sich zweifeln sollte.

»Komm her, Schatz.«

Anaya blieb wie erstarrt stehen. Also ging ich auf sie zu, doch sie hob abwehrend eine Hand in die Höhe. »Ich meine es ernst.«

»Ich weiß, und ich kann verstehen, warum du dir Sorgen machst.« Ich ergriff ihre Hand und zog sie an meine Brust. »Aber du wirst eine großartige Mutter sein.«

»Wie kannst du das sagen? Abgesehen von der Tatsache, dass ich keine Mutter hatte, hatte ich auch keine Tante oder Groß- mutter, die mir ein Vorbild hätte sein können. Was ist, wenn ich keine Bindung zu meinem eigenen Kind aufbauen kann?«

»Schatz, ich verstehe deine Bedenken. Wirklich. Aber sie sind völlig unbegründet. Wenn es so weit ist, wirst du eine groß- artige Mutter sein.«

»Wie kannst du das wissen?«

»Ich weiß es einfach.«

»Das reicht mir nicht«, schnaubte sie.

Ich wollte nicht über ihre Vergangenheit sprechen, während wir unsere Zukunft planten. Ich wollte, dass Anaya nach vorn blickte und nicht in Gedanken in ihrer dunklen Vergangenheit verweilte. Seit sie vor zwei Wochen zugestimmt hatte, mit mir nach Maryland zu ziehen, hatte sie sich dem Team gegenüber geöffnet und auch eine Bindung zu den anderen Frauen aufgebaut – nicht nur zu Tatiana und Emerson.

Olivia, Violet, Ivy, Erin und Jasmin hatten Anaya ebenfalls in ihren Kreis aufgenommen. Mehr als einmal hatten sich die Frauen getroffen und waren miteinander ausgegangen. Ich hatte keine Ahnung, was sie zusammen anstellten, und es war mir auch egal. Wichtig war nur, dass Anaya jedes Mal ein strah- lendes Lächeln auf dem Gesicht hatte, wenn sie nach Hause kam oder im Büro vorbeischaute. Sie lachte viel, umarmte ihre Freundinnen, spielte mit Jasmins und Lincs Zwillingen und wiegte Eric und Mason im Arm. Meine Frau war glücklich, hatte Anschluss gefunden und war frei.

Irgendwie musste ich sie davon überzeugen, dass sie eine gute Mutter sein würde, doch um das zu tun, musste ich wohl oder übel ihre Vergangenheit zur Sprache bringen.

»Anaya, Schatz, dein bisheriges Leben beweist, dass du eine gute Mutter sein wirst.«

»Aber ...«

»Mir widerstrebt es, die Vergangenheit aufzuwühlen. Und wenn wir darüber gesprochen haben, werden wir wieder nach vorn blicken. Aber wenn jemand versteht, wie wichtig die Rolle der Mutter im Leben eines Kindes ist, dann du. Du weißt, wie es ist, vernachlässigt zu werden, denn du hattest nie eine Mutter, die dich geliebt hat, die dich in den Arm genommen hat, die dir einen Gutenachtkuss gegeben hat. Du musstest so viel entbehren. Aber ich kenne dich und ich weiß mit absoluter Sicherheit, dass du alles in deiner Macht Stehende tun wirst, damit dein Kind nie auch nur eine Sekunde lang erleben muss, was du durchgemacht hast. Das spüre ich bis ins Mark.«

Anaya traten Tränen in die Augen, und ich spürte, wie sie über ihre Wange rollten und auf meine Brust prallten. Sie zerrissen mir das Herz.

»Anaya, du bist stark und mutig und kannst alles erreichen, was du willst. Einfach alles. Das musst du mir glauben. Du hast es vielleicht noch nicht gemerkt, aber du stehst den anderen Frauen sehr nahe. Du hast eine Bindung zu ihnen und zu meinem Team aufgebaut. Sie alle lieben und schätzen dich, aber nicht, weil du meine Frau bist, sondern um deinetwillen. Du hast ein Herz aus Gold und eines Tages wirst du all deine Vorzüge an unsere Kinder weitergeben.«

»Danke.«

»Wofür? Dafür, dass ich dir die Wahrheit sage?«

»Zum einen. Aber auch dafür, dass du mir immer wieder Mut machst und mich daran erinnerst, wie furchtlos ich sein kann.«

»Gern geschehen. Es ist eine Ehre, dir beizustehen, und es gibt keinen Ort, an dem ich lieber wäre, als an deiner Seite. Ich werde dich jeden Tag daran erinnern, bis du es nie wieder vergessen wirst. Und du kannst nicht nur furchtlos sein, du bist es. Wenn ich dir sage, dass du alles schaffen kannst, dann meine ich wirklich alles. Du hast nur einen Monat, um deine Schutzmauern einzureißen und dein Licht strahlen zu lassen. Einen einzigen verdammten Monat. Ich bin mehr als beeindruckt und kann dir gar nicht sagen, wie stolz ich auf dich bin.«

»Glaubst du, dass das alles zu schnell geht?«

»Verdammt nein. Ich wusste in dem Moment, in dem du die Empfangshalle des Hotel del Coronado betratst, dass du mein Leben verändern würdest. Ganz ehrlich, das ist die Wahrheit. Ich wusste es in der Sekunde, in der ich dir in die Augen sah. Ich spürte ein Kribbeln, das mir verriet, dass etwas Bedeutendes passieren würde. Und als du in Australien mit gestrafften Schultern und entschlossenem Blick vor mir standest und sagtest, ich solle aufhören, dich wie eine gebrochene Frau zu behandeln, wusste ich, dass ich mich in dich verliebt hatte. Mit jeder Faser meines Seins fühlte ich, dass du die Frau bist, mit der ich den Rest meines Lebens verbringen will. Also nein, das alles geht nicht zu schnell. Meiner Meinung nach bewegen wir uns im Schneckentempo. Wenn es nach mir ginge, würdest du schon längst meinen Ring am Finger tragen und unsere Hochzeit planen. Aber ich weiß, dass du Zeit brauchst, um ...«

»Ich brauche keine Zeit.«

Und da war sie wieder. Diese Entschlossenheit, die ich so sehr liebte.

Die Beherztheit und Ehrlichkeit.

»Wenn wir nach Hause kommen, werde ich dafür sorgen, dass du eine Hochzeit planen kannst. Und nur damit du es weißt, ich will nicht lange warten, nachdem wir uns verlobt haben. Mir ist egal, wann und wo wir heiraten. Trommle deine Freundinnen zusammen, bereite alles vor und sag mir, wo ich sein soll.«

»Dir ist egal, wann und wo?«

Wieder einmal zog sie die Nase kraus und sah dabei so niedlich aus. Der Anblick weckte in mir jedes Mal den Wunsch, sie an mich zu ziehen und leidenschaftlich zu küssen.

»Nun, vielleicht nicht ganz. Es ist mir egal, solange wir schon bald vor den Altar treten. Und der Ort ist auch nicht wichtig, solange er dir gefällt. Du hast mir etwas geschenkt, von dem ich nie zu träumen gewagt hätte. Ich hatte nicht einmal gewusst, dass ich mich danach sehnte und im Grunde die ganze Zeit über nur auf dich gewartet habe. Aber jetzt weiß ich es und will dich so schnell wie möglich zu der Meinen machen.« Anaya nickte und ließ ihren Tränen freien Lauf. »Baby, du bringst mich noch um.«

Ich ließ meine Hände von ihrer Taille an ihre Wangen gleiten, um die Tränen wegzuwischen.

»Das sind Freudentränen, Kyle«, flüsterte sie. »Und nur damit du es weißt, mir ging es genauso wie dir. Ich konnte mir die Zukunft nicht vorstellen, weil es nichts gab, worauf ich mich hätte freuen können. Dann habe ich dich getroffen und mich in dich verliebt. Und jetzt will ich Dinge, von denen ich nie zu träumen gewagt hätte, und dazu gehören Kinder. Ich hätte nie gedacht, dass ich einmal einen Mann finde, mit dem ich eine Familie gründen will. Ich habe nicht nach dir gesucht, Kyle. Ich habe mich nicht nach Liebe oder Freunden gesehnt, weil ich mich hinter meinen schützenden Mauern versteckt hatte. Irgendwann habe ich gar nicht mehr gemerkt, wie einsam ich war. Dann hast du mir die Augen geöffnet, damit ich mich von einer anderen Seite sehen konnte. Plötzlich wollte ich mein altes Leben nicht mehr. Ich wollte dich in mein Herz lassen und hoffte, du würdest eine Weile bleiben wollen. Heute sehne ich mich nach all diesen Dingen und kann sie mir nur mit dir vorstellen.

Du hast gesagt, ich hätte einen Monat gebraucht, um meine Schutzmauern niederzureißen, aber das stimmt nicht. Das war nicht ich. Du hast sie zerstört, als du im Flugzeug meine Hand gehalten hast.«

Ein warmes Gefühl breitete sich in meiner Brust aus und schwoll an, bis ich dachte, ich müsste platzen.

»Verdammt, Baby, das kannst du mir nicht sagen, kurz bevor die Möbelpacker kommen, dein Bett zerlegt ist und die Koffer sich auf deiner Couch stapeln.«

»Was hat das damit zu tun?« Sie schenkte mir ein Lächeln und neigte den Kopf nach hinten, woraufhin ich gar nicht anders konnte, als sie zu küssen.

Wie immer machte mein Mädchen keine halben Sachen. Sie kam mir mit ihrer Zunge entgegen und entführte mich in eine andere Welt. Eine Welt, in der nur wir beide existierten und die so strahlend hell und wunderschön war, dass sie mich nicht nur mit Hoffnung erfüllte, sondern mit purer Freude.

Als ein Klopfen an der Tür ertönte, zog ich den Kopf zurück.

»Wenn wir heute Abend in unser Hotelzimmer zurückkehren, werde ich dir zeigen, wie viel deine Worte mir bedeuten. Ich werde mir Zeit nehmen und dich auf eine Weise verwöhnen, die du nie vergessen wirst. Ich liebe dich, Anaya. So sehr, dass ich es kaum in Worte fassen kann. Aber ich verspreche dir, dass du nie an meiner Liebe zweifeln musst. Du wirst sie in deinem Herzen und in deiner Seele spüren. Ich schwöre dir, dass du nie wieder hinter Mauern leben wirst. Du hast diese Mauern eingerissen und dir ein Zuhause geschaffen. Und ich bin unsagbar glücklich, dass ich derjenige sein werde, der mit dir eine Familie darin gründen wird.«

Ich schlang meine Arme um Anaya, als sie ihr Gesicht an meine Brust schmiegte und am ganzen Körper bebte. Ich wusste, dass sie weinte. Ihre Tränen durchnässten mein T-Shirt und benetzten meine Haut, weil meine Worte sie tief berührt hatten.

Wieder hörte ich das Klopfen an der Tür, aber ich rührte mich nicht. Scheiß drauf. Die Möbelpacker konnten warten.

* * *

»PIPER!«

Anaya sprang von ihrem Sitz auf, um Ace und Piper zu begrüßen, als diese an unseren Tisch kamen. Piper war sichtlich überrascht und Ace verzog die Lippen zu einem breiten Lächeln. Ja, er hatte es gesehen. Es war deutlich zu erkennen, wie sehr Anaya sich verändert hatte. An jenem Tag, an dem wir uns vor unserer Abreise nach Timor-Leste mit ihnen im Hotel del Coronado getroffen hatten, war sie zwar freundlich gewesen, aber heute war sie viel offener. Ace verstand genau, was vor sich ging. Mit Sicherheit sah er jeden Tag dasselbe Lächeln im Gesicht seiner Frau.

»Hey«, erwiderte Piper. »Du siehst ... großartig aus.«

Die Hitze stieg Anaya in die Wangen, doch sie versteckte sich nicht.

»Danke. Ich fühle mich großartig. Wie geht es den Mädchen?«

»Wunderbar«, antwortete Ace. Piper bedachte ihren Mann mit einem zärtlichen Blick und verzog die Lippen zu einem Lächeln.

Ace war ein glücklicher Mann, aber dasselbe konnte ich von mir behaupten, denn Anaya geizte nicht mit ihrem Lächeln. Jeden Tag lächelte und lachte sie viel. Und ich würde alles in meiner Macht Stehende tun, damit das so blieb.

»Hey, was machst du denn hier?« Eine sehr hübsche, große Frau blieb an unserem Tisch stehen. Ich brauchte einen Moment, bis ich sie erkannt hatte.

Die berühmt berüchtigte Jessyka Sawyer, Inhaberin von *Aces Bar and Grill*.

»Lange nicht gesehen, Jessyka. Wie geht es Benny?«, fragte ich.

»Es geht ihm gut. Du hättest Kason sagen sollen, dass du kommst. Er hätte sich sicher gern mit dir unterhalten.«

»Entschuldige, daran haben wir nicht gedacht. Jessyka, das ist Anaya Baker. Anaya, das ist Bennys Frau und eine Freundin von uns«, stellte ich die beiden einander vor.

»Schön, dich kennenzulernen.« Anaya reichte ihr die Hand. »Aber ich bin verwirrt, ist dein Mann nun Benny oder Kason?«

»Sowohl als auch«, antwortete Jessyka und lachte, als Anaya überrascht die Augen aufriss. »Nicht doch.« Jess schüttelte den Kopf und lächelte. »Ich bin nicht mit zwei Männern verheiratet, Benny und Kason sind ein und dieselbe Person. Benny ist sozusagen Kasons Spitzname. So wie Ace eigentlich Beckett heißt.«

»Oh. Tut mir leid. Ich dachte schon, du seist mit zwei Männern eine vielbeschäftigte Frau.«

»Meine Güte, nein. Kason und drei Kinder reichen mir völlig«, lachte Jess.

Die Frauen unterhielten sich weiter, und Ace nutzte die Gelegenheit, um mit mir unter vier Augen zu reden. »Amisha?«

»Erledigt.«

Er nickte und fuhr fort: »War es so schlimm, wie Anaya gesagt hat?«

»Schlimmer, Bruder. Du weißt, dass wir die Operation im Eiltempo durchziehen mussten, da wir danach einen Auftrag in Kambodscha hatten. Aber nachdem ich gesehen habe, was in diesem Drecksloch vor sich ging, habe ich immer noch ein schlechtes Gewissen, weil wir am Abend zuvor das Haus ausspioniert haben und wieder gegangen sind, obwohl wir wussten, dass die Mädchen darin waren. Es bereitet mir zwar nie Freude, ein Leben zu beenden, aber ich muss zugeben, dass ich eine gewisse Befriedigung empfunden habe, als ich dieser Schlampe die Kehle aufgeschlitzt habe. Ihretwegen werde ich bestimmt keine schlaflose Nacht haben.«

Ace zuckte zusammen und spannte die Kiefermuskeln an.

»Denk gar nicht erst daran, Ace. Du konntest nicht wissen, was nebenan vor sich ging. Als Anaya dich um Hilfe gebeten hat, hast du nicht gezögert, und darauf kommt es an.«

»Meine Töchter …«

»Nicht, Ace. Deine Töchter sind bei dir zu Hause. Du und Piper bietet ihnen ein Leben, das sie sonst nie gehabt hätten. Sie werden in dem Wissen aufwachsen, dass sie geliebt werden. Darauf solltest du dich konzentrieren.«

»Du hast recht. Sie sind wohlbehalten zu Hause und von Liebe umgeben.«

»Ja, das sind sie.«

»Nun«, sagte Ace und lächelte. »Du und Anaya.«

»Das habe ich dir doch am Telefon erzählt.«

»Das ist wahr«, bestätigte er. »Und ich habe mich gefreut, es zu hören. Aber noch mehr freue ich mich, es zu sehen. Sie hat sich verändert.«

»Ja, das hat sie.«

»Sie kann von Glück reden …«

»Nein, Bruder, das kann sie nicht. Anaya hatte noch nie in ihrem Leben Glück. Sie hat hart dafür gearbeitet, um zu der Frau zu werden, die sie heute ist. Und das macht mich zu dem glücklichsten Mann der Welt, denn sie will ihr Leben mit mir teilen.«

»Ich kenne dieses Gefühl.«

Ich wandte mich den Frauen zu, als ich Anaya lachen hörte.

Der Anblick ihres strahlenden Lächelns erfüllte mich mit Glück.

Es traf mich mitten ins Herz und fühlte sich so verdammt gut an.

KAPITEL ACHTUNDDREISSIG

»Danke, dass du das für mich tust«, sagte ich zu Kyle.

»Kein Problem.«

»Und danke für das Mittagessen. Piper und Ace scheinen glücklich zu sein.«

»Sie sind glücklich.«

Ich betrachtete Kyles Profil, während er am Steuer saß. Sein Dreitagebart an seinem kräftigen, markanten Kiefer ließ mich erschauern, als ich mich daran erinnerte, wie die Stoppeln sich an meinen Schenkeln angefühlt hatten.

Es war seltsam. Vor nicht allzu langer Zeit hatte mich der Gedanke, berührt zu werden, fast angewidert und nun verzehrte ich mich geradezu nach Kyles Liebkosungen. Ich hatte alles, was ich mir je hätte wünschen können, und ich wollte noch mehr. Inzwischen hatte ich keine Angst mehr davor, dass ich unsere Beziehung vermasseln könnte, denn ich wusste, dass Kyle das nicht zulassen würde. Ich vertraute auf seine Führung und wusste, dass er sich um mich kümmern und mich beschützen würde. Mit viel Geduld würde er mir beistehen, während ich mich nach und nach von der Last meiner Vergangenheit befreite. Er hatte bereits dafür gesorgt, dass sie leichter geworden war, und gemeinsam würden wir auch den Rest abwerfen.

Das bewies er mir einmal mehr, indem er mich zu Evies Apartment fuhr.

»Alles wird gut«, sagte er zu mir, als er den Wagen vor dem Wohnhaus parkte.

»Ich weiß.«

»Wirklich?« Er lachte. »Warum siehst du dann so nervös aus?«

Ich war nicht nervös, nicht wirklich. Ich wusste, was ich Evie sagen musste, und darüber machte ich mir keine Sorgen. Es war gar nicht so schwer, über meine Vergangenheit zu sprechen, zumindest nicht mit den Menschen, die mich liebten und sich um mich sorgten. Aber ich scheute mich vor ihrer Reaktion, denn ich befürchtete, dass sie enttäuscht oder verletzt sein könnte, wenn sie hörte, was ich ihr all die Jahre verschwiegen hatte.

»Sie wird erkennen, dass ich ihr eine schlechte Freundin war.«

»Schatz, das ist nicht wahr.«

»Doch, Liebling. Und ich werde es ihr nicht verübeln können. Jedes Mal wenn ich das Thema wechselte oder eine ihrer Fragen nur halbwegs beantwortete, wusste ich genau, dass ich ihre Gefühle verletzte.«

»Anaya ...«

»Du kennst das Gefühl«, unterbrach ich ihn. »Jedes Mal wenn Declan sich dir verschließt, sehe ich den Schmerz in deinem Gesicht. Es bricht mir das Herz, dass du für einen Freund leidest, der sich dir nicht öffnen will. Auch wenn du nichts tun kannst, um ihm die Last zu erleichtern, möchtest du ihn doch wissen lassen, dass er mit dir reden kann und dass du für ihn da bist. Du weißt also genau, was ich Evie angetan habe.«

»In einigen Punkten hast du recht, aber nicht in allen. Ich weiß zum Beispiel, dass Declans Schmerz so tief sitzt, dass er ihn nicht einfach irgendwo abladen kann. Er öffnet sich uns nur so weit, wie er kann und wann er es kann. Wir alle wissen, dass wir ihm Zeit geben müssen. Ich bin mir sicher, Evette wird dich genauso verstehen. Du weißt, dass du ihr viel bedeutest, also wird sie erkennen, dass du eine Weile gebraucht hast, um dich ihr zu öffnen. Aber das macht dich nicht zu einer schlechten Freundin.«

Mein Gott, ich liebte diesen Mann. Er wusste immer, was ich hören musste, und hatte so viel Geduld mit seinen Mitmenschen. Seinen Freunden brachte er immer Verständnis entgegen. Außerdem war er ehrlich und sagte immer, was er dachte. Damit weckte er in anderen den Wunsch, ihm mit ebenso viel Aufrichtigkeit zu begegnen. Er war rundum ein guter Mensch.

»Du machst mich so glücklich«, platzte ich heraus.

»Es wäre wirklich ein Jammer, wenn dem nicht so wäre.« Er lächelte. »Bist du bereit, mit Evie zu reden?«

»Ja.«

Bevor er die Wagentür öffnete, schlang er eine Hand um meinen Nacken, zog mich an sich und küsste mich leidenschaftlich. Für einen Augenblick ließ er mich all meine Sorgen vergessen, während mein Höschen feucht wurde und ein erregendes Kribbeln meinen Unterleib durchfuhr.

»Du bist ein guter Küsser«, hauchte ich, als er den Kopf zurückzog.

»Es wäre auf jeden Fall ein Jammer, wenn du nicht so denken würdest«, murmelte er.

»Zum Glück bist du auch in anderen Dingen sehr gut.«

»Tatsächlich?«

»Oh ja. Aber ich denke, das weißt du.«

»Ich glaube nicht. Vielleicht solltest du es mir erzählen.«

»Möglicherweise gebe ich dir heute Abend eine Liste.«

»Du hast eine Liste?«

»Allerdings, und zwar eine lange.«

»Meine Güte«, murmelte Kyle. »Sie ist nicht nur süß, sondern bringt mich auch richtig auf Touren.«

Ich lachte, als er sich mit einer Hand in den Schritt griff, um seinen Ständer zurechtzurücken.

»Und sie findet es auch noch lustig.«

Was sollte ich sagen? Seine Selbstgespräche waren amüsant. Vor allem aber gab Kyle mir das Gefühl, machtvoll, stark und sexy zu sein, weil ich imstande war, ihn nur mit Worten zu erregen. Es war wunderbar.

* * *

Evies hellblaue Augen schimmerten tränenfeucht und waren gerötet. Sie hatte viel geweint, während ich ihr alles erzählt hatte. Ich hatte die Schrecken meiner Vergangenheit in einer Stunde und einigen wenigen Minuten zusammengefasst.

Wenn das nicht ein Schlag in die Magengrube war. Ich konnte mein gesamtes Trauma in etwas mehr als sechzig Minuten wiedergeben, aber ich hatte Jahre gebraucht, um es zu verarbeiten und zu überwinden.

»Ich wusste es«, flüsterte sie.

»Wie bitte?«

»Natürlich nicht alles. Ich hatte keine Ahnung, was in deinem Inneren vorging, aber ich kannte die Fakten«, gab sie zu.

Evie schien am Boden zerstört. Kyle muss es auch gesehen haben, denn er drückte meine Hand.

»Ich habe es durch Zufall herausgefunden«, presste sie hastig hervor. »Die Zeitung arbeitete an einer großen Story über die Modelagentur, die als Tarnung für einen Mädchenhändlerring diente. Ich recherchierte ähnliche Fälle und stieß auf einen Artikel über deine Rettung. Natürlich wurde dein Name nicht erwähnt, weil du noch minderjährig warst, aber ich erkannte dich auf einem Foto. Ein FBI-Agent versuchte, dich abzuschirmen, aber ich konnte sehen, dass du es warst.«

Ich starrte meine Freundin ungläubig an und war sprachlos. Sie wusste seit Jahren, was ich durchgemacht hatte, aber sie hatte es mir nie gesagt und mich nie gedrängt, es ihr zu erzählen. Ich war mir nicht sicher, was ich davon halten sollte.

»Warum ...«

»Bitte sei mir nicht böse. Ich habe nichts gesagt, weil ich wusste, dass du noch nicht bereit warst, darüber zu reden. Jedes Mal wenn Kalee oder ich auf etwas Persönliches zu sprechen kamen, hast du dich verschlossen. Ich hatte Angst, dich als Freundin zu verlieren, wenn ich es dir erzähle.«

Scheiße, sie hatte recht. Ich hätte ihr den Rücken zugekehrt und unsere Freundschaft für immer beendet. Voller Scham schloss ich die Augen. Ich war ihr eine schreckliche Freundin gewesen.

»Wusste Kalee davon?«

»Meine Güte, nein. Ich hätte dein Geheimnis nie verraten. Aber ich hatte gehofft, du würdest dich mir öffnen, wenn du bereit dazu bist. Süße, ich wünschte, du hättest es mir früher erzählt, aber ich verstehe, warum du es nicht getan hast. Ich kann es dir nicht verübeln, dass du dich verschlossen hast. Aber ich hätte gern mit dir darüber geredet, denn dann hätte ich die Chance gehabt, dir zu sagen, wie stolz ich auf dich bin.«

Ich riss die Augen auf und sah die Tränen, die jetzt über Evies hübsche blasse Wangen kullerten.

»Wie bitte?«

»Jetzt kann ich es dir sagen, Anaya. In meinen Augen warst du immer die mutigste, stärkste und klügste Frau, der ich je begegnet bin. Nun, da ich auch den Rest der Geschichte kenne, weiß ich jedoch, dass ich falschlag, denn du bist nicht nur stark, sondern zäh. Du bist nicht nur mutig, sondern unverwüstlich. In dir stecken so viel Kraft und Entschlossenheit, dass dich nichts aufhalten kann. Wenn ich dir sage, dass ich stolz auf dich bin, dann meine ich das auch so. Es ist erstaunlich, was du alles überwunden hast.«

Ich wartete darauf, dass die Scham mich erneut packte, weil ich als Freundin versagt hatte, doch nichts dergleichen geschah. Stattdessen warf ich noch mehr meiner Last ab, die mich mein Leben lang niedergedrückt hatte. Einfach so waren meine Schultern etwas leichter.

»Danke, dass du mir immer eine so wunderbare Freundin warst, obwohl ich nie für dich da war.«

»Wie bitte? Süße, du bist verrückt. Du warst mir immer eine gute Freundin. Immer. Als meine Mutter starb, warst du die Erste, die mir beigestanden hat und mich tröstete, als ich zusammenbrach. Und als Tommy Bradshaw mein Herz in eine Million Stücke riss, hast du mir angeboten, seinen Wagen zu zerkratzen und ihm in die Eier zu treten. Ich könnte ewig so weitermachen und noch Hunderte Geschichten zum Besten geben. Du warst immer die Erste, die ein offenes Ohr für mich hatte und mir eine helfende Hand reichte. Also versuche nicht, mir weiszumachen, dass du nie für mich da warst.«

»Tommy war ein Arschloch«, erinnerte ich sie und wandte mich dann Kyle zu. »Er war verheiratet und hatte Kinder. Und Evie hatte er sechs Monate lang belogen. Sie ahnte nichts. Er sorgte dafür, dass sie sich in ihn verliebte, und hatte sogar eine Wohnung gemietet. Ist das zu fassen?«

»Nein, Schatz, ist es nicht.« Kyle verzog die Lippen zu einem Lächeln. »Es ist ein Jammer, dass du ihm nicht in die Eier getreten hast. Ein Mann, der seine Frau betrügt und dann eine andere Frau an sich bindet, ist nicht nur ein Arschloch – er ist kein Mann. Ein Tritt in die Eier wäre ein guter Anfang gewesen, aber er hätte weitaus Schlimmeres verdient.«

»Das sehe ich auch so. Aus diesem Grund wollte ich seinen Wagen zerkratzen. Aber Evie hat mich davon abgehalten.«

»Das ist eine Schande«, erwiderte Kyle lachend.

»Siehst du?« Ich wandte mich wieder Evie zu. »Er versteht es. Du hättest mich auf ihn loslassen sollen. Das aufgeblasene Arschloch liebte diesen albernen Mercedes. Er hätte einen Anfall bekommen, wenn ich ihn bis zur Unkenntlichkeit zerschrammt hätte.«

»Und sie glaubt, sie war mir keine gute Freundin«, sagte Evie, doch sie richtete die Worte nicht an mich, sondern an Kyle.

»Jetzt weiß sie es besser«, antwortete er.

»Danke«, flüsterte Evie.

»Du musst mir nicht danken.«

Die beiden unterhielten sich miteinander, als sei ich gar nicht im Raum. Doch statt mich darüber zu ärgern, war ich froh.

»Du hast recht. Ich sollte dir nicht danken, denn jetzt muss ich in ein Flugzeug steigen, um meine beste Freundin zu besuchen, und ich hasse Fliegen.«

»Ich würde dir ja sagen, dass es mir leidtut, aber das wäre eine Lüge.«

Evie lachte und schenkte mir ihr strahlendes Lächeln. »Ich glaube, ich mag ihn.«

»Das freut mich, denn ich liebe ihn. Es wäre wirklich schade, wenn meine beste Freundin meinen Freund nicht mögen würde.«

»Ich bin nicht nur dein Freund, Anaya«, warf Kyle ein.

»Wie bitte?«

»Ich bin nicht einfach dein Freund. Zum einen sind wir keine Teenager mehr.« Seine Worte ließen mich unwillkürlich erschauern. Er hatte recht, er war beileibe kein Teenager, sondern ein gestandener Mann. »Zum anderen bin ich der Mann, der dich zu seiner Frau machen wird.«

Seine Worte ließen mich am ganzen Körper erbeben. Ich tat mein Bestes, um es zu unterdrücken, doch ich scheiterte kläglich, denn Evie brach in schallendes Gelächter aus.

»Das ist wunderbar«, sagte sie und prustete vor Freude. »Es ist auf jeden Fall eine Flugreise wert. Ich werde tausendmal zu euch fliegen, wenn ich meine Freundin so glücklich sehen kann.«

Kyle und ich blieben noch eine Weile bei Evie und lachten viel. Er und meine beste Freundin lernten sich besser kennen und Evie versprach, uns bald in Maryland zu besuchen. Ich wusste, dass sie ihr Versprechen halten und ihre Flugangst überwinden würde. Evette London war unglaublich, und ich konnte es kaum erwarten, sie Tatiana, Emerson und den anderen Frauen vorzustellen. Zweifellos würden sie einander ins Herz schließen.

Auf dem Weg zu unserem Wagen fühlte ich mich leichter, freier und besser als je zuvor. Nun, bis auf die Momente, in denen Kyle mir zuflüsterte, dass er mich liebte, oder mich im Arm hielt oder mit mir Liebe machte oder mich umsorgte oder mich herumkommandierte oder mich beschützte oder mich heilte. Das waren die berauschendsten Augenblicke meines Lebens. Nichts war vergleichbar mit dem Gefühl, das er in mir hervorrief. Aber zu wissen, dass ich Evie glücklich gemacht hatte, indem ich mich ihr ganz und gar geöffnet hatte, war fast ebenso wunderbar.

Kaum fiel die Tür unseres Hotelzimmers hinter uns ins Schloss, schmiegte Kyle sich von hinten an mich. Mit einer

Hand strich er mir das Haar von der Schulter und umschloss es mit seinen Fingern, während er die andere an meinen Bauch legte und dann tiefer wandern ließ.

»Bevor ich dich ausziehe, will ich dir noch etwas sagen«, murmelte Kyle. »Deine Freundin hat recht.«

»Womit?«, fragte ich, als er den Knopf meiner Shorts öffnete und seine Hand in mein Höschen schob. Wenn er sich nicht mit der Antwort beeilte, würde ich mich nicht mehr darauf konzentrieren können.

»Mit allem.« Er drang mit einem Finger in mich ein und fuhr fort: »Damit, dass du unerschütterlich bist.«

»Kyle«, keuchte ich, während er mich weiter reizte und seine Finger mit dem Saft meiner Erregung benetzte.

Ich ließ den Kopf an seine Schulter fallen, woraufhin er meinen Kiefer liebkoste und dann an meiner Haut flüsterte: »Ich bin so verdammt stolz auf mein Mädchen. Du bist so stark.« Er fügte einen zweiten Finger hinzu und stieß noch kraftvoller zu. »So schön.«

»Liebling«, flüsterte ich. Mehr brachte ich nicht hervor, denn Kyle raubte mir den Atem.

»Zieh dich aus, Anaya. Ich will dich schmecken, bevor ich dich ficke.« Ein erregender Schauer lief mir über den Rücken und ich spannte die Muskeln in meinem Unterleib an. »Gefällt dir der Gedanke, dass ich dich verschlingen will, Baby?«

»Ja.«

»Gut, denn ich werde mir dabei Zeit lassen, bevor ich dich auf den Bauch drehe und den Rest von dir nehme.«

Kyle hielt sein Versprechen und verschlang mich genüsslich. Er katapultierte mich auf den Gipfel der Ekstase und entlockte mir einen lustvollen Schrei. Dann nahm er sich erneut Zeit, um auch den Rest von mir zu vernaschen. Nachdem er mir einen zweiten Orgasmus beschert hatte, ritt ich ihn und gab ihm die Show, die er sich nach all den Anstrengungen redlich verdient hatte. Als er vor Lust stöhnte, ritt ich ihn noch härter, bis er explodierte und mich zu sich zog, damit ich seinen Schrei schlucken konnte.

Es war genau so, wie Kyle es mir versprochen hatte. Intensiv, hart und zärtlich zugleich. Währenddessen spürte ich tief in meiner Seele, dass all die Risse und Lücken, die mein Leben beherrscht hatten, nun geschlossen waren. Jede einzelne. Und er hatte in einem weiteren Punkt recht behalten. Er hatte sie unwiderruflich geheilt. Dank ihm war ich unbesiegbar, furchtlos und stark.

KAPITEL NEUNUNDDREISSIG

MAX

Unfassbar.

Gerade hatte ich beobachtet, wie Declan auf die Eingangstür eines kleinen, aber gepflegten Hauses in einer schönen und ruhigen Wohngegend zugegangen war und an die Tür geklopft hatte. Ich hatte gesehen, wie eine hübsche Blondine ihm geöffnet hatte. Zu ihrer Verteidigung musste ich zugeben, dass sie ihn finster angestarrt hatte, bevor sie ihn hereinließ.

Es war nicht zu glauben.

Ich hätte ein schlechtes Gewissen haben sollen, weil ich meinem Teamkameraden gefolgt war und meine Nase in seine Privatsphäre gesteckt hatte. Anfangs hatte ich mir Vorwürfe gemacht, bis ich sah, wer die Tür geöffnet hatte. Mittlerweile war ich stinksauer. Declan hatte in ein Wespennest gestochen und die Stachel würde nicht nur er zu spüren bekommen.

Zumindest wusste ich jetzt, wohin er sich in den letzten eineinhalb Monaten immer wieder geschlichen hatte. Doch statt viel zu tun zu haben, wie er behauptet hatte, hatte er sich mit jemandem vergnügt. Herrgott noch mal.

Ich starrte immerzu auf die Tür, durch die er vor dreißig Minuten getreten war, und überlegte, ob ich anklopfen und ihm etwas Verstand einprügeln sollte. Diese Bombe wartete nur

darauf zu explodieren. Tatsächlich würde sie uns alle hinwegfe-
gen, wenn sie in die Luft ging.

Verdammt noch mal.

Mein Handy vibrierte im Getränkehalter meines Wagens.
Erbost griff ich danach, aber als ich den Namen auf dem Display
sah, verwandelte meine Wut sich in Sorge.

»Tex«, begrüßte ich ihn. »Ist alles in Ordnung?«

Es war schon spät. Obwohl der Mann zu jeder Tageszeit
einsatzbereit war, widmete er seine Abende normalerweise
seiner hinreißenden Frau Melody und seinen beiden Töchtern.

»Du musst mir einen Gefallen tun.«

»Kein Problem«, stimmte ich ohne Umschweife zu.

»Du musst nach Florida fahren und eine Frau abholen. Du
hast zwei Möglichkeiten: Entweder du bringst sie hierher und
Mel und ich überlegen uns, wie wir weiter mit ihr verfahren
sollen, oder sie bleibt bei dir, bis ich mir etwas anderes überlegt
habe.«

»Gibt es einen Grund, warum du damit zu mir und nicht zu
Zane kommst? Du weißt, dass ich das erst mit ihm abklären
muss.«

»Zane werde ich als Nächstes anrufen. Aber ich wollte zuerst
mit dir sprechen, um zu sehen, ob du den Auftrag annehmen
könntest.«

»Natürlich erledige ich das für dich. Wer ist die Frau?«

»Sie ist … eine Frau, die in eine Sache verstrickt wurde, die
ihr keine andere Wahl gelassen hatte, als sich darauf einzulassen.
Aus diesem Grund hat sie etwas getan, auf das sie nicht stolz ist.
Sie musste es tun und bereut es sehr. Glaub mir, ich hätte ihr
nicht geholfen, wenn ich nicht überzeugt davon wäre, dass es ihr
leidtut.«

Das war ziemlich geheimnisvoll, aber ich wusste, dass Tex'
moralischer Kompass einwandfrei funktionierte. Daran gab es
nichts zu rütteln. Wenn er also sagte, dass er ihr glaubte, würde
ich auf sein Urteil vertrauen. Das bedeutete jedoch nicht, dass
ich dieser mysteriösen Frau dasselbe Vertrauen entgegenbringen
würde. Mein moralischer Kompass war nicht so gerade ausge-

richtet wie der von Tex. Und ganz sicher vertraute ich meinen Mitmenschen nicht.

Vor allem den Frauen.

Und schon gar nicht den Frauen, die sich in Situationen verstrickten, durch die sie gezwungen waren, die Menschen zu hintergehen, die sie einst angeblich geliebt hatten.

Ich hatte meine Lektion gelernt, und zwar gründlich.

»Wann soll ich aufbrechen?«, fragte ich.

»Sie hat zwei Kinder.«

Verdammt!

»Ganz genau.«

»So schnell wie möglich. Je länger sie dortbleibt, desto größer ist die Gefahr, in der sie schwebt.«

»Weiß sie, dass sie in Gefahr ist?«

»Nein.«

Verdammt. Großartig, jetzt musste ich also nach Florida reisen, eine Frau und ihre Kinder entführen und sie davon überzeugen, dass es zu ihrem eigenen Besten war. Und noch dazu eine Frau, die so tief in einem Sumpf versunken war, dass Tex sie rausziehen musste. Einfach perfekt. Ein Kinderspiel.

»Aber ich werde mich bei Zane melden und ihm die Situation erklären. Danach rufe ich sie an und sage ihr, dass du kommst.«

»Sag ihr nicht, wann ich komme, nur dass ich bald eintreffen werde.«

»Du wirst sie überprüfen.« Das war keine Frage, sondern eine Feststellung. Tex kannte mich gut genug, um zu wissen, dass ich meine eigenen Nachforschungen anstellen würde.

»Bei allem Respekt, Tex. Ich vertraue dir. Aber da sie schon einmal in eine zwielichtige Sache hineingeraten ist, will ich mich nur vergewissern, dass sie dich nicht hinters Licht führt.«

»Das wird sie nicht«, erwiderte er im Brustton der Überzeugung.

»Dann dürfte es ja kein Problem sein, wenn ich sie ein paar Tage lang beschatte. Immerhin kann ich sie auf diese Weise gleichzeitig beschützen.«

»Ich weiß deine Hilfe zu schätzen. Ich schulde dir ...«

»Hör verdammt noch mal auf mit dem Unsinn. Du schuldest mir gar nichts, du stehst immer hinter uns.«

»Kannst du schon morgen aufbrechen?«

Ich warf noch einen Blick auf die Tür, durch die Declan verschwunden war. Der Schaden war bereits angerichtet. Was waren schon ein paar Tage mehr?

»Sicher.«

»Ich melde mich wieder, um dir die Details durchzugeben.«

»Großartig. Bis später.«

Ich beendete das Gespräch, startete meinen Jeep und fuhr nach Hause. Das Haus teilte ich mir mit Brooks, Thad, Kyle und ihren Frauen. Declan wohnte ebenfalls dort, wenn er nicht gerade unterwegs war und Mist baute.

Verdammte Scheiße.

Jetzt mussten wir uns um eine Frau und ihre zwei Kinder kümmern. Perfekt. Was wären schon drei weitere Menschen, um die wir uns kümmern mussten, während wir uns noch im Krieg mit Omni befanden?

Ein Sonntagsspaziergang.

* * *

WENN SIE HERAUSFINDEN WOLLEN, WER DIE GEHEIMNISVOLLE Frau ist, der Tex geholfen hat, lesen Sie Susan Stokers *Ein Beschützer für Zoey.*

DANKSAGUNG

An Sie alle – meine Leserinnen und Leser. Danke, dass Sie dieses Buch gelesen und mir einige Stunden Ihrer Zeit geschenkt haben. Ob dies nun das erste Buch ist, das Sie von mir lesen, oder ob Sie schon von Anfang an dabei sind, danke für Ihre Unterstützung. Ihretwegen habe ich den tollsten Job der Welt.

BÜCHER VON RILEY EDWARDS

Gold Team – Stahlharte Beschützer:

Brooks

Thaddeus

Kyle

Maximus (1 April)

Declan (1 Mai)

Red Team – Stahlharte Beschützer:

Jasmins Erinnerung

Schutz für Olivia

Vergebung für Violet

Erlösung für Ivy

Die Rettung von Erin

Die Gemini-Gruppe:

Nixons Versprechen

Jamesons Erlösung

Westons Schatz

Alecs Traum

Chasins Kapitulation

Holdens Erwachen

Jonnys Befreiung

Eliteteam 707:

Shanes Auferstehung

Jaspers Freiheit

Levis Erkenntnis

Nolans Zwiespalt

BIOGRAFIE

Riley Edwards ist eine USA Today und Wall Street Journal Bestsellerautorin, Ehefrau und Armee-Mom. Geboren und aufgewachsen ist sie in Los Angeles, lebt inzwischen jedoch mit ihrem fantastischen Ehemann und ihren Kindern an der Ostküste.

Riley schreibt herzerwärmende Liebesgeschichten mit sexy Alphahelden und noch stärkeren Heldinnen. Rileys Lieblings-genres sind spannende Liebesromane und Militärromanzen.

Besuchen Sie Riley im Netz!
www.rileyedwardsromance.com
facebook.com/Novelist.Riley.Edwards
instagram.com/rileyedwardsromance
youtube.com/channel
tiktok.com/@rileyedwardsromance
twitter.com/rileyedwardsrom
E-Mail: riley@rileysrebels.com

facebook.com/Novelist.Riley.Edwards
x.com/rileyedwardsrom
instagram.com/rileyedwardsromance
bookbub.com/authors/riley-edwards
amazon.com/author/rileyedwards

BÜCHER VON SUSAN STOKER

SEALs of Protection: Legacy
Ein Beschützer für Caite
Ein Beschützer für Brenae
Ein Beschützer für Sidney
Ein Beschützer für Piper
Ein Beschützer für Zoey
Ein Beschützer für Avery
Ein Beschützer für Kalee
Ein Beschützer für Jane

SEALs of Protection:
Schutz für Caroline
Schutz für Alabama
Schutz für Fiona
Die Hochzeit von Caroline
Schutz für Summer
Schutz für Cheyenne
Schutz für Jessyka
Schutz für Julie
Schutz für Melody
Schutz für die Zukunft
Schutz für Kiera
Schutz für Alabamas Kinder

Schutz für Dakota

Die Zuflucht in den Bergen
Zuflucht für Alaska
Zuflucht für Henley
Zuflucht für Reese
Zuflucht für Cora
Zuflucht für Lara
Zuflucht für Maisy
Zuflucht für Ryleigh

SEALs of Protection: Alliance
Schutz für Remi
Schutz für Wren
Schutz für Josie
Schutz für Maggie (1 Apr)
Schutz für Addison (6 May)
Schutz für Kelli
Schutz für Bree

Das Bergungsteam vom Eagle Point
Ein Retter für Lilly
Ein Retter für Elsie
Ein Retter für Bristol
Ein Retter für Caryn
Ein Retter für Finley
Ein Retter für Heather
Ein Retter für Khloe

Die SEALs von Hawaii:
Die Suche nach Elodie
Die Suche nach Lexie
Die Suche nach Kenna
Die Suche nach Monica
Die Suche nach Carly
Die Suche nach Ashlyn
Die Suche nach Jodelle

Delta Team Zwei
Ein Held für Gillian
Ein Held für Kinley
Ein Held für Aspen
Ein Held für Jayme
Ein Held für Riley
Ein Held für Devyn
Ein Held für Ember
Ein Held für Sierra

Die Delta Force Heroes:
Die Rettung von Rayne
Die Rettung von Emily
Die Rettung von Harley
Die Hochzeit von Emily
Die Rettung von Kassie
Die Rettung von Bryn
Die Rettung von Casey
Die Rettung von Wendy
Die Rettung von Sadie
Die Rettung von Mary
Die Rettung von Macie
Die Rettung von Annie

Mountain Mercenaries:
Die Befreiung von Allye
Die Befreiung von Chloe
Die Befreiung von Morgan
Die Befreiung von Harlow
Die Befreiung von Everly
Die Befreiung von Zara
Die Befreiung von Raven

Ace Security Reihe:
Anspruch auf Grace
Anspruch auf Alexis
Anspruch auf Bailey

Anspruch auf Felicity
Anspruch auf Sarah

<u>Die Männer von Silverstone</u>

Vertrauen in Skylar
Vertrauen in Taylor
Vertrauen in Molly
Vertrauen in Cassidy

<u>Eine Sammlung von Kurzgeschichten</u>

Ein langer kurzer Augenblick

<u>BIOGRAFIE</u>

Susan Stoker ist die New York Times, USA Today und Wall
Street Journal Bestsellerautorin der Buchreihen »Badge of
Honor: Texas Heroes«, »SEAL of Protection«, »Die Delta Force
Heroes« und einigen mehr. Stoker ist mit einem pensionierten
Unteroffizier der US-Armee verheiratet und hat in ihrem Leben
schon überall in den Vereinigten Staaten gelebt – von Missouri
über Kalifornien bis hin zu Colorado. Zurzeit nennt sie die
Region unter dem großen Himmel von Tennessee ihr Zuhause.
Sie glaubt ganz und gar an Happy Ends und hat großen Spaß
daran, Geschichten zu schreiben, in denen Romantik zu Liebe
wird.

Besuchen Sie Susan im Netz!
www.stokeraces.com
facebook.com/authorsusanstoker
twitter.com/Susan_Stoker
bookbub.com/authors/susan-stoker
instagram.com/authorsusanstoker
Email: Susan@StokerAces.com

www.ingramcontent.com/pod-product-compliance
Lightning Source LLC
Chambersburg PA
CBHW060617100726
47907CB00006B/1664